Hugh Howey

离沙记

[美]休·豪伊 —— 著
李镭 —— 译

Across The Sand
Copyright © 2022 by Hugh Howey
Published by arrangement with Nelson Literary Agency, LLC
through The Grayhawk Agency Ltd.
Simplified Chinese translation copyright © 2023 by Chongqing Publishing House Co., Ltd.
All rights reserved.

版贸核渝字(2022)第027号

图书在版编目(CIP)数据

离沙记/(美)休·豪伊著;李镭译.—重庆:重庆出版社,2023.12
书名原文:Across The Sand
ISBN 978-7-229-16976-3

Ⅰ.①离… Ⅱ.①休… ②李… Ⅲ.①幻想小说—美国—现代 Ⅳ.①I712.45

中国版本图书馆CIP数据核字(2022)第130641号

离沙记
LI SHA JI
[美]休·豪伊 著
李镭 译

责任编辑:魏雯 魏映雪
装帧设计:文子
责任校对:郑葱

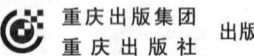
重庆出版集团
重庆出版社 出版

重庆市南岸区南滨路162号1幢 邮政编码:400061 http://www.cqph.com
重庆出版社艺术设计有限公司 制版
重庆市鹏程印务有限公司 印刷
重庆出版集团图书发行有限公司 发行
E-MAIL:fxchu@cqph.com 邮购电话:023-61520646
全国新华书店经销

开本:890mm×1230mm 1/32 印张:14.625 字数:290千
2023年12月第1版 2023年12月第1次印刷
ISBN 978-7-229-16976-3
定价:79.80元

如有印装质量问题,请向本集团图书发行有限公司调换:023-61520678
版权所有 侵权必究

敬那些拒绝袖手旁观的人

BELLATRIX
MEISSA
THE STONE MOUNTAINS
BETELGEUSE
COLORADO
THE HUNTER

地图页中英文对照

MEISSA 觜宿一
BELLATRIX 参宿五
THE STONE MOUNTAINS 巨石山
BETELGEUSE 参宿四
COLORADO 科罗拉多
THE HUNTER 猎人
THE NORTHERN WASTES 北方荒漠
RIGEL 参宿七
DANVAR 丹瓦
NO MANS LAND 无人之地
SPRINGSTON 泉石
THE GARDENS 花园
LOW-PUB 滥酒馆
THE THOUSAND DUNES 千万沙丘
SAIPH 参宿六

目录 / Contents

001　　休·豪伊的成功，不仅来自自出版

001　　第〇章　　以眼还眼

005　**第一部　万物终结**
006　　第一章　　投掷石块
015　　第二章　　温柔的小路
022　　第三章　　灰色的球
026　　第四章　　幸运的人

035　**第二部　更多的改变**
036　　第五章　　废墟和瓦砾
045　　第六章　　我们无法碰触的
052　　第七章　　切断的联系
062　　第八章　　泉石镇和棚户区之间
076　　第九章　　周日晚餐

087	**第三部　穿越黄沙**
088	第十章　随后而至
098	第十一章　一个小决定

119	**第四部　盗贼**
120	第十二章　父亲的罪行
127	第十三章　青春的负担
133	第十四章　飞行的回忆
145	第十五章　捉迷藏
152	第十六章　被偷走的财富
160	第十七章　丹瓦
164	第十八章　迎风而立
170	第十九章　井
181	第二十章　神秘艺术：把东西藏到没人能想到的地方

193	**第五部　被埋葬的诸神**
194	第二十一章　千颗太阳的怒火
202	第二十二章　顺风船
210	第二十三章　旷野之中
218	第二十四章　丹瓦沙丘
227	第二十五章　一片绿色
241	第二十六章　千米
246	第二十七章　"并非不可能"的证明
267	第二十八章　沙疤

273	第六部　过去世界的遗物
274	第二十九章　丹瓦的一部分
287	第三十章　开枪
298	第三十一章　沙环的舞蹈
313	第三十二章　熟悉的面孔
322	第三十三章　一车队贼
340	第三十四章　志愿者
349	第七部　升起
350	第三十五章　第一课
354	第三十六章　盲目的信念
360	第三十七章　又敬又怕
366	第三十八章　暴力的颜色
379	第三十九章　下潜
392	第四十章　背叛
398	第四十一章　援救
406	第四十二章　沙中的线
427	后记　基础
434	致谢
436	V
438	译后记

休·豪伊的成功，不仅来自自出版

2011年，亚马逊自出版栏目下悄然出现一本短篇小说，售价很便宜，只要0.99美元，不过故事本身非常精彩，所以短短几个月里就卖出了几千份，当然也给本职是书店员工的作者休·豪伊（Hugh Howey）带去了几千美元的额外收入。这个小小的成功鼓励了作者，在随后的几个月间，作者又用同样的自出版方式发表了几篇故事，和第一篇共同组成了系列作品，并且最终成为一本长篇小说，这就是《羊毛战记》[①]的诞生。

实际上《羊毛战记》并不是休·豪伊的第一部小说。在此之前，他曾经在一家小出版社出版过小说集，并且拿到了第二本书的出版合同。但是豪伊认为可以自己完成出版工作——时代和技术都已经做好了准备，于是他没有签署那份合同，而是选择了亚马逊的自出版系统来实现自己的目标。在他成名之后，类似的一幕又上演了一次。2012年，豪伊拒绝了西蒙·舒斯特

[①] 曾译作《羊毛记》，为与电视剧《羊毛战记》（英文名为SILO）中文译名保持一致，此处译作《羊毛战记》。

(Simon & Schuster)出版公司提供的7位数报价，宁肯选择6位数报价的合同，以便保留自己发行电子书的权利。

也许是因为休·豪伊在自出版上的成功太过耀眼，虽然很多媒体对他做了采访，但大部分访谈并没有太关注小说本身的内容，而都集中在自出版的话题上。很难统计休·豪伊的成功给了后来者多少启示和激励，但确实可以举出一些受到激励的例子，比如弗雷德里克·谢尔诺夫（Fredric Shernoff）出版了《大西洋岛》（Atlantic Island），杰森·葛尔莱（Jason Gurley）出版了《埃莉诺》（Eleanor），迈克尔·邦克（Michael Bunker）出版了《宾夕法尼亚》，等等。不过这些后继者都没有达到休·豪伊那样的高度，再没有人能够像他一样凭借着自出版，在科幻小说创作领域大放异彩。

这其实揭示了一个事实：休·豪伊的成功不仅仅在于自出版这种新颖的出版方式，也与《羊毛战记》的精彩密不可分。就像休·豪伊拒绝西蒙·舒斯特，坚持使用自由度更高的权力分配形式一样，《羊毛战记》和他接下来的作品中都贯穿了休·豪伊式的对权力系统的反抗。

《羊毛战记》是反乌托邦题材的小说。"乌托邦"（utopia）一词来源于英国的空想社会主义者托马斯·莫尔（Thomas More）在1516年的创造，取自希腊语"ou-"（οὐ）和 topos（τόπος）的组合，意思是不存在的地方。More的本意是想创造一个完美的理想国度，远离社会上的一切贫穷和苦难，生活于其中的人们自发自觉地为社会做出各种贡献，人人拥有富足的生活和积极的精神。然而随着各种空想社会主义试验的失败，人们开始倾向于认为这样的完美国度不可能存在，理想主义的初衷将会不可避免地走向反人类的极权主义，大多数人都在高压下挣扎求生……这便是反乌托邦概念的由来。

反乌托邦题材中诞生过许多著名作品。早期有《1984》《美丽新世界》，晚近的有《华氏451》《使女的故事》，甚至还有很多跨界的作品，比如动漫《进击的巨人》、游戏《辐射》等等。休·豪伊就曾在(少数几个提及了作品内容的)访谈中坦承，《羊毛战记》中的筒仓设定受到了《辐射》系列游戏中避难所的启发。不过同样很显然的是，如果只是单纯借鉴已有的设定，《羊毛战记》不可能取得那么大的成功。反乌托邦题材的核心，是对权力结构的反思。休·豪伊会选择这样的题材框架进行创作，既是他创作来源、他的思考的反映，也是他为自己的故事找到了一个绝好的容器。

在《羊毛战记》的世界中，地面环境已经不再适合人类生存，人类只能生活在名为"筒仓"的庇护所里。筒仓是位于地下的竖状结构，中间有一个巨大的螺旋楼梯，居住在不同地层的人们之间有着地位的差异，大体与所住的楼层挂钩。人们安于这种地位的差异，就像《美丽新世界》中"阿尔法(α)""贝塔(β)""伽马(γ)""德尔塔(δ)""爱普西隆(ϵ)"之类的标签。你生在第几层，就有第几层的地位。它既是命运，也是不容抗拒的指令，更是超越个人和自我的庞然大物。

这样的设定，就像是《1984》中的纸条，以及《使女的故事》中的日记一样，让读者除了追求真相的原始冲动，也期望循着真相

Across The Sand / 003

释放压抑的自我。当主角勇敢打破层级的桎梏，爬出筒仓时，读者也随之冲出故事的海面，发现权力的虚妄与全新的自我。

这种个人对抗系统、个体意志凌驾于利维坦之上的叙事，不仅是在讲述反叛精神，更是可以上溯至卢梭与柏克的天赋人权思想在文学叙事上的体现。可以说，所谓的反乌托邦，在其科幻性的外表之下，凝练的终究是对近现代道德观念的致敬。

当然，反乌托邦终究只是一个容器和框架，至于故事是不是好看，更在于作者的叙事能力。这就像是做饭烧菜一样，同样的食材，有人做的味同嚼蜡，有人做的色香味俱佳。而说到故事情节，休·豪伊毫无疑问就是悬念设计的大师了。

《羊毛战记》问世时，作者还没有多少创作经验，但彼时的叙事技巧已经隐隐有了类型文学大家的风范。他非常了解读者的心理，也非常善于设置悬念，所以一旦拿起书本就很难放下。

在《羊毛战记》的世界里，由于地面上充满了有毒的空气，所以筒仓与外界毫无连通，唯一能查看外界情况的只有竖在地表的摄像头，但这个摄像头很容易被地表肆虐的沙尘暴弄脏，需要不时派人出去擦拭，而每个出去的人又都必死无疑，所以出去擦镜头便成了筒仓世界的极刑，唯有犯下弥天大罪才会被赶出去擦镜头。但是，只有犯人一个人出去，没有人看押他们，怎么保证他们一定会乖乖去擦镜头？然而最令人诧异的就在这里：每个被放逐的犯人真的都会把镜头擦得干干净净，然后迎来自己的死亡……

源自俄国形式主义的故事论将故事与情节做了严格的区分。前者是按时间顺序把发生的事情按部就班讲述出来，但后者则是以更具戏剧性效果的方式对发生的事情进行重组。休·豪伊显然是个中好手，他将故事切成无数碎片，紧紧攫住读者的好奇心，让读者不得不追随情节的发展，就像《1984》中的纸条与《使女的故事》中的日记所起的作用一样。

　　在《羊毛战记》之后，豪伊又写了前传《星移记》和后传《尘土记》，分别讲述了筒仓世界的由来和最终的结局。在写完"羊毛记"系列的大故事之后，休·豪伊继续丰富着自己的幻想宇宙，陆续写作了《异星记》《信标记》《潜沙记》《离沙记》。故事发生在空渺宇宙中航行的飞船里、发生在完全陌生的异星世界中、发生在熟悉又疏离的未来地球上……这些故事各有各的精彩，不过总的来说，对权力的反思和反抗始终是所有故事的思想基调，悬念设置和细节塑造也显示出叙事技巧的高妙。

　　休·豪伊受惠于亚马逊，但在这个科技与权力密不可分的时代，他并没有停止对权力的反思。他的个人博客最后一篇更新是在2022年4月，对于伊隆·马斯克收购推特一事的评论。他在文章里说"通过掌控话语而获得权力，历史中充斥着这样的例子""所有人都在试图向世界广播，操控众人的注意力，为自己聚集更多的追随者，获取，获取，获取，布道，布道，布道。这是无度的时代，而我们是其中的居民"。从出版至今，11年过去，他仍旧在用自己的方式反思，他的博客中，仍然有着如第一本《羊毛战记》般蓬勃的愤怒和挣扎。这点是很不容易的事情，或许也是他的创作动力所在。

  这次，重庆出版社的独角兽书系一次性出版七部作品，基本上算是将他的代表作一网打尽了。

  2021年，Apple TV宣布启动《羊毛战记》的改编计划，并于2022年5月完成拍摄。该剧于2023年上映后取得了巨大成功，广受好评，最终获得了续订的机会。这意味着观众有望在2024年继续在屏幕上看到筒仓世界的故事。在此之前，就让我们先通过文字领略作者讲述故事的神奇能力吧。

——丁丁虫

第○章　以眼还眼

维多利娅

维丝还记得自己第一次想要杀人的时候。不是那种小孩子在游戏中被朋友欺负了，大喊大叫："我要杀了你！"而是那种有思考、有计划、下定决心要夺走一个人的生命。一了百了。

当你在沙漠中找到那条线，它就会改变你。当你越过它，它会让你改变更多。

那些把维丝关在母亲妓院里的男人，他们点燃维丝心里的一团灰烬。他们后来的遭遇并不让她感到难过。就像她不会为这座城市里的怪物感到难过一样。在人们的全部记忆中，这些怪物一直在折磨着她的同胞。

维丝走了很长一段路，来到这里，向那些夷平泉石镇的人复仇。那些人摧毁了高墙——那是她长大的地方。她走了很长一段路，来到这里，为了报复那些想要炸毁滥酒馆的人。那里是她唯一感觉像家的地方。她背着一颗原子弹走过无人之地。她知道，只要用力一捏，这个装置就会爆炸。

穿过无人之地以后,维丝钻进地下的一条大裂缝。裂缝里有很多水,一千个人一辈子都喝不完。她在大地深处,在真正的"地狱"中度过了一个星期,不停地考虑下一步要做什么,当她潜伏在这座建在沙子上的城市下方,在这座疯狂城市的正中心,她不觉得后悔。她只有积累一生的创伤和满腔的怒火。

她在城市下方的沙子里一直向上游,带着那颗炸弹,在城市广场上塑造出一根几米高的柱子,将炸弹放在柱子顶端。又用沙子包裹住炸弹,形成一个大球,然后压缩这个球体,将它压成弹珠大小的硬碴[①],压成一个小点,集中精神,把它用力攥碎。

那些男人在她心中点燃的灰烬,在此刻爆炸。将这片陌生的异国土地变成烈火炼狱。

[①]硬碴:专指被潜沙服固定的沙子。

第一部
万物终结

那些渴望的人却在被渴望着。
一直都是这样。

——游牧王

这世界上最大的安慰
来自于折磨你的人
对你说一句仁慈的话。

——旧日食人者俳句

第一章　投掷石块

安雅
四个小时以前

"我觉得乔纳对你有意思。"梅尔说。

安雅转头看着她最好的朋友。她们正走在放学回家的路上。孩子们潮水般涌过小镇,她们就像其中的两滴水。今天是她们最后一天上学,但她们谁也不知道这一点。她们不知道,被她们称作"家"的这座小城市很快就要不复存在了。

"乔纳是谁?"安雅问。

"那个男孩就跟在我们后面。"梅尔说。

安雅回头看了一眼。果然,有个男孩正跟着她们。她隐约认出他和她们一起上过采矿课。他应该比安雅小一两岁,也许有十六岁?但他已经在上一些高年级的课程了。他低下头,下午的阳光照在他那副可笑的眼镜上,反射出光。他把破烂的披肩扯到脸上。他的身子很单薄,在背包的重压下有些前倾。那只背包似乎灌满了铅,不过可能只是装满了书。

乔纳似乎感觉到安雅在回头看他，便又抬起目光。安雅急忙转头向前，因为被他发现而感到尴尬。不过在移开视线的那一瞬间，她还是看到了那个男孩浅浅的微笑。

"真是个傻瓜。"她说。梅尔笑了。

在她们前面，几个大一点的男孩子正在抽自制的纸烟。安雅不抽烟，但她喜欢闻烟的味道。她也早就喜欢上了他们之中的一个男孩——板球校队队长卡耶克·吴。当她在走廊里与他擦肩而过时，就会闻到他身上的烟味。她喜欢他的气味久久留在自己鼻尖上的感觉。她感到自己的披肩下面已经有了一点汗水，可能是因为下午的炎热，也可能是为了跟上男孩们的步伐，她走得有些急了。卡耶克转过身，看到安雅跟在后面，忽然大笑起来，吐出一股烟。安雅迅速低头看向自己的鞋子。

"你应该跟他说说。"梅尔说。

"谁？"安雅假装若无其事地问道，就好像她最好的朋友不知道她的心思一样。

"好吧，随便你。但如果只是在心里想，那你永远也得不到。"

两个朋友默默地继续走着，安雅想着梅尔的话。实际上，她想要的有很多，但她只能将它们藏在心里。她想要离开阿吉尔，离开学校，远远离开那些矿场。她想去东方生活，在海洋的对面，那里的国王们和王后们穿着金线织成的衣服，乘着战车在天空中飞翔，从这里挖掘出的一切矿藏都被运到那里，用于建造一个充满魔法和奇迹的帝国。但这些梦想还是藏在心底比较好，否则她也许会因为渴望而发疯。

学生们组成的人流分散到阿吉尔狭窄的街道中，变得越来越稀疏。安雅和梅尔离开城镇边缘蜿蜒的小巷，脚下粗糙的石板路也被泥土和砾石所取代。在她们身旁，能看到肋骨凸出的狗在生锈的铁链围栏后面踱来踱去。垃圾随风飘动，缠绕在连到各家各户的电线网上。不知是谁家的院子里，一群鸡在泥土中又刨又啄，却似乎没有什么收获。市中心漂亮的服装店看不见了，取而代之的是一些破破烂烂的店铺，然后是修理店、废品堆积场——随着安雅逐渐靠近她在市区北部边缘的家，这个世界似乎也变得越发颓败、破碎。

这里距离峡谷不远，她能听到远方矿井中偶尔传来的爆炸声。有些爆炸非常猛烈，能够把地上的灰尘都震起来。磁场和电场把爆炸中一切有用的东西都带走了，剩下的碎屑随风飘向西方，离开阿吉尔，进入荒野。多年的学校教育让安雅对采矿过程有不少了解，尽管她根本不愿意去掌握那些知识，那些知识还是成为了她思想的底色，就像西边的"隆隆"声对于她的生活，也只是她不会去多想的一层底色而已。

头顶上方，一辆辆矿车满载着处理过的矿石，挂在高大铁塔之间的吊索上，像又胖又丑的小鸟在午后的天空中飘过。回家的路就在这些矿车下面，向北通往火车站、卸货站和远处的公司宿舍。安雅小时候经常和朋友们偷偷坐上这种矿车，从学校一直溜回家。不知道现在的孩子们是不是还会这样做。到了她十三岁的时候，高处刺激和轻松的旅程就逐渐失去了吸引力，她开始更加关注衣服的磨损和难以洗去的黑色污渍。小时候的矿车让人感到兴奋又新奇；现在它们不过是地上的几片影子。

奴隶围栏就在峡谷的边缘，那里关押着从西边来的奴隶。安雅和她的朋友每天都要经过这些围栏中最大的一座。那里有长长的低矮屋舍，让河水改道的水闸和水槽，不断被冲洗的矿石，在那片肮脏的工作环境中，强烈的化学气味掩盖了其他所有气味。

一届又一届采矿专业的学生在这里的泥土上踩出了一条路。它拐向围栏，标志着多年以来人们对那些囚徒的好奇和虐待。这条路上几乎没有石块——它们现在都堆在两道栅栏之间，是外面的人扔进去的。这些日子里，卡耶克和他朋友们的口袋里都装着从城里拣的石头。他们用那些石块玩杂耍，大声呼喊、欢笑，再把石块像掷板球一样掷出去。他们带着那些石块走了快两公里的路，只是为了这么一点残忍的娱乐，为了来到围栏附近，朝那些胆敢远远窥视阿吉尔的"牲畜"扔飞镖。

一些"牲畜"向后退缩，一些转头逃走。有一些却仿佛感觉不到那些穿过栅栏的石头。许多石块飞到围栏的波纹铁顶棚上，堆积在那里，甚至把那片顶棚的一些地方压得凹陷下去。

一些小孩被大孩子命令到栅栏前捡起没有飞过去的石头，好让他们可以再打一轮。安雅已经长大了，不再适合这项工作，但她仍然会跑过去。她的口袋里装着从街头小贩那里买的不知什么种类的糖果，还有一块午餐剩下的面包根——那上面的蓝色霉菌太多了。她一边在栅栏外收集石头，一边把面包和糖果

Across The Sand / 009

扔过栅栏的缝隙,给里面的奴隶。她透过栅栏向里面张望,在奴隶人群中寻找一张熟悉的面孔——一个年轻女孩,安雅在父亲管理围栏的时候就认识那个女孩。那时安雅每天下午都会在这里等父亲下班。但她还是没找到那个头发蓬乱、眼眸明亮、会提出许多奇怪问题的孩子。那个名叫维奥莱的女孩。她已经有几个星期没出现过了。

　　一块石头砸到安雅的脊背。一个男孩喊了一声:"对不起!"但随之而来的是一阵哄笑。安雅没理睬那些男孩,只是在那些倒卧于洗矿水槽旁边的奴隶中搜寻——他们刚刚完成一班工作。安雅的目光越过水槽,望向另一边的栅栏,成群从沙漠来的人正站在那里,眺望一无所有的西方荒野。女孩也不在那里。

　　"让开,不然我又要打到你了!"一个男孩喊道。是卡耶克。安雅抓起两块石头,匆匆跑回到小路上,把它们交给大孩子,这让她有机会和男孩子们站在一起,成为他们的一员。她看到乔纳跑到栅栏旁捡了一次石头,然后就拒绝了大孩子的命令,没有再跑到栅栏边上去。卡耶克以一名板球员的力量扔出一块安雅捡来的石头,砸中了小乔纳的头部。那孩子跪下去,仿佛被书本的重量压倒了。

　　"别缩起来!"卡耶克喊道。

　　乔纳捂住流血的头,站起身,扶了扶眼镜,然后就背着沉重的书包拼命向远处跑,其他孩子又发出一阵哄笑,石头像雨点一样朝他飞过去。

　　"真恶心。"梅尔看着这一幕闹剧说道,"男人会勇敢战斗,绝对不会逃跑。"

"我知道。"安雅说,"他能活这么久真是一个奇迹。"

"我爸爸说,像他那样的孩子,光有脑子,没有胆量,最后只会站在街上自说自话,根本不会有人理他。"

矿场那边的一阵爆炸震动了空气和大地。大团沙子和各种碎片从峡谷中腾起,又被风带走。安雅转身看着那些被吹走的尘埃碎屑。忽然间,她看到栅栏里面出现了一番极为古怪的情景:一个女人在人群中走动。片刻之前她还根本不在这里。一套紧身衣包裹住这个女人全身,从脚踝直到脖子,紧身衣外面还缀着一层闪闪发光的金属网。安雅用手掌遮在眼眉上,在午后的阳光中仔细端详那个女人,想要弄清楚她到底在做什么。

"你看到了吗?"她问梅尔。

"看什么?"她的朋友反问道。

"那边。"安雅朝栅栏里一指。但那个女人像幽灵一样消失了。仿佛融进了这个"牲畜"围栏的泥土中。

"那个巫婆?"梅尔问,她指的是栅栏旁的另一个女人。"恶心。这些怪物有时真需用那里的水把自己也好好洗洗,而不仅仅是洗我们的矿石。"

"她不见了。"安雅小声说道。那个女人真的存在过?

"你花太多时间去想那些傻瓜了。"梅尔说,"快点,你男朋友要走了。我们走吧。"

她们跟在男孩子的队伍后面,进入储矿场和上货站。那天有十几列火车停在那里。矿石高高地堆在车斗里,就像生锈平

Across The Sand / 011

原上的一座座黑色小山。矿石铲斗咆哮着，不断将货物倾泻进这些车斗中。其中一列火车正在缓缓前行。铲斗装货的速度非常快，火车甚至在开动的过程中就会被装满，可以直接为东部急等着进货的冶炼厂运送过去。

安雅和其他人在迷宫般的列车间穿行，警卫和列车员对他们大喊大叫，让他们别靠近火车。铁轨上，身穿制服的人正在一列出站火车的底盘间搜寻逃犯。那些男孩子从火车下钻了过去。他们懒得走远路绕过这列火车。安雅跟在他们后面，手心摸到冰凉的钢轨，膝盖剐蹭着粗糙的砾石。梅尔的背包挂到了火车。安雅帮她把背包摘下来。

"等我结婚的时候。"梅尔说，"一定要嫁给住在南城的男孩。我讨厌这里。"

安雅凝视远方——几十条轨道在那里合并成几条，最终变成一条。更远处是一片开阔的平原。沿着那条轨道，她就能一直走到大海，还有大海对面的黄金乡——魔法帝国的中心，那里很久以前发生过许多战争，但现在已经是一派和平气象。那里的食物和衣服的种类多到超乎她的想象。她自己从来没见过，但她从许多人口中听说过很多关于那里的事情，这些人的朋友的朋友有机会亲眼看到过那个地方。

"就是。"她附和着梅尔的话，但她正在考虑的人生，比南城的生活更遥远。

公司的宿舍区就在铁道外面，由多层胶合板和波纹铁皮搭建的围墙将稀稀落落的集体宿舍与外界隔开。这里有几扇正式的大门和几十个不太显眼的小门。孩子们从一道小门挤了进去。

"我们今晚去看他们打板球,好不好?"梅尔一边问,一边朝前面的男孩子们点点头,"之后会有一个派对。"

安雅看着卡耶克和一些校队的男孩踢起一路灰尘,互相追逐着跑回家。

"我不知道,我还有一份矿物作业要写。"安雅说,"而且高级矿石学对我来说太难了。"

梅尔摆摆手,"别理它。我有明天矿石考试的答案。只需要五分钟就能记住。"

"是啊,真不错! 但我期末考试就完了。而且我老爸还总是用这种事刺激我。他说,想要不被困在矿井里,唯一的办法就是尽可能了解那里面的一切。他说你对一件事知道得越多,你要做的就越少。"长辈的逻辑让她不由得耸了耸肩。

"哦,是啊。我忘记他回家了。这次有多久?"

"他刚刚离开了四个月。"

"我是说,这次他会在家里待多久?"

"其实你想说的是,你还要等多久才能求我再办一次派对?没门。而且他自己也不知道能待多久。我希望他能歇上一阵子。你真该看看他这次累成了什么样子。回家时,他的胡子又脏又乱,好像自打他走出家门以后就没有修剪过,而且也没洗过澡。他洗了个澡,在浴室留下了这么厚的一层泥。"安雅伸出拇指和食指,凭空捏了一下,"我发誓,公司一定把他折腾个半死。"

"是吗,但公司让他去做了什么?"

安雅耸耸肩。

"我爸爸认为你爸爸是个懒汉。"梅尔又说道,"他说你爸爸什么都不做,平白无故就能拿高薪,整天只是坐在那里看别人累死累活。"

"你爸爸是个酒鬼。听你说他能思考,我很惊讶。"

梅尔一拳打在安雅的胳膊上。"是啊,那你爸爸到底是干什么的?他为什么一次就会失踪一个季度?你知道,他甚至不在公司的花名册上。别人根本看不到他的薪水,也看不到他的任何信息。你确定他有工作?"

"我爸爸有工作。"安雅怒冲冲地说道。她紧紧攥着拳头,眼睛盯着路面。朋友的问题刺痛了她。这些问题她以前就听过——经常是透过她浴室的破镜子,从邻居那里传来的。

"是啊,那是什么工作?你怎么从来不问问他?"

"我问过他很多次。"安雅说,"他是一个解决问题的人,能解决别人无法解决的问题。当他回到家,他……他只是不想再谈论他的工作了。"

第二章　温柔的小路

安雅

安雅和梅尔在回家的路上道了别。随后安雅一边走,一边陷入沉思,几乎没有看到乔纳就在前面。但是男孩就像单词一样:一旦你认识了一个新单词,就会突然看到它无处不在。

不知道为什么,那个小瘦子正蜷缩在离她家后门不远的地方,好像在地上写着什么。不过安雅只能看到他的后背。安雅感到怒火中烧——这个跟踪狂和讨厌鬼竟然如此肆无忌惮地闯入自己的生活!她想到,如果父亲发现一个陌生男孩在家门口鬼鬼祟祟,他会怎么做。以她的了解,父亲布罗克一定会把这个孩子撕成两半。

为了救乔纳的命,也为了把他吓个半死,安雅快步溜到男孩身后,踮起脚尖,紧贴着他的耳朵高喊一声:"你在干什么?!"一边还用手指戳了一下他的肋骨。

乔纳猛跳起来,就像被蜜蜂蜇了一下。他转过身,愣愣地转头来看是谁把自己吓了一跳——然后回身就跑,好像蜂巢里的所有蜜蜂都飞出来要蜇他。

安雅哈哈大笑。"真是个傻瓜。"她希望梅尔就在自己身边。她决定了,下次再见到这个男孩,就狠狠打他的鼻子,或者像卡耶克那样用石头扔他。她这样对待这个怪胎已经很仁慈了。如果换作父亲看见乔纳这种偷偷摸摸的样子,那他吃的苦头可就要大多了。

她踢掉靴子上的土,拉开带窗格玻璃的家门,走进屋中。"老爸?我回来了!"老旧的家门在她身后"砰"的一声被甩回门框。远处,矿场发出猛烈的爆炸声。碗橱里的碗碟都被震了一下,相互碰撞,发出"哗啦哗啦"的响声。

"老爸?"

安雅又喊了一声,才闻到一股酒气。她顺着浓烈的酒味走进起居室,发现父亲正斜靠在破旧的躺椅上,一下一下打着呼噜。"啊,天哪!老爸。快起来。"

安雅抓住父亲的手,把他拽起来。父亲晃晃脑袋,举起一只拳头,大瞪着双眼,带着惊恐的眼神看向她。

"是我。"安雅说,她知道父亲无论什么时候都不会打她,知道他只会在睡梦中向靠近他的幽灵用力挥出拳头。

她的父亲用手背抹了抹胡子上的唾沫,含混地说:"就是睡个午觉,睡个午睡。"

"好啦,要睡觉就去床上睡。来,起来。"

她把父亲的一只胳膊搭在肩膀上,试着让父亲的上半身向前倾。父亲也尽量用力,但他的体重肯定是安雅的三倍。不管怎样,他们终于齐心协力地站了起来。布罗克摇摇晃晃的,只能用女儿当拐杖。

"我应该走了……"父亲说。

"不,爸爸,你不该走。你才刚回家。你应该在家里休息一阵子。和我在一起。"

他们摇摇晃晃地走向父亲的卧室。父亲拖着两只脚,一只靴子掉了,另一只的靴带也松了。他的呼吸散发出杜松子酒那种带着臭气的甜香味。

"不!我现在就该走了。炸弹应该炸……"父亲使劲挥动胳膊,好像想要驱散某种幻象,结果差点儿一头栽倒,"没有闪光。"他含糊地说着。安雅几乎听不懂他在说什么。"害虫还在。"

安雅带着父亲穿过敞开的卧室门,来到床前,把父亲放到床上——就像把一块巨石从山丘上推下去一样。她的父亲撞上床垫。弹簧被压得"吱吱"作响。还好,床没有散架,只有一团灰尘腾起老高。

"沙地那边有些不对劲……"父亲还在嘟囔。

安雅拽下父亲脚上唯一的靴子,端详父亲,"你说沙地那边是什么意思?"

"害虫!"父亲喊道。他一直这样称呼那些被关在围栏里的人,那些从荒野里流浪过来的难民。

"那些人怎么了?"安雅一边问,一边把父亲的靴子放在地板上,又走到床头,跪下来,就像和父亲祈祷时那样——那时他们还相信信仰的力量。

Across The Sand / 017

"还在那里。"父亲低声说。安雅知道他快要睡着了。"没有爆炸。"他继续喃喃地说道,"没有闪光。"

仿佛是为了应和父亲的话,矿场又传来一阵轰鸣。悬浮在空气中的灰尘在夕阳中形成一道道光柱,似乎在不安地抖动。安雅喝醉的父亲打起了呼噜。

·······

安雅没办法安心学习。她扫视着面前的一行行文字,却一个字也看不进去。把同一个句子读了三遍以后,她推开书本,去厨房给自己热了一碗汤,拿些黄油面包。她把手伸进面包盒,越过面包根和最前面的几块硬面包,去找后面还算柔软的面包片。这时她意识到,之所以最前面的几块面包被放硬了,是因为她认为它们硬,然后不断地越过它们去拿后面的。以至于前面的就真变得又干又硬了。自我编织又自我验证的预言。

她把面包和汤拿到屋外门廊上,背靠窗格玻璃门的门框吃了起来。一些小孩子正在公共广场上玩捉迷藏。她的朋友们差不多应该都在梳洗打扮,准备回到市里,去看学校操场上举行的板球比赛。安雅吹了吹碗里的汤,看着小孩子们好不容易才找到那个跑到屋顶上的孩子——那个孩子名字叫皮克特,大概只有八九岁,但他能像树蛙一样爬树。安雅喝着汤,眼角的余光忽然扫到一样东西,立刻就被吸引住了。

一开始她以为那是一条睡着的狗,但那只是一只破旧的棕色背包,是那个名叫乔纳的男孩的,肯定是被安雅吓跑的时候丢在这里的。他真是太胆小了,连回来拿的勇气都没有。

安雅又喝了一口汤,端详那只可怜的背包。

公共广场上响起一阵骚动,有人跑过铁皮屋顶,发出雷鸣般的噪声。追逐又开始了。那个叫皮克特的孩子从杂货铺的屋顶上跳到了道森家屋顶上。追逐者在围堵他,但他们的方向都错了。安雅立刻就看出皮克特会逃脱。如果长大以后遇到事情的时候也能这样逃走、躲起来,那生活就容易多了。

"啊,该死!"安雅放下汤,把最后一点面包扔进嘴里,然后从门廊上跳下来,大踏步走向背包。也许她会在那只包里找到家庭作业。那样她就能接受梅尔的建议,不必自己写作业了。她可以去看球、参加派对——想一想就很诱人。爸爸现在喝得烂醉如泥,不会知道的。

背包很重。安雅把它拖向门廊,放在下方的台阶上,打开包盖。

她伸手到包里,指节却蹭到了很坚硬的东西——一块石头。她细看袋子里面,发现了一块又一块石头。一整袋都是石头。是矿石实验室的东西?学校的项目?她拿出一块,仔细研究,又拿出一块,却没有找出什么非同寻常或值得注意的地方。火成玄武岩,没有矿物的痕迹,就是孩子们拿来玩的那种蠢石头。难怪那孩子没回来,谁会想要这些东西?但他到底在干什么?某种体罚?还是想变得像其他男孩一样强壮?让自己不再被欺负?或者想让两条腿更有力气?做一个逃得飞快的胆小鬼?

安雅为这个可怜鬼摇摇头。梅尔的父亲是对的:像他这样

Across The Sand / 019

的男孩最终只会在街上独自一人，自说自话。

公共广场对面，一个女孩在一条石砌小路上跳来跳去。安雅看着她两只脚跳了两次，又单腿跳了三次，然后又是两只脚跳，又变成用另一只脚单腿跳，再转身向回跳。安雅一直很擅长发现事物的规律。她认为自己经常能在事情发生前就预见到后面的发展，就像清晰地看到石头投掷的轨迹，知道它会落在哪里，或是看到自己被浪费的生命，知道它会在哪里结束——可能像她父亲年轻时那样，管理围栏，住在峡谷边的小镇里，家里的镜子和屋顶都有裂缝，会漏雨进来。

规律……

安雅的目光扫过公共广场，落在通向各家各户的小路上。这些小路在社区中心会合到一起，在那口老井周围形成一个大环，甚至围住了板球练习场。她的视线就像那个玩跳格子游戏的小姑娘，一直沿着小路移动。她看到这些小路如何迂回曲折地通向她家的后门廊，那里的小路并不完整，一边是断的，另一边只完成了一半。

安雅离开门廊，继续审视铺在路面上的石头——火成玄武岩。那么，背包里的石头其实并非来自于附近的矿渣场，更可能是筑房基和铺路时留下的碎石块，是城市里的石头，来自阿吉尔的碎石块。这些铺路的石头本来不属于这里。她以前还从没有注意到这一点。

她又看了一眼乔纳的背包。那个男孩为什么要收集这些石头？难道他真的是在把安雅家后门的路拆掉？

仿佛有一颗板球干净利落地击中了她。这冲击是如此强烈,甚至让她无法呼吸,眼前的世界也变得模糊一片。她抓起背包,把石头倒在土地上。

那个小不点男孩每天都是在围栏边上收集石头。

他把一两块石头交出来,然后就像个懦夫一样跑开,腰都被背包压弯了。

他还会比别人先到市里收集石头,再背着石头走那么远的路。

大男孩们总是抱怨方便投掷的石头越来越少。总是抱怨找不到石头。

安雅又回头看了一眼公共广场,那些迷宫般的小路蜿蜒穿过她的小镇,经年累月的工作,把可以投掷的石块从市区和围栏边上转移走。经年累月的工作。不是拆毁,而是布置和建造。

现在她的脚边就有一堆这样的石头。安雅拿起一块,放在通向门口的断路上。然后又拿起一块。喊声响起,名叫皮克特的孩子从屋顶上踏着"隆隆"声跑过去,其他孩子在后面穷追不舍。一个孩子踢飞了附近小路上的一块石头,肯定也把尘土踢进了安雅的眼睛。她生气地抹了抹模糊的眼睛,然后慢慢把其余的石头也摆放好。

第三章　灰色的球

安雅

旧矿场的矿渣在小镇北部形成了七道山脊。更加古老的山脊已经风化成为一些小山丘一样的东西，它们的顶部因为风雨磨蚀而变得圆润平滑。逐渐生出一丛丛野草，苍劲的灌木，甚至还有一片树林。在一道山脊的尽头有一群天线塔。那些天线指向东、南、北，用保持着这座偏远的边境城镇和帝国其他地方的联系。

那些山丘是孩子们晚上最喜欢去的游戏场所。它们离家很近，让父母不必担心，又足够远，让孩子们觉得不会被监视。从高处向下看有一种本能的刺激感觉。或者可以说，在那里没有人能低头俯视你。安雅只是在捉迷藏的孩子中稍微问了几句，就知道乔纳可能会在矿渣山上看日落。

安雅应该在家里做功课，但有些问题比功课更有趣。她需要知道自己的推测是否正确，那些小路到底是不是那个男孩建造的？乔纳又是从多久以前开始这么做的？安雅有些奇怪，自己怎么没有注意到这些小路在一段段出现？因为它们的变化总是不大？就像矿井在充满矿石的地层下缓缓延伸？

有一些树已经在最靠近小镇的山脊南侧生根。也有几棵树枯死了，光秃秃地立在那里，树干雪白光滑，没有了树皮，非常适合攀爬。安雅在一棵树上发现了乔纳。他高高地坐在一根树枝上，背靠另一根树枝，膝头放着一本打开的书，嘴里叼着一支铅笔或一根小木棍。

安雅在爬上山坡时已经累得气喘吁吁，靴子里的一块石子让她很是恼火。终于，她坐到一根被当做长凳横放在树下的原木上，脱下靴子，晃出那颗小石子。她的思绪又飘向了喝醉的父亲，还有考试、板球赛和她没能去参加的派对。

西边的天空变红了，颜色就像脸颊上的红晕。城里有许多尖塔，其中一座响起了悠扬的钟声。安雅觉得，耸立在天际线上的那些细长塔尖似乎在警告神灵，不要践踏此地。安雅把靴子穿上，看着卸货站被夕阳拉长的影子。在那里，混有矿石的泥土从矿车中倾泻而下，沿着"隆隆"作响的传送带一直向上，在传送带顶端喷溢而出，如同山体滑坡一般倾泻下来。远远看上去很漂亮。

这座城市拥有的不仅仅是矿场，这一点很容易被忘记。这里还有餐馆、商店和酒吧，建筑物之间有开阔的广场。孩子们可以在草地上奔跑嬉戏；大人们坐在长椅上看书聊天；有人在遛狗；有人正下班回家，或者出去吃晚饭；还有人会在今天晚上开始第一次约会，坠入爱河，然后结婚；同时城中另一个地方却正在酝酿一场可能导致离婚的争吵。这些细节都呈现在安雅的眼前,因为她现在是一名远远的旁观者。当她从城中走过时,就看不到这些——这可真奇怪。

乔纳说:"这么多教堂。"

安雅抬起头,看向在树枝上对她说话的乔纳。男孩指着阿吉尔说:"二十三。我数过。这是第一联盟的钟声,让你抬头仰望的钟声。我猜是他们的弥撒时间到了。他们的钟声总是很早就会响起。你去教堂吗?"乔纳问。

"不去。"安雅回答。

"好吧,我也不去。说实话,我甚至不认识有谁会去教堂。不过城里的教堂的确不少。它们的钟声也从不会停息。应该有很多人会倾听那些钟声吧。"

安雅系好靴带,又打算把另一只靴子也系紧一些。她火气很大,因为不等她开口,这个男孩已经用愚蠢的问题缠住了她。她还没来得及解开另一只靴子,一道耀眼的闪光突然撕裂了灰暗的暮霭,就像辉煌夺目的太阳……

有那么一会儿工夫,安雅以为自己的脑子出了问题,也许是神经细胞失灵、中风,或者是她的头被石头砸了。但是她没有感到痛苦,没有听到声音,只有一束光照耀在阿吉尔上面,从市中心绽放出一片比这座城市本身还要大的光。

太亮了。她什么都看不清,只好转过身去,用臂弯护住面孔。当她乍起胆子抬头去看的时候,一片巨大的烟云笼罩了城市,无与伦比的烟尘团覆盖了一切——一切。它还在向外扩张,不断吞噬。

安雅在震撼中静静地看着。她的眼睛已经半瞎,但她还是努力眨着眼,想要除去烧灼视网膜的绿色,搞清楚自己看到的是什么。

片刻之后,沉重的爆裂声开始撞击她——雄浑的怒吼带着有如实质的震波。灰色的巨型尘团放缓了膨胀速度。它的中心还在不断上升,翻滚着到达了不可思议的高度,把天穹上的云层向周围推开。

"你有没有看到——?"乔纳喊道,"矿场——"

"不是矿场。"安雅说。

随着烟尘逐渐稀薄,他们终于可以看到一些旧建筑的碎片。房屋倒塌,被掏空,其中许多喷出橙色的火舌。整座城市被摧毁,陷入火海。

她的朋友们——安雅突然想起了她的朋友们,卡耶克和梅尔。她首先想到的是卡耶克,这让她对自己感到一阵厌恶。随着那团烟尘不断上升,她知道,她也永远不会原谅自己竟然会先想到那个男孩。一阵热风吹来。安雅终于想起了自己的父亲,想到要回家,她知道,家才是安全的地方——即使那里对于其他人都已经不再安全。

第四章　幸运的人

安雅

在内心深处的一个黑暗角落里,安雅不停地责怪自己——她曾一直希望自己的城市被摧毁。因为这座城市对她而言就像一个牢笼,是她和美好生活之间的唯一障碍。现在,她那阴暗的思想终于产生了效果。

这场爆炸后的景象将永远伴随她。她没有回家,而是在采矿前哨站加入了一支团队,前往市区去救援幸存者。到了市里,他们看见人们摇摇晃晃地蹒跚而行,神情木然,什么都听不见,皮肤黑得像覆盖了一层矿石粉尘,又像桦树的树皮一样不断剥落。爆炸波及的范围太广了,甚至离爆点将近两公里的人们身上都冒出了血红色的水泡。安雅认为,这些被灼伤的人如果运气好,有可能会活下来。他们的皮肤看起来像得了皮疹,仿佛仅仅是爆炸的光线就足以烧伤他们。还有那股味道……它不像安雅所知道的任何气味,其中混杂着头发燃烧的焦煳味,还有腐臭味和金属的腥味。安雅用布捂住脸,依然挡不住那股味道。

爆炸发生在黄昏,之后不久,夜幕就落下了。整座城市都没有电,他们的照明只能依靠手电筒和头灯,还有市中心跳动的火光——那里的建筑一直在燃烧。安雅逐一审视她照顾的人,希望能找到自己的朋友、同学、她认识的任何人。但她也很害怕见到自己认识的人。她不确定哪种命运更糟糕:是在爆炸最初的瞬间就死去、彻底消失,还是在她的注视下渐渐凋零——很多人注定将死于连魔鬼都无法想象的创伤。还有一些人可能会活下来,但再也不可能恢复成以前的样子。而且活下来的人还要眼睁睁地看着亲人死去,完全无法阻止这一切。

安雅不知道自己用了多少个小时包扎伤口。她把水送到伤员的唇边,握住他们的手,等那只手慢慢变凉。护士把她拉到一边,说她已经做得够多了,现在应该回家去看看家人。直到这时,安雅才意识到自己几乎连站都站不稳——也许是因为过度疲劳,或者极度的惊骇。当她离开靠近矿区的临时医院,终于向家中走去的时候,时间已经快到午夜。她几个小时前就想要回家,现在却差一点把家忘了。经过铁轨南边的围栏,她隐约察觉到围栏是敞开的,所有的守卫都跑了,栅栏也都塌了。

她踉踉跄跄地穿过火车站,只凭着直觉向前走。白天她和朋友们沿着这条路回家。那仿佛是上辈子的事。那时梅尔还在她身边。她一直都没有哭,也没有时间去想哭的事情。直到此时,她才跪倒在两根铁轨旁的碎石地上,哭得上气不接下气,全身不停地颤抖。

"安雅?"

乔纳来到她身边，扶她起来。

"我很好。"她甩开乔纳，一个人站起身，"你在这里做什么？"

"我一直在中转站帮忙。他们让我们回家。"他摇摇头，安雅意识到他可能跟着自己进入市区，也看到了同样的景象。"发生了什么事？"乔纳又问道，"这是谁干的？"

"我不知道。"安雅说，"我猜，也许是一年份的炸药核同时爆炸了——"

"没有人会把炸药核存放在市区。有人说我们破坏了一个断层——"

"不，这不是地热上涌。这是爆炸。我看得很清楚。"

"我们被攻击了？"

安雅愣住了。她还没有考虑过这种可能。她一直都认为这是一场意外，一场矿难，可能是大学的一些新技术酿成了事故……她的脑子里已经冒出了十几个奇异的猜想。但她从没有想过这会是故意的，是战争，或者袭击。而这意味着爆炸随时可能再次发生。她的皮肤下面爬满了可怕的预感——也许下一刻，她就会毫无征兆地变成尘雾和灰烬。这个念头让她飞快地向宿舍区走去。

"等一下！"乔纳喊道。

她走进宿舍区大门，有人在那里安装了矿井里照明用的绿色荧光棒，指引还活着的人找到回家的路。门房里一个人也没有。安雅在围墙附近的屋顶上发现了几个小孩子，他们正盯着远处市区里还在冒出火光的大坑。

"谁都不许去那边,听见了吗?"她喊道,"无论为了什么,任何人都不能进城。"

"我在等我妈妈。"一个小孩子对她说。夜色很黑,不过安雅认出说话的是皮克特。以她看到的情况,他的妈妈可能已经不在了。爆炸发生时身在市区的父母都不太可能活下来。她不知道该怎么对这几个孩子说。

她转向乔纳,"确保他们待在宿舍区里。哄他们上床睡觉,好吗?随便让他们睡在哪张床上都行。我们明天早上再集合。尽量找一些大人来照顾他们,还有其他在等爸妈的孩子。"

乔纳点点头。他的脸被矿道荧光棒染上了一层淡绿色的光晕,显得有些模糊。但安雅看到了他坚毅的下巴、脸上的污垢和煤烟,还有惴惴不安的眼神。安雅知道,自己的脸上一定像他一样充满了不安。他们俩在不久之前看到的情景——安雅甚至不愿意那种灾难发生在她最可怕的敌人身上。她有一种冲动,想捏一下面前这个男孩的肩膀,给他一点安慰,但乔纳已经转身去和孩子们说话了。

安雅又在原地站了一会儿,心中思考所有即将到来的痛苦。她不知道他们需要用多少时间来接受这骤然消失的一切,也不知道失去了这一切的他们,未来的生活又将变得多么艰难。她觉得自己生活的时间线仿佛被打断了。她一直都有一条明确的生活道路、一个明确的目的地。但现在,她熟悉的日常生活、她所熟悉的一切都被粉碎。她不知道接下来会发生什么,只知道自己还没有准备好。

Across The Sand / 029

至少我还没死,她终于有了想法,我没有进城,否则我早就死了,现在应该已经死了。这个念头让她的心中再次充满恐慌。就在几个小时以前,她很可能一步踏进无底深渊,深深的恐惧让她感到一阵恶心,但紧随其后的又是一阵兴奋和喜悦。至少我还没有死。

安雅摇摇头,甩掉这个念头,这种欢喜让她对自己感到愤怒。这么多人死了,或者即将死去,她的朋友——她所有的朋友——都惨死在她眼前,这种震撼依然沉重地压在她的心上。但不管怎样,在这一切之后,她还活着。难以抑制的欣喜让她露出微笑,让她觉得甚至简单的呼吸都能如此快乐。她还能感觉到夜晚的凉风吹在手臂和腿上。就连她肌肉里的疲惫、身上的汗水和污垢,都让她觉得自己仿佛被充满了电能,能够徒手举起矿车、压碎岩石。

"我要疯了。"她喃喃地说道,"我要疯了。"

她需要的是家和床。离开大门前的孩子们,她匆匆走过石头铺成的小路,这条小路几乎已经延伸到她的家门口,路面上没有铺石头的地方已经很少了。

她出家门的时候,父亲还醉得不省人事。如果那一阵爆炸和骚动没有把他惊醒,她也不会去惊扰父亲。就让他睡吧,让他以为这个世界还是完整的。

但是他们的房子里已经有了亮光,是煤气灯的微弱光线。安雅推开家门,急匆匆地走进去。她的父亲在起居室里,穿着公司的工作服和工作靴,正把各种装备塞进摊开在地板上的一只大包袱里。

"爸爸!"安雅高喊一声,跑向父亲,扑倒在他的怀里,一边哭一边打哆嗦。

"你没事。"父亲轻声说着,抱起安雅,难以置信地凝视她,就像看见了一个鬼魂。

"我很好。"

"你没事。"他又说了一遍,好像依然不敢相信。

"我在矿渣山那边——"

"我很抱歉。"父亲开始不停地摇头,"我很抱歉。"他的声音沙哑而破碎,"对不起。"他一遍又一遍地低声重复着,再一次紧紧抱住安雅。

安雅和父亲稍稍分开一点。父亲还是瞪大了眼睛看着她,"你……你没有进城,是吗?"

"我想去帮忙……"安雅说着,擦去眼泪。

"快去洗澡。"父亲对她说。

"爸爸,我的朋友们,那么多人……"

"安雅,现在就去洗澡。马上。"他领着女儿走向浴室,"趁现在还有水,尽量多用水。用力擦洗全身。然后我需要你收拾好你的东西。"

"我们要去哪儿?"安雅问。她第一次意识到他们不会留在这里,这个城市已经消失了,她所知道的一切都消失了。

"不是我们,是你。你要去东边的卡恩斯。我有个亲戚在那儿,她会收留你。"

"我不想和亲戚——"

"现在听我说,听我说安雅。玛丽亚会照顾你。我会让公司的人陪你一起去,确保你安全到达。所以把你需要的东西都放进一只袋子里。但首先,我需要你洗个澡。那种炸弹……"父亲转过身,停顿片刻才恢复镇静,"那颗炸弹非常可怕,你听到了吗?你要远离市区。这是命令。"

"炸弹?乔纳——我朋友乔纳说我们被袭击了。我们在打仗吗?"

"没有战争,没有。是恐怖分子,害虫……"

"爸爸,和我一起走吧。你也不能待在这儿。我不想一个人。"

"你不会的。你会和亲人在一起。而我,安雅,我做了件非常糟糕的事。我想亲口告诉你,因为这可能是我最后一次有机会和你说话。我想为这座城市做一件伟大的事,一件能终结我这份肮脏工作的事,这样你也不用再做这份工作,不必用到我教给你的任何东西,你可以去矿上工作——只要你愿意,或者,该死的,别的什么工作都可以。但他们却用那个炸弹来对付我。我有一个计划,现在我要……这都是我的错。"

安雅感觉到房屋在晃动。她伸手扶墙,稳住自己。"炸弹?"她又想起父亲醉酒时的呓语,说有一件什么东西应该爆炸。"为什么?"她问道。她不明白父亲在说什么,心中充满困惑。

"它本来是为他们准备的。"父亲回答,"本来没有什么能阻止它。我不知道他们是怎么做到的,但我会搞清楚是怎么回事。"

"谁?"安雅问,"我还是不明白。"

"现在去淋浴。等你打包的时候,我们可以再谈谈。我还要收拾行李。"

"然后呢? 你要去哪里?"

"西边。"父亲回答,"我必须完成由我开始的事情。"

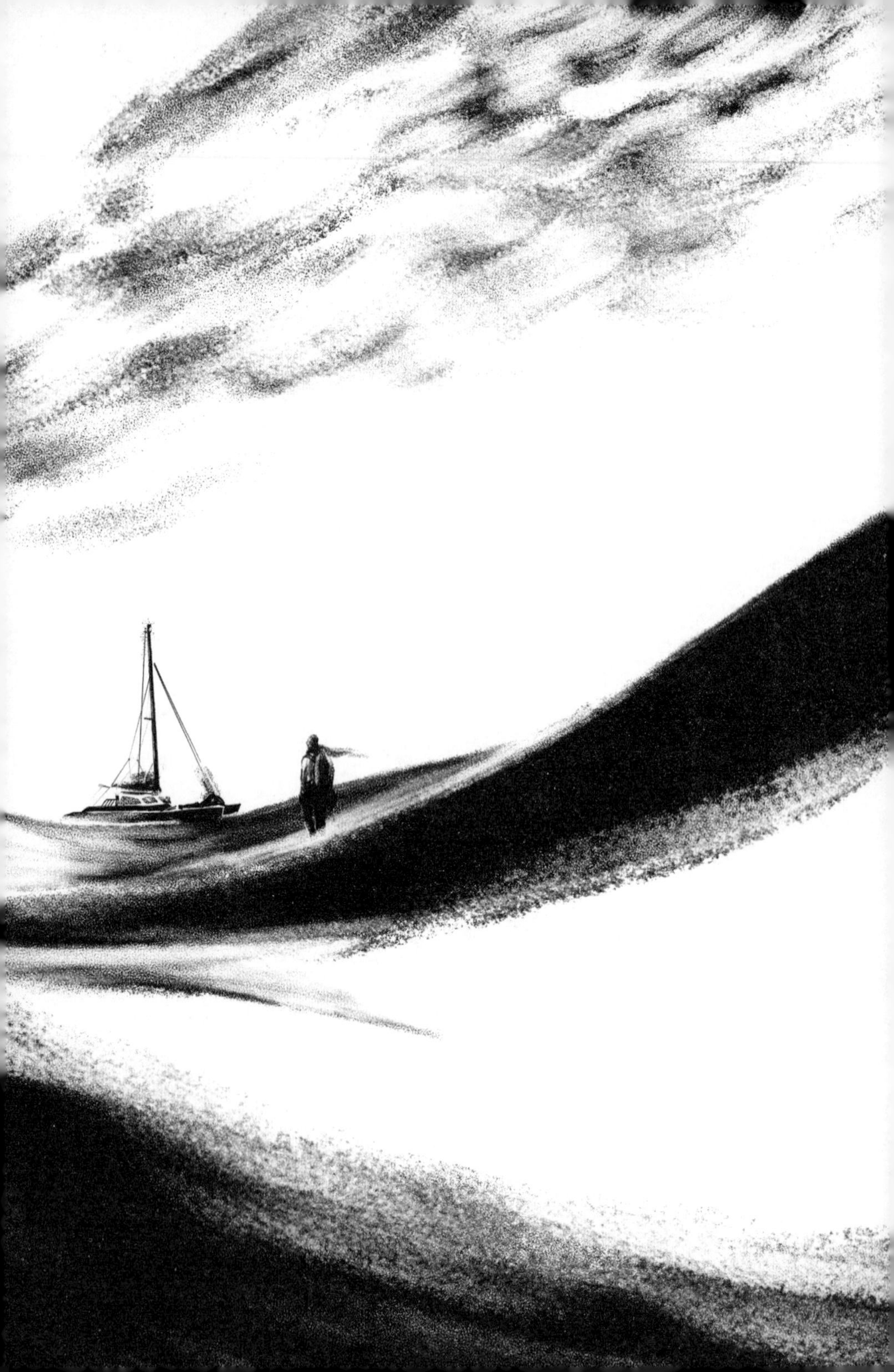

第二部
更多的改变

人只会看到他们想要的,却从来都看不见他们拥有的正是别人想要的。

——游牧王

井干了,
哦该死的,井干了
我们全都要死了

——旧日食人者俳句

第五章　废墟和瓦砾

康纳
三个星期以后

许多代人在一生的岁月里都看着高墙矗立在泉石镇的东部边缘，阻挡来自东方的风沙。那堵墙就像西方的群山一样巍峨耸立，像天上的星座一样岿然不动。康纳从没有想过那堵墙会消失。高墙应该在他死后继续屹立在那里，不仅会比他存在得更久，也会比他之后的许多代人存在得更久——这个信念早已烙印在康纳的骨头上，对他来说毋庸置疑，甚至不需要去多想一下。

而他现在的感觉大概是一种事后认知失调。他试图在这片废墟瓦砾中找到自己的位置，他的大脑却仿佛去了一个疯狂的地方。就在几周前，他一心想要离开小镇，跟随父亲的脚步前往东方。现在他知道了，那里没有救赎，只有更恐怖的痛苦。四面八方都是危险，他可怜的家被夹在了中间。

"一个脚夫懂什么修水泵？"赖德问道。和康纳同一年级的那个大个子将阴影投在康纳身上。此时康纳被埋在齐腰深的沙子里,心中有些庆幸这个大个子能帮他遮一下阳光。但他不喜欢赖德的漫骂,"一个月前,你还像我们一样一次扛两桶沙子。"赖德继续说道,"你现在又有什么不一样了?"

"别发牢骚了,拿起你的扁担,把你的肥屁股挪开。"葛罗莱拉对赖德说。

"我只是想问问,该死的,我们为什么要听他的?"

"因为他听我的,而现在我说了算。因为其他人都跑了,没人知道该做什么。但如果你想喝天上落下来的水,而不是挑砾子①,没有人会拦你。"葛罗莱拉朝沙丘门一指。那是一条混凝土隧道,一直穿过小镇水泵周围的大坑。不想干活就走人——这就是她的意思。

赖德没有说话,只是恼怒地重重哼了一声,扛起两头下垂的扁担。一片片沙子从他那满满当当的桶里溢了出来。

"我绝对要现在就向你求婚。"康纳把潜沙面罩掀起在额头上,喘了口气。他已经和半埋在地下的水泵拼搏了很长一段时间。这是泉石镇唯一还能用的水泵。

"是吗?那你为什么还不行动?"葛罗莱拉一只手叉在腰上,低头看着他。现在正是葛罗莱拉把剩下的脚夫们团结在一起,保持了水泵的运转。水在流动;沙子不停地被挑出去,又以同样快的速度流回来。

---

①砾子:嘴里的沙子。

"呃……因为我现在有点怕你。"康纳说。

葛罗莱拉笑了。"没错,这就对了。你是个会被危险迷住的人,就像我认识的每一名潜沙员一样。"她从腰带里掏出水壶,跪在康纳身边。汗珠从她的额角渗出来,流过下巴,汇聚在她胸前的凹陷处。

康纳接过水壶,喝了一口水。"被危险迷住?"他一边问,一边把水壶递回去,"如果我想去找危险,我应该已经在丹瓦上面了,而不是在这里做一个光荣的水管工。"

"我的光荣的水管工。"她纠正了康纳的说法,伸出一根手指勾了勾,康纳用潜沙服挤压身下的沙子,把自己抬升到膝盖露出地面的程度。葛罗莱拉吻了他,然后把他推回到仍在流动的沙子中。"现在把我的泵修好。"她说,"为什么这话一说出来,就不是我脑子里想的那样了?"

康纳笑了。他爱这个奇迹女孩。是葛罗莱拉拆掉了他身边的每一颗炸弹,在他想哭的时候逗他笑,在他想放弃的时候给他希望。他用面罩遮住双眼,拿起气嘴,吹掉上面的沙子,用嘴唇包住,随后就回到沙子下面。他周围的各种物体因为密度和距离的不同而显示出不同的色彩——地层深处的凉爽沙子是紫色和蓝色的,旧城区水泵的管道、支柱和底座呈现出明亮的金色和红色。康纳保持着方波呼吸——这是他姐姐喜欢用的说法——深呼吸,数到五,屏住呼吸再数五下,呼气并数到五,最后休息,然后重新开始。这些天,他可以免费给气瓶充气,但拖着这些装备去充气很费劲。所以他必须学会节约气息。这是他对自己说的理由。不管怎样,他都不是在锻炼呼吸,为了将来某一天去丹瓦做准备。

他还要打好一块补丁。通往下方泉水的输水管道不停地破裂和发生泄漏。康纳的任务就是用切开的橡胶软管将金属水管包裹住,再用环形夹固定。在沙子里工作非常困难,所以他在需要工作的小空间里制造了一些空气泡——基本就是一个足够他的双手和工具从下面进入的小立方体空间,用硬碴固定成空间的顶部和侧面。他必须凭感觉工作,集中一部分思想把沙子塑形,同时用另一部分思想指挥双手拧紧夹子。人们往往会为了潜入数百米深的地底而大肆庆祝,但这其实要比深潜更加困难得多。这让他想起了葛罗莱拉的话。当他抱怨他们的生活变成了一成不变的常规,她曾经对他说:"常规才是考验一个男人勇气和耐力的地方。"康纳开始明白她的意思了。

卡紧夹子之后,康纳让沙子恢复原位,又把面罩的灵敏度调到最大,观察旧泄漏点周围的颜色变化。没有变化。但他刚把工具收好,就看到更下方有淡淡的蓝色斑块,是沙子吸水变成了泥浆。他滑下去查看,发现又有一个漏洞需要修补。他不明白为什么管道突然出了这么多问题,更不知道如果这种情况持续下去,他们将如何更换整条管线。

潮湿的沙子对他造成了阻力。他在泥泞中奋力向前,同时透过面罩仔细研究管道,寻找裂缝。管子上一定有一些很小的漏洞。他看不见它们,但能看到有水渗出来,导致沙子的颜色从紫变成深蓝,就像万花筒一样让人感到头晕目眩。一定是金属管道正在变得脆弱,可能是因为生锈,或者是不断振动的泵机对它造成了扭曲和拉伸。

他需要更多软管和夹子,就在他准备返回地面的时候,一个小东西进入了他的视野。那是一根浅金色的硬碴长针,就悬在他面罩前两三厘米的稠粥①里。他伸出手指,碰了一下那东西。硬碴长针碎裂了,和周围的湿沙子融合在一起。奇怪。也许是其他潜沙员弄出来的碎片?如果康纳还戴着以前的面罩,他可能根本看不见这个小东西。但维丝几周前给他的面罩有更高的灵敏度,罗伯又把它调整到最完美的状态。这块碎片似乎不太寻常,但他还是没有太在意,直到他看见了另一块碎片。仔细看过去,这样的碎片有很多,足有几十枚。

只要轻轻一碰,它们就会融解,所以它们应该不是潜沙员有意凝聚而成的,可能只是某人留下的硬碴痕迹,因为没有被扰动才一直留在这里。康纳设置好面罩的录像功能,录下它们的样子,并对周围区域进行了更仔细的扫描。他得让罗伯看看。也许是有人在故意破坏水井,不想让他们的努力成功。也许就是那些毁掉高墙的人。这样就能解释,为什么管道被他修好之后总是立刻又会出问题。

不管怎样,水泵暂时还算正常,剩下的大部分泄漏也都只是涓滴细流。于是他游回到地面上。这时他已经又渴又累。他移开气瓶,卷起吸气软管,同时注意到沙子已经埋过了水泵底部保

---

① 稠粥:专指潮湿的沙子。

护罩的一半。现在大坑里经常只有几个脚夫在扛沙子。这座古老的沙坑正在被慢慢填满，一股一股沙子从陡峭的坑壁上滑落，就像正在倒计时的时钟。

葛罗莱拉刚挑完一担沙子回来。康纳正在从水泵的水龙头里接水喝。"都还好吗？"葛罗莱拉问。

"差不多。一些地方还有滴漏，我需要修补一个新的漏洞。但我更担心的是沙子蓄积的速度。"

就在他说话的时候，一层沙子松了，顺着坑壁流下来，一直滑落到他们的脚边。他们看着这片沙子，就像一起吃过饭以后看着脏盘子，不知道该轮到谁来处理。

"今天就到此为止吧。"葛罗莱拉说，"我们到沙脊上去。我想给你看样东西。"

康纳把潜沙装备收到覆盖水泵的防水布下面，跟着葛罗莱拉上了沙坡。与自由自在的潜沙相比，这种攀爬让人感到吃力又缓慢。如果不是考虑到电池充电的问题，他也许不会步行去任何地方——他会在沙子下面飞行。那种速度才快得过瘾。

在沙山顶端，向东可以看到泉石镇的遗迹。现在那里变成了一片几乎完全平坦的沙地，倒塌的摩沙大楼只有一些钢筋像肋骨一样伸出地面。几艘萨弗船停在那里，桅杆被放平，船壳在阳光下闪闪发亮。那些船的主人正在下面打捞物资。棚户区躲过了流沙和倒塌高墙的碾压，人们正在这片曾经的贫民窟忙着进行新的建设。而康纳看到的是一个必然的未来。新的高墙会被建起，最终又会压在所有对它坚信不疑的人们身上。郊区再次成为城镇中心,如此循环往复,直到活在这里的人被埋在西方山脉的脚下。

"要我看什么?"康纳坐在葛罗莱拉身边问。

"你用不着戴围巾。"葛罗莱拉说,"我也没戴。"

康纳调整了一下系在脖子上的围巾,"是的,今天的浮沙①很轻。"

"这几个星期的浮沙一直都很轻。我一直想要告诉你来着。"葛罗莱拉朝东方指了指,"只有那些老沙丘上的沙子还在被风吹过来。"

康纳耸耸肩。"我们运气很好,暂时应该能喘上一口气。这样的天气再坚持一阵子,我们就有机会把水泵挖出来一点,为以后做好准备。"

葛罗莱拉摇摇头。"但我要告诉你,我觉得不会有更多的沙子被吹过来了。有这种想法的不止我一个。你的姐姐——维丝离开以后,沙子就不再从东方涌过来。风只是在推动这里的沙子。除非爬到这么高的地方,否则你不可能注意到这件事。沙子还在和以前一样不断刺伤我们。但已经没有新的沙子过来了。"

康纳不是第一次听到这种说法,但他一直不曾允许自己相信它。直到和葛罗莱拉坐在一起,感觉到皮肤上被吹干的汗渍、清凉的风随着西斜的太阳吹拂在脸上,他才注意到眼前几乎没

---

①浮沙:风中的沙子。

有沙子形成的尘霾。他想起这几个晚上明亮的星星——现在只要不下雨,天空就是清澈的。只是这几个晚上,还是已经有几个星期了?

"东边传来的声音也在那一天停止了。"葛罗莱拉说,"那种我们还不记事的时候就不断听到的轰鸣声。你的妹妹维奥莱……"

"同父异母。"康纳说。

葛罗莱拉朝他皱了皱眉。康纳知道她不喜欢自己这样称呼维奥莱。这个妹妹是康纳在无人之地找到的,他们相逢的那一天,康纳正想要逃离自己的生活。到现在为止,他们相识的时间也只有几个星期。

"你妹妹说,在她被囚禁的地方,也就是你父亲被囚禁的地方,他们用炸药挖开地面。"葛罗莱拉抓起一把细沙,让沙粒从手指缝里漏出去,"这些都是他们挖矿的废料,是他们不要的东西。"

"我知道。"康纳说。

"你知道?那就看看周围。想想这种情况已经持续了多久,无论东方的人到底在做什么,那对他们来说一定很重要,他们从地下挖出来的东西一定很有价值。"

"你想说的是,我们又为此付出了什么样的代价?他们让我们付出了什么代价?"康纳强忍住泪水,感觉到喉头在缩紧,就像有人从背后扯住了他的围巾。他的姐姐是他心目中的英雄,一个远在天边的神话。他总觉得维丝只是去进行另一场冒险,随时都会回来。他不敢相信姐姐真的和他们永别了。"每当我想起维丝,我就会想,至少她把那些混蛋带走了,制止了他们在那边做的事。他们囚禁我们的同胞,我们的家人。要我说,能摆脱他们真是一件好事。"

"是啊,总算摆脱了。"葛罗莱拉淡淡地说,"但我觉得你没有明白我的意思。看看那些人做了什么,做了多久。"她挥手指了指看不到尽头的沙海,"你能相信,他们不会再回来了?"

第六章　我们无法碰触的

帕尔默

那些金属巨兽一动不动地匍匐在地底，展开双翼，仿佛还记得高空的风。帕尔默知道，很少有人见过这番被埋在六百米黄沙下面的景象。几乎没有人潜沙超过三百米。三百米以下完全是死亡地带，被压实的沙子感觉就像坚硬的岩石，让人不可能在移动的同时保持呼吸。帕尔默一生中只有一次潜到过那么深的地方，就是在他和他的朋友哈普发现丹瓦的那天。实际上，他那次只潜了不到四百米，但还是差点丧命。现在他来到了科罗拉多州斯普林斯国际机场的上方，一边让沙子流动，一边凝视那些几乎没有被碰过的战利品，这些战利品比他的下潜极限还要深两百多米。

他的姐姐维丝坚持认为潜沙到那个深度是可行的。在她离开家乡，去往东方之前，她甚至暗示要下潜到整整一千米。帕尔默认为这是不可能的——但他还是相信了姐姐。他经历过千百次的错误，才学会了永远不要怀疑姐姐。

现在,维丝给了他详细的笔记,说明她如何进行深潜。

一开始是每隔两百米埋一只气瓶。当然,其他潜沙员也会在下潜的路上埋气瓶,在上下的过程中交换气瓶,好延长潜在沙子里的时间。但维丝的方法不同。她说,要潜入那样的深度,你将无法承受过多装备产生的阻力。所以到最后一段路,你必须在没有气瓶的情况下一路下潜,尽可能不间断地下潜,然后返回时在埋设气瓶的地方停下来,呼吸五到十分钟,让头脑恢复平静、身体充满氧气,然后再离开气瓶。

潜深一千米……而且是在没有气瓶的情况下。只有维丝才会这么做。但她证明了这是可能的,至少在她看来是可能的。

维丝还在帕尔默的地图上做了标记,那张地图是帕尔默进入丹瓦最高的摩天大楼时,从一个书桌抽屉里找到的。维丝在上面标出了她最喜欢的潜沙地点。这是一张旧世界的地图,印着旧世界的各处地名。他所知道的双石路——滥酒馆和泉石镇之间埋藏的两条破碎的石头轨迹——曾经被称为25号州际公路,连接着地图上被标为"普韦布洛"和"科罗拉多州斯普林斯"的两个地方,看上去几乎是一条直线。古代的小村庄散布在地图各处。帕尔默不禁会想到,如果这些村镇和城市属于同一个时代,那时这片地方可能会有一百万人居住。甚至可能还要翻倍。真是不可想象。

正是那张地图把他带到了这里。他在一群沉默的金属大鸟上方盘旋,好奇人们为什么要建造这些铁鸟。这个很久以前就被深埋于地下的世界充满了秘密,又那样遥不可及。

他从维丝埋在地下第一个两百米深度的气瓶中深吸一口气。不久之前,这还是他敢于下潜的最深处。那时的他只能在著名的潜沙地找一点残羹剩饭。相比之下,维丝的宝藏就是一片处女地。在下潜到两百米以前,普通的潜沙面罩甚至不可能让人看清这座机场的模糊轮廓。他的姐姐经常会从他的生活中消失一阵子。可以说,维丝生活在一个大多数人都看不见的世界里。但说实话,拥有这张地图,能够下来看到宝藏——这种感觉要比不知道宝藏的存在更糟糕。帕尔默发现丹瓦后就再没回过那里,但消息已经泄露出去,潜沙地已经找到,现在很多人会去那里朝圣。尽管如此,还没有人成功地从那座城市取出任何东西。人们所做的和帕尔默现在做的一样:徘徊、幻想,却碰不到他们渴望的东西。

这次不一样,他心里想。他会下去。他能做到。他把注意力集中在那座屋顶有洞的大型建筑上。根据维丝的笔记,那里有成堆的手提箱,整齐的小包裹里装满了保存完好的衣服、靴子、洗漱用品、化妆品,常常还有更稀奇古怪的珍宝。旧世界最珍贵的珠宝,最精致的遗物,那些小蛋壳里装满了有用的东西。只要打开其中一个,就足够买一艘新帆船、一个新家、新的生活,至少是新生活的开始。他要做的只是下去抓住它们。

深呼吸。氧气刺痛了他的四肢。他一直让潜沙服全力运作,发出"嗡嗡"的声音。就像维丝建议的那样——一直将能量提升到极限,直到他全身的骨头都能感觉到。不要担心呼吸过度,集中精力在沙子上。帕尔默吸了满满一口气,让胸部和腹部全都涨满,然后他吐出气嘴,把气瓶留在身后,径直向下潜去。

　　还有一组气瓶埋在四百米深的地方。坚硬的金属外壳显示出耀眼的黄色,但它只是深蓝色和紫色海洋中一个细小的点。他知道那是什么,因为维丝把一切都标得很清楚。沙子很重,周围又湿又冷,死亡近在眼前。墓穴中的沙子在挤压他的整个身体,让他无法呼吸,甚至无法清晰地思考。就像他在丹瓦潜沙时的感觉。他将心中的绝望转化成迫使沙子震动的力量,解离沙子的黏性,让它们像水一样流动。但是重量——难以承受的重量压在他的胸口上,像两只手扼住他的喉咙。三百米,黑暗将他裹得越来越紧。他的视野周围出现了不断收紧的一圈黑色。三百五十米,他到过这个深度,他能做到,能做到⋯⋯

　　下一组气瓶就在前面。他能清楚地看到下方那些铁鸟张开的翅膀,好像它们生来就要在天空中飞翔。帕尔默生平第二次看到了几乎没有人会相信的一幕——又一个奇迹,就像在丹瓦一样。他找到四百米深的气瓶,把气嘴含在嘴里,希望里面有空气。停止沙子的流动,集中精力扩张肺部,呼吸。赞美氧气。但他同时意识到一个可怕的事实:这是他能够达到的深度极限。他已经没办法再下潜一米,更不用说是两百米了。他感到自己来到了死亡边缘。姐姐能做到,不意味着他也能做到。他们之间还有很大的差距。而真正折磨人的是他看到了下面所有的一切。那些却都在他无法触及的地方。那些财富足以重建泉石镇,或者在滥酒馆换一大笔钱,或者让他能够向丹瓦发动冲击,或者把他的家人从地图上这个被称作科罗拉多的地方弄出去。

帕尔默又从气瓶里吸了一口气,最后一次满怀渴望地凝视下方的宝藏,然后他转身向地面冲去,并记得在前一个两百米处停下来呼吸五分钟。他告诉自己,以后他会再做尝试。他绝不会放弃。可能明天,或者后天。他姐姐能做到,他也能。

回到地面,他摘下面罩和头带,关闭潜沙服的电源,平躺在萨弗船的阴影里,喘着气。萨弗船的风力发电机像昆虫一样"嗡嗡"地叫着,在强风中旋转。除了这个声音,周围还有他熟悉的沙尘被吹过沙漠的声音——有些像是玻璃相撞的"叮当"声——每当他的头贴近地面的时候,他就会听到这种声音。

呼吸平稳之后,他脱下潜沙服,换上长裤和一件白色开襟衬衫,将衬衫底襟系在腰上,又把潜沙服塞进船里,把其余装备放回到拖曳架上。尽管他一直在做发财梦,但他必须先回到常规的潜沙中,在废物堆里寻找财富。甚至可能还要冒险在旧泉石镇的界线边缘干些拾荒的活——领主们和各帮派已经在那里划定了边界,并对埋在下面的东西提出了所有权的声明。

他知道,要解决现在所有的问题,最简单的办法就是像他的大多数朋友那样加入帮派。那样他就会有固定的潜沙工作、充足的食物和水、伙伴、更多的约会选择。发现丹瓦后,他收到了无数邀约。他可以直接成为头目,拥有自己的团队。不用每天早上起床,查看风向和地图,思考该去哪里赚钱——这样的前景很有诱惑力。会有别人负责一切,告诉他该做什么。听从别人

Across The Sand / 049

的差遣难免会让人感到悲哀,但也有让人舒心的地方。

因为发现丹瓦,他才有了这么多机会,但出于同样的原因,他无法接受这些机会:他知道自己是个骗子。是的,他到达了丹瓦,但只是到了那里最高的摩天楼顶端。而且在他下潜以前,耶格利已经挖去了那里大量的沙子,为他开凿出一口深井,所以他实际下潜的深度只有两百米。他再也不会回丹瓦了。他在那里留下了太多伤痕。到达最高的塔楼顶端算不上什么。只有维丝才能到达下面的街道。不,那整座城市都只是一场白日梦。那里不会有任何东西被打捞上来。可能只有他手里的地图是例外。

他坐在驾驶座位里,让风给他的潜沙服充电,同时仔细端详这份折起来的地图。他应该把这张纸复制几份,以防原件出问题。还有什么能比这张地图更有价值?他不止一次思考过,是否应该卖掉它。把维丝的笔记也卖了。卖掉你的梦想,让别人为了追逐它而送命。他甚至可以做几张小地图,每张图上只有二十几个维丝喜欢的潜沙点——也就是姐姐标出小星星的地方,然后把它们卖给不同的拾荒者或者帮派。不过,这只能是一次性交易,而且很可能筹不到足够的钱让他真正退休。如果他能潜到足够深的地方,再依靠这张地图,他的一生都会过得很舒适。

在滥酒馆,也就是地图上那个被标为"普韦布洛"的地方,帕尔默注意到姐姐标出了几个点。他觉得接下来可以去那里试试。维丝标出的大部分地点都在地图黄色区域的上方。它们都对应着地图上小村庄的名字。而在她没圈出来的地方还有很多其他地名,那些可能是维丝都没有发现的古老村庄。他想在那些地方也慢慢挖一挖,看看是否有一些没有被发现,同时又足够浅的村子。他知道,如果一个地方埋得够浅,很可能早就会被别人发现过,就算是没有人发现,湿气和空气也会渗进去,让埋在那里的东西烂掉。但这毕竟值得一试。

他的肚子在"咕咕"响。他没有吃早饭,可能也略过了午饭。这是他要去泉石镇潜沙的另一个原因:每周与家人共进晚餐。一开始他只想聚一次就走人,但他妈妈建议他们下周再来,现在已经是第三次了。他不知道这种家庭团聚还能持续多久,然后他们就会再次分道扬镳。帕尔默对家庭聚会并不热衷。他知道自己会第一个在晚上溜出去,结束他们一家人表面上的正常生活。但是现在,蜜糖洞有城里最好的饭菜和啤酒,而且他还不用花一分钱。

一想到冰凉的啤酒,他立刻就有些垂涎欲滴。"好吧,好吧。"他嘟囔着,起身打开风帆,"一切下星期再说。但是到时候,我们必须制订一个计划。"

第七章 切断的联系

罗伯

罗伯调整了一下挂在脸前面的大号放大镜,让世界重新聚焦。多亏了一根有三个关节和多组弹簧的机械臂,放大镜才能被稳稳地固定住。这是他从格雷厄姆的收集品中找到的一件宝贝。他给这根机械臂上了油,让它能够重新使用。现在他举起烙铁,将高温的烙铁尖在一块湿海绵上蘸了蘸。一阵"嘶嘶"声响起,就像一条喷毒响尾蛇。他正在修理那副坏掉的雷卡3000。

这副潜沙面罩早已不再有当初的漂亮模样。它的几个大电容都裂了,灰色的黏液漏到电路板上。电阻器的一整根线烧焦。罗伯更换了一个又一个组件,尽量不去想戴着这东西的潜沙员遭遇了什么。像这样的东西很少会由它们原先的主人送来维修。

为了摆脱脑子里阴暗的想法,他让自己沉浸在工作的美感中。焊料流动的样子总是让他着迷。一盘暗灰色的金属线被他用烙铁蹭一下,就变成了闪闪发光的银色液滴。他用带着焊锡的烙铁按住面罩上一个松动的连接点,焊锡就像潜沙员身边的沙子一样流淌,随着重力下降,在他预想的点位变硬,甚至不需要他给烙铁施加任何力量。他仿佛手持一根魔杖,挥一挥,就能施放出魔法。

尽管焊料已经开始冷却,变成了一种蜡状的银,他还是俯身吹了吹刚焊好的接头。这更像是一种迷信——一个乞求好运的吻。

"15欧姆的电阻快用完了。"罗伯说着,从箱子里拿出一个小电阻。棕色、绿色、黑色、金色,每个电阻器上的彩色环带都代表不同的型号,这是格雷厄姆教他的密码。看在诸神的分上,罗伯真的很好奇,旧世界的人们怎么会用这么愚蠢的系统来计量数据?也许他们还会把计算答案看成某些颜色的混合?

"记下了。"格雷厄姆告诉他,"我知道在哪儿能找到电阻。"

这位老拾荒人兼潜沙大师正在另一个工作台上翻检一天的收获。罗伯能听到他在用筛子分批筛选物品,把沙子弄掉。罗伯几乎一直在车间里工作,所以格雷厄姆现在几乎完全不用干修理的活计。在过去三个星期里,他把越来越多的工作交给了罗伯,罗伯完成这些工作的时间比他短一半,成品的质量还要更好一倍。于是这位老人现在每天都会进行五六次潜沙,在泉石镇没有被别人选中的地方回收物资,或者捡一些只有他知道该怎么用的东西。

当最后几个连接点也被修复了。罗伯对这副面罩的精致感到由衷的赞叹。大家都认为他是个天才,能把零零碎碎的东西拼合在一起，但又是谁首先做出了这么精细奇妙的东西？他所做的只是替换坏掉的部件，看看这些部件是如何连接的，电流如何在其中游走，变成信息。真正拥有魔力的是最初制造这些芯片的人，他们的手肯定比他精确一百万倍。

罗伯曾经想要从格雷厄姆那里得到一些关于旧世界的答案，希望能了解那时候的人。他为此纠缠过格雷厄姆不少时间。他认为像格雷厄姆这么大年纪的人，一辈子都在收集古代人类的技术，对那个久远的年代一定有自己的想法和理论。那时候的人类怎么会知道那么多？他们是如何从零开始制造这些东西的？当罗伯研究他们的古老技术时，他看到了一个比泉石镇任何人都更有智慧的远古民族。

"现在这里只有我们，没有他们。"这就是格雷厄姆一直以来的回答。尽管他痴迷于那些老东西，但他似乎对曾经使用它们的人漠不关心，"吸上一口气才是世界上最聪明的事。"有一次他这样说着，笑了起来，好像这是有史以来最好笑的笑话。

完成这副雷卡面罩最后的修理，罗伯拔掉了电烙铁的插头，把它靠在支架上，确保热烙铁头不会烧焦任何东西或引起火灾，格雷厄姆为此给他上过严肃的一课。"面罩好了。"他说。

格雷厄姆哼了一声表示知道了。看老人的样子，罗伯就知道他今天没有什么收获。尽管格雷厄姆潜沙非常频繁，但他带回来的东西却越来越少。看上去，他似乎是在寻找一种不能和别人谈论的东西。

不管是什么让那个老人家无暇他顾，罗伯很享受独自在店里摆弄和测试各种小东西的额外时间。大约一年前,他发现潜沙员们几乎都不知道自己的装备是如何运作的。当他的哥哥们回答他的技术问题时,他总觉得他们在胡说八道——"你太小了,不会懂的"或者"你不是潜沙员,罗伯"。直到他开始问他们这样的问题:"嘿,康纳,动态交联需要设置为12,对吗?""哟,帕姆,你把谐波稳定器调到最大了,是吧?"他得到的回应往往是茫然的目光,不确定的点头,再加上一句"我当然知道,你这个笨蛋"。这让他察觉到了真相,而这种真相很让人不安,因为根本就没有什么动态交联和谐波稳定器之类的东西。罗伯的哥哥们和他们的所有潜沙员朋友每天都在使用这项技术,但对他们来说,这就像魔法一样。没有人知道他们的装备是如何工作的。

甚至大多数维修潜沙服的人都不了解这些装备的基本情况。他们只是依照潜沙服以前的样子重新布线,或者更换零件,直到出故障的潜沙服能够重新启动。没有人能够再从零开始做一套潜沙服。潜沙师傅们至多也只能把旧潜沙服拼凑起来。罗伯有那么多问题,却发现没有人知道答案,这让他很失望。所以他开始自己做试验,首先用父亲的旧靴子,它有足够的自带振子,可以模拟整套潜沙服。只需要让它将谐振波空间覆盖潜沙员的身体,同时确保潜沙员不会接触到振波区域,然后……就有好戏看了!

他还一直在修补他能拼凑起来的头带和面罩。他使用的材料往往是那些被人们认为无法修复,只能扔掉的东西。人们总是这样——潜到沙子下面,寻找新装备,好替换掉他们不需要的东西，却从不学习如何维护他们已经拥有的。而这也正是罗伯喜欢格雷厄姆的地方——这位老人能进行真正意义上的修理。当然，他花的时间也要长得多。灌满一只气瓶，然后下潜去找一套新装备可能会更便宜。可是对罗伯来说，修理一件东西就像在倾听它的故事，了解它怎样被创造出来，探究每一只触摸过它的手，端详它身上的每一个小划痕和伤损，就像追溯回忆和伤疤。

罗伯不是傻瓜。他知道自己是被康纳丢给了格雷厄姆，让这位老人家当他的保姆。罗伯对此也有抱怨，在这片沙漠中，任何财富都无法和家人相比——但他喜欢这家商店，现在他大多数时候都会在这里过夜，就睡在工作台下的小隔间里。他想要学习，知识是他发现的另一种重要财富，所以他每天都努力向格雷厄姆请教。他怀疑这位潜沙师傅有时候在装糊涂，实际上他还掌握着很多关于潜沙服的知识。

罗伯把雷卡面罩和他自己的潜沙头带进行了同步，两个部件都亮起了绿灯。"通了。"他说，"同步完美。"

一束细电线从他的衬衫领子里伸出来。这些电线连着他父亲的旧潜沙靴。他在那双靴子里塞满了电池和电子元件，还有泡沫橡胶，好让它们能合自己的脚。他将这些电线连在面罩和头带上，把头带戴好，让冰冷的金属电极贴住他习惯的头部位置，但他还只是将面罩挂在额头上，没有让它遮住双眼。

工作台旁边有一口很大的试验沙井。这样他们就不必到外面去检测各种装置。这是个五米深，长宽各两米的方形沙井，井壁有钢丝围栏,可以防止小偷进入,也可以防止不合格的装备把测试员带到太深的地方。

前段时间,罗伯遭遇了一件有点可怕的事,他差点把自己埋在硬碴里。那时他向哥哥康纳保证,他以后再也不潜沙了。他是认真的——他不想做家人做过的事。虽然罗伯在控制沙子流动方面有了进步,但这不重要——他真的很害怕潜沙。他当然不会向别人承认这件事,尤其是对他的哥哥们,但他感觉修理工作更适合他,这样他可以待在高出地面的工作间里。只有为了测试修好的设备,他才会进入沙子,而且必须是格雷厄姆在场的时候,如果设备出了问题,格雷厄姆会把他拉出来。

他穿上靴子,靴子发出的振动比店里的任何一套潜沙服都要干净得多。实际上,他穿过的任何一套潜沙服都没有如此干净的信号。所以他一直在用它们对修复的部件进行测试。任何不规律的振动都表明头带可能有问题,任何异常的输入信号或者目标显示则很可能是面罩的问题。他的靴子不会造成任何干扰。检测、检测、52,他心中念叨着,尽可能把自己的声音在脑子里放大。他总是觉得这些话就在喉咙里,马上会从鼻孔中漏出来。

"52。"格雷厄姆大声重复着罗伯随机想到的数字,让罗伯知道他听得很清楚。他们俩想出了一些小办法来确保测试者的安全。带着新修理的装备潜沙总会有特殊的危险。

罗伯抓起一个小测试气瓶,手臂穿过背带,把气嘴放进嘴里,咬住。他拉下面罩,周围的世界立刻幻化出万花筒般的光芒。"读数正常。"他告诉格雷厄姆。气瓶的信号发送和他的面罩配合很好,让他知道还有四分之一瓶气,足够半小时的测试,远远超过他需要的量。下去了,他用力想道,然后就开始等待格雷厄姆的命令。

祝好运,格雷厄姆说道——或者是想道。这句话直接进入了罗伯的大脑。

靴子"嗡嗡"作响,好像正在渴望被使用。罗伯有时会因为父亲的旧靴子被自己留下而感到内疚,好像他是在阻止它们深入沙海,去搜寻大笔的财富——那才是它们真正的用途。他开始让沙子流动,他的关节感觉到微弱的震颤。这副面罩是一流的,他的修理也很成功。不需要做全电池测试,对此他早已确信无疑。当一件潜沙服的各个部件都能做到完美配合的时候,你甚至感觉不到自己在穿着它。

他旋转着落进沙子里,脑袋沉入地面以下。每次这样,他都会有一阵恐慌,即使是在完全受控的条件下,即使格雷厄姆在上面,也没办法让他彻底安心。罗伯从气瓶中吸了一口气,试图放松自己。他把注意力集中在读数上。格雷厄姆经常重复的一句话又开始在他脑海中盘旋:"客户的生命取决于我们。"罗伯对待这件事很认真。他不想让任何人因为他的错误而送命。这是他在深夜里挥之不去的噩梦:一名潜沙员被深潜症困住,潜沙服没有反应。他无法呼吸,他最后的念头是他的装备为什么不工作……

镇定,格雷厄姆用意念警告他。就在罗伯努力让精神平稳下来的时候,那位老师傅完全能感觉到他不断漏出去的思绪。

罗伯在努力。他悠长缓慢地呼吸,让沙子流过胸口,直到阻力消失。一个精神指令,面罩开始进行全方位判定。当靴子把面罩和头带的能量拉到最大,他的脚随之感到一阵刺痛。但他要在这种状态下确保一切读数依然正常。到目前为止,一切看起来都很好。只剩下几分钟的耐力测试和电池耗电量检查了。

他用这段时间练习对沙子塑形的技巧。在潜沙学校,学生们会学习如何用沙子制作弹珠,将几立方英寸的沙子压缩到只有拇指指甲那么大,还要用高温将沙子中的二氧化硅熔合成玻璃。罗伯一直在练习其他塑形方式:四面体和立方体——四面和六面的骰子,这个他已经很擅长了。十二面体的十二个面更难,几乎不可能做到完美,但专心做这件事可以消除在沙子中的恐慌,同时还可以对面罩进行有效的测试,确认透过面罩看到的形状是否清晰,玻璃材质是否像正常情况那样发出白色和黄色的光。

你要做什么?他听到格雷厄姆在想,真实的气恼从老师傅的心中流露出来。

罗伯的精神集中被破坏了。他没有完成十二面体,而是弄出了一团不成形的东西。或者可能是面罩出了问题。他不知道自己做了什么惹恼了格雷厄姆。那位老人以前总是称赞他塑造的各种形体。实际上,就是格雷厄姆教会了他塑造五种柏拉图固体。①

出去，他听到格雷厄姆在想。

罗伯意识到有些不对劲。格雷厄姆的声音里透着恐惧——触手可及的恐惧，就像惨白坚硬的钢铁。罗伯让沙子流动，开始往上爬，离开沙井。他又一次感觉到被埋在蜜糖洞里的恐惧——在他母亲的房间里，当高墙倒塌的时候，恐惧填满了他的喉咙。那样可怕的事情又发生了。他能从格雷厄姆的思维中感觉到。

他抬手护住头顶，以免上升的时候撞到东西——这是康纳教他的——抬头向上看，确保地面没有障碍。于是他看到了上面移动的物体。有人站在测试井的正上方。不止一个人。罗伯意识到格雷厄姆的想法不是传送给他的。他一直在大声跟一个人说话，他的声音和想法混在了一起。出去，格雷厄姆说，不要在这里。那些都是入侵者。帮派吗？还是食人族？

格雷厄姆汹涌爆发的感情变得难以捉摸。罗伯的胃因为感受到这股情绪的激流而开始抽搐。他不知道该做什么，突然间，他甚至忘了如何让沙子流动。他的胸部被压紧。周围的沙子又恢复了坚硬。

救命，他想。

他含着气嘴，拥有几乎四分之一瓶氧气。但他无法强迫自己的肺呼吸，无法扩张胸部。这些是基本能力，最基本的。但他

---

①凸正多面体，各个侧面都是全等的正多边形。柏拉图证明了这样的正多面体只可能有五个：四面体、六面体或立方体、八面体、二十面体、十二面体。

的心思却散落在各处角落里。他应该能做得更多。扬起沙子，把上面的人固定住，把他们拉下来，困在井里。但他连最简单的事情都做不到，他没办法呼吸。

别上来！格雷厄姆大声喊道，这一次，他在用意识对罗伯呼喊，罗伯，别上来……

随后，情绪的洪流结束得比出现时更突然。一阵又一阵完全不同的情绪轮番出现……然后平静，沉默，什么都没有，连接被切断。

罗伯的视野中心飘浮着一个白色的畸形斑点，这是他尝试过的面最多的柏拉图固体。沙子又开始流动。他拼命将井中的沙子扬起。准备阻止上面的那些人——但井外已经没有人了。

格雷厄姆？

罗伯缓缓升起。他感觉不到回应。他从沙子里钻出来，环顾四周，寻找格雷厄姆。

但店里没有人。只有罗伯孤零零的一个。

第八章　泉石镇和棚户区之间

罗丝

罗丝搅动着锅里沸腾的汤汁,用勺子盛起一点,尝了尝,又加上一撮盐,然后继续在死人的名字上擀面皮。

她不确定是谁开始了在酒吧里刻字的风气,但在大崩溃之后的几天中,整个吧台表面都被失踪人员的名字覆盖了。罗丝还记得她的前夫把这块巨大的橡木板从沙子深处拖出来,用来取代蜜糖洞的旧吧台。他花了几个星期的时间打磨它。现在,曾经被抛光的平整表面变成了记录伤痕和痛苦的纸张。

一个女孩开始抱怨清理吧台变得多么困难,所有这些被刻出的裂缝里都填满了啤酒泡沫和各种碎屑。罗丝最初想把这块橡木板翻转过来,使用另一面。但她意识到,老顾客们会继续在上面刻东西。一旦你放任一件事继续下去,就很难再让它停下来。随后,汉娜自告奋勇,问罗丝能不能由她来解决这个问题。汉娜是她的吧台助理。在罗丝心目里,她也是最接近于商业伙伴的人。

第二天一大早，汉娜就来了，她带来了许多塑料垃圾，其中大部分都有着深浅不一的红色。罗丝看她用一只带凹痕的旧罐子，把这些塑料在炉子上熔化，直到各种颜色形成一道彩虹，在塑料液体的表面不断旋转。然后她把这罐粘稠的液体倒在整个吧台上面，又用一块平板将黏稠的液体刮进名字的刻痕中，最后把多余的塑料尽可能刮掉。等塑料变硬了，几个女孩开始用砂纸轻轻打磨吧台表面，直到所有名字都呈现出清晰的鲜红颜色。这些塑料看起来还很湿，就像是泼洒下的血迹。汉娜接着又煮了一批透明塑料，把它铺在上面来保护红色的字迹，吧台又变得光滑平整了。不过光滑的表面覆盖住了许多红色的名字，将它们永远保存下来。汉娜骄傲地说："没有人还会在这上面刻字了。"

罗丝在阿兹伦刻下的名字上撒了一些面粉——阿兹伦在这场灾难中失去了妻子和两个孩子。她把面皮擀开，将阿兹伦的悲哀遮盖住。

这道菜的诀窍是用汤汁煮面条，而不是水。这是她从祖母那里学来的。烤炉里烤着蔬菜，铁丝架上放着两块热面包，现在蜜糖洞吧台后面的小厨房提供的是家庭晚餐，而不是通常的油炸响尾蛇肉饼和土豆泥。

"请给我来一杯沙丘里最冷的啤酒。"有人说道。

"等一下。"罗丝抬起一只手，转身想看看旁边有没有女孩来接待这位顾客，然后她看到了来人——纳特·德雷根，曾经的领主之王，她父亲的老朋友，也可能是敌人，这要看是在星期几。

"你想要什么？"罗丝问道。她无法掩饰自己的惊讶和恨意。纳特多年前就搬去了滥酒馆,感谢诸神,他很少再来北边了。

"一杯冰啤酒。"纳特笑着说,"我说的话在胡子里迷路了？"他挠了挠下巴上浓密的胡须。

罗丝屏住呼吸,努力不让这个人的到来毁掉自己的一天。"五枚硬币。"她轻敲柜台,"先付钱。我敢肯定,你在这里还有一笔没付的账。"

纳特耸耸肩,"我们有过约定,我在这里喝啤酒用不着花钱。"他亮出牙齿——少了一颗。他的胡子比罗丝记忆中还要灰白一些。岁月对他并不宽厚。也可能是最近这几个星期让他们都变老了。

"这是你和我死去丈夫的约定。"她提醒他,"不是和我的。付钱或者去别的地方。"罗丝希望是后者。

纳特端详了她很长时间。想想这个混蛋杀了多少人,又下令杀了多少人,这会让人一下子清醒过来。实际上,她对自己的丈夫也有同样的想法,那经常是在他们做爱的过程中,当她意识到自己太快乐了,需要冷静一些的时候。最后,纳特把手伸进腰间的衣兜,"啪"的一声在柜台上放了一摞五枚硬币。罗丝开始给他倒啤酒。

"这是为了你可爱的玩笑。"他说,"不是为了啤酒。"

她把啤酒滑过吧台。"是用来买啤酒的。"然后她拿起硬币,放进收银台的最上面一层,转身拿起她的旧擀面杖,继续擀面皮。

"我喜欢你对这个地方的改造。"纳特说。他转过身,环顾四周,"我以为它在墙倒下之后就要没了,但这个老姑娘就像疱疹一样,永远都不会消失,不是吗?"

"我不知道。"罗丝喃喃地说,"我又不会跟你睡觉。不如你去和孩子们玩飞镖吧?或者和别人调调情。"

"我这次不是来调情的。"纳特把啤酒放在吧台上,咂了咂嘴唇,"我是来谈生意的。这笔生意。我要拿回来。"

果然。罗丝并不感到惊讶。他们上一次的谈话就是他想要收回这里。那时他因为打牌或者掷骰子,或者是其他某种愚蠢的游戏,把这里输给了罗丝的丈夫。"这里不卖。"罗丝说。

"一切东西都有标价。"纳特对她说,"一切。这一点你比大多数人都更清楚。"

罗丝努力不做出任何反应。但纳特一语中的,让她的刀晃动了一下,把一根面条切得太窄了。她放下刀,试图让自己平静下来,但她第一次心软,为了钱而带着一个男人上楼的情景如潮水般涌上心头,随之而来的是一种她已经很少再感觉到的羞愧。纳特·德雷根只属于过去,是一个她想远远地抛在脑后的人。"所有沙丘下面的硬币都不够。"她嘶声说道。

"硬币?"纳特笑了。他有一种虚伪而凶狠的笑声,目的是要吓得别人也和他一起笑。果然,附近桌子旁边的一些人纷纷发出微弱的笑声,好像他们听到了什么笑话。"这个地方从来不会因为硬币而易手。我给你带来了比钱更好的东西。我是来给你封爵位的。"

这次轮到罗丝笑了。她转过身,开始把面条扔进身后沸腾的锅里。"成为了领主,我该做些什么?"她问道,"我没有那东西可以去量别人的深浅,而我想杀的人大多都已经死了。"

纳特呛咳了一声,罗丝回头瞥了一眼,看见他把唾沫星子都喷到了自己的啤酒里。他擦擦胡子。这一次,笑意出现在他的眼睛里,"一位女领主?那不是很了不起吗?不,这其实不是为了你,是为了你的长子,帕尔默。他够大了,而且血统直接来自他的父亲。天晓得,是他发现了……"

罗丝转过身来,用手里的刀指着纳特:"听着,德雷吉,如果你敢多看我的孩子一眼,你的鸡巴就会跟我的一样多。你明白我的意思吗?"

纳特微笑着举起双手,装出投降的样子,然后伸手拿起啤酒,"也包括我听说的那个小私生女?看样子,法伦对你就像对我一样忠诚。"

"这个地方没有政治,德雷。它是被禁止的。这是你们的老规矩。我只是遵守了它们。"

纳特脸上掠过一丝肃穆。他向前稍稍倾过身子。罗丝意识到,周围有不少顾客正在注意着他们的对话,整个酒吧都陷入了一种不太寻常的寂静。

"你得知道自己的位置,罗丝。"罗丝不知道纳特在强调她是一个女人、一名妓院老板,还是一名妓女。纳特没有给她思考的时间,而是立刻丢出了一段让她措不及防的话:"你不再只是位于城区边缘,不再只是泉石和棚户区之间无足轻重的缓冲地带。

会有一堵新墙被建起来,而你处于它的正中心。现在这里是领主领地。"他用一根胖手指敲了敲吧台。"更重要的是,你正好在滥酒馆和丹瓦之间——"

"丹瓦。"罗丝语带嘲讽地说出这个名字。

"是的,丹瓦。那里正在发生大事,罗丝,我的人会占据那里的中心——"

"你碰到它了吗?"罗丝问,她知道除了帕尔默,还没有人真正碰过那座城市。

"没有,但我们会的。等我们找到了——"

门铃发出的"叮当"声打断了纳特空洞的宣言。罗丝以为是有人要在事态恶化前离开,但她抬头一看,却看见了帕尔默,他是第一个来吃晚饭的。

"帕姆!"纳特大吼一声,手掌拍在身边的吧台上,"让我请你喝一杯。来,坐下,孩子。"

帕尔默瞥了罗丝一眼。罗丝摇摇头,她的儿子很懂她的意思。"下次吧。"他说,"我还要给气瓶充气。"他在门口踢掉鞋泥①,把潜沙装备放在门边的架子上。

"离我的孩子远点。"罗丝低声说,"我是认真的。"

"是啊,你有一窝小公爵,不是吗?嘿,也许,如果帕姆拒绝了我……"他朝罗丝眨了眨眼,喝下最后一大口啤酒。"和你聊天很高兴。"他说,"值得我的每一分钱。谢谢你的免费啤酒。"

---

①鞋泥:鞋底的沙子。

不等纳特转身离开，罗丝就先转过了头，重新把注意力放在炖菜上，用颤抖的手搅着面条。

"下周见？"纳特问道。罗丝想知道他这话到底是什么意思。然后她意识到，纳特今天的到来并非偶然。一定有很多潜沙员看到他们一家人一起吃饭，而且过去几周里都是在同一天、同一个时间。消息早就传开了。现在这个混蛋想在她的家族面前重新确立自己的地位。

"我想喝一杯冰啤酒。"她听到帕尔默在喊。

"马上就来。"罗丝努力让嗓音带上一点快乐的味道，但很不幸，她失败了。她用一块干抹布擦擦杯子，把它放在龙头下。

"我一整天都在想着要喝一杯。"帕尔默把第二个气瓶放在门边敞开的架子上。汉娜从他手里接过潜沙服，帮他挂起来，又开始查看他的气瓶，给气瓶充气。

酒吧下面有一根管子，深深盘绕在潮湿的沙子里，啤酒就在那里被冷却，再汩汩流入玻璃杯中。罗丝把啤酒递给帕尔默，她的儿子一屁股瘫坐在凳子上。

"我是第一个？"他问道。

罗丝点点头。她的儿子看上去还是太瘦了。和在丹瓦遭遇磨难的时候相比，他算是长胖了一点——那次潜沙回来后，他只剩下了一身皮包骨。罗丝一有机会就不停地喂他吃东西，帮助他复原身体，努力让他恢复成自己熟悉的那个帕尔默。但那次下潜改变了他。罗丝见过在沙海中下潜太深的人。在地底深处，他们透过面罩看到了某种东西，使他们再也无法像以前那样看待地表的世界。朋友哈普的去世可能也对帕尔默造成了打击，但罗丝还是会忍不住地想，没有那条蛇在儿子身边，帕尔默一定能过得比以前好很多。

帕尔默扫了一眼酒吧大堂。如果换做是以前，罗丝难免会感到羞耻和紧张，但现在的蜜糖洞已经是一个全新的地方了。这座建筑本身就是一个幸存者，也是所有幸存者寻求慰藉的地方。远处的角落里，有人在玩纸牌；一群潜沙员在一张地图周围挤作一团；一面墙边上，顾客们正围着从屋顶花园运来的一箱箱新鲜蔬菜讨价还价；不远处正在举行飞镖友谊赛，飞镖中靶的撞击声和欢呼声（或咒骂声）此起彼伏。

二楼环形廊道后面的房间，现在也经常租给需要睡觉的潜沙员。他们经常会从滥酒馆赶往丹瓦，在这里歇宿一晚，做几个不可能实现的梦。酒吧成了他们吃饭和充气的地方。蜜糖洞成为了镇上的一站式商店。至少在新的潜沙集市建立起来之前，这里都会是如此。儿子刚刚的这个眼神让罗丝明白了，为什么纳特如此渴望把这里夺回去。她所在的地方已经成为泉石镇未来命运的枢纽。

"是谁干的？"帕尔默拿着酒杯朝前门走去——有人在门前的窗台上刻下了维多利娅的名字。

"不知道。"罗丝说，"有人在凌晨喝醉了。可能是对在酒吧刻名字上了瘾。希望他们不要刻这里的墙，否则这幢房子可能会塌掉。"

"也许是被她拯救的人。"帕尔默说，"有人还记得她，我觉得是件好事。我想念她。"

"才过了几个星期。"罗丝说,"她以前离开的时间比现在长得多。"

帕尔默喝了一口啤酒,"是啊,但我以前知道她会回来。"

罗丝查看了一下烤箱里的蔬菜。帕尔默捧着啤酒。两个人在片刻间都陷入沉默。家人之间的沉默是奇特的。它也许是一种安慰,而不是敌意和伤害的预兆。

随后进来的是康纳。他一眼就看到了吧台旁的哥哥。他把潜沙装备收好,坐到旁边的一张凳子上。罗丝注意到他在盯着龙头下面的啤酒杯。那是罗丝看见他的时候放到那里的。

"唔,帕姆。"

"康。"

康纳拿起他的啤酒,男孩们碰了杯。

"罗伯呢?"罗丝问康纳。这两个男孩通常会一起过来。

"应该马上就会来了。"康纳回答,"他在格雷厄姆家待了一天。我是直接从井里出来的。"

罗丝试图让自己的反应不要那么激烈,"他应该去上学,而不是在你父亲的老朋友那里混着。"

康纳耸耸肩,"他在学校能学什么?他知道的已经比学校的那些老师还要多了。另外,他越是喜欢摆弄潜沙服和头带,真正潜沙的时间就越少。"

罗丝与帕尔默目光相遇,两个人都笑了起来。康纳大口喝着啤酒,然后放下杯子,擦去嘴唇上的泡沫,问了一声:"怎么了?"

"你说话就像你的哥哥姐姐,他们都想要阻止你潜沙。"罗丝说,"你们每个人都认为自己的弟弟应该是例外,应该离开潜沙这行。"

听到这话,帕尔默僵住了。"维丝不是。是她教我潜沙。她希望我成为一名潜沙员。"

这次罗丝一个人笑了,"那是因为你父亲要求她这么做。"

帕尔默沉下了脸。

"维奥莱在哪儿?"康纳问。

"在屋顶花园干活。"罗丝转向帕尔默,"你去找她好吗?跟她说一声,饭快好了。"

帕尔默指了指自己。"我?为什么他不去?"他朝康纳一点头,"是康纳提起她的。"

"因为康纳刚坐下——"

"所以我是因为先回家而要受罚了?"

"好吧,因为我想让你们两个好好相处。你需要了解她。"

"不,我不愿意。她和我有什么关系?"

"她是你同父异母的妹妹。你对她有什么不满?"康纳问。

帕尔默在凳子上转过身,面对着他的弟弟。罗丝能感觉到一场争吵正在酝酿,便想在矛盾升级前阻止他们,但她又想听听帕尔默的回答。

"哦,我也不知道,也许因为她说话的口音和那个想要埋了我、再把镇子炸掉的人一模一样?因为她来自那个把维丝从我

Across The Sand / 071

们身边夺走的城市?"

"维丝去那里,是因为她想去。"康纳说,"那不是维奥莱的错。"

"是啊,但她本来用不着去那里,如果——"

"孩子们。"罗丝开口了,"住口吧,帕姆,去把你妹妹叫来——"

"她不是我妹妹。"帕尔默把剩下的啤酒一饮而尽,用力把杯子放在柜台上,大步向二楼走去。

"'孩子们'?"康纳问,"为什么这么说?我哪里做错了?"

"因为你和哥哥一样在疏远她。帮我摆桌子。"罗丝说。

康纳咕哝着从凳子上站起来,开始帮忙,"为什么我们两个都要受罚?"

....

帕尔默一步两级台阶地往上走。他讨厌这个地方。他的弟弟们似乎对蜜糖洞的看法有了某种转变,开始把这里当作第二个家。也许是因为那一天,他们差点被沙子埋在这里,于是他们对这里的厌恶被冲淡了。但就在那一天,当维丝拯救他们的时候,帕尔默却在萨弗船体的阴影中忍饥挨饿,感到无助和无用。

他走过让他感到心慌的二楼廊道,一直来到廊道尽头的那扇门前。门后面是一个小平台,外面有楼梯通向屋顶。他推开门走出去,刚一松手,强劲的风就把门"砰"的一声关上了。现在风里的浮沙已经很少了,但帕尔默还是把围巾拉起来,捂住鼻子和嘴，然后踩着脚走向花园。

花园是蜜糖洞中他不讨厌的少数几个地方之一，也是自高墙倒塌后整个泉石镇少有的几处状况得到改善的地方之一。原先那些大楼里的水培花园全都毁了，这意味着镇上的大部分食物产出都没了。留在泉石镇的人们现在主要食物来源是私人花园、被陷阱捉住的动物、西部花园向这里的输送和北部分散的绿洲……还有就是蜜糖洞。它的屋顶在高墙倒塌后成为了这里最大的开放空间，而且这片屋顶早就被开辟成园圃，以满足酒吧的大部分需求，所以有许多人都来帮忙修复这里受损的地方，增加食物供应。在这里迎风的一侧，收集来的玻璃窗被构建成一道新的防沙屏障。现在这座花园变成了多层结构，就像原先那些摩沙大楼一样，种植了三层植物。

正在这里工作的人不多，帕尔默很快就在背风一面的墙边上看到了维奥莱小小的身躯。她背对其他人坐着，双腿悬在墙外。她在偷懒，帕尔默想。维奥莱是另一个让他和弟弟们产生分歧的因素：罗伯很喜欢她，康纳似乎也能容忍她，但帕尔默一想到她就受不了，更别说看到她了。

他走过去，准备在风中喊上一句，告诉维奥莱晚饭已经好了。这时他注意到维奥莱似乎在数着远处的什么东西。女孩把一只手放在身旁，手指一根接一根地弹出来，然后又重复一遍。出于好奇，帕尔默来到她身边，朝她面对的方向望过去，想看看她在数什么。

过了一会儿，他才意识到维奥莱的眼睛是闭着的。她让围巾垂在脖子上,用另一只手捏住鼻子,似乎在沉思,但她的双颊高高地鼓起,就像吃了一嘴玉米的沙丘鼠。帕尔默意识到,她在憋气,同时用手计数,努力让自己屏住呼吸的时间变长,这是潜沙员的一种常见练习。但大多数人长大后都不再需要像这样捏着鼻子、鼓起脸颊了。

帕尔默感到一丝厌恶。维奥莱不是潜沙员。帕尔默听腻了那些关于她的故事——她如何潜入沟渠,沿着流水逃出来,最终到达泉石镇;他们的父亲如何教她潜沙,还有她帮助父亲一起做的那套潜沙服。也许这就是帕尔默不喜欢她的原因,因为这个女孩的自以为是。潜沙是一个人通过努力赢得的权力。不能说一个人只要潜过沙,就是潜沙员。

就在帕尔默瞪着眼睛生气的时候,他忽然意识到已经过去了一段不短的时间。她又开始了一次新的练习?帕尔默没有注意到她换过气。

"喂,晚饭好了。"帕尔默说。

维奥莱睁开眼睛,至少睁开了一只眼——她转向帕尔默的时候,帕尔默看见了她的眼眸。不过她还在捏着鼻子,鼓起两颊,同时还在数数。

"你打算整晚都这样吗?"帕尔默问。

维奥莱耸耸肩。帕尔默怀疑她在偷偷吸气。

"你知道,你不必捏鼻子。你可以选择不通过鼻子呼吸。"

维奥莱摇了摇头,表示不同意。帕尔默举起双手,"好吧,随便你,完事了就下来。"

他转身要走,却感觉到维奥莱在看他。走了几步,他转回身。

"你最长能坚持多久?"帕尔默问。

她不再弹出手指,但仍然屏住呼吸。帕尔默希望是自己搞乱了她的计数。维奥莱举起手,伸出一根手指,好像在说:"等一下,我告诉你。"但之后她就亮出了五根手指。

"五分钟吗?"帕尔默问道。他向维奥莱靠近了一步,"对初学者来说还不错,但静态屏息五分钟,等到你真正潜沙和移动的时候,差不多只能坚持两分钟。"那一刻他突然想到,一定是他爸爸教她做这个练习的,就是那个教他和维丝潜沙的人。这些念头,再加上母亲没有完全说出口的话,让他一下子明白了自己为什么一直在躲着这个女孩。不是因为她假装自己是潜沙员。也不是因为她说话的口音和那个丢下他等死的人一样奇怪。而是因为维奥莱时刻在提醒他们,他们的父亲并没有死在无人之地。他逃到了另一边,留在那里,抛弃家人,和一个陌生女人上床,生下了另一个孩子——

维奥莱又对他摇摇头,再次竖起一根手指,好像还有话要说。紧接着她又是亮出五根手指,和上次完全一样。帕尔默过了好一会儿才明白她在说什么。时间一点一点过去,仿佛每一秒都是一个永恒。

"十五分钟?"他问道。

维奥莱鼓着两颊,捏着鼻子,却还是挤出了一个微笑。

第九章　周日晚餐

罗丝

"可以开始了吗?"康纳问道。他把勺子悬在自己的面条碗上,用眼神恳求着。

"等罗伯来了再吃。"罗丝说,"这就是我希望你看住他的原因。"

"也许他忘了今天是什么日子。"维奥莱说,"或者他决定不来了。"

"他很好。"康纳说,"他可能只是工作得入迷了。但我的饭要凉了。"

"如果你闲得慌,可以去帮忙给气瓶充气。"罗丝建议。她注意到帕尔默正眯起眼睛,隔着啤酒盯住维奥莱。

"你要在镇上待多久?"她问帕尔默,"滥酒馆怎么样了?"

帕尔默仿佛突然从沉思中清醒过来。"呃……还好。一切都不错。估计是吧。在某些方面比这里好,不过经常有小偷。维丝……呃……我的地方已经被撬过两次了。"他耸了耸肩,"我现在干脆让门开着,这样他们就不会把锁弄坏。滥酒馆军团正在扩充,他们四处撒钱,招募所有能看到的人。我听说他们和龙之谷都在吞并小帮派。还有那些该死的食人族——"

"不许说脏话。"罗丝说。

"对不起。那些偷吃我们尸体的好先生们胆子越来越大了,甚至敢在白天出没了。"

"恶心。"康纳把餐盘从面前推开。"伙计,这种话让人身上发毛。现在我都不饿了。"

"有人见过食人族吗?"维奥莱问道。

"没有。"帕尔默说,"但你也看不到风,风却能推动东西。说到这个,妈妈,你介意我明天带维奥莱坐船去转转吗?"他看向桌子对面的妹妹,"如果你想……"

"我可以吗?"维奥莱转向罗丝。

罗丝抬起了下巴。"我——好吧,如果你做完家务。但不能去滥酒馆。就在这附近,好吗?"

"好。"帕尔默说,"我们往西走一点,只是为了能找到好风。那边真的没什么人。"

"一定要注意安全。"罗丝有些左右为难,她不喜欢这个主意,却又想鼓励帕尔默多和他妹妹在一起。

"超级安全。"帕尔默说。

维奥莱挥舞起拳头,"是啊!我一直在花园里观察经过的萨弗船。它们看起来很有趣。"她用叉子戳了戳烤胡萝卜,咬了一小口。

"妈妈,她开始了!我们能吃饭了吗?"康纳问道。

罗丝心软了,点点头,康纳把餐盘拉了来。"吃点面包吧。"罗丝对帕尔默说。

蜜糖洞的门突然打开了,罗伯走进来,带进一片沙子。他快步走向餐桌,罗丝大声叫他把靴子踢一下。罗伯跑回门口,踢掉鞋泥,又急匆匆地走到桌子前,大睁着双眼,喘着粗气。

帕尔默说:"你看上去就像踩了一条蛇。"

"嘿,罗伯。"维奥莱喊道,"猜猜我明天要做什么!"

罗伯没有理他们两个,直接找上了康纳。"格雷厄姆没了。"他说。

康纳用脚把罗伯的椅子从桌子里面推出来。"坐下,吃东西。饭已经凉了。我们一直在等你。"

罗伯的眼睛扫了一下桌面,"你们已经在吃了。"

"是啊,但我们等了你很久。坐下。让自己冷静一下。"

"我冷静不下来。我觉得是食人族抓走了格雷厄姆!"

帕尔默身子一僵,康纳放下叉子。"你看见食人族了吗?我跟你们说过,你们得把他的小屋搬到离我们更近的地方。现在那里几乎只剩下你们了——"

"到底发生了什么事?"罗丝问道,"你哥哥说得对。坐下来。先喝点水。你看起来糟透了。"

"我没有看到他们,但我能听到格雷厄姆和他们说话。他很害怕。我感觉到了——"

"感觉?"康纳问,"你戴着头带?你不是在潜沙吧?"

"不！我是在……测试一个修好的部件。我几乎没浮出沙面——"

康纳转向母亲，"我为什么要费劲看着他？他早晚会害死自己。"

"严格来说，你也不应该潜沙。"罗伯说。

帕尔默放下啤酒，"他说的有道理。"

"我十八岁了——"康纳开口道。

"大家都住嘴。"罗丝张开双手，"都先别说话。罗伯，格雷厄姆怎么了？"

"我正在沙坑里测试一副面罩。"罗伯瞥了一眼康纳，"格雷厄姆就在我上面，给我做保护，以防发生什么问题。我们一直在说话，然后我听到他让我停下来，他还说'出去'，我以为他是在跟我说话，但我抬头一看，店里还有其他人，可能有三个人。就在那时，格雷厄姆让我留在沙子里，我能感觉到他很害怕。还有……他不只是恐惧，比那更糟。他的感觉变得越来越冷，越来越阴郁。我说不清楚，因为我以前从没有过这种感觉，甚至在蜜糖洞被埋住的时候也没有过。我有点乱，有点失控，然后我就感到——我感觉格雷厄姆心中有什么东西断开了，我只能这样描述。就像是……我感觉他死了。"

罗伯安静下来，低头看着自己的膝盖。家里的其他人也都陷入了沉默。最后，罗丝问他："所以他就这么不见了？也许他只是离开了。"

"把我一个人丢在沙坑里？他绝不会这么做的。"

帕尔默说:"他可能把头带拿掉了。人们进行交流的时候突然取下头带,这种感觉会很奇怪。"

"我知道那是什么感觉。"罗伯说,"我一直在研究连接出故障的头带。这次的感觉有些像,但又不一样,我感觉到了恐惧。"

"是的,那是你自己的恐惧。你不应该潜沙,伙计。听着,晚饭后我帮你去找他。我们可以问问营地周围的人。明天,我们可以去他最喜欢的潜沙地点找找。格雷厄姆以前也失踪过。他总是会再次出现。在我们解决掉这个问题之前,你可以跟我和葛罗莱拉待在一起。"

"潜沙店该怎么办?"罗伯问,"总得有人在那儿。"

"我会让一个女孩去看店。"罗丝说,"我们会想出办法的。现在吃点东西吧。"

"我不饿。"罗伯说。

"真的很好吃。"维奥莱对他说,"是我自己摘的黄瓜。我们会找到你的朋友的。"

他们默默地吃了一会儿饭,心里想着格雷厄姆。罗伯平安无事,罗丝至少可以松一口气。她已经习惯了不去监视自己所有的孩子,知道不管她反对与否,他们都会去做他们想做的事情;也知道他们往往比她更有能力照顾好彼此。她总是觉得为她工作的女孩们更需要她的帮助,这里生意需要她全身心的投入。但世界变了,她失去了维丝,还差一点失去了帕尔默,这都是她无法否认的事实。她发现自己越来越担心,感觉周围的一切随时都有可能毁于一旦。

"嘿,妈妈。"康纳的声音把她从沉思中拉了回来,"葛罗莱拉下星期能来吃晚饭吗?"

"她什么时候来都可以,但我们把周日留给家人,好吗?"

"说到这个,我下周可能会在滥酒馆。"帕尔默一边说,一边拨弄着盘子里的食物。

"好吧,希望你至少能开船来吃个晚饭。我们到时候再看吧。"

"如果她也是家人呢?"康纳又问道。

帕尔默笑出了声。

"你们太年轻了,还不能结婚。"罗丝说。

"我十八岁了。你结婚的时候多大?"

"那时候情况不一样——"

"现在情况更不一样了!"康纳说,"你最近难道没有出门看看?"

"我们可以改天再谈——"

"你求婚了吗?"维奥莱说。

"还没有。但我正在努力。我今天就向她提出来了。我知道她会同意的。嘿,妈妈,今天又发生了一件事,葛罗莱拉跟我说的。"

罗丝喝光剩下的啤酒,只想再给自己倒上一杯。她挥挥手,让康纳继续说下去。

"沙子似乎已经不再被吹过来了,我们一直在谈这件事。当维丝——当她做了那件事,东边的沙子就不再过来了。葛罗莱拉认为那边的人会来找我们。他们会想到是我们干的。这让我想起了爸爸的纸条,他说要向西翻越山脉——"

"我们已经讨论过这个问题了。"罗丝放下空杯子,"对我们来说,最安全的地方就是这里,而不是在外面四处乱走。这里有我们需要的一切。其他地方也不比这里更安全。"她差点又加上了一个事实,那就是纳特已经出价要买下这个地方——这足以证明它的价值,但她也意识到,一个黑帮老大要收购这里的消息让这地方变得没那么安全。

"是的,我知道,但是——这里的水井情况一直都不好,还有食人族、格雷厄姆的失踪、帮派,这只是……我觉得值得冒险去西边试试。"

"你当然会这么说。"罗伯就事论事地说。

"你是什么意思?"康纳问道。

罗伯一开始没有回答,似乎是有些不太想回答,但家里的其他人都看着他。"在这一切发生之前,你就已经想要离开了。"

康纳的气势明显矮了一截,罗丝很想知道罗伯这番话背后又发生过什么事。

"我们该走了。"康纳说着推开盘子,"快点吃完。"他对罗伯说,"我们去格雷厄姆家看看他是不是回来了。也许他只是出去了一会儿。如果没有,我们可以帮你拿些行李,你今晚可以和我们一起住。"

"你还没吃完饭呢!"罗丝说。她能感觉到有什么东西在溜走,不仅仅是这顿晚餐——还有未来的晚餐。劫后余生的喜悦、他们的露营之旅,维丝离开时他们感受到的悲伤……一切都在消失,或者渐渐变得无足轻重。他们终究会回到各自的日常生活中。帕尔默下周就不会来了,可能以后几周都不会再过来。她会失去他们,一个接一个。生活又将变成过去的样子。

康纳狼吞虎咽地吃完最后几口蔬菜,把面包根塞进衣兜里,绕过桌子,吻了一下罗丝的额角,"晚餐太好吃了,妈妈。明天我拿气瓶和装备的时候见。爱你。"

罗伯又吃了几口面条,把椅子往后一推,说了一声:"谢谢妈妈。"又向大哥和妹妹挥挥手,就快步跟到了康纳后面。

"很抱歉刚才在里面提起那件事。"他们一到外面,罗伯就对康纳说道。

"我不知道你在说什么。"康纳说。他在门外向左拐,朝格雷厄姆家走去。

罗伯追着他,"呃,就是刚才,我暗示说你打算在维奥莱出现的那天晚上离开我们,如果她没有出现,你早就走了。就像爸爸一样。所以你可能现在还想要离开——"

康纳转身冲向弟弟,把自己的围巾拽下来。"听着,你根本不知道你在说什么。这不是一回事。我当时想离开,是因为我觉得外面可能有更好的际遇。而我现在想让全家人尽快离开,因为我确信如果我们继续留在这里,我们就完蛋了。我不再相信外面会更好。我们周围到处都是地狱。我只知道,在这里,我们没有未来,无论是作为一个家庭,还是作为一群人。我们中的任何一个人都不会有好结果。"

罗伯什么也没说,康纳看得出自己没有把话说清楚。

"你的潜沙是怎么回事?"

"那不是潜沙,只是测试——"

"行了,伙计,你得更小心点。你知道这个世界有多危险吗?你当然不知道。我记得我自己在你这个年纪的时候是什么样子。你还没有遇到过真正可怕的事情,所以你认为一切都会平安过去。但是你错了。"

"我知道。"

"不,你不知道。你只是以为自己知道,但你不知道。你还有一个问题,就是你的年纪最小,你看到自己的哥哥和姐姐勉强活了下来,但那都只是因为愚蠢的运气。想想帕姆在丹瓦潜沙后的样子。维丝已经一去不复返了。下一个就是你或我。沙子才不管你有多年轻,它会把你一口吞下去。"

康纳试图打个响指,但失败了。罗伯朝他咧嘴一笑。

"抱歉毁了你的演讲。"罗伯说。

"闭嘴。"

罗伯打了几个响指,然后改用左手打响指,然后两只手一起打。

"我恨你。"康纳说,但他也笑了。他正要告诉弟弟,他很抱歉,一切都会好起来的,他不应该用自己的担忧给弟弟增加负担。这时他脚下的沙子变软了。有人在他们下面潜沙。沙子一下子没过了康纳的膝盖。"回来!"他朝罗伯吼道,但他只是在冲着星星吼叫。罗伯迅速沉到沙子下面,消失了。

"救命!"康纳喊道,但附近没有人,他的喊声消失在风里。他来回扭动双腿,松开小腿和双脚周围已经变硬的沙子,又用手挖掘。他的心像锤子一样在胸口怦怦直跳。双腿松开后,他把背包拿下来,掏出面罩、头带和潜沙服。"快,快。"他不停地催促自己。有多久了?半分钟吗?罗伯能屏住呼吸多久?不会很久。一定是因为罗伯经常穿的那双破靴子,爸爸的靴子。肯定是罗伯没关掉它们,然后发生了短路或者其他什么事。康纳撕下衬衫和裤子,在星空下脱光衣服,穿上他的潜沙服,根本不在乎里面有多少沙子。

还有时间。足够的时间。他会把他弟弟带出来,让空气进入他的肺。不要慌,不要慌,像维丝一样思考。冷静,冷静,冷静。

戴好面罩和头带。他打开潜沙服,没有等待系统检查就直接钻进了沙子。面罩迅速完成调节,获得信号,各种色彩在他的眼前绽放。他要寻找一个人,有水分的人体应该呈现蓝色和紫色的痕迹,可能是在正下方,可能只有几米深,但那里什么都没有。

康纳转了一圈,扫视周围的沙子,再次向下看。他顾不上自己的呼吸,潜到五十米、一百米以下,顶着面罩向四周扫视,但什么也没有,只有泉石人多年来留下的一些零散碎片被一层又一层沙子埋住。没有身体。没有人在沙子里移动。他的弟弟不见了。

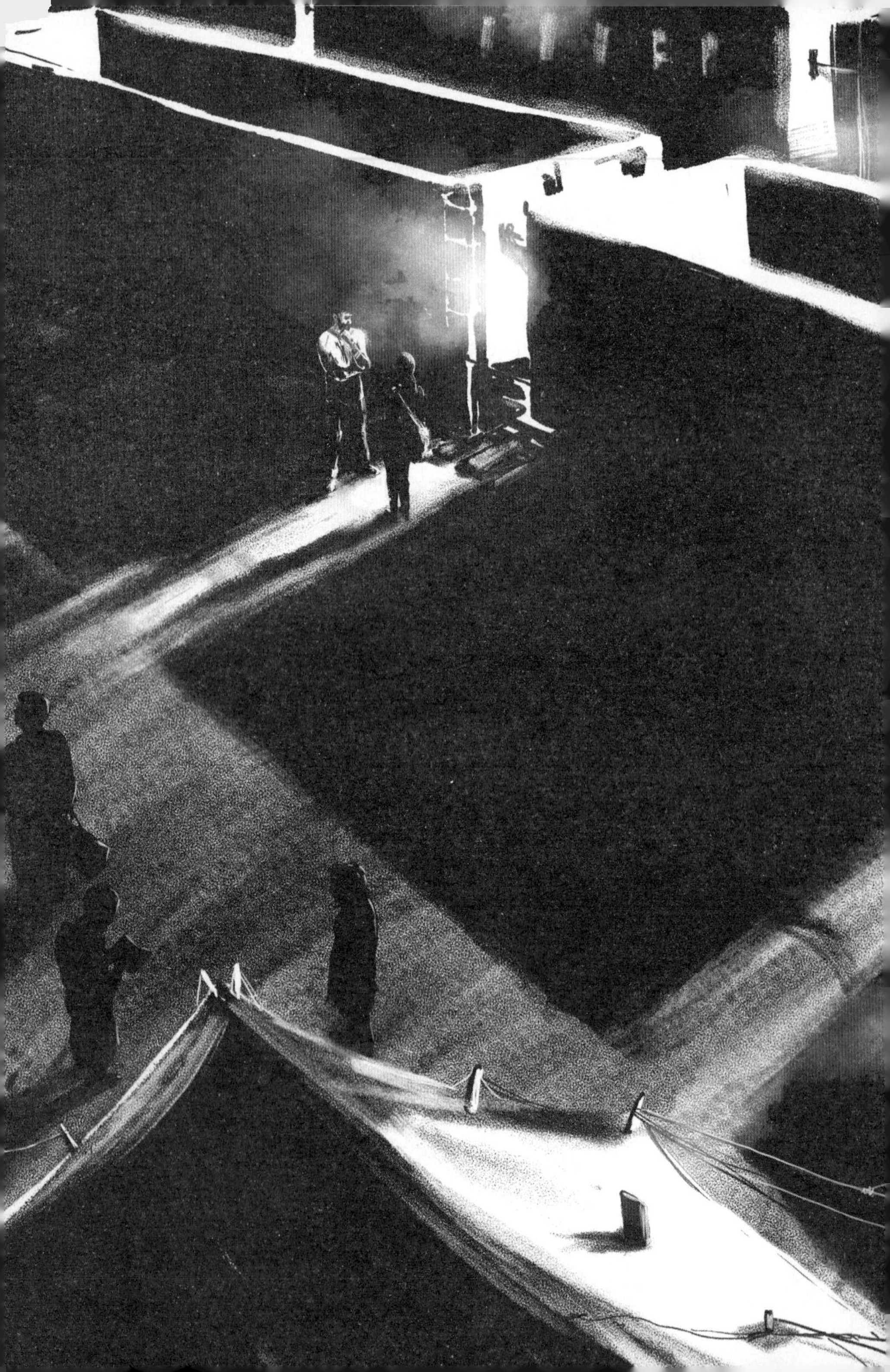

第三部
穿越黄沙

事无定数。

　　　　　——游牧王

爱，
不过是孤草叶上
一滴水

　　　　　——旧日食人者俳句

第十章　随后而至

安雅
三个星期以前

　　安雅从小玩耍的火车车场,对她来说就如同后院和第二个家,但现在,这里是一片陌生的土地。有人住在货运车厢里;平板车上临时搭起了帐篷;远离爆炸现场的矿工们挤在终点站楼里,所有幸存下来的人都在等待火车把他们从阿吉尔带走,再也不会回来。

　　大多数火车都是为了运送同一样东西而制造的:矿石。安雅看到,难民们没有足够的车厢可以容身,而一列又一列满载着最后一批矿石的火车还在驶向东方的冶炼炉和工厂,帝国早已明确了自己的优先事项。

　　安雅在路堤上停了一下,她的父亲朝一列正在接收乘客的火车走去。她望向家乡的废墟,一股浓烟还在从爆炸点不断升起,黑色的烟柱向西弯曲。安雅跟在父亲身后,沿路堤继续快步前行。她的肩头扛着自己的背包,这就是她在这个世界上所拥有的一切。

"我想和你在一起。"她追上父亲。父亲仍然坚持要她离开这座城市,到东部去找她不认识的亲戚。

"不可能。"父亲说,"我的工作不会花很长时间。还没等你想我,我就已经回来了。"

还没等你想我。这是父亲出门前经常会说的一句话,而他离开的时间总要比他承诺的长一倍。

"也许我能帮你。"安雅说,"这样你花的时间就会更少了。爸爸,我不想一个人。"

"你不会的。听着,去东边的客车暂时不会再有了。我给你找个座位——"

"那就跟我走。"安雅说。父亲要把她送进未知的世界,这种感觉开始变得真实起来。她越来越担心自己再也见不到父亲了。当她最后一次和梅尔道别时,她也不知道那将是她们的永别。她们的最后一次谈话甚至还是一场争吵。她不希望和父亲也是这样。她强忍着泪水,握住父亲的手。

她的父亲向一个身穿工装、肩上有一块横纹补丁的装卸工人挥手。"安雅·迈耶。"他告诉那个人,并给他看了安雅的证件,"我想确保她能顺利到达卡恩斯。"

"独自旅行吗?"那人问,"你是她的父亲?"

"是的。我是七部的,所以我要待在这。我有亲戚在等她。"

"当然可以,长官。我们的客车上应该还有两个座位。我们会好好照顾她。"

父亲转过身,低下头和安雅告别。安雅突然意识到这一刻有多么沉重。她第一天上学时的记忆忽然涌上心头;还有她离家到矿场,参加学校旅行的第一个星期——这些记忆本来都已经被她深深埋在了心底。现在,曾经的期待变成了现实,她被独自推进这个世界,无拘无束。不知道多久以前,她就在梦想坐上火车,向东前往帝国的心脏,离开她长大的矿业城镇,看看外面是什么样子。但她从没有想到过会有这样一天,从没有想过身边没有梅尔,没有任何一位朋友,更从没有想过自己是因为被抛弃,才能够得到这样的自由。

不等父亲说出告别的话,她抢着说道:"请让我留下吧。"

"亲爱的,我们没时间再争辩这种事了。玛丽亚会在车站等你。我会尽快赶回来。照顾好自己,好吗?我们会渡过难关的。"

安雅的眼泪不由自主地涌出来,模糊了视线。"我能坐下一班火车吗?"她问,"我觉得我还有东西落在家里。我可以明天走!"

"我告诉过你,下一趟接人的火车还要再等一段时间。赶快上车吧!我就在这里,你会看见我向你挥手告别。"

安雅努力想说些什么,想再劝一劝父亲,但她看得出,父亲是不会让步的。人们挤进车厢,一家又一家人,带着孩子,几乎每个人都拿着大包小包。为乘客准备的车厢只有几节。安雅明白,父亲费了多么大的力气才让她得到一个座位。但她身上的每一个细胞都想转身逃跑,离开车站躲起来。她只想回家,在那里等待这种疯狂过去。而现在,她将和陌生人挤在一辆车里,被送去和另一些陌生人生活在一起,无法逃脱。父亲会在车厢外面看着她,向她挥手,所以她甚至不可能从车厢里溜出去。这辆车就是个牢房,在等着她进去。突然间,玻璃窗后面那些人的面孔让她想起了围栏里的人,那些透过栅栏盯住阿吉尔的人。

"好吧。"安雅一边说,一边抹去眼泪,思考自己需要做些什么,"好吧。但是坐在客车厢里让我感觉很不好。"她指了指两节车厢以外,一些人正在那里被扶上一节生锈的货车厢,"有许多老人和受伤的人都被当成了货物。让我过去,我可以把座位让给其中一个"。

父亲回头看了一眼她指的那节货车厢。她能感觉到父亲的犹豫。

"让我为我们的同胞做点什么。"安雅说,"只是一点小事。求你了。"

她的父亲看着那个对他露出微笑的装卸工人。"好孩子。这个可以。"

他们走到那节车厢前。安雅牵着父亲的手,她的手掌心因为逃跑的念头而变得湿漉漉的。装卸工人和一名老妇人谈了谈,她正要被装进敞开的货车厢里。装卸工人把她引导到客车那边去了。安雅搂住父亲,努力装出一副马上要分别的样子。她的面颊贴在父亲的脖子上,感觉到父亲的胡茬刮着自己的皮肤,于是她在父亲的肩头抽泣起来。她甚至能闻到父亲身上还有一点杜松子酒的味道,她没有生气。她几乎能理解父亲的苦衷。

"我们很快就会再见。"父亲说。

"我知道。"她嗓音沙哑地回应。

父亲把她举起来，就像她完全没有重量。她被放进车厢里，和她小时候钻过的那些货车厢一模一样。安雅站在车厢门口，帮助最后几位乘客上车，接过他们的个人物品，再把他们拽上来。时间过得太快了，火车上转眼间就坐满了人，她的父亲也在帮助其他人上车。汽笛声响起，火车开始晃动，车厢被一节拉着一节。"我爱你！"她对父亲大喊。其他人也在对留下的亲人们发出一声声呼唤，淹没了她的声音。

火车开动了，安雅任由周围的乘客挤过来。大家都想最后看一眼他们的家乡，还有他们的朋友和家人。她最后挥了挥手，消失在人群中间，向车后钻过去，用双手和膝盖爬过小腿形成的森林——树根都是沾满矿砂的靴子。终于，她找到了维修舱口。火车正在启动，速度会不断加快，所以她必须快一点。她在十字路口逃脱过狗的追逐，玩过许多次捉迷藏，不过这次的确有些麻烦。她用力捶打舱门的门闩，门闩纹丝不动。有人踩了她的手，她将那个人推开。终于，她踢开了第一根门闩，又开始踢其他几根。有人对她大喊，让她别碰那道门，但她没心思回应。她掀起维修舱门的边缘，身子探到下面。车轴在她旁边旋转，车轮发出"哐当哐当"的声音，枕木以一种越来越快的节奏从她身下划过。

安雅松开舱门，翻滚着落在枕木上。金属车轮在她身体两侧的钢轨上滚动。她抓住散发松脂和机油气味的枕木,膝盖抵在两根枕木之间的砾石上。透过缝隙向外张望,她看见了车轮外面的父亲。火车越来越快,车轮之间的空隙并不长。她把背包从车轮缝隙中扔了出去,深吸一口气,看准了车轮在离她几寸远的地方轧过,然后就从下一个缝隙中跳了出去。

·····''''lll····''''lll····''''lll····

她的计划是等火车驶远,父亲就不得不让她待到下一趟火车前来,或者待到他的工作完成。安雅混进火车另一侧的人群中,走回车站,同时小心地寻找她的父亲,确保父亲没有发现自己。她跳到火车下面的时候,肾上腺素疯狂飙升。不过心立刻安定下来。她没有被送走。离开家、和陌生人住在一起的恐惧逐渐消失了。不知为什么,待在这座被摧毁的城市旁边,她却觉得要比搬到别的地方去舒服多了。

火车的最后一节车厢离开后,安雅很容易就在铁轨对面的人群中找到了她的父亲。他几乎总是方圆几公里内最高大的人,比周围的人群要高出整整一头。他说他先送安雅来车站,然后回家,所以安雅以为他会沿着路堤返回公司宿舍区。但他却朝轨道的尽头走去,步伐很快,看样子是有确切的目的地。

这样很好。安雅可以偷偷回家,在那里等父亲。等父亲回家收拾东西的时候,火车早就开走了。她会一直在家里等着父亲。她注意着父亲的一举一动,确保自己穿过轨道时不会被发现。有两个人和父亲会合。其中一个拿着橄榄绿色的行李袋。

就算在一公里以外，安雅也能一眼认出这只袋子：它意味着父亲又要出远门，很长一段时间都不会回来。

这三个人继续快步前进。安雅的心沉了下去。她担心父亲现在就会走，根本不打算回家。如果是这样，她可能要坐在家里等上几天，甚至几个星期。没有梅尔强迫她开派对，也不用上学，身边更没有一个朋友。

她要知道父亲到底会去哪里。父亲和那两个人已经走出很远了，她开始迈步奔跑，却忽然有人从后面抓住了她的胳膊。

安雅吓了一跳，以为是铁路工人来抓她这个跳火车的冒失鬼。但她回过头，看到背后的人是乔纳，便立刻挣脱了他的手。

"别碰我。"她说。

"如果你想追上他们，就跟我走。"乔纳转身离开轨道，顺着路堤的斜坡拔腿就跑。他的目标是装载最后一批矿石的火车。安雅回过头，最后看了父亲一眼，发现父亲身边的一个人也正在回头看。如果她沿着轨道追赶他们，很可能会被发现。于是她转身追上乔纳，有些想感谢这个男孩，又想朝他的鼻子来上一拳。

"你怎么知道我在追他们？"安雅问道。

"从这里穿过去。"乔纳挤进两辆矿车之间，爬上连接矿车的金属挂钩，翻了过去，"扑通"一声落在火车的另一边，随后就沿着火车一直跑下去。安雅跟在他后面，身上的背包随着奔跑的步伐不住地左右摇晃。

"我们要被落下了！"她对乔纳低声说道。现在他们和她父亲之间被一列矿石火车挡住,安雅根本不知道父亲要去哪里。

"我们会赶在他们前面。"乔纳说,这时安雅终于赶了上来。乔纳跑得飞快,前脚掌落地的步态很优雅,而且一点气都不喘。安雅记得他被人扔石头,从其他人面前跑开的样子。他当时背着装满石头的背包。那只是两天前的事。但就像两辈子以前一样。

"如果我们看不见他们,你怎么知道他们要去哪里?"安雅尽量不让自己的声音显得上气不接下气。

在靠近矿车尾部的地方,乔纳放慢了脚步。向列车上填装矿石的铲斗已经被他们远远地甩在了后面。矿石掉进金属车斗里的刺耳噪声也不那么可怕了。"因为我知道他们不会去哪里。他们没有往北走,也没有打算穿过轨道往南走。而西边只有修理火车的车辆调配场。所以我们能抢先一步。"

他在车尾偷看了一眼,然后跑向轨道尽头的一间低矮的办公室。安雅不知道自己还能做些什么,只好跟着他。他们绕过那幢小房子,又掉头向北,来到车场,那里有几条轨道穿过敞开的大门,机车都在这里进行检修。有几个男人站在一座大门敞开的车库外面抽烟。现在乔纳只是不紧不慢地向前走,好像他们不是在追人,也不害怕有谁会抓住他们。他领着安雅走进最近的一处车库。没有一个人朝他们这边看上一眼。安雅顺着轨道往远处看,发现她父亲和另外两个人正在向机车修理场靠近。她和乔纳急忙溜进了暗处。

"你是怎么做到的?"她问道,"那些家伙甚至没往我们这边瞧上一眼。"

乔纳耸耸肩。"没有人会注意我。这是一种优势。那是你父亲，对吧？个子最高的那一个？"

"是的。另外两个人我从没见过。现在我们该做什么？你觉得他们要去哪里？"他们缩在阴影里，看着那三个人从另一扇门进来。现在他们在同一座机车车库里了。车库对面有另一扇敞开的门，一道阳光从那里射进来。父亲带着两名部下径直朝那里走去。

"看起来他们只是路过。"乔纳说，"但另一边真的什么都没有。"

"桥。"安雅说，"也许他们要穿过峡谷？"

乔纳朝这座检修车库侧面的一道门指了指。那道门上有警告，如果打开它，报警器就会响。"现在应该没电了，对吧？"

"我们走。"安雅说。

乔纳试着把那道门打开，两个人都紧张地等待着。门开了，没有响起警报。他们溜到车库背风处。这里本来有一片开阔的平地，不过平地已经变成下沉的采矿峡谷，他们就站在峡谷的边缘。现在占据这里的是一种令人不安的寂静。空气中没有灰尘碎屑，没有磁铁运行时发出的低沉"嗡嗡"声，没有爆炸。从车场后面延伸出来的桥分成两段，向上翘起，中间有一个很大的空隙。乔纳和安雅躲在一台灰色的变电箱后面，看着安雅的父亲和他的两名护卫向桥这一侧的警卫站走去。

"我猜他们要去对面。"乔纳说，"我们不可能过去。但至少现在你知道他要去西边的矿区了。"

"我爸爸不是矿工。"安雅说,"那边那栋楼是什么?"她指着一处低矮的建筑问。那座建筑几乎与峡谷对面的悬崖融为了一体。

"我想是车场的附属建筑。采矿车和推土机都存放在那里。我从来没进去过,也从来没有到过峡谷对面。"

"好,谢谢你的帮助。"安雅绕过车库,转头向南走,离开了桥。

"你要去哪儿?"乔纳问。

"到另一边去。"安雅回答。

她提起背包,快步向矿石仓库走去。她没有回头看,但她知道乔纳会跟着她。

第十一章　一个小决定

安雅

"你疯了吗?"乔纳问她。安雅已经沿着12号矿车塔的维修梯爬了好几级。这是峡谷东侧的最后一座高塔,比大多数矿车塔都要宽,用非常粗的缆绳固定着。一段宽阔牢固的索道从这里一直连到峡谷的另一边。即使采矿已经停止,满载的矿车仍然源源不断地沿索道被送至峡谷的东侧,帝国正在榨出阿吉尔的最后一滴油水。

"如果你想,就留在这里。"安雅朝下面喊道。为了防止无关人员随意攀爬,维修梯的底端有一块被锁住的护板。不过安雅小时候就学会了如何抓住护板的边缘,抬腿迈上这个滑溜溜的障碍。

在护板上方,梯子一直向上延伸——它实际上是一连串钢筋做成的圆环,形成类似隧道的结构。不过它到底有什么用,谁也说不清楚。安雅曾见过工人们爬上高塔。那些人的身上总是挂着安全绳,每向上爬几级,他们就会将安全绳的挂钩取下来,挂到上一级钢筋环上。安雅只能不断在大腿上擦干手心的汗水。她低下头,看见乔纳正试着爬过护板,却摔在地上。于是她继续向上爬去。

　　爬到高塔的一半时,她停下来喘了口气,手肘勾在钢筋上,让小臂休息一下。她眺望东南方向的城镇,那里还有数十处大火在熊熊燃烧。已经两天了,烟雾几乎没有消退。风挟带着烟尘,从南边不远的地方越过峡谷,让她闻到木炭、燃烧的金属和某种刺鼻的味道。她又伸长脖子向北眺望,只见峡谷两侧的桥板正在下降,一定是为了让父亲和其他人过去,也有可能是西边的什么人要到东边来。她猜想他们在用矿车上的应急电源为桥供电。她得快点了。在她下面,乔纳不知用什么办法钻过了护板,正飞快地向上爬过来。她擦干手心,继续攀爬,同时尽量不去想下面到底有多深。

　　现在,她已经能感觉到上方钢索和矿车的震动。她几乎忘了这些矿车塔有多简陋。以前她从来没有试过爬上峡谷边缘的这些高塔,只爬过城里那些比较矮的塔,为的是放学后搭矿车回家。而且那也已经是好几年前的事了。这时她终于感到了紧张。一辆满载的矿车"隆隆"地从她头顶上方驶过,六个吱吱作响的滑轮不停地震动,向她洒下矿石粉末。安雅缩起下巴,以免灰尘落进眼睛,同时迅速爬到矿车和滑轮上方,来到龙门架上。这里有挂安全绳的位置,但没有任何护栏。她紧紧抓住龙门架的边缘,尽量向南边一侧探出身子。在那里,空矿车沿着吊索,连续不断地向对面的矿场溜过去。

此刻充斥在安雅心中的并不只是远离地面的恐惧,更强烈的反而是一种怀旧的情绪,怀念小时候。她几乎觉得梅尔就在身边,正笑着看她们谁会先跳进矿车,谁会落在对方头上。她们过去常常四个人乘一辆矿车,这意味着大家必须同时跳进这些移动的容器,结果手脚都会缠在一起。朋友们会和她一同担心错过目标,害怕摔在地上。那时的塔更矮,生活更简单。

安雅看着一辆矿车逐渐靠近,终于下定决心要跳下去,但当空矿车来到眼前时,另一边装满矿石的矿车让铁塔轻轻晃动了一下。安雅没敢动,只是继续抓紧了龙门架,深吸几口气,看着矿车经过,她得记得,自己究竟为何而来,有什么目的。不知什么东西擦着她的腿。她觉得那可能是一只回巢的秃鹰,但那其实是乔纳,男孩睁大了眼睛,显然在因为疲惫或者恐惧而颤抖——或者两种情绪兼而有之。

安雅想要对他大喊,让他走开,不要来烦自己,但乔纳的出现出乎意料地让她感到宽慰。不是因为他在这里能帮上忙,而是因为和他那可怜又惊恐的样子一比,安雅觉得自己勇敢多了。这是她所擅长的。她已经这样做过很多很多次。身边有了一个观众,她的胆量大了起来。她凝神注视下一辆滑过来的矿车,尝试根据刚刚过去的几辆矿车估计好时间,算好这一次铁塔会在何时晃动。她俯身在龙门架的边缘,做好了纵身一跃的准备。在最后一刻,她意识到乔纳也在铁塔边缘跃跃欲试。

"不要——"她一边大叫,一边向下跳去。推开铁塔,身子飘在半空中,下面滑过的矿车离她还有一米多。滑轮在她身边转动,就像一小时前的火车车轮。她撞到了矿车底部,脚在矿石灰尘中滑倒,后背重重地摔在车斗里,幸好背包里的衣服为她垫了一下。这个着陆相当难看,更糟糕的是,乔纳几乎就落在她身上。

她肺里的空气全被挤了出去,乔纳滚落在一旁,四肢张开趴倒在矿车里,眼镜从她身边一闪而过。当他爬起来的时候,一张脸黑得就像晚上的天空,只有一双充满恐惧的大眼睛里能看到一点白色。要不是肺里没有空气,安雅一定会笑出声。

"你是在发疯!"乔纳大声说。

"那你又在干什么?"安雅喘着粗气问。

"拼命。"乔纳说,"反正我没有别的地方可去。"

这句话在安雅心中引起了共鸣。她站起来,抓住矿车边缘。乔纳问她要做什么,她却只是向上面爬,把一条腿迈出矿车,跨坐在厚实的车壁上,抓住矿车挂住缆绳的一根铁臂,这样她就能看到外面的世界了。

他们已经到了峡谷上方。下面是蓝色的河水,还有在急流中泛着白沫的礁岩。她从没见过河水变成这样的颜色。在她的印象里,这条河通常都是浑浊的棕色。乔纳爬过去,捡起他的眼镜,然后和她一起跨坐到车壁上。"看这颜色。"安雅说。

乔纳凝视着下面的深渊。

"上游的矿井肯定也停了。"安雅继续说道,"也许所有的采矿都停止了。"

"直到他们弄清楚发生了什么。"乔纳猜测道,他抬头望向北方,"桥落下去了。有什么东西正在过来。"

安雅一只手抓着矿车钩臂,用另一只手臂的袖子擦擦眼睛,抹去眼皮上的矿石灰尘,也朝桥面望过去。车辆正如同洪水般涌过来,可能会一直往东去,前往另一座采矿城镇。阿吉尔被抛弃了,就像她父亲说的那样。她依稀能看到桥东侧有一堆小人影,正在等待车辆走干净,然后步行过桥。

"也许他在帮助疏散所有那些车辆。"乔纳说,"也许他在车场里工作。"

"我不这么认为。"安雅告诉他,"他为长途旅行收拾好了行李。而且他昨晚还说要往西走,但我当时没注意听,没有搞清楚他是什么意思。"

"去西边?为什么?他在几部工作?"

"七部。"安雅回答。

"公司只有六个部门。"乔纳说。

"我知道。听着,我们到达另一边时,矿车会在铁塔那里转一圈,再下降到上货站。我们必须在铲斗把矿石砸到我们头上之前跳出去。"

"很高兴你以前这样做过。"乔纳说。

"我从来没这么做过。"她告诉乔纳,"我只知道有人这么做过。"

矿车在经过对面铁塔的滑轮时开始颤抖。不管怎样,脚下出现坚实的地面要比看着深渊中的河水安心多了。缆索在这里迅速下斜,矿车的钩臂发出一阵阵尖利的摩擦声,车斗在不断调整状态以保持水平。安雅和乔纳紧靠在车沿上,看着上料站越来越近。这里有一条传送带,将矿石源源不断地运进一个带活门的大箱子。他们前面的空矿车从箱子下经过,就会有满满一车矿石"轰隆隆"地从箱子里落出来,掉进车斗,缆索随之猛烈震动,让安雅全身的骨头也颤抖不止。他们需要跳上一个伺服龙门架,那里和矿车之间有大约两尺宽的空隙,空隙下面二十米才是地面。没有时间重新考虑计划了,否则他们就会被矿石压扁,而且可能永远不会被发现,只会和这一车矿石一起被熔炼成某种合金。

"你先跳。"她对乔纳说。现在她很担心乔纳,不想让这个男孩的血沾到自己身上——无论是比喻还是实际。

"太远了。"乔纳说。

龙门架离他们越来越近。

"你能做到。"安雅的喊声盖过了传送带的"隆隆"声和滑轮的"吱吱"声,"我保证!"

乔纳在矿车壁上保持好平衡,一只脚踩住车沿。安雅也站好位置。矿石箱斗的活板门就在眼前。乔纳跳上龙门架。安雅的脚滑了一下,身子落到矿车和着陆点之间的半空中。她的胃哽在喉咙里,双手在着陆点的边缘乱抓。乔纳抓住了她的胳膊。她把手指插进龙门架的铁栅栏,悬在那里,矿石"轰"的一声落出箱斗,又在矿车里发出震耳欲聋的撞击声。安雅尖叫着,却听不见自己的声音,她的腿在半空中转来转去。乔纳想把她拉起来,但他的力气太小。安雅向侧面荡起身子,将一只胳膊肘撑在龙门架上,在那儿歇了一会儿,又继续把肚子挪上去。乔纳抓住她的背包,用尽全身力气使劲向上拽。安雅把腿抬起来,膝盖碰到龙门架,然后一只脚也上去了。终于,她向前倒在乔纳身上。她的脉搏跳得飞快,嘴里有肾上腺素的金属味。

"谢谢你。"她低声说着,镇定下来,又爬下龙门架,朝远处的梯子爬去,不顾一切地想要离开铁塔,回到地面上。她在那里的最后一个念头是,如果她没有死在这里,她父亲也会因为她做的这些事而杀了她。

......||||||......|||||||......|||||......

有几条小路从这个上货站往北,通向那幢存放车辆的附属建筑。她父亲一定去了那里。他们选择了离峡谷最近的一条路,这条路在峭壁上有几个陡峭的弯道,蜿蜒而下,通向河流。

这是安雅第二次来到峡谷以西。在她的一生中,她已经习惯于害怕峡谷的另一边,这里有错综复杂的矿山,肮脏的工作和危险的环境。更重要的是,围栏里的人就来自西方。她父亲称他们为害虫。西边是一个需要逃离的地方,不是一个可以探索的地方。她只在学校组织的一次旅行中来过这里一次,那时他们从桥上走过来,去观察地层和矿脉结构。

现在,风从峡谷中呼啸而过。安雅和乔纳肩并肩地走着,满身都是矿石灰。他们刚刚飙升的肾上腺素终于回落。安雅这才想到,他们还要想办法回到另一边去。

"要回家,我想最安全、最简单的办法就是在桥上挥手,他们会把我们扔回去,说我们擅闯重地。"安雅若有所思地说。

"绝对不能再走我们过来的路了。"乔纳表示同意,"现在已经发生了那么多事,我认为他们不会再像过去那样关心这种小事了。"

安雅瞥了一眼峡谷,又望向南方化为废墟的阿吉尔。她不时会有一种感觉,只要再看那里一眼,一切就会恢复正常。她的一部分大脑还没有意识到那种失去是永远的,无可挽回的。所以她还会想,下次见到梅尔时要和她说些什么。在这样的沉思中,她和乔纳默默地走了一会儿。

"我找到了你的那袋石头。"她想谈点别的,"你在用那些石头铺路。你这样做了多久?"

乔纳说:"不久,八个月。"

安雅哼了一声。按照她的估计,这件事肯定要花好多年时间才能做到现在的程度。"你不必撒谎。"她说,"我觉得这很酷。"

"我没撒谎。"乔纳抗议道。

"你不可能在八个月里完成这一切——"

"大部分都不是我做的。是我姐姐做的。我……我算是接手的。我想完成她开创的事业。"

"姐姐?"

乔纳没有回应。安雅朝他那边瞥了一眼,看到他点了点头。

"她毕业后找了份工作?"安雅问。

"我姐姐一年前死在矿井里。她是八个人中的一个。"

"矿难? 神明在上。我很抱歉。等等,那次矿难有两个女孩牺牲。你姐姐是希里尔吗？还是摩丽娅？"

"摩丽娅。"

"我认识她。我和她不是很熟，但我们聊过几次。她比我大两岁。"安雅在悲痛中记起了她的学校。每隔几年，矿难就会带走一批学生，就像时钟一样准确，这就是他们所受教育的代价。每一起矿难和遇难者群体都有名字，通常会根据他们所在的地层或竖井来命名。但这八个人还没有被命名，只有一个数字，事故发生后的好几周，人们一直认为他们还有可能活下来，有可能获救。当他们被挖出来的时候，失踪者的人数已经成了他们这批遇难者的名字。安雅说："我不知道摩丽娅还有个弟弟。"然后她觉得自己的话很蠢，"对不起，这不重要……"

乔纳耸耸肩。"在我们两个之中，她总是那个被人们注意到的。这曾经困扰过我。我曾经想要得到更多关注。不知道为什么，曾经有一段时间，我总觉得她会被挖出来，会向人们讲述一个惊人的故事，然后成为名人。我甚至因此有点嫉妒。我希望被埋住的是我，每个人都在谈论和支持的是我。然后……"

"然后呢？"安雅问。

"没什么，算了。"

安雅抓住他的胳膊，让他停下脚步。"不，然后呢？"

"她去世几个月后，家里的情况变得很糟糕。我还是觉得被埋住的应该是我，但原因不一样了。如果死的是我就好了。"

"别这么说。"安雅说。她明白了乔纳一直以来的颓唐——他耸起肩膀、目光低垂的样子。"想都别想。"

"任何人都会这么想。为什么是她？为什么不是我？"

他是对的。安雅禁不住也会这样想——为什么在世界改变的那一天,她没在城里?

"我父母当然也这么想。"乔纳说,"我爸爸生气的时候也会这么说:'为什么不是你呢?'"乔纳用低沉的声音模仿他的父亲,把头发拨到脑后,透过沾满污垢的眼镜看着安雅,"这就是我搬出来的原因。我知道我不受欢迎。"

"你离开家了?你现在和谁住在一起?"

"有很多睡觉的地方。那么,你是怎么知道我在用石头铺路的?"

他们又开始向前走。安雅试着想象乔纳过去一年的生活是什么样子。

"我说了,我找到了你的包。那些石头是城里的。你姐姐为什么要那样做?"

"那样大家就不会再朝西边来的人扔石头了。"

乔纳朝峡谷对面瞥了一眼。围栏在他们的南面。那里倾斜的金属屋顶正沐浴在阳光中。最后一次从那附近经过时,安雅注意到栅栏都被推平。所有关在里面的人都不见了。

"西边来的人。"安雅说,"我有段时间没听过这种说法了。我爸爸,还有我认识的几乎每一个人,他们都用更难听的话称呼他们。我爸爸非常讨厌他们。我小时候经常跑到那里,在那里待上很长时间。爸爸让我学他们的语言。后来,我上了高中,还经常偷偷给他们带糖果之类的东西——"

"我知道。"乔纳说,"我看见了。"

"真的吗?"

"是的,我很擅长观察。"

"我曾经认为你们——像你们这样的孩子——是讨厌鬼。"安雅说。但话刚一出口,她马上就后悔了,"我的意思是,总是有更小的孩子用奇怪眼光看我们这些大孩子。不过话说回来,可能我也在用奇怪的眼光看别人。"她想起了卡耶克,"我不知道你只是想要了解这个世界。"她笑了,"我的朋友梅尔和我提到过你,她以为你爱上我了——"

乔纳将目光转向一旁。梅尔是对的。安雅发现自己又说错话了。

"不管怎样,我觉得你做的事情很酷。为了你的姐姐。"

"是的。"乔纳说,"但现在都没有意义了。以前很重要的事,现在都变得无足轻重了。"

"凡事都有两面。"安雅捏了一下乔纳的肩膀,意识到如果没有一个朋友说说话,她现在会感到多么孤单和害怕,"一些小事情就变得比以前更重要了。"

"等我们找到你父亲的时候,你要说些什么?"乔纳问。他们正在接近峡谷西边的停车场。现在桥又断开了,峡谷两侧的桥面垂直立着,通路又被阻断。停车场上没有她父亲和另外两个人的影子。

"我还没想过呢！我只是不想被送走，和我不认识的人住在一起。所以我跳了火车，一边躲着爸爸，一边想知道他要去哪里。我想我得告诉他，我会一直待在家里，等他回来，还要叮嘱他注意安全，不要走太久。或者求他别去，求他调到东边去工作……我不知道该怎样。"

"让我们看看那扇门是否开着。"乔纳指着一道侧门说。有一堵墙为那道门挡住了风。还有一堆警示牌告诉工人们什么不能做——禁止吸烟、只能休息5分钟、不要堵住门。这让安雅想起了矿石实验室和学校周围的海报，上面都写着关于手指压伤和眼睛失明的警告。有趣的是，他们从来没有警告过整个城市会变成一团烟雾，或者如果世界末日来了该怎么办。

"没有锁。"乔纳说着把门拉开。与峡谷另一边的车库不同，这里面有昏暗的灯光。"是应急电源。"他说。

"嘘。"安雅示意他不要说话，随后就把他推进去，把门关上。在这座车库的另一边有动静。一些人聚在一块巨石周围。那里有一整排这样的大石头。他们正在研究那些石头，好像在考虑该怎样把它们打碎，把里面的矿石取出来。安雅在人群中没有看到父亲高大的身影。她领着乔纳溜进靠墙的阴影里。那面墙上挂满了工具，旁边有一个工作台。他们蹑手蹑脚地靠近大石头和那些人，躲在一台组装了一半的矿井牵引车后面。

"我们为什么要这样偷偷摸摸的?"乔纳问。

"偷偷摸摸的不是我们，是他。我想知道他要在这里干什么。"

"那我们直接去问他好了。"

"我觉得他会对我撒谎。我觉得他一直在骗我。我们先等一下。瞧那边。"她指向身旁的一块岩石。那块岩石打开了。它的一面从中间裂开,露出一个屋门大小的洞,裂开的下半部分落在地上,形成一道斜坡。一个高大的身影大步走出来。是她的父亲。她听到了很大的说话声,感觉像是在吵架。

"我想再靠近一点。"她说。

乔纳说:"跟我来。"

他绕过牵引车,好像是要走出去——那样他们肯定会被发现。但他的身子忽然沉进了地面。原来那里有一道台阶,通向位于地面以下的维修槽。那种维修槽让人们可以站在车辆下面修理底盘。每个维修车位似乎都有一个。狭窄的巷道将这些维修槽连接在一起。安雅跟着乔纳穿过了第二个维修车位,在下一条巷道的尽头停下来。他们面前就是那些大石头。安雅现在可以听清他们的争论了。

"——不会为了这种事就旁生枝节。而且我现在没有足够的人力。"

"我们就是你的人力。"她听见父亲说道。她不仅听出了父亲的声音,还听出了他的急躁。现在父亲的语气听起来就好像她晚上没有按时回家一样,"让我们干活,我们就能更快让你摆脱麻烦。"

"很好,但是我需要你们老板的申请单,签字盖章,然后我才能提供硬件——"

"你的脑子是矿石做的吗?"另一个人质问道。安雅觉得是和她父亲在一起的人。她悄悄向前凑过去,想找个更好的角度。"市中心被夷为平地。我们只能依靠应急电源一瘸一拐地前进。疏散命令已经下达了——"

"那不是我的部门。我应该让全部有轮子的东西都到卡恩斯去。这是我接到的命令。听着,看样子你是想确保你在另一边还能有份工作。我也在做同样的事。我知道现在情况有多糟,但一个月后,我唯一会被问到的问题就是,为什么我把这些车签给了一个没有正规文件的人。我不会因为你站在这里对我挥舞拳头就放弃未来的工作。"

"申请单?"她的父亲说,"那些申请单已经变成灰了。它们所在的大楼都变成废墟了。能提交文件的人都死了。这些硬件属于我的部门。我拥有它们。你们只是换机油的——"

"我还有柴油泵的认证密码。如果不是这样,我估计你早就把它偷走了。"

"太对了。"有人说。

"听着,我们都冷静一下。"安雅可以看到父亲在踱步。她蹲下来,紧紧缩在阴影里。从这个角度,她可以看到那台岩石一样的机器就在自己的正上方。它有宽大的橡胶轮子、车轴和传动杆,是一种交通工具。这些石块都是。它们组成了一列小火车。"你不想出任何事。"她的父亲说,"而我要这个。给我一张纸,我签字,用我的命给你作保。"

车库中陷入沉默,那个人应该是在考虑父亲提出的条件。

安雅觉得自己的呼吸声变得很大,上面的人肯定能听到她和乔纳的声音,甚至可能听到她耳朵里脉搏的跳动。她回想起那个躲在屋顶上、名叫皮克特的男孩,当他被发现的时候,立刻拔腿就逃,在铁皮屋顶上踏出一阵"轰隆"声。她感到一阵兴奋,仿佛自己正在玩以前的那种老游戏——探听父亲的秘密,违抗父亲的命令,不让父亲把自己送走。她内心的一部分突然很想跳出来,挥舞双臂,向父亲大喊一声"惊喜",然后投入到他的熊抱中,想象他看到自己时的笑声和欣喜。但她的另一半却又在害怕被发现。她被夹在刺激和恐惧的感觉之间,整个身体都在颤抖。

"你签字用你的命作保,你和你的手下负责所有加油和上货的活。"那个粗哑的声音说,"然后你就别再烦我了,明白吗?"

"成交。"父亲说。

她看到两个人影靠近,可能是要握手。然后所有的人都开始移动。她把乔纳拉回到墙边。有人沿着维修槽的边缘走过去,他们一动也不敢动。那些人只要低下头就能看到他们。安雅一直盯着自己的脚,担心一抬头就会让那些人察觉到她的视线。她和乔纳紧紧地抱在一起,直到脚步声渐渐远去。

"这是什么东西?"乔纳问道。这些人走后,他和安雅偷偷爬上地面,开始查看这一排车辆。

"一列火车,但不必在轨道上行驶。"安雅走近它,用手摸了摸"石块"表面。"它看起来像石头做的,但摸起来像陶瓷。绝对是人工材料。"

"肯定是。"乔纳把头探进敞开的车门,"哇,这里面有个厨房!"

还没等安雅警告他不要乱动,乔纳已经跳进车里。安雅也把头探进去,看见他从水槽边往杯子里倒水,一饮而尽,又打开水龙头倒了一杯。"给。"他把杯子递给安雅,"肯定能喝。"

安雅接受了他的好意,又在车中四处看了看。这是一个小厨房,有一个可以坐四个人的小隔间。车厢两端各有一道敞开的门,通往其他车厢。穿过左手边的通道,她看到一个隔间,里面有两把椅子,面对着一排显示器和玻璃窗。另一个方向是一直穿过另外三个车厢的走廊。

"你确定这东西会动?"乔纳问道。

"它在车库里。"安雅说,"它有轮子。爸爸说他需要柴油。是的,它能动。你也听到了,他们试图获得许可给它加油,然后把它开到某个地方。也许是某种新型的采矿运输工具?想象一下在塌方的时候置身其中。你可以在这里面住上几天甚至几周,直到他们把你挖出来。这就像……安全设备什么的?"

"是啊,但外面的人该怎么找到你呢?"乔纳问,"它全都经过伪装,看起来就像一堆大石头。"

安雅没有回答。她走进右手边的走廊,狭窄的走廊两侧各有一扇门。她打开其中一扇,看到里面有一对窄床。还有一个小浴室。闻起来有肥皂和洗涤剂的气味,好像最近刚打扫过。走廊对面是一个一模一样的房间。她又打开走廊尽头的门,发现门后是一间和车厢一样宽的卧室。房间的一边有一张桌子和一把椅子,固定在墙上。另一边是一些架子。在一个书架上,一排书被弹力绳固定住。安雅在架子上层看到自己的照片,一下子愣住了。

"乔纳。"她伸手去拿那幅照片。但照片被粘在了架子上。是了,开车的时候这里会很颠簸,东西当然不能随便放。

"什么事?"乔纳来到她身边。

"这就是他要去的地方。"安雅说,"这些是我爸爸的东西。这些书。这是我的妈妈。"她指了指一幅镶在镜框里的照片,照片中有一位穿皮革外套的女人。她父亲在家里的床边放着一张完全一样的照片。

乔纳用手指划过书脊。"这是什么语言?"他问道。

安雅仔细看了看,告诉乔纳:"沙语。"她大声念出其中一本书的标题:"《指挥与控制:核武器、大马士革事故与安全假象》[①]。我不知道'核'和'大马士革'是什么意思。"

"听起来像科幻小说。"乔纳说着环顾四周,"这里就像第二个家。移动的家。你认为他会把它开到哪里去?"

"往西。"安雅说。她意识到这部列车根本不是用来装矿石的,"遥远的西方。"她用一只手扶住架子。她刚刚想到父亲在做什么,就感觉身子在不由自主地晃动。至少她知道了,这几年父亲都去了哪里,"他们让这个东西看起来像是那个地方的岩石。

[①] 这本书真实存在,内容是对美国核武器安全保障的反思。

114 / 离沙记・第十一章 一个小决定

这也是为什么它会在峡谷的这一边。我的父亲……他认为是那些住在围栏里的人炸毁了城市。我估计他是要去报复。"

乔纳哼了一声。"那些西边来的人几乎连活命都很困难。他们一直被关在围栏里,怎么可能做这种事?"

"我不知道,但我爸爸认为他们可以。他了解他们。我告诉过你,我小的时候,他就负责管理围栏。我在那里待了很长时间,听他一遍又一遍地解释那些人是多么危险,对帝国构成了威胁——"

"围栏里的人?对帝国构成威胁?你一定不是认真的。"

安雅朝整个房间挥挥手。"你觉得这种安排够认真吗?"

她感觉到自己又在摇晃,但这一次乔纳也失去了平衡。车厢倾斜到一侧,外面传来敲击声和喊叫声。

"他们回来了。"乔纳说,他真是擅长陈述显而易见的事。

这个车厢没有窗户,他们看不到外面发生了什么,当然也不可能知道人们在外面做什么。车又摇晃了一下,有人走进车厢。他们能听到走廊那边有声音。

安雅来到门边,靠在墙上,冒险向外偷看了一眼。她看到父亲的一名部下正朝厨房车里放下一只大塑料箱。随后那人转过身,又接住一只塑料箱,摞在前一只箱子上面。他们正在装货。

安雅无法想象自己如果被父亲发现,会遇到多大的麻烦。她不再觉得这是一个有趣的游戏,也不再以为父亲会因为看到她而感到高兴。她的父亲一定以为她在疏散的火车上,已经向东走了几个小时,再过不久就能到亲戚那里了。如果他发现安

Across The Sand / 115

雅偷偷留了下来,一定会非常生气,不仅是因为女儿不听话,更是因为他的女儿看到了他的秘密——一些他显然不想让女儿知道的事情。安雅想到自己竟然跑到了这个地方,在峡谷的另一边,一个开始看起来合乎逻辑的小决定,竟然会导致一个又一个冲动和冒失的行为,这真是太荒唐了。

"我们该怎么办?"乔纳低声问。

安雅也在想着同样的问题。悄无声息地溜出去似乎是不可能的。

随着一声机器的咆哮,地板开始震动,随后是一种轻柔的"嗡嗡"声,机械的震颤从她的双脚传遍了她全身的骨头。她又向门外看了一眼——一只只沉重的箱子还在不断被搬上来,由车下的人传递给厨房门口的那个人。这时,她看见父亲出现在走廊尽头的车厢里,坐到一张椅子上。他的手伸向头顶,在摆弄天花板上的什么东西。然后他身体前倾,又开始操作面前的仪表盘。

"我要留下来。"她告诉乔纳,同时瞥了一眼衣橱。衣橱足够大,可以躺在里面。她还可以爬到床底下。从跳下火车到现在,她都在做同一件事:躲起来,直到父亲没办法再让她回去。现在可能还会有更好的结果——他们找到她,她的父亲会停止这场毫无意义的行动,回家陪她。"你应该去向他们表明身份,然后回家。别告诉他们我的事。就说爆炸发生后你躲起来了,很害怕,在找避难所,说什么都行。但现在是你离开这里最后的机会。"

乔纳说:"我和你一起。"就好像他没有其他选择一样。

男人们还在呼喊，安雅听到舱门"砰"的一声关上了，然后是装好货物的箱子被整理和摆放的声音。房间突然动了起来，她和乔纳失去了平衡，为了不一头栽倒，他们的胳膊像风车一样转了几圈。车辆已经启动，正在行驶。不管安雅之前在想什么，现在的情况已经为她做出了决定。她和父亲将一起穿越沙漠。

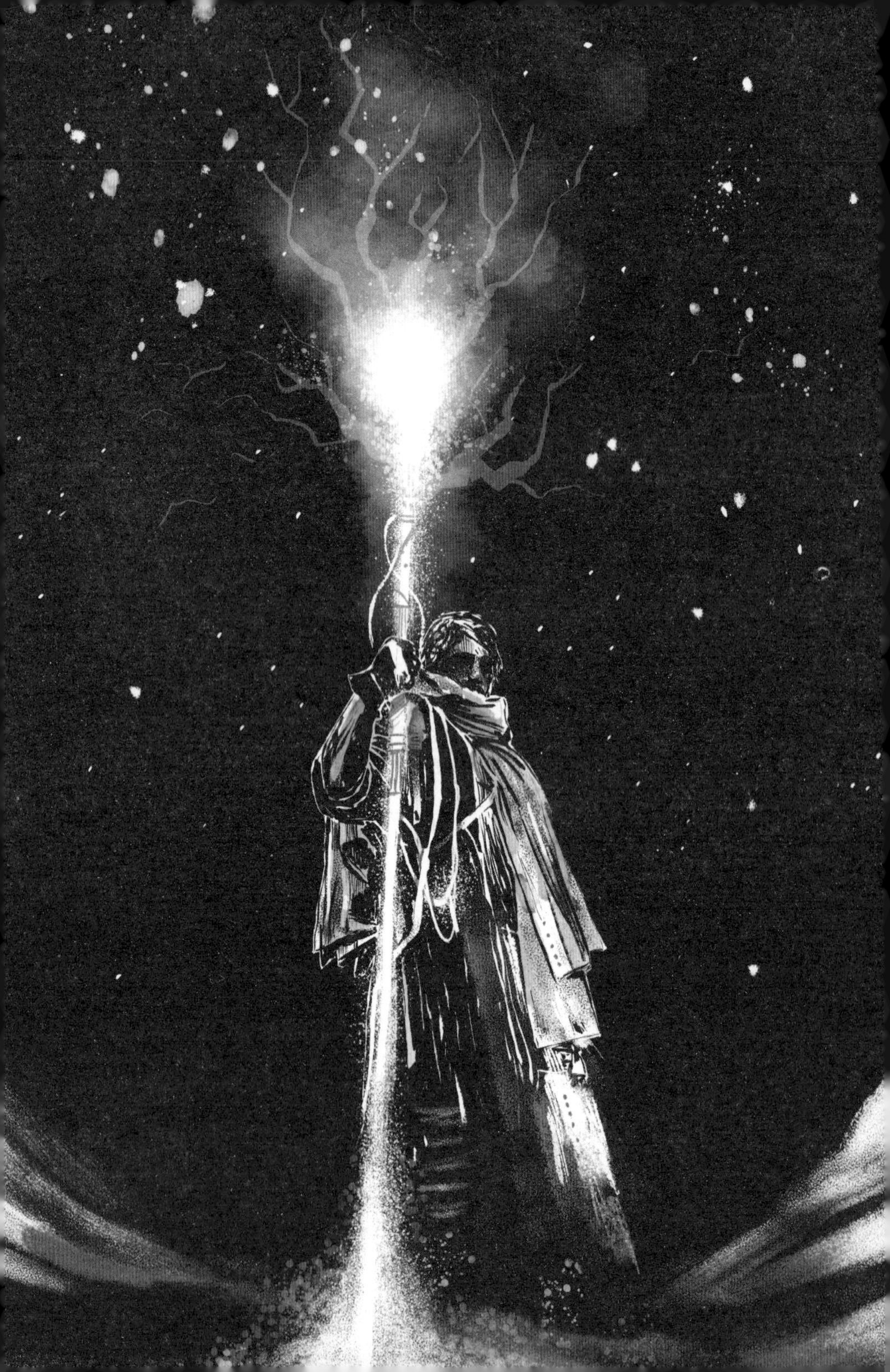

第四部
盗贼

我看到了它的降临,那万物的终结,就像一颗星星从苍穹落下。

众神想要粉碎我的人民。

于是我们让到一旁。

——游牧王

享用我们的敌人
可以增强我们的骨骼。而享用家人
可以增强我们的心。

——旧日食人者俳句

第十二章　父亲的罪行

罗伯
三个星期之后

　　罗伯梦见自己在飞。他的身体一点重量都没有，风就在他身下，把他托起，推动他以惊人的速度前进。他什么都看不见——世界全都是黑的——然后他意识到自己闭住了双眼。他感觉到粗糙的指尖划过脸颊，穿过头发，沿着他的脊柱落下去，那是流动沙子的触感。他在潜沙。周围全是沙子，但比水还软，比风还软。他又好像在真空里，被拖着飞速移动。他想睁开眼睛看看是谁干的，但他有过测试故障面罩的经验，知道自己现在就算是睁开眼睛，也只能看见一片黑暗，而且他的眼睛会被沙子填满。他想要吸一口气，让肺里有更多空气，但他知道，只要吸气，他就会吞下沙子。

　　他的靴子！罗伯把膝盖收到胸前，身体缩成一团。他感觉到自己的身体在摇晃。他把手伸进靴鞘侧面，想启动靴子的电源，才发现开关已经打开了。当然——他在测试时打开了它，随后就一直没有关掉过。希望现在靴子里还有足够的电量。他从左脚的靴子里抽出头带，解开电线，把头带戴在额角上。

头带一碰到额角，他就有一种感觉，仿佛一支机械螺栓滑进了插槽，位置正确无误，他甚至能想象出机械相契时的"咔哒"一声轻响。罗伯现在能清晰地感觉到沙子在移动，他推动沙子，想让自己停下来。但是什么都没有发生。只除了一种感觉——他的意志被取消的感觉。头带出什么故障了吗？不，是另一个人阻止了他。

一种无助感涌上他的心头，比凝固的沙子和无法呼吸还要糟糕；比屈从于别人意志还要糟糕。罗伯感到一阵愤怒和恐惧。他再次用力去推那个袭击他的人，这次不只是抗拒，而是一次攻击，爆发的力量变成了硬磕凝聚成的拳头。

但对方的反应更加迅速，片刻间，罗伯以为自己要死了，仿佛有一整座沙丘落在他的胸口上，随后他的胃猛地向下一坠——他的身体在向上飞，穿过上方的沙子，真的飞上了半空。他拼命挥舞手臂，想要保持平衡。真正的风吹在他的脸颊和头发上。他只能努力不让自己的头和脖子先撞到地面。先是布满星星的天空，然后是银色月光下的沙丘，这些景象在他的视野中一闪而过，他大口呼吸美好的空气，做好了迎接冲击的准备，但沙子又像水一样接纳了他，没有让他感觉到半点阻力。他在沙子里继续向前冲刺，感到头晕目眩。刚才勉强吸入肺部的那一点点空气很快就消耗光了，让他陷入到濒临窒息的边缘。他想要攻击敌人，为此他付出了所有的努力，却像一只沙蚤一样被甩来甩去。他感觉自己真的只是一只小虫子。

他开始昏厥，越来越难以抵抗呼吸的冲动，但呼吸只会让他的嘴巴和喉咙充满流动的沙子。就在这时，移动停止了。他再一次感到风吹在皮肤上。躺在沙子上，太阳留在沙子里的余温尚未散去。他试着坐起来，但他的每一块骨头和每一处关节都在隐隐作痛。终于，他用手和膝盖撑起身子，睁开眼睛，看到面前有三双鞋，离他如此之近，如果不是笔直的沙柱挡住了他，他伸出手就能摸到它们。

罗伯抓住沙柱，想站起来，却又精疲力竭地瘫倒在地上。站在他面前的一个人跪下来。这时罗伯才察觉到，自己是在一个盒子里，或者是一个笼子，头顶、脚下、四面八方都是牢固的沙子硬碴，只有一面是硬碴形成的栅栏。他对这种结构感到了一点惊奇，一时间甚至忘记了自己的处境。

"那双靴子归我了。"有人说。

借助月光和潜沙灯的照明，罗伯勉强能看到面前人的样子——说话的人可能和帕尔默年龄相仿。虽然年轻，却有一张因为正午阳光的曝晒和无数次潜沙的磨蚀而满是沧桑的面孔。罗伯靠向一边，吐出嘴里的沙子。那人皱起眉头，冷笑一声作为回答，罗伯这才意识到，他清理嘴唇的动作被认为是在表示拒绝。这样也好。他没有多做解释。这比他能想到的任何回答都更好，而且肋骨传来的疼痛让他根本说不出话来。

"这双鞋迟早会从你身上掉下来，无论你的脚在不在里面。"那人说，"你自己可以选。"

"放松点,伙计,看看他。他只是个孩子。"

另一个人蹲下来,让罗伯可以把他的声音和面孔匹配在一起。又是一名潜沙员,面罩翻起,比第一个人更年轻。他应该算是在帮罗伯,但罗伯有些气恼他说自己只是个孩子。

"嘿,你叫什么名字?"第二个人问。

"我在哪儿?"罗伯反问道。他的声音微弱而沙哑。

"你在那个被你称之为城镇的垃圾堆以北大约一公里。不过那里以前真的是个镇子,对吗?"

一公里。只是一次呼吸的时间就走了这么远,这不可能。他们移动得有多快?罗伯向前倾过身子,把额头压在栅栏上,想看看还站在那里的第三个人,但沙笼的顶部挡住了他的视线,月亮从那个人的身后照过来,让他在罗伯的视野中只是一片黑影。

"孩子,你叫什么名字?"第二个人又问道。

"我的名字叫罗伯。"他说道。罗伯知道这些人不会杀他,只是想偷他的东西,"你叫什么名字?"罗伯一边和他们说话,一边尝试让沙笼流动起来,恢复成沙子,但什么也没发生。他回头看了看自己的鞋子。鞋底亮起了红光——电池没电了。在刚才罗伯逃脱的努力中,它耗尽了所有剩余的能量。

那个更年轻的小伙子转向其他人。"看到了吗? 他会讲道理。我是戴文,这是鲁克,那是莎娜。"他转过身,朝还站着的潜沙员竖起大拇指。随着他的头灯照在那人身上,罗伯才看到那是一个女孩,头发编结在一起的样子有点像维丝。一阵悲伤和思念涌上他的心头。罗伯双手抱头,开始抽泣起来。

Across The Sand / 123

"看啊,你可真会说话,白痴。"叫鲁克的人对他的同伴说。

"我的天,我只是告诉他我们的名字。小子,把靴子给我们,你就可以回你的垃圾场去了。我们没时间为这种事磨蹭。"

"你们对格雷厄姆做了什么?"罗伯喘着粗气问道。他抹去鼻涕,睁大了满是泪水的眼睛,努力想要看清楚面前的这些人。

潜沙员们面面相觑。"谁?"鲁克问。

"格雷厄姆。"罗伯说,"在潜沙店。"

"听着,孩子,我们不知道你在说什么。把你偷的靴子还给我们。"

"去他的。"女孩终于开了口。罗伯周围的笼子融化了。沙子像雨点一样落在他周围。女孩抓住他的一条腿,几乎坐在他身上,开始和罗伯的靴带扭打起来。

"它们是我的!"罗伯喊道。他用力踢腿,但现在有好几只手按住了他。"住手!"他高声叫喊,扭动身体,想要反击。但他实在没什么力气。有那么一瞬间,他觉得自己像是被两个哥哥和维丝按住了。他们总是这样压住他,抢走他们想要的东西,还笑话想要反抗的他。

"别动,你这个小贼!"

"我不是贼!"罗伯喊道,"这是我爸爸的靴子!"

"够了。"

一个声音像炸弹一样爆裂,震撼着罗伯的骨头。潜沙员们停止了对他的粗暴手段。罗伯看到另一个人影,正在注视着他们。那人全身都被包裹在一层光晕中——一个穿长袍的老人,手持一根发光的手杖。他似乎刚刚从沙子里升起,缓慢地朝他们走来。在他的长袍从腿侧分开的地方,罗伯看见发光的电线缠绕在一件白色的潜沙服上,还注意到这名男子头上的潜沙头带正在一下一下闪耀着光亮。他的头带和那根长手杖被电线连在一起,仿佛正在燃烧。这身装扮看起来非常不适合潜沙,没有任何地方是流线型的。那人走近时,罗伯看到了他脸上深深的皱纹。这位老者的皮肤像陈旧的皮革一样苍老、像煤一样黑,头发却像云一样白。

"你知道过去我们怎么对付小偷的儿子?"老者问。

三个潜沙员死死按住罗伯。罗伯眨眨眼睛,想要抖掉脸上的沙子。那些人的身影全都在他的头顶盘旋。"你不能拿走靴子。"罗伯说,"求你,它们是我的,是我父亲的——"

"不,它们是我父亲的。"老人说,"更早则是我祖父的。它们现在是属于我的。"

罗伯看到那根手杖滑进沙子。他脚下的地面突然动了一下,变软了。罗伯一下子沉进沙子里,一直被埋到腰间。他很害怕他们会把他活埋,但紧接着,他感觉到脚上好像有双手,正在解开他的靴带,但那不是手。所有潜沙员都站了起来,冷冷地看着他。解开靴带的是沙子,有人以高超的技巧操纵这些沙子,让它们变成了两只手。他的靴子从脚上滑了下来,钻出地面,躺在沙丘上。

老潜沙员几乎是带着虔诚的神情拿起靴子,他的脸上浮起笑容,皱纹和沟壑交织出了另一种形状的网。"你好。"他对靴子说道,然后又把注意力转向罗伯,"以前,我们经常会把窃贼杀掉,同时还要把窃贼的儿子当成自己的孩子来抚养,绝不能让他们变成他们父亲那样的人。但现在不是以往了。所以你自由了,就让你的灵魂和你的父亲一起去腐烂吧。"

再一次听到有人提起他的父亲,还说他是小偷,罗伯的眼泪又开始流淌。"我爸爸已经去世了。这是他唯一留给我的东西。求你。"没有这双靴子完美洁净的谐振,他不知道自己应该如何去修理那些潜沙部件。而且他知道,如果他丢了这双靴子,康纳一定会杀了他。

一名年轻潜沙员说:"这孩子脑子有点问题。"

"他说我们让一个叫格雷厄姆的人失踪了。"另一个说。

"格拉希姆?"老潜沙员问道。罗伯抬起头,透过泪水看到这个人脸上的笑容完全消失了。"那名打捞者?他还没有死?"

罗伯擦去眼泪。"死?你要杀死他?"

"这孩子疯了。"鲁克说,"不知道他在说什么。"

"我们抓住他的时候,还有另外一个人和他在一起,但我们没有伤害他。他可能会被我们的沙子缠住,但绝对不会被我们的沙子埋住。"

老人望向天空。"没关系。他哭的那个人早已经死了。来吧,我们离开这个肮脏的地方。"

他挥挥手。另外三名潜沙员立刻沉入沙子之中,他们身上的光也都消失了。罗伯被他们丢下,半截身子还埋在沙子里。罗伯只能把自己挖出来,赤着一双脚,走上了寒冷而漫长的回家之路。

第十三章　青春的负担

罗伯

走回镇上需要二十分钟。不过纷繁复杂的思绪一直伴随着罗伯,让时间似乎也变慢了。恍惚间,他仿佛走了几个小时,脑子里一遍又一遍地回放着刚才发生的一切,从他被抓住的那一刻起,一直到抓他的人消失在沙子里。他不断重复他们的名字:戴文、鲁克、莎娜。他不知道最后一个人的名字,显然那个人是他们的老板或领主。

他无法不去想他们的潜沙服、那名老者的手杖、那个硬碴笼子、与他们对抗时所感受到的强大力量,还有从天空中落下时沙子接纳他的方式。他将每一段记忆像打结的头发一样细细拆解,直到所有记忆都被梳理得清清楚楚。他在努力弄明白这一切,解开这个谜题。背对着北极星,迎着泉石镇在沙丘对面散发出的光亮,他一步步向家中走去。他的脑子已经被这个谜题占满。听到有人呼喊他的名字时,他还完全沉浸在散乱的思绪中,以为自己是听错了。

"罗伯!"

就像一只郊狼在嚎叫,苦苦地搜寻着能够维系自己生命的东西。

"罗伯!!!"

镇子周围的沙丘上闪烁着灯光。足有几十盏头灯、潜沙灯、还有油灯。

当然。他们在找他。罗伯试着想象自己消失在沙子里的时候,就站在他身边的哥哥会是什么样子。康纳还好吗?也许他也被吸下去了。他心中感到一阵恐慌,不由得拔腿飞奔,越过沙丘,朝距离自己最近的那盏灯冲过去。

"嘿!"他喊道,"我在这里!"

他第一个遇到的是斯黛拉,在蜜糖洞生活和工作的一个女孩。她一看到他就哭了起来,又对其他人高喊罗伯在这里。然后她就跪倒在地,双手紧紧抱住罗伯。

"我没事。"罗伯被抱得有些透不过气,"康纳在哪儿?"

"和其他人一起在沙子下面找你。"

"我把他的靴子弄丢了。"罗伯说,"他会生气的。"

斯黛拉松开双臂。"你平安无事,我相信他只会非常高兴。"

在回蜜糖洞的路上,罗伯几乎不认识或根本不认识的人不停地拍打他的肩膀和脊背,好像他没死是做了什么英雄的事情。这真是一个令人困惑的场面。他所做的只是被人劫走。他猜,也许大家这么高兴,有一半原因是他们终于可以关掉灯,继续他们的晚餐和日常生活了。在他离开的这二三十分钟里,整个镇子好像有一半的人都跑了出来。

妈妈和维奥莱在距离蜜糖洞还有几个沙丘的地方迎上了他。不知怎么回事,消息传得比脚还快,大家眨眼间就都知道他在哪里了。罗伯不得不再一次被紧紧抱住,接受大家的眼泪,也不知道这种情形还会发生多少次。

"对不起。"他发现自己在这样说,却又纳闷自己做错了什么。

妈妈吻了他的额头十几次,抚平他的头发,把上面的头粉①掸得干干净净。"没事的。幸好你没事。不过不要再潜沙了。你不能让我再经历这种事了。我是认真的。"

"我没有潜沙!"罗伯说,但他的抗议显然没有被注意到。

回到蜜糖洞,迎接罗伯的是一阵阵欢呼和叫喊。啤酒滴在他身上,他的背上又挨了好几巴掌。"我都要在吧台上刻你的名字了,孩子!"有人在开玩笑。罗伯渐渐明白了为什么大家都这么担心他。几个星期前,许多人失去了生命。他还记得每一个幸存者被找到,每一个家庭团聚,以及康纳和维丝从沙子深处救出的每一个人。但那时每个人的脸上都写满了苦难。现在泉石人庆祝的不仅仅是一个人幸免于难,而是不必再承受失去同胞所带来的痛苦。

康纳和帕尔默挤过人群,来到他身边。他们都还穿戴着潜沙服和气瓶。帕尔默的气嘴在脸旁边晃来晃去。罗伯能听到漏气的"嘶嘶"声。衰减器的阀门弹簧可能已经磨损了。当帕尔默抱住他的时候,他只是用心记住了这件事,想着格雷厄姆的铺子

---

① 头粉:专指头发里的沙子。

里在什么地方存着相应的备件。

"我的天,你吓死我了。"康纳说。帕尔默一放开他,他就抓住罗伯的肩膀。他的头发里全是头粉,汗水将他的头发一绺一绺地黏在头上。"是因为那双靴子,对吗?"他说,"看你干的蠢事。别再穿那双靴子了。我告诉过你,早晚会出这种事——"

"靴子已经没了。"罗伯低头看着自己的光脚,"不是我的错。有人抓住了我。是几个潜沙员。"

"别吓唬他了。"妈妈端着一杯热茶和一条毯子走了过来,"把你们的装备脱掉!你们把硌子①洒得到处都是。"

罗伯接过茶,享受着掌心传来的暖意。他受不了这种小题大做的场面,只想回到自己的工作间,看看格雷厄姆有没有回来,或者修理点什么。无论做什么都好,就是不要再被淋上沙子和啤酒,不要再被他不知道名字的人们拍打和拥抱了。

"我们带他上楼去。"罗丝对维奥莱说。罗伯感到一种羞辱,好像他还是那个最小的孩子,就连维奥莱都比他大。

"我想回家。"他说,"格雷厄姆的家"。

"绝对不行。"妈妈拽着他上了楼梯,这让他想起了自己在沙地上的飞行。那时他也是这样,只能服从于别人的意志。这种感觉真是太熟悉了。罗伯又一次有了用他的靴子和头带发动攻击的冲动,但是他的靴子不见了。他生命中仅有的一点力量都被剥夺了。

---

① 硌子:专指潜沙服和装备上的沙子。

妈妈让女孩们用壶和水罐端水来给他洗热水澡——真是荒唐的浪费——还不停地提醒他喝茶。在别人准备洗澡水的时候,罗伯向他的哥哥和妹妹讲述了发生的一切。他仔细回忆了每一个细节,毕竟他也很想把整个事件拼凑起来。

"听起来,他们只是想要靴子。"康纳说,"可是他们怎么知道靴子在你这里?"

"我一直都在想这个问题。"罗伯回答,"因为他们直接就冲我来了。他们一开始就知道。"

"也许格雷厄姆是幕后主使?"帕尔默思忖着说道,"他认识他们,所以他早就想用你来交换一些东西。这不会是巧合吧,同一天发生这样两件事——"

"格雷厄姆绝不会这么做。"罗伯说,"而且,他完全可以随便哪天晚上把靴子拿走。不,我……我想是因为我不小心忘了关电源。我从头带里听到了他们的一些想法,但不确定是怎么听到的。也有可能是我自己的想法。我不知道。但在我试图挣脱并飞起来之后,我好像听到有人提醒其他人要小心,说靴子还有能量。还有人在想:他们就是凭这个找到我的。也许他们能以某种方式听到靴子的谐振——"

"你是说他们能根据谐振频率判断出另一个潜沙员在哪里?"帕尔默说,"那不可能。"

"我知道这听起来匪夷所思。"罗伯说,"但实际上就是这样。这是完全有可能的——我只需要一个O型窥镜和一个基本的探针就能分辨出格雷厄姆用的是哪条头带和哪套潜沙服。每一件设备都会发出独特的信号。"

"哦。"帕尔默说,"我不知道还有这种东西。"

"他们就是这样找到你的?"康纳问,"我记得你曾经说过,没人能找到那双靴子。"

"是没人能找到。因为我的靴子——"

"是我的靴子。"康纳说。

"——它的信号非常干净,甚至连我都有可能认不出来,就算我已经很熟悉它了。"

"不要再问这问那了。"罗丝说,"他需要休息。你们下楼去。罗伯,该洗澡了,然后睡觉。"

"我想和康纳一起出去一下。"罗伯说,"我们需要找到格雷厄姆。"

"明天再说。如果我心情好的话。现在,你要好好休息。你刚刚受到惊吓,精神可能还不稳定,而且明天你肯定会浑身酸痛,所以你要洗个澡。马上。"

罗伯又觉得被羞辱了,他看了维奥莱一眼。维奥莱只是笑着捏了捏他的胳膊,对他说:"很高兴你没事,我知道一个人在黑暗中是什么感觉。那不好玩。"

"妈妈,我明天还可以带维奥莱去坐船,对吧?"帕尔默问,"你不会因为这些事而惩罚我们吧?"

罗伯看到妈妈在犹豫,但最后还是点了点头。

"你在开玩笑吧!"罗伯喊道,"维奥莱可以去坐船,我却必须留在这里。"

他不敢相信自己的生活竟然是这样一团糟。

第十四章　飞行的回忆

帕尔默

每一次他都觉得这真是很不可思议——像萨弗船这样又重又笨的东西竟然只靠风的一吻就能移动如飞。在维奥莱的注视中，帕尔默拉起主帆。帆布"噗"的一声鼓胀起来，帆索绷得笔直，高耸的铝制桅杆发出"吱吱嘎嘎"的呻吟声。一时间，这艘双体船仿佛要倾覆在沙地上，这就是摩擦力，是沙子抓住了它。

但是，安装在桅杆底部的潜沙服分开了夹住船身的沙丘，萨弗船动了一下，又一下，然后就以令人无法相信的速度向前飞跃而去，强大的西风推动船帆。萨弗船在沙丘的波谷中划出一条直线。帕尔默的喉咙和胃都能感觉到速度的提升，还有清晨凉爽的空气和初升太阳带来的热量。

"耶！！！"维奥莱尖叫着，双臂紧紧抱住护栏索，仿佛这对她是一件生死攸关的大事。

帕尔默稍稍放松主帆，放慢了船速。这时他注意到维奥莱脸上灿烂的笑容。"再快一些？"他问。

维奥莱点点头。

"好吧,把那张帆也打开。用绞盘拉紧那根绳子。顺时针转动手柄。"

维奥莱一只手从护栏索上拿开,抓住了绞盘的手柄。

"用两只手。"帕尔默一边说,一边调整了一下航线,"这可是力气活。"他把围巾从脖子上拉起来,遮在嘴上。船头溅起的扬沙①被卷进强风,弥漫在空气中。

维奥莱用力去推手柄,但它一动也不动。帕尔默正准备教她将手柄先朝另一个方向转,这样更方便使力。她却先一步想到了办法。她移动身体,将一只脚踏在驾驶舱顶上,用背部和腿的力量拉绞盘。绞盘发出"嘎吱嘎吱"的声音,被她拉动。固定住帆桁吊杆的绳子被拽紧,发出尖叫,终于一下子弹开了。

"不错。"帕尔默说。

维奥莱向他一笑。"我们启航了。"

"是的,没错。你想掌舵吗?"

"当然。"

帕尔默让她和自己一起握住舵柄,向她演示了如何掌舵。船行驶的方向和舵柄的方向相反。他还教了维奥莱如何使用指南针、如何让船和风保持三十度夹角、如何避开沙丘。然后他松开手,让维奥莱自己试着掌舵。

后来他就只接手了一次。维奥莱完全掌握了诀窍。帕尔默

---

① 扬沙:专指被萨弗船扬起的沙子。

坐在护栏索上,看着她驾驶萨弗船。维奥莱甚至不用围巾把脸遮住,似乎完全不介意脸上的沙子,只是不停地傻笑着,看一眼指南针,再看看沙丘,然后视线再转回到指南针上,全神贯注,生怕做错了什么,造成可怕的事故。

"这是你的吗?"维奥莱问,她指的当然是这艘萨弗船。

"现在是了。"帕尔默骄傲地说,"它很可靠,但还需要改进。我要换的第一样东西就是这些帆。"他向上指了指。

"它们被磨坏了?"维奥莱问。她抬起头,视线离开沙丘时,她显得有些紧张,"哦,是,我看到了一些补丁。让我想起了我的旧裤子。"

帕尔默笑了。尽管他讨厌维奥莱的口音,讨厌她所代表的一切,但她说的一些话却很有趣。"它们确实有些磨损,但原因不是这个,是颜色的问题。突袭者红色,滥酒馆军团的颜色。这艘萨弗船以前属于我姐姐的一个朋友。她是帮派的。你知道什么是帮派吗?"

维奥莱点点头。"罗丝告诉过我。她提醒我要远离那些人。他们就像领主一样,只不过身上有沙疤和穿孔,不是好人。"

"嗬,没错,我想是的。他们依靠船帆辨别其他人的帮派。等我有了一些硬币,我要做的第一件事就是把它换成黑帆。"

"黑色是什么意思?"

"意思是受雇者,私人船只。我无意伤害任何人。"

"那为什么要有刀呢?"维奥莱指着绞盘上生锈的旧匕首问。

帕尔默笑了。"那不是为了砍人的,是为了在船要翻的时候割断绳子,在紧急情况下才会使用。不,问题就是这个有颜色的帆——"他又向上指了指,"——它们会让你挨枪子儿。"他看到维奥莱的笑容消失了。"别担心,在这里不会。在滥酒馆才有危险。也许这段日子,丹瓦附近也不会太平。不过这里的人有更多需要担心的事。见鬼,也许他们看见我的时候,会以为我要开枪打他们。"

"你怎么弄到钱来买新船帆呢?"维奥莱又问。

帕尔默端详着这个孩子,意识到她还有很多不知道的东西。她就像刚出生,但身体已经十岁了。"关于生活,你还有很多要学的,不是吗?"

维奥莱耸耸肩。"我的意思是,这件事我大概明白。人们做一点工作,硬币让别人知道他们做了多少工作,所以他们可以用自己的工作换取别人的工作。这是一个关于信任的游戏。妈妈让我免费吃喝,但当我出门去货摊或者跑腿时,她会给我一些硬币让我使用。我只是好奇,你打算用什么方法得到硬币。"

帕尔默过了一会儿才将这段话完全消化。"你让我想起了我的小弟。"他说。

"谁,罗伯?"维奥莱把目光从指南针上挪开,看向帕尔默,"父亲完全不知道他,是吗?"

"知道。他走的时候,妈妈已经怀了罗伯。但罗伯对他爸爸知道的不多,大概只有我们告诉他的那些。"

维奥莱点点头。"怪不得他总是问我那么多问题。"

"是啊,过段时间他就不会那么多嘴了。"

"我不介意。我很高兴能谈谈爸爸。我想他,非常想。"

帕尔默看向别处。和维奥莱在一起,让他对父亲的想法也变得复杂了。他崇拜那个人,一直都很崇拜。但维奥莱的存在不断提醒着他,他们的父亲曾经抛弃了他们。这些想法就像两条响尾蛇在打转,都想要吃掉对方。他想让维奥莱别再提起他们的父亲,然后他想起来,他们来这里不是只为了坐船。"那么说,他教过你怎么潜沙了,是吗?"

女孩点点头。

"那时你觉得害怕吧?第一次感觉到沙子堆在头顶上?"

"不,我喜欢。我……我只记得地面下有多么安静。在沙子下面,我仍然能感觉到开矿的爆炸震动我的胸口,但它们不再刺痛我的耳朵了。沙子在晚上是温暖的,在白天是凉爽的,和空气正好相反。一开始爸爸强调我需要多加练习,但后来他说我不应该练习那么多。他担心我们被抓住。"

帕尔默从心底涌起了某种感情。他的脑海中清晰地浮现出父亲教导维奥莱的画面,就像教导他和维丝一样。他可以看到父亲的胡子,那双满是皱纹的眼睛似乎总是想要微笑,却又强自克制,他的头发正在变白……

帕尔默努力推开心中的画面,检查了一下计程仪,发现他们只剩下一两公里了。

"保持这个方向。"他说,"注意那边陡峭的沙丘,尽量避开那里。"他走到绞盘旁,开始把缆绳卸下来,"我来告诉你如何停船。你要在这里向右打死方向,这样我们就能把船停在方便重新启动的位置上。不过,首先你要看我怎么把前帆收起来。"

"为什么要停船?"维奥莱的声音里透着失望。她似乎已经被萨弗船带来的速度感迷住了。

"你喜欢潜沙,对吧?"帕尔默说,"让我们看看你能做什么。"

⋯⋯⋯⋯⋯⋯⋯⋯

这套潜沙服不算很合身,是帕尔默早上从一个朋友那里借的一套训练服——那个朋友从学校的废墟里捞出了这套装备。裤腿和袖子还太长,所以他不得不在肘部和膝部弄出一些褶皱,用备用围巾绑起来,并缩短导线,以确保它们不会缠在一起。他不相信这套潜沙服能钻到地下多深。这次他只想看看维奥莱能做些什么,或者说,有没有这样的能力。

帕尔默说:"我会穿上我的潜沙服,全程陪在你身边。"他从潜沙架上取下两只气瓶,"如果气嘴里没气了,或者潜沙服冒出火花,或者你惊慌失措,我就把你带到地面上来。"

"好吧。"维奥莱扭动身子套上潜沙服,尽量让自己穿得舒服些,"气嘴是什么?"

帕尔默放下气瓶,抓起一根软管,给她看管口的气嘴。"气嘴,就是给你提供氧气的部件。你叫它什么?"

维奥莱耸耸肩,"我以前从没用过这个。"

帕尔默盯着她看了好一会儿。"你是什么意思?"

"只要憋住气。"她深深地吸了一口气,双颊鼓起,给帕尔默看。

"我——你父亲教你潜沙逃出来。只是为了钻过栅栏?"帕尔默感到胃里有些不舒服。他的计划真是毫无意义,还浪费了本可以用来打捞的一天。他本想依靠维丝那份该死的笔记生活,最终却发现每一天都只是在浪费时间。

维奥莱不再鼓起两腮。"是的,围栏有两道栅栏,需要从下面钻过去。"她说,"然后是峡谷和河流。"

帕尔默觉得自己一定是一脸茫然,所以维奥莱马上就解释说:"那是一条很深的沟,从北向南,底部有一股流水,整座城镇一辈子都喝不完那些水。"

帕尔默试图想象那种情景却做不到。他不知道自己是应该继续执行原定计划,还是坐船回镇上去。他本来想教维奥莱解开潜沙服的拉链,不过维奥莱自己在潜沙服里找到了头带,并开始给它接线——所以她至少还是知道一些事情。实际上,维奥莱戴上头带的时候显得相当从容。她把带子紧紧系在额头上,调整一下,直到觉得合适为止。帕尔默看着她启动了潜沙服,向她竖起大拇指。

然后帕尔默说:"那个,在你打开电源之前,你应该把面罩和头带进行适配,如果它们没有配合好,你可以先短路电感器——"

"我不喜欢用那些东西。"维奥莱说,然后她笑了,同时开始往沙子下面沉,"下面见。"

"等等!"

帕尔默伸手去抓她,却只抓到一把风。沙子在她站过的地方形成一个旋涡,颤抖了一阵,又变成实实在在的一团。

Across The Sand / 139

"哦,该死,哦该死,哦该死。"帕尔默不停地嘟囔着。恐惧、慌乱和愤怒在他的血管里涌动,他慌了,妈妈肯定会处置他的;他的潜沙服还没准备好,他手忙脚乱。自己的愚蠢让他感到由衷的愤怒。维奥莱的愚蠢也让他很恼火。他的手颤抖着,努力把面罩和头带连接好,再把它们都连在潜沙服上。他没有在气瓶上浪费时间,也没有再进行检查。刚接通电源,确保绿灯亮了,他就开始下潜。必须马上找到她,把她拉上来。他已经开始提醒自己:做心肺复苏的时候每呼五次气进行一次按压,五次加一次。诸神啊!他已经很多年没给出事的潜沙员做过人工呼吸了……

当他沉到地面以下时,面罩启动还没有完成,色彩还没有完全填满视野。他眼前的世界先是从黑到白,然后出现了紫色的波浪。当画面稳定下来,他能看清周围,他立刻让沙子像水一样流动,这样他就可以朝各个方向旋转,寻找维奥莱。但女孩不在这里。萨弗船的龙骨挡住了他的路,于是他继续往下潜,去查看龙骨的另一边。他连接装备只花了半分钟。维奥莱是在他身后浮出去了吗?他几乎要上去看一看,这时他听到面罩发出了不寻常的警报,也许是因为他在下潜之前没有将面罩校准到积沙环境的水平。但尖细的蜂鸣声音色不对。帕尔默意识到那是维奥莱在呼救。他忘了他们的头带已经进行过配对,他能听到维奥莱的想法,维奥莱也能听到他的。

你在哪里?他在心里喊道。

他只能听到她尖细的叫声。声音稍微停顿片刻,随后又开始了。咦咦咦!

帕尔默两脚之间有什么东西闪了一下。他低头去看,在他脑海中闪过的第一个念头是另一个潜沙员找到了维丝隐藏的补给点,正在那里偷他姐姐埋起来的潜沙气瓶。就在第一个补给点,一个人影正绕着埋在那里的装备转圈。随着肾上腺素的激增和恐慌感的消退,帕尔默意识到那是维奥莱。她在气瓶周围游动,划出环形和8字轨迹。她脑子里发出的声音和他们最开始在萨弗船上航行时发出的声音几乎完全一样。

维奥莱!帕尔默高喊着俯冲过去。

女孩愣住了。帕尔默从面罩里看到她转来转去地寻找自己。现在他刚刚下潜了一百米。

在你上面,他心中想。

我怎么能听到你说话?维奥莱回应了他,帕尔默意识到自己是一个多么糟糕的老师,不但愚蠢,而且糟糕。维奥莱从没有和别人一起下潜过,以前只用过一套拼凑起来的装备,所以她当然不会跟别人用思维沟通。

我要把你推上去,他一边想着,一边降到维奥莱的高度。他的面罩上出现了200米的数值——这个他不需要看就知道。他们在第一组气瓶旁边。帕尔默努力让自己的头脑和心灵平静下来。他在下潜之前没有充分地吸气,潜沙前的呼吸准备练习全都没有做。他抓起补给点的气嘴,深吸了一口气,让氧气刺痛自己的四肢,唤醒肌肉意识。过来,他心中想着,用沙子把维奥莱拉向自己,却感觉到有一些阻力,仿佛沙子是橡胶做的,他更用力地拉了一下。他知道,维奥莱没有面罩,什么都看不见,就把气嘴塞到她手里,慢慢引导她将气嘴放到嘴边。小心点,把这个塞进嘴里,不要让里面有很多沙子,然后深呼吸,我们要上去了。

维奥莱点点头。透过面罩,帕尔默可以清楚地看到她的脸,她的眼睛闭着,但眼皮很放松,就像睡着了一样。她拿着气嘴,犯了一个错误,在让气嘴接触到嘴唇之前就张开了嘴,结果没有能让气嘴和嘴唇之间形成很好的密封。帕尔默看到她几乎干呕了一下,吐出不少沙子,摇着头甩掉了气嘴。

好吧,好吧,他说,我得把你送到地面上。

比赛!维奥莱大叫一声——声音太大了。帕尔默还没来得及教训她,她已经飞了起来,身体从绿色变成蓝色,再到更遥远的紫色。

帕尔默又吸了一大口氧气。这到底是怎么回事?

"你以前从来没用过面罩?"帕尔默问。他和维奥莱一起坐在萨弗船的阴凉中,分享水壶里的水。

"爸爸和我说过,被抓住的时候,他的面罩就被夺走了。他们让他留下了头带,以为那只是箍住头发的布条之类的。我不记得他当时是不是把头带藏在了靴子里,不过后来我们把所有东西都藏得很好。他能做潜沙服,能调整头带,其余的东西,我们就没法做了。他很担心装备不全,但他认为我可以学会先向下潜沙,数到20,然后转身朝水平方向游,数到10,再向上潜沙,数到20,回到地面。至少我们可以试着逃到城里去寻找更好的食物和补给。那里有一家当地人,我觉得可以信任他们,但爸爸坚持说我们不能依靠他们,除非别无选择。不管怎样,最后这些都不重要了。爸爸只是在晚上教我一些基本的东西,怎么下去,怎么上来,而且我也能在沙子里看见了。"

"没有面罩怎么看。"帕尔默把水壶递给她。他们两个人坐在萨弗船的双体船壳之间,借助甲板躲避着临近中午的阳光,"这怎么可能?"

"爸爸说,他以前听说过我这种能力。所以他并不太惊讶,而且非常高兴。他说这让我们的计划变得容易多了。"维奥莱沉默了一会儿,拨弄着水壶的盖子,凝视远方,"我一直以为我可以去找人帮忙,我们可以去救他,去救每一个人。我有很多朋友帮助我渡过难关,在我妈妈去世后抚养我长大。我以为我会是那个把他们都救出来的人。而现在,他们都走了。"

"我也很难过。"帕尔默说。

维奥莱擦掉一滴眼泪,喝了一口水,漱了漱嘴,可能她牙缝里还有砾子。"不管怎样,我做了很多练习,学会了如何看得越来越清楚。我向爸爸解释我在做什么。他教我如何用我的想象力告诉沙子该做什么,发出振动,让沙子像波浪一样移动,当我闭上眼睛时,那些波浪就会回到我身边,告诉我它们的感觉,它们撞到了什么,在周围发现了什么。起初,我只是觉得有一些东西挡住了路,比如埋得很深的栅栏柱子,让我们无法在栅栏下面挖洞;比如地里的大石头太硬了,打不碎,又太重了,无法移动。但我听得越多,就看得越清楚。直到你刚才在我脑子里说话。我的周围一下子就变得模糊了。"

"我还是搞不懂。"帕尔默摇摇头,接过水壶,痛饮了一口。"我本来还以为自己知道所有关于潜沙的事情,看起来我错了。维丝的那些手段,我还没搞清楚,现在又来了你。真是弄不明白。"维奥莱盯着他。这让他急于掩饰自己的无知。"不过你知道,是我找到的丹瓦。"

维奥莱笑了。"我知道。"

"那里有超过五百多米深。我在下面的一座大楼里待了几天,才活着把这个消息带出来。"他没说他在沙子下面徒手杀死了另一个潜沙员。

"希望有一天,我能去看看。"维奥莱说,"我出生到现在,都在看着一座我从来没有去过的大城市。"

这让帕尔默吃了一惊。他这才意识到维奥莱也曾像自己一样,看着一座城市,却无法到达那里。"是啊,我能体会你的感受。你休息好了吗?想坐船回城吗?"

"我们的潜沙结束了?"维奥莱问。她看起来就像他们停船时一样悲伤,帕尔默能感觉到她对沙海的渴望,那里让她感到快乐。他想到罗伯也是这种做任何事情都一心一意的人,还有维丝也是,不像他和康纳,总喜欢从一件事跳到另一件事。

"如果你愿意,我们可以上几节课。你想学习如何使用面罩和潜沙气瓶吗?"他问道。

维奥莱耸耸肩。"可以。或者我们可以下去看看那些沙子下面的大鸟在做什么。"

第十五章　捉迷藏

康纳

　　上午十点左右,康纳来蜜糖洞看罗伯。还有不少人在这里吃早餐,叉子碰在盘子上,"叮叮当当"地不停地响着。还有就是气瓶被灌注气体的"嗞嗞"声。一个安静的工作日开始了,不过大家还没有从前一天的辛劳中恢复过来。康纳一步两个台阶上了楼梯,指关节在卧室门上敲了几下,然后推开了门。

　　房间是空的,床单在床脚堆成一团。浴室门开着。他把头探进去。里面也没有人。

　　来到外面的楼梯平台上,他朝迈拉挥挥手,"见到罗伯了吗?"

　　迈拉摇摇头。"我以为他和你在一起呢。"

　　"这个小混蛋。"康纳自言自语地嘟囔着,回到了一楼,"我妈妈起床了吗?"

　　"我还没见到她。"迈拉说,"所以我觉得应该没起。她昨晚睡得很晚。这里闹哄哄的。你想让我告诉她什么吗?"

"是的。"康纳说,"告诉她,罗伯和我在一起。我现在就去找他。我很确定他去了哪里。"

清晨的寒意已经消失了,康纳向旧潜沙市场走去。他应该把早上的时间花在泉石的水泵上,而不是去追他弟弟。不出所料,在格雷厄姆店铺后面凌乱的工作间里,他找到了罗伯。他的弟弟正跪在凳子上,胳膊肘撑住工作台,弯着腰,盯着一些神秘的电线和电子元件,手里的工具飘出缕缕青烟。康纳察觉到一种刺鼻的气味。看样子,这个可怜的孩子打算永远沉浸在他的修理中,再也不去想别的事了。自从维丝走后他就是这样。沉溺在工作里只是一种逃避现实世界的方式,而且是一种非常不健康的逃避方式。

"你是想让自己把命送掉,好给我惹麻烦吗?"康纳问他,"我告诉过你待在蜜糖洞,等我来接你。你该庆幸我没告诉妈妈你跑了。"

"你肯定知道我会在这里。"罗伯说着,连头都没抬一下,"我也不想被杀。没人想要我死。"

"你说的这句话里首先就不能包括我。这是什么味道?"

"熔化的金属和塑料。我的第一次尝试没有成功。"

"第一次尝试什么?"

"你不会明白的。"

"是啊,好吧,收拾好你的东西。你今天可以来泵站帮我,晚上住我们家。"

"为什么?"罗伯问,"你们都表现得这么奇怪,只是因为昨天发生的事？再过两三天，事情总会恢复正常。所以我们不如直接跳到那个时候就好了。"

"就好像昨天没人绑架你似的——"

"他们不想要我。他们想要爸爸的靴子。"罗伯坐起来，把一片圆玻璃从脸上推开，"我想把它们拿回来。"

"是的，祝你好运。不管哪个帮派把它们带走，现在应该早就去滥酒馆了。你可以再做一双新鞋子。至于那一双，你再也见不到了。"

"他们不是帮派。"罗伯说，"他们是……他们只是有些与众不同。他们不想伤害我。"他从凳子上站起来，拿起他一直在鼓捣的东西。那东西看起来像一根长长的钢棒，比罗伯还要高，在罗伯手里却显得很轻——肯定比金属更轻。罗伯戴上一副面罩和潜沙头带，朝工作室一侧的一小块沙地走去。

"你在发神经吗？"康纳说，"我告诉过你，不要再潜沙了，你却要在我面前潜沙？"他走向罗伯，想把他头上的面罩夺下来。

"我不是要潜沙。"罗伯说，"我要去找爸爸的靴子。我想我知道他们是怎么找到我的。"

他站在那片沙地上，把杆子的一端插进去，双手紧紧抓住。他四周的沙子升起又落下，形成了一个个同心圆。沙丘就像是有脉搏一样跳动。他掀开面罩，脸上露出笑容，显然对结果很满意。

"这是什么鬼东西？"康纳一时忘记了自己应该生气。

"基本上就是一个大天线。"罗伯说。他把杆子从沙子里拔出来,沙子立刻落回地面,不过地面上还是留下了一系列凝固的圆环图案。罗伯一定瞧出了康纳脸上的困惑,现在康纳每次来他的工作室几乎都是这副样子。"基本上就和你的潜沙服上那些电线一样。它们制造波动,和声波一样,但波长要大得多,所以我们的耳朵听不到。拿走爸爸靴子的一个潜沙员身上就有这种东西。我在下面感觉得很清楚。那基本上是一种潜沙技术,不过它既能发送波,也能接收波。"

"它能让你听到爸爸的靴子?"

罗伯皱起眉头,马上又笑了。"是的,你可以这么说。想帮我测试一下吗?"

"我?"康纳说,"我根本不知道这些东西该怎么用。"

"你不需要知道。"罗伯说,"你要做的就是躲起来。看我能不能找到你。"

·········||||·······||||········

康纳对弟弟的研究很感兴趣,甚至觉得迁就他一下也没什么,至少罗伯不需要潜沙。他在格雷厄姆的店外等待罗伯做好准备——杆子有一半被插进了那个沙坑。康纳戴好罗伯给他的面罩,一头扎进沙子里。他没有缩到一个地方躲起来,而是不断改换位置和游动方向,绕着旧泉石镇和棚户区转一圈,在这个过程中,他两次浮上来换气,其他时间都在享受凉爽的沙子,漫无目的地潜沙,还可以随意消耗不属于他的电池。几分钟后,他回到格雷厄姆家,从弟弟身后的沙子里跳出来。

"情况如何?"他一边问,一边掸去头发上和罗伯给他的潜沙服上的沙子。

罗伯掀开自己眼睛上的面罩。"你从旧公共广场后面出发,然后到了那座倒塌的、看起来像一排肋骨的摩沙大楼前,再经过你的住处,最后回到这里。"

康纳既吃惊,又困惑。"还有其他潜沙员在那里活动。你怎么可能只跟踪我一个人?"

"因为每件潜沙装备都是不同的,所以频率从来都不会完全相同。我的示波器有一个记录功能,我做的每样东西上都有我留下的'签名',这样我就可以确实掌握它们的情况,不会让它们变得更糟。你的潜沙服和面罩都是我修的。"

"你是说,不管我走多远,你都能确切知道我在哪里?"

"嗯……我相信这是有范围的。这取决于这个东西。昨晚有一段时间,我一直在想他们怎么能追踪到我的靴子,那双靴子的信号太干净了,但后来我意识到,虽然一个干净的信号能让潜沙不那么吵,但在远距离也更容易被发现。这就像是一堆打嗝和放屁声中的口哨。"

"你这个比喻真重口。"

"但是你听懂了。"

"那么,追踪你的人,他们还会在镇上?"

罗伯摇了摇头。"不可能。你真该听听他们是怎样谈论泉石的。他们讨厌这里,叫它垃圾场,只想尽快离开这里。这就是为什么我打算使用天线。我们可以向沙子中发射波,就像声波一样。明白吗？"

"不明白。你就先预设我什么都不懂吧。你每次这么问，我都觉得自己好蠢。"

"对不起。"罗伯皱起眉毛，好像在思考怎样解释才能让康纳听懂，"你还记得无人之地的那些轰鸣声吗？那些维丝走了以后才消失的声音。维奥莱说那是采矿造成的？"

"嗯，是的。我这辈子都在听那些声音。"

"那地方离这儿有一星期的路程。隔着这么远，我们还是能听到那些声音。声音会传播到很远的地方。而且沙子比空气更有利于声音的传播。介质密度越大，波传播的速度就越快。这就是为什么潜沙服在地下能发挥这么大的作用，但当你在地面上时，它除了能让你的骨头'咔咔'响以外就没什么作用了。"

康纳以为自己明白了关键的地方。"好吧。所以我穿的潜沙服有你留下的记号，你的棍子可以从其他噪声中分辨出那些记号，而且从很远的地方就能听到。那到底有多远？"

罗伯耸耸肩。"不确定。我猜这家伙大概能听到方圆一百公里的声音。也许更远。"

"天呐！"

"就是这么回事。"

"但你只能听你曾经听到过的东西？你经过手的东西？"

"暂时是这样。不过这是个初始版本，跟那群人使用的技术不太一样。这玩意儿还有很大的进步空间。实际上……"

罗伯把头从一边歪到另一边。康纳猜想他是在思考应不应该试着解释一些技术性的东西。

"算了。"罗伯最后说,"这么说吧,你可以用它做的事超过了任何一件潜沙服。因为潜沙服不能把穿它的人弄得四分五裂。这根杆子就没必要那么小心了。特别是当使用它的人安全无虞的时候。"

"那为什么没人做这样的东西呢?"

"因为没人试过。"罗伯说,"他们只想穿着潜沙服去捞东西。"

康纳对此无法辩驳。"好吧,它很有用。那现在我们该做什么?"

"现在我们去城镇北部,远离高墙边的潜沙噪声,我们能找到爸爸的靴子在什么位置。"

"当你找到它们的时候呢?又该做什么?"

"我们去抓他们。"

第十六章 被偷走的财富

帕尔默

萨弗船撞上了一道沙脊,一侧的船体翘起在半空中,差点把一只手提箱甩出去。

"对不起!"维奥莱一边在风中高喊,一边稳住了萨弗船。

"你做得很好!"帕尔默也高声回应。现在他只觉得有些头晕目眩——这次打捞的收获让他笑得快要合不拢嘴了。打捞架装不下维奥莱带上来的所有货物,所以他把剩下的东西都绑在双体船身之间的绳网上。十几只行李箱包在那上面蹦来蹦去,架子上还有另外四个包。现在刚过中午,泉石镇没有地方可以存放这么多东西,所以帕尔默决定迅速航行到滥酒馆。把这些货物藏在他的地方,也许还有时间把最好的货物搜集一下,然后在天黑前赶回家。明天早上,他会开始卖东西,各种讨价还价。然后他得说服维奥莱下周再为他潜一次沙。还有再下一周。他绝对不会错过家庭聚餐。

他背靠护栏索坐着,翘着两只脚,看维奥莱向南行驶。也许他真是小看这个女孩了。看着她潜沙实在是疯狂。他从来没见过有人像维奥莱那样滑过沙子。维丝那样充满力量的潜沙员，会在沙子里留下痕迹——透过面罩去看就会发现一道淡蓝色的浪花。沙丘会颤抖着躲开维丝，就好像它们被维丝吓到了。直到维丝游走以后，它们才会"砰"的一声在她身后塌陷，仿佛在庆祝她的离去。但对维奥莱来说，情况完全相反。除了她自己，沙子里不会有任何动静。她在沙子中间滑过，就好像沙子根本不存在。每个潜沙员都有自己的风格、标志性的动作，也许是因为他们独特的人类大脑在发出自己特有的波动。但帕尔默从没见过像维奥莱那样的动作。也许是因为她的体型——她还没有到青春期的纤细身材，那样的话，这种技巧就会随着她的长大而离开她。帕尔默不由得开始怀疑，潜沙学校的老师们是不是把教学程序搞反了，等到孩子们十六岁才开始潜沙已经晚了。维奥莱从出生起就一直在练习潜沙。也有可能是因为维奥莱没有气瓶和软管，以及其他那些笨重的装备。无论怎样，帕尔默不得不重新考虑自己所接受的教育。

　　帕尔默自己也潜到了新深度，这同样让他感到高兴。他再一次把自己逼到四百米深的气瓶点，这是他上次达到的极限。这很痛苦，但比上次要好一些。他坐在那里，看着维奥莱身后拖着四只行李包浮上来——她甚至不需要碰到它们，也不用面罩。她是怎么做到的？帕尔默不知道。但他目睹了这一切。

　　他帮助维奥莱将一些行李包从那里运到地面，但大部分工作还是维奥莱做的。现在她正像来时一样驾驶着萨弗船，脸上挂着傻乎乎的微笑,对世间的一切都满不在乎。帆篷胀满,船身嗡嗡作响,缆索在强劲的拉力中发出"咯吱吱"的微弱叫声……

维奥莱的笑容消失,眼睛瞪得老大。帕尔默这才意识到出了问题。他向前望去,看见三艘萨弗船拦在前面。那些船刚才还不在那里,一定是躲在了沙丘后面。它们的两根桅杆又短又粗,只有普通桅杆高度的一半。这让它们可以躲在沙脊后面,而双倍的风帆又可以弥补短桅杆的缺陷——是掠袭船。帕尔默看见了红色的帆。他惊慌失措地冲到维奥莱身边,接过船舵。

"把主帆卷起来!"他喊道,"绞盘! 收紧它!"

那些萨弗船已经严严实实地挡住了他们,帕尔默调头顺着沙丘表面朝东边驶去。维奥莱双脚都踩在船舱隔板上,狠拽绞盘手柄,腿和背紧紧绷成了一张弓。帕尔默尽可能迎风行驶,船帆如同一块平板将风切开,萨弗船在陡峭的沙丘上颠簸,船头两只行李箱从绳网上滚落下去,溅起一片尘沙。帕尔默完全不关心。只要避开这个陷阱,他们就能跑过速度慢得多的强盗。

萨弗船飞上沙丘,现在他几乎能看到掠袭者们脸上的愤怒和懊恼——那帮强盗只能眼看着猎物从罗网中溜走了。维奥莱又转动了几下控制主帆的曲柄。帕尔默告诉她已经足够了,只要握紧手柄就行。到了沙丘顶上,风的全部力量都猛烈地撞击着风帆。帕尔默推动舵柄,调转船头,沿着沙丘的表面往下走,但他的动作慢了。双体船的一侧从沙地上翘起,船舷摇摇欲坠地开始倾斜,风仍在不停地推动船身一侧。帕尔默知道船要翻了——他的萨弗船会向侧面翻滚,桅杆扎进沙子里,极端速度产生的能量彻底爆发。他的人生一幕幕从眼前闪过，大部分是他父亲坐在高墙上看太阳升起；还有哈普扭曲而毫无生气的身体；他从维丝那里得到的最后一个拥抱；他冲进丹瓦的摩天大楼，完成了那次非同凡响的壮举——

"砰"的一声巨响，帆桁被猛然拉起向一边扭过去，萨弗船左侧船体令人心悸地重重砸在沙子上，但总算是没有倾翻过来或者被撞毁。主帆被风拍打着，主帆索断了。失去动力的萨弗船"吱吱嘎嘎"地停下来。维奥莱一只手抓住绞盘，一只手拿着应急刀，在船帆把他们掀翻之前砍断了主帆索。

帕尔默回头望向那些强盗，他们正在调整船帆，准备追上他。红色的帆——滥酒馆军团。他瞥了一眼自己的帆桁，那上面悬挂着一根断了的帆索，绵软无力，毫无用处。

他知道，他们会把钱全拿走。但除了坐着等待，他也做不了什么。

"该死的，不许动！"掠袭船"嘎吱嘎吱"地停下来，船头上的一个人高声喊道。是个看上去不过十三四岁的孩子，手里拿着一把弩。帕尔默有些担心那孩子根本不知道该如何用这件武器，会不小心把箭射出来。他站在维奥莱前面，三艘萨弗船包围住了他们。

"没必要这样。"帕尔默的喊声盖过了他那张无用的主帆在风中甩动的声音。

"降下你的帆。"一名舵手命令道。

帕尔默向桅杆走去,同时高举起双手。"低下头。"他告诉维奥莱,"不会有事的。"

他把主升降索从固定桩上解开,主帆被重力拽着,乱七八糟地塌在帆桁上,下沿垂到地面。"松开三角帆。"他告诉维奥莱。当维奥莱从绞盘上取下缆绳时,他又卷起了前帆。萨弗船静静地坐在沙丘之间,风也不再让它抖动了。

三艘船上至少有十几个掠袭者,所有人的眼睛都盯住了架子上和绳网上的东西。两名掠袭者已经从船上跳下,跑回去捡刚刚掉落的行李箱。这些人中有几张面孔帕尔默在滥酒馆见过,但没有一个他能叫出名字。

"你们可以保留那两只箱子,作为过路费。"帕尔默说。

三艘船上都是笑声。

"如果你们想买这些东西,我现在就给你们打折。"他又说道。

"这些都是我们的,还有你偷走的船。"拿弩箭的孩子喊道。

那艘船的船长也来到了船头——看样子,他的船是这三艘船中领头的。帕尔默觉得自己认识那个人,也许那人去过蜜糖洞。

"你是斯莱奇,对吧?"他问道。

那人鞠了一躬。帕尔默从维丝和她的男朋友那里听说过很多关于这个人的事。他经营滥酒馆军团快一年了。

"那你就知道这艘船不是偷来的。"帕尔默说,"马尔科把它留给了我姐姐,我姐姐又把它留给了我。我可以给你看潜沙员的权利证明。如果你拿走这艘船,你才是偷东西的人。"

"你去死吧!"另一条船上有人喊道,但斯莱奇挥手让他们安静。

"先生们,先生们,请安静。你们不知道这是谁吗?帕尔默·阿克塞尔罗德,法伦的儿子,沙丘少女的弟弟,丹瓦的发现者!"斯莱奇挥动双手,夸张地鞠了一躬。喊叫声和说话声消失了,只剩下风声、船帆拍打声和涡轮机的转动声。跑回去拿行李的两个强盗回来了,把战利品扔进了其中一艘船的驾驶舱。

"那么你知道这艘萨弗船是我的了。"帕尔默说,"就像我说的,那两只箱子给你们。我们马上就走——"

"剩下的我们都要。"斯莱奇说,"你看,你的帆是我们的颜色,也就是说,你在为滥酒馆军团打捞。我们感谢你的服务。"他向另一艘船做了个手势,船员们跳了下来,大步走向帕尔默的船首。刀子被抽出来,准备割断绳索。

"当然。"斯莱奇继续说道,"作为我们的船员,你会得到你的那份。只要你告诉我们,你是在哪里搞到的这些,你会得到滥酒馆最强帮派的力量,帮你把财富都运出来。如果说……每个包二十硬币。那大概是两三百枚硬币吧?"

"这算怎么回事?"他的一个船员问,"我们不会给这个混蛋钱。"

那名船长从船头跳下,走到帕尔默的船跟前,看了看打捞架上的东西,挥手让一个船员过来。船头的物资这时已经被卸下去了。

"把钱给他。"他对另一条船上的一个舵手说,"这是他应得的。你们两个帮他把这艘船修好,让他把船开回我们的地方。我们必须为自己人着想。"

听到这话,现场响起了笑声和几声欢呼。一袋硬币被扔给了斯莱奇,他把硬币递过来,眼睛直盯着维奥莱。维奥莱看向帕尔默,用眼神询问他该怎么办。

"钱你留着吧。"帕尔默对斯莱奇说,钱可以再赚,但要脱离帮派可不那么容易,"就算是让我们通过的礼物。船我们可以自己修,我要换的第一件东西就是船帆。不过我没有任何不敬的意思。"

"哦,不。"那名船长抓住最底层的护栏索,爬上帕尔默的甲板。"这件事早就有定论了,我的孩子。多年前就有定论了。"斯莱奇转向他的船员们,"我说过多少次了,是军团成员发现了丹瓦!"

"六十九次!"有人喊道。

又是一阵笑声。

"说的对。"斯莱奇转向帕尔默,"至少六十九次。而且就是你,那个成功的小伙子,驾驶着我们造的萨弗船,是我们中的一员。所以你看,是你让我没有撒谎。没人会尊重骗子,尤其是我的孩子们。欢迎加入我们的俱乐部。"他转向维奥莱,把那袋硬币塞给她。维奥莱勉强接受了。"你叫什么名字,甜心?你对他来说是不是太年轻了?"

"维奥莱。"她说,"他是我哥哥。"

"哦,哈!"船长吼道,"听听这口气!我真看不出你们有什么相似的地方,不过你妹妹还是和你有同样的遗传,对不对?"他指了一下维奥莱的衣服,"我知道,她也会潜沙。"

维奥莱撅起下巴。"潜得比你好。"

这句话引起一阵起哄的喊叫,还有一些嘘声。

"很好。"船长说,"我们需要更多潜沙员。他们总是把自己埋在该死的沙丘里,就再也不出来了。欢迎加入我们——"

"她不加入。"帕尔默说,"这个不能商量。只要你放了她,我就加入。"他知道自己没有筹码。他干脆地答应了斯莱奇,希望斯莱奇因能轻易地得到他而心满意足,从而放过这个小女孩。

斯莱奇扯着胡子,思考着,然后耸耸肩。"你知道,转念一想,她可能还太年轻了。过一两年再来吧。"他向维奥莱眨眨眼,"不过你还是可以把自己当成荣誉会员。"

他拍了拍手。

"好了,小伙子们,让我们吹点风,回家去。"然后他又转向帕尔默,"今晚我们这里有个派对。到时候见,你们两个都要来。别让我亲自去你们的妈妈家接你们。"

说着,他跳下萨弗船。船上所有的打捞物都不见了。帕尔默生命中最美好的一天变得和其他日子没什么区别。

第十七章　丹瓦

康纳

"如果你以为，我会让你去找那些差点害死你的人，那你一定是疯得厉害。"康纳说。他讨厌像帕尔默和妈妈那样说话，但罗伯实在是太可笑了。

"让我们仔细想想。"罗伯说。

"没什么好考虑的。把你的东西收拾好。你今天要挑沙子，今晚和我们住在一起。"

"明天呢？"罗伯问。

"继续挑沙子。见鬼，你可以帮我们把水泵修好，弄清楚为什么它总是漏水。"

"可能是因为那些想修复旧泉石镇泵站的人正在破坏它。那你晚上要做什么，把我绑在床上吗？我挑沙子的时候，你会护送我吗？你能把我关多久？"

康纳咬紧了牙，心里暗自咒骂。"你这笨脑袋还不明白吗？我在努力保护你的安全——"

"你打算把我关多久,康?我可以告诉你随后会发生什么:你转身离开,而我要去北方,取回属于我的东西,哪怕只有我自己——"

"看在诸神的分上,你才十二岁——"

"——或者你可以做你认为合理的事,跟我一起行动。因为他也是你爸爸。"

康纳感到心里的火气在上升。"别对我说他是谁。你根本就不认识他——"

"我知道的够多了。他会像你一样为我害怕。他会害怕妈妈的愤怒,就像你一样。他肯定不希望我出事——这个也像你。但他不会希望我无所事事,或者害怕其他人,或者让那些混蛋逍遥法外。"

康纳没有接话,所以罗伯继续说了下去。"我听过你露营时讲的故事,我知道你认为我只知道这些,但我也听过格雷厄姆谈论爸爸。也有顾客来到这里,知道我是谁后跟我谈起他。我从小到大都在听别人说他。他是一位领主。他杀过人。人们对他又敬又怕。他不会害怕任何人,我也不会。"

罗伯挺起胸膛,康纳看得出他在吹牛,但康纳也知道,只要他一转身,罗伯就会马上跑掉,没有办法阻止这孩子。该死,今天早上罗伯就是这么干的。

康纳呼出一口憋在胸中的闷气。"罗伯,我不能丢下你,你自己一个人也做不了这件事。你为什么不去找找帕尔默,看他能不能给他的朋友们传个消息,让他们留意一下——"

"不。"

"也许他们会知道是谁干的——"

"不会的。康,你根本没听我说话。"

"那么,你要说什么?这不仅仅是靴子的问题,对吧?你为什么这么不顾一切地想让自己送命?"

罗伯转头看向别处。康纳说到他的痛处了。

"要么跟我来,要么就待在这里。"罗伯说,"我不在乎你打算怎么做。"

"你又要如何去追他们?你没有萨弗船。去露营时走上一天你都要抱怨。你怎么携带足够的水和食物?"

"我会和蜜糖洞的潜沙员一起,搭顺风船去丹瓦。那里应该够靠北了,我可以在那里确定小偷的位置,算出他们的营地离那里有多远。然后我会花钱请人带我去——"

"花钱?"

"是的。我会从格雷厄姆那里借钱,如果他还没回来,我就从收银台里借一些。以后我会打工还他。"

"如果你到了丹瓦,你的杆子坏了该怎么办?"

罗伯耸耸肩。"那我回家,再想下一步。"

"好吧。假设你找到了这些人,得到了爸爸的靴子而且没有被杀。但他们既然费尽心思从你这里偷走过一次靴子。他们为什么不会再这样做?"

"因为下次如果他们再来,我就杀了他们。"

康纳大笑起来。他弟弟的虚张声势真让他受不了。

"你完全搞错了。"康纳说,他已经开始后悔自己竟然会认真听罗伯说这么多废话,"首先,为什么要向格雷厄姆借钱?然后还要打工还钱?你可以把一些工具带到丹瓦,在那里修理装备换钱。我敢打赌,你可以收双倍的钱,至少那些白痴不用来回跑路了。"

罗伯皱起脸,揉了揉下巴,只有当别人的主意比他好时,他才会这么做。

康纳继续说道:"还有更好的办法,你可以免费到那里去。你要做的就是先帮我弄好水泵。即使这需要几天或几周的时间。你帮我搞定,我就带你去丹瓦。然后你就能去找那些人了。如果你愿意工作,那么我强烈建议你为领主或其他人做足够多的工作,然后雇人去找他们。不管怎样,我们需要在这件事上保持耐心和理智。成交?"

他向罗伯伸出手。罗伯也伸出手,却又在半途中犹豫。

"你总是很快就改主意。"罗伯说。

"我可以告诉你,绝对不会。"

"好吧,但你的目的肯定不单纯。"

"你帮我把水泵修好,这会让葛罗莱拉想和我共度余生。"

罗伯笑了。"你想去看看丹瓦,对不对?"

康纳再次伸出手来。"我们成交了吗?"

"成交。"罗伯握住哥哥的手,"这没什么不好的。我也想去看看。"

第十八章　迎风而立

帕尔默

帕尔默将被砍断的主帆索重新接起来。维奥莱在一边看着,咬着蛇肉干,不时把水壶递给他,一边将那袋叮当作响的硬币在两只手中掂来掂去。

"你挣到的钱比我平时在收银机里看到的都多。"

帕尔默接好缆绳,用力拽了几下,试了试。"这只是那些包的零头。更糟糕的是,他们认为我是他们的人了。要摆脱这种局面,大概得吃不少苦头。"

曾几何时,他和哈普都梦想着被邀请加入一个强大的帮派。直到他们在丹瓦的那天早上,他还一直在考虑这件事。固定的薪水、友情、有人在背后照顾你,有趣的潜沙,大量的女人围绕在身边……但这是他现在最不愿意发生的事。现在他有了自己的交通工具,一张藏宝图,而且就在几个小时前,他还发现了一种可以拿到所有地下财富的办法。现在他最不需要的就是有个老板拖他的后腿,监视他的一举一动,把本应属于他的东西当作贡品。旧日的梦想变成了此时的噩梦。

"现在该怎么办？你想回去，再捞些东西上来吗？"维奥莱问。

维奥莱居然会这么问，帕尔默被她逗乐了。但他知道，这是个坏主意，"他们会盯着我一段时间，想知道我从哪儿弄来的这些东西。我得向他们暴露别的一些地方，才能摆脱他们。而且，如果他们看到那些大鸟在地下多深的地方，他们一定想要知道我们是怎么下去的。这是最重要的秘密，必须守住。"

"屏住呼吸，潜沙。"维奥莱，"这算什么秘密？"

帕尔默深吸一口气，再长长地呼出来，把重新接好的缆绳绕过滑轮组，挂上绞盘。"你绝不能让任何人知道你可以潜多深，你明白吗？"

维奥莱摇了摇头。她当然不明白。

"如果人们知道你能潜多深，他们就会希望你为他们潜沙。就像他们以前让我潜沙一样。很多事情是只有你我才知道的秘密，比如不带气瓶潜沙，把气瓶埋在深处——"

"不用面罩。"维奥莱说。

"是的，这绝对是我不会告诉任何人的事情。"

"为什么？"

"因为人们会害怕你。就像我们刚刚遇到的那些人，他们害怕任何他们不理解的东西。因为他们觉得自己高高在上，你懂我的意思吧。他们了解现在这个世界上所有的规矩，并利用这些规矩为自己谋利。而任何新的或更好的东西对这些规矩都是威胁,或者可能造成威胁。所以他们要么想利用你,要么想干掉你。"

他拿起女孩刚才割断主缆的刀,在把它插回鞘里之前,先横在自己的喉咙前面,做了一个切割的动作。

维奥莱咬住了嘴唇。

"相信我。"帕尔默收起刀子,"不要让任何人知道你的能力。不会有好结果的。"

"好吧。"维奥莱说,"嗯,也许我们可以在晚上他们看不见的时候再潜沙。"

"也许。但夜间航行是危险的。现在,我要你待在蜜糖洞,保持低调,给妈妈帮帮忙,照顾好花园。你可以从这只袋子里拿五十个硬币,买些你需要的东西。我带你回去——"

"那个人说过他会来找我的!而且你说过,我们还有时间去看看滥酒馆,然后在天黑前回家。你答应过我!"

"情况变了。"帕尔默说。看到维奥莱脸上失望的表情,他感到很难过。"不管怎么说,他们的目标是我,不是你。我会告诉他们,如果我带你去,妈妈一定会杀了我,我死了对他们也没有好处。今晚别让人看见你,以防万一——"

"如果妈妈问我为什么要藏在床底下,我该怎么回答?"

"告诉她真相。告诉她我现在加入帮派了。反正她也会发现的。这种事逃不过去。她什么都能打听到。你也可以告诉她,我会想办法摆脱这个烂摊子。"他看到维奥莱脸上的表情,"这不是什么好事,但最终会解决的。"

"至少你能去参加派对。"维奥莱试图表现得乐观一点,"围栏里也有一些那样的孩子,他们不会像我们那样做苦工。他们的工作是确保我们的产品合格,确保我们做够了配额。那是一些学生,有些只比我大一点。他们唯一想做的就是办派对,参加派对。"她笑了,"也许你最终会喜欢上那些人,就像你开始喜欢我一样。"

帕尔默感到胸口仿佛被刺了一刀,心情变得异常复杂。他想纠正维奥莱的很多想法,但也许不包括维奥莱的最后这句话。

"也许有一天,我会加入一个帮派,但会是一个好帮派。"维奥莱继续说道,"那样我也会有朋友,不用整天坐在蜜糖洞里。你和我可以是一个帮派的!"

"你要学的东西还很多。"他告诉维奥莱,"这些人很危险。这个你还完全不明白。我之所以拥有这艘船,就是因为帮派成员一枪打烂了我姐姐男朋友的脸。我最好的朋友也是被帮派的人杀害的。你知道为什么这里的家庭总会有五六个孩子?因为只有这样,他们之中才至少能有一个人活到老。你不知道——"

"不。"维奥莱抬手打断了他的话,"你们不知道自己有多幸运。"她张开双手,迎着风站起来,"看看这个。看看我们头顶的天空。四面八方,你想去哪里,马上就可以去哪里。你总是说什么规矩、规矩,把规矩说得像笼子一样。但我了解笼子,它们是比规矩更硬的东西。在这里,你可以成为任何人,做任何事。你在这里有一个随风移动的家。你可以去你想去的地方潜沙。你身边就有食物,脚下躺着财富。"

维奥莱抬起头,面对着风,沙子不停地拍打着她,她似乎很享受这种感觉。

"如果我被邀请参加一个派对,我会想去的。"她几乎像是在对太阳、云或头顶盘旋的乌鸦说话,"我不在乎父母怎么想,不在乎规矩是什么,也不在乎帮派是什么样的。我来制定规矩。我要为我自己负责。"

帕尔默用手把缆绳盘成整齐的圆环,一圈一圈地卷起来,他的思绪也随之一圈一圈地转动。不知为什么,他想到了哈普。他能真切地感觉到那位朋友的存在,就好像哈普正站在驾驶位上,低头看着他。

她说话的样子真像我,他听见哈普说。我想让你别那么古板,别一辈子什么都不做。没有我,你会发现丹瓦吗?当然不行。

你把我丢下等死,帕尔默想。

如果他们没杀我,我就会回去找你。

我想,我们永远也不会知道你会不会回来了,帕尔默想。

他在绞盘上把缆绳绕好,对维奥莱说:"帮我把主帆拉起来。"女孩不再盯着天上的云,转身来到桅杆旁边,帮他把那张该死的红帆迎着风挂起来。他们又展开前帆,调整了一下,让它不再胡乱摆动。萨弗船再一次开始对抗沙子的阻力。帕尔默准备开启船底的潜沙服,把沙子弄松,维奥莱把主帆索固定在帆桁上。

帕尔默对她说:"你应该让帆桁再松开一些。"

维奥莱疑惑地回过头。"难道我们不需要把帆拉紧?好去那边?"她指着东边的泉石镇。

"那是守规矩的做法。"帕尔默说。在那一刻,他非常想念哈普,仿佛有一股力量在他的血管里涌动。就在今天早晨,他目睹了不可能发生的事情,还在自己船里装满了难以想象的财富,他是那个到达丹瓦,并活下来讲述自己故事的人。他有一艘萨弗船,一个愿意付钱给他、想要招纳他的帮派,一个像他崇拜维丝一样崇拜他的小妹妹。他为什么这么害怕?维奥莱是正确的。

他才应该是人们害怕的那个人。宵禁,家庭聚餐,担心会惹怒开妓院的妈妈。去他的吧。

他打开潜沙服的电源,转动舵柄,转头向南航行。"想看看滥酒馆吗?"他问维奥莱。

女孩点头微笑,迎着风露出了牙齿。

第十九章　井

葛罗莱拉

葛罗莱拉努力在罗伯的各种工具和小玩意儿中间收拾出一片地方来,好放她的酸奶和几盒浆果。她的厨房现在看起来就像一个废品场,罗伯坚持认为厨房的小餐桌是他们家里唯一有足够空间让他工作的地方。他现在正坐在那张桌子旁,俯身盯着一些小玩意儿,两套潜沙服搭在厨房椅背上,到处都是电线。旧世界的音乐从他的耳机里传出来,声音大得让葛罗莱拉在一米之外都能听清歌词。

"我以为他是来帮我们修理水泵的。"她对康纳说。她知道不管她说什么,罗伯一个字也听不到。她摆出三只碗,在每个碗底倒上一些酸奶。这是康纳的弟弟和他们住在一起的第二天,但她感觉仿佛已经是第二周了。

"他说这是他修理水泵的方法。多给我点儿肉桂好吗?"

"我总是会多给你一些肉桂。你不需要每次都说。"

"是的,但请更多一些。比上次再多一点。"

葛罗莱拉夸张地叹了口气。"你吃浆果和肉桂的时候还想喝酸奶吗？"

康纳将两根手指捏在一起。"就多一点点。"

葛罗莱拉在浆果中挑出那些快要坏掉的，把最好最新鲜的留到以后，等它们快要坏掉的时候再吃。生活就是这样，她想。一种实实在在的生活，把好东西都留下，从来不敢伸手去要最好的选择，而是要等到它们不再那么甜蜜。

"让他去格雷厄姆家工作不是更容易吗？"她问道。

"那样他就更容易溜走。我和你说过，只留他住几天，直到他把往北跑的胡思乱想从脑子里赶走为止。"康纳拨弄了一番弟弟的头发。罗伯一巴掌把哥哥的手打开。葛罗莱拉在每人面前放了一只碗，然后站在水池边吃完她的那一份，因为没有空椅子了。"另外，他也需要离水泵更近一些，来测试他研究的东西。"

"这些东西你都懂吗？"她一边问，一边朝罗伯和乱糟糟的餐桌挥了挥勺子。

康纳拿起早餐，和她一起站在水池边。"懂一点。好吧，不是很多。那些东西是高能电池。那是旧潜沙服，不是那种我能放心让我的老祖母穿的衣服。那是一堆电线。"

"哇，你真是个专家。"

"我和你说过，今天我要去取气瓶，还有一些补丁材料。我能把他留给你照顾吗？"

"我今天应该去组织那些脚夫，把坑里的东西弄干净。"

"不会太久的，我保证。别让他离开你的视线，好吗？别让他知道我们把那个东西藏在哪儿了。"

葛罗莱拉翻了个白眼。"他听不见我们说话。我不会让他拿到他的长棍子,也不会让他跑掉。"

"谢谢你。"康纳吻了她,把碗放进水池里,"我知道让你做这么多有些过分,但这的确可以带来两样真正的好处。"

"我猜其中之一是这次真的可以修好水泵?"

"没错。"康纳回答。

葛罗莱拉等着康纳说第二件好事,然后意识到康纳是在等她接话。"第二件是什么?"她问道。

"我们知道了我们将会成为优秀的父母。"

葛罗莱拉又翻了翻白眼,康纳吻了她的脸颊。

"我爱你。"他说。

没等葛罗莱拉回答,康纳就出门了,把她留给了弟弟和空碗。

"罗伯,"葛罗莱拉朝桌边的男孩摆摆手。罗伯终于抬起头,把耳机的一边掀起来。"吃吧。"她指着罗伯面前的碗说。

罗伯低下头,似乎第一次看到那只碗。"酸奶!"他用很大的声音说道,"谢谢!"

他用一只手吃饭,另一只手继续干活。葛罗莱拉又挥挥手,罗伯把耳机从耳朵上取下来。

"你哥哥走了,让我照看你一会儿——"

罗伯扫视了一圈房间,似乎刚注意到康纳已经走了。

"——我今天要去井边。你会一直待在这里,做你的事情吗?"

罗伯点了点头。他伸手按了一下小媒体播放器上的按钮,音乐停止了。"是的,我差不多准备好要测试这个了。嘿,你知道那边的风力发电机输出功率是多少千瓦吗?"

"这个时候?大概二点五吧。但到了晚上风停了,就不到两千瓦了。"她拿起一罐废水,把一点水倒在康纳和自己的碗上,擦洗了一下,放在一边。

"水泵消耗功率是多少?"他又问道。

"不到一千瓦。怎么了?"

"很好。这样就足够了。好的,我几分钟后可以和你一起过去。"

葛罗莱拉走到他身边,看他在做什么。"这些怎么能让水泵停止漏水呢?"她问道。

"这个? 哦,不是。这是为了别的事。"

葛罗莱拉用手指梳理着头发,试图抑制住把每一根头发都扯下来的冲动。"这些不是给水泵用的吗?"她竭力让自己的声音保持平稳,"康纳说——"

"是的,我知道他说了什么。"罗伯在椅子里转过身,张开嘴想再说些什么,却似乎重新考虑了一下,然后再一次回去工作了。不过他很快又转向葛罗莱拉,头歪向一边。

"这到底是什么?"葛罗莱拉问。

"你能保守秘密吗?"罗伯反问她。

"比起克制脾气,我更擅长于保守秘密。"

罗伯皱起了眉头。"你生气了?"

"我在努力不那么做。如果不是为了防止漏水,那这些又是为了什么?"

罗伯深吸了一口气,再长长地呼出来。"好吧,但你得保证不告诉康纳。这是为了他好。"

葛罗莱拉抬手画了几个小圈,示意罗伯继续说下去。

"你自己看看可能会更好。你能帮我拿一下他的面罩吗?现在这个已经完成了——"

"明白。"葛罗莱拉走到门边的装备架前,从康纳的潜沙服上拔下面罩的插头,把它拿下来。"不许潜沙。"她叮嘱了一句,才把面罩递给罗伯。

"不潜沙。"罗伯说。

"也不能逃跑。你会给我惹麻烦的。"

罗伯翻了个白眼。"我不会逃跑的。能给我了吗?"

葛罗莱拉把面罩递了过去,罗伯把一个小显示屏放在桌子上,这样他们俩就都能看到了。他把显示屏连接到康纳的面罩上。

"康纳把他给管道做的补丁录了下来。我一直在用它们来研究如何维修水泵,能使它撑得更久些。这是他几天前修理的。"他碰了屏幕上的一个按钮,一片模糊的彩色斑点开始变形、移动,直到他找到了他要找的东西。葛罗莱拉只看过几次潜沙记录,不过她还是认出了那种颜色模式,那是潜沙员在沙子下面看到的奇特世界。"这是湿沙。"罗伯说,"潜沙员称之为稠粥。那边就是水管。"他指着一个红橙色的圆柱体,那根圆柱体穿透了蓝色的斑点。"压力就产生在这里。"罗伯用两根手指拨弄屏幕,被放大的屏幕画面中出现了一块锐利的蓝色水晶。

"管道的压力吗?因为水泵的运转?"

"不是。是康纳承受的压力,在他潜沙时泄露了出来。"罗伯敲了敲屏幕上的那块水晶,"这是一块硬碴的残骸。被压缩的二氧化硅。有时我们故意弄出它们。但也有可能是偶然的。康纳制造了这些碎片,每次他潜沙时,这些碎片就会刺穿水管。"

"潜沙员怎么会无意中做出这种东西?"葛罗莱拉问。

"线路有问题。"罗伯回答,"在潜沙头带里,或者在这里。"他敲了敲自己的脑壳。

葛罗莱拉认真听他讲述。"我想,如果是潜沙头带的问题,你就不会让我对他保密了。"

"你知道吗?"罗伯笑着说,"你真是太聪明,我觉得他都配不上你。不过没错,这就是我要说的。他脑子里想的太多了,或者他在沙子下面时,把注意力放在了错误的事情上,又或者是因为他没有完成潜沙学校的学业,但不管怎样,都和头带无关。我已经把它调节得很完美了。问题是——"

"问题是,如果你告诉他这是他的错,他的压力只会更大,而不是得到改善。"

"嗯……完全正确。就像我说的,你比他聪明多了。"

"我对你来说太老了,别再调情了。"

罗伯脸一红,把目光移开,望向屏幕。"总之,我开始考虑如何从根源上解决问题。我认为比起漏水，更为严重的问题是沙子会溢到泵上，把水泵埋住。我听过一些人的想法，比如把泵移到另一个位置，或者寻找另一个泉眼，或者提高泵的位置和延长水管，最后这个设想让我有了一个主意。帕尔默和我说过他在丹瓦潜沙的事情。帕姆说，他们能够潜得那么深，是因为他们的起点就很深。那些人先打好了一口竖井，完全不需要潜沙员用思维来维持。挖出那口井的潜沙师傅耶格利是格雷厄姆的老朋友。他经常来店里，对记录设备很着迷。他总是想记录时长更长的潜沙活动，提取更多的数据，观察到更深的沙底，复制已有的潜沙记录，以及诸如此类的事情。这让我想到，也许耶格利使用了录制资料，再加上持久的能量源来保持竖井的形状——"

葛罗莱拉插嘴道："我开始搞不懂你在说什么了。"

罗伯似乎考虑了一下该如何向她解释清楚。"也许我该带你去看看。"他说，"让我们去测试一下。你能帮我搬这些东西吗？"

罗伯工作时，葛罗莱拉坐在水泵防水布的阴凉处。她将防水布的两个角用长螺纹钢撑起来，再把螺纹钢插进沙子里。这样泵机本身就暴露出来，让罗伯可以对它进行操作。防水布在炎热的沙子上投下了一大片长方形的阴影。在他们头顶上，抽水机的长臂上下起伏，发出一阵阵乞求润滑油的"吱吱"声。那天工作的几名脚夫不停地穿过大沙坑的隧道，把沙子挑出去。水泵的周围已经形成了一个更陡峭的坑。他们在努力阻止水泵被慢慢掩埋。但葛罗莱拉知道，这只是时间问题。这个坑越挖越陡，周围的沙子迟早会完全坍塌，落在水泵上，把它埋起来。

罗伯把一些电线连接到泵机上,在泵机两侧布置了两套潜沙服。这两件潜沙服就像五角星一样张开,袖子和裤腿都被拽直了,给人一种欢呼雀跃的感觉。葛罗莱拉克制住了自己的冲动,没有在它们的领口处画上两张笑脸,不过她总觉得还少两个潜沙员的头。

罗伯拿过来几根粗电缆,连到两套潜沙服上,然后把他的平板电脑和潜沙头带连接到这一整个复杂混乱的系统中,盘腿坐在阴凉里,把潜沙头带戴在额角上。

"不要潜沙。"葛罗莱拉说。

"好的,葛罗莱拉。"罗伯回答说,"我不是要潜沙。看。"

泵机周围的沙子开始移动,变得平整——整个陡峭的沙坑都变平了,沙子向坑中央流动,埋住了泵机的根部。这不是葛罗莱拉想要的。脚夫们一直费力挑走沙子,就是为了防止这种事情发生。葛罗莱拉想要叫罗伯小心,不要那样做。这时沙子又移动了,在泵周围形成了一圈环形墙壁,几乎有一尺厚。泵机上的所有的沙子都被抽走,用来加强这个新结构。

当葛罗莱拉把注意力转回到罗伯身上时,罗伯已经摘下头带,正在研究他制造出来的墙。他把头带放在一件潜沙服上,拍了拍潜沙服周围的沙子,调整了几根电线。

"它们是怎么被固定住的?"葛罗莱拉问。她以前见过硬碴,但那些硬碴都需要潜沙员维持。

"我录了一段资料,在这里回放——循环播放。它正在使用水泵的额外电量。严格来说,它使用的是潜沙服里的电池,但风力发电机的电力为电池充电。现在我们只需要复制这种效果就可以了。"

"我能摸一下吗?"

"如果你愿意,你可以站在上面。"

葛罗莱拉用手摸了摸环绕水泵底座的环形墙壁边缘。沙子仍然像往常一样,不断从大沙坑的斜坡上窸窸窣窣地往下流,但现在它们都被这一圈墙壁挡住,而不是挤在泵上。这种材料摸起来非常光滑。"如果停电了怎么办?"她问道,"那样所有的沙子就都会塌下去吧?"

"是的。好吧,让我们看看这样能不能奏效——"

罗伯拿着他接在潜沙服上的旧平板来到墙边,手指在屏幕上划过,墙壁闪烁起一片光芒,开始发生变化,向上生长,高度转眼间就已经翻倍,到达了葛罗莱拉的腰部。

"暂时应该是没问题。"他说着断开了平板电脑,开始将沙子踢到一件潜沙服上,同时对葛罗莱拉说,"你把那件也埋起来好吗?"

葛罗莱拉跪下来,把沙子捧到另一件潜沙服上。

"这有什么意义?"

"这只是个开始。"罗伯说,"概念验证。而下一步,"他笑着说,"是建造台阶。我要在里面设置一口竖井,如果我做出一个台阶,然后绕着中心轴旋转,我就能得到一个阶梯状的竖井,让任何人都能进去修补水管。当然,我们还需要支架,把管道支撑好。这将意味着不能有人在附近潜沙;不过同时也不再需要脚夫把沙子挑走。只要把井抬升到需要的高度，就可以防止沙子进入。最终，水泵将在这口井中，周围是高出地面的沙墙。它将受到保护，可以一直工作下去。"

"这……很令人吃惊。"葛罗莱拉摸了摸这一圈硬碴，试着想象它倒塌的样子，却又感觉到它是那么坚固。

"只要有足够的电力和装备。"罗伯说，"我就可以用录制的思维取代高墙。"罗伯漫不经心地说，好像这没什么大不了的，但葛罗莱拉意识到他可能是对的。不知为什么，这让她感到害怕，她居然能用厨房桌子上的发明做出如此伟大的事情。

"嘿！"康纳在远处喊道。他背着两只气瓶，吃力地沿着斜坡向他们走过来。到了水泵旁边，他扔下气瓶，直奔葛罗莱拉，"我回了趟家，家里没人。我记得我说过——"

"我在盯着他呢。看这个。"她指了指环形的硬碴墙壁。康纳大概是太生气了，还没有注意到这堵墙。

"天呐！"康纳伸手触摸硬碴围墙，又看看罗伯，还有葛罗莱拉，再把视线转到围墙上，"这是——？"

"是的。"罗伯回答。

"就像帕尔默看到的——"

"是的。"

"这是永久吗？"

"它需要动力。"葛罗莱拉说，"如果它崩溃了，我们的处境会比以前更糟。"

罗伯说："持续供电比一直打补丁要容易得多，再过一个小时左右，我就能建好竖井的其余部分。这样人们可以对水管进行适当的修理。然后我们就可以去丹瓦了。"

罗伯正在把工具收起来，卷起一些剩下的电线。葛罗莱拉看看他，又看向康纳。"丹瓦是怎么回事？"

她看到了康纳脸上的表情，这让她知道，康纳有一些事还没告诉她。

"康纳？这是怎么回事？"她问道。

"我不知道他真的能做到。还这么快！"

"你答应过他一些事，是吗？"

罗伯笑着用围巾遮住鼻子，挡住风吹来的一片沙尘①。"他说过，如果我修好这个，他就和我一起去北边。现在你不需要他了。所以我们要去丹瓦。"

葛罗莱拉对康纳怒目而视。"你这个该死的。"

---

① 沙尘：专指在沙子上飞扬的细尘。

第二十章　神秘艺术:把东西藏到没人能想到的地方

帕尔默

帕尔默把他的萨弗船停在北码头的一个开口处,又教了维奥莱如何把主帆从帆桁上扯下来和收拾好帆索。琼泽双胞胎在码头工作。他给了他们每人五枚硬币,让他们照看好他的船,给他的气瓶灌满气。他可以把萨弗船留在军团的停泊场上,有了帮派的支持,他可能不再需要雇人给他看船和加气了,但他还无法接受那些便利。生活中有一些好处是他不想要的,因为他迟早要为它们付出代价。

"跟紧点。"他一边叮嘱维奥莱,一边把潜沙服、面罩、头带和保温杯装进背包,挂在肩上,然后把围巾拉起来遮住面孔,与其说是为了挡住沙子,不如说是为了不被认出来。

"这里就是滥酒馆?"维奥莱问道。

"是的,比泉石要吵闹,对吗?"

"臭烘烘的。"

帕尔默带领她穿过横七竖八的船群。有几名潜沙员在甲板上,喝着谷物酿的烈酒,放着音乐。他们中的一些人喊着帕尔默的名字。虽然用围巾遮住了脸,帕尔默还是没法防止自己被认出来,还有一些人问维奥莱是不是他的新女友。他没有理睬他们。

"那边是镇上的垃圾场,烟就是从那里来的。很多没有价值的垃圾会在那里被焚毁。还有尸体,如果没人愿意给死者一个合适的火堆。"

"食人族会吃掉他们。"维奥莱说。

"为什么要诱惑他们?看样子,你已经听说过他们了。"

"是的。蜜糖洞里有一个笑话:如果我们扩大菜单,问题自然就会消失。"

帕尔默笑了,然后又一下子严肃起来。"等等,这个笑话有两种意思。"

维奥莱耸耸肩。"我根本就没听懂。在家乡,我们的死者都会被带走。没有仪式。没有告别。嘿,那家伙怎么了?"

她朝一艘挂着橙色风帆的萨弗船点点头。那附近有一群朝阳帮的人。

"别盯着看。"帕尔默说,"你以前也一定见过沙疤。"

"没有在脸上见到过。"

"有些人喜欢与众不同……"

"你身上有沙疤吗?爸爸有一个,但他说那是个意外。"

"我们的父亲没有沙子留下的伤疤。"帕尔默说,"他讨厌那个。"

"有的,就在这里。"维奥莱指着自己的上臂说,"一大片。"

"他在这里的时候没有。我们别谈他了,好吗?"

"好吧。"

"你饿了吗?这里的香肠卷很好吃。"他指着一个小吃摊。柜台后面的林克丝女士拿着钳子朝他挥了挥手。

"闻起来像垃圾。"维奥莱皱着鼻子说。

"这个镇子闻起来就像垃圾场。不过我保证,这些香肠卷很不错。"他竖起两根手指,"加洋葱。"林克丝开始拨弄起烤架上几根起泡的香肠。

帕尔默付钱的时候,维奥莱不停地打量着沙丘之间的狭窄街道。帕尔默试图想象人们第一次看到滥酒馆会有什么感觉。这是一个潜沙文化盛行的地方,也是一片属于帮派的土地。人们成群结队地穿行在这里的街道上,空气中飘荡着一种随时可能爆发战斗的气息——事实也的确如此。但这里也是一个有着严格规定的地方。在城镇范围内不能潜沙,否则你会被追捕,然后被慢慢杀死。禁止携带枪支,除非你是领主或帮派首领,那些人会骄傲地扛着步枪,或者腰间挂着枪套,并且经常挥舞他们的枪械。要想在滥酒馆显得非同寻常,最好的办法就是看起来像个正常人,不要有诡异的发型,不要把一半头发剃光,也不要有刺青、沙疤和穿孔。帕尔默一直没能适应这里的环境,但他喜欢这里的气氛。维丝作为他的姐姐,曾经保护过他一段时间。而现在,因为他是发现丹瓦的人,才能够免于成为这里的猎物。至少在今天早上之前,他一直是这么以为的。把香肠卷递给维奥莱时,他还在思忖,维奥莱会不会因为他们的关系而得到安全保障,还是反而会因此变成人们眼中的猎物。

她咬了第一口,酱汁从另一头喷出来,沾了她一手。

"放轻松。"帕尔默从林克丝手里接过一罐啤酒,喝了一大口,也递给维奥莱。维奥莱喝了一口,做个鬼脸,又咬了一口香肠。

"很好吃。"她的嘴里塞满了东西。

"祝贺你。"帕尔默说,"你现在是食人族了。"

维奥莱脸色发青,要吐出刚刚吃下的那一口香肠。

"我开玩笑的!吃了它。把你的手在沙子里擦干净。你把酱弄得到处都是。走吧,这儿就是我的地方。"

他们边吃边走。这个时候,街上非常热闹。很多在泉石失去家园的人都搬了过来,大多数是年轻的潜沙员和想要潜沙的人,如果没有去丹瓦露营寻宝,他们就会到这里来。帕尔默还注意到,这里的红色比原先更多了。军团的势力每天都在扩张。

维奥莱停下脚步。她看到一个服装摊外面挂着一件色彩鲜艳的衣服。"大概要三四十块钱吧。"帕尔默告诉她。

"它很漂亮。"维奥莱说。

"是啊,嗯,我们今天早上应该也捞出了几件这样的衣服。"他吃完香肠卷,喝了一大口啤酒,"再过几天,我们捞到的所有东西都将在这里出售。"

"我们还能捞到更多。"维奥莱伸手来拿那罐啤酒,帕尔默给了她。

"我甚至不知道该怎么把那些包运回家。"帕尔默说道。他差不多是在自言自语。现在他才开始考虑运输问题,并且明白了为什么他的姐姐总是只带能用两只手拿回来的东西,不会更多。他真以为别人看到那么多财富不会动心?仅仅是那对看船的双胞胎如果想要动手,他就拦不住。他根本不可能在船和家之间多次往返,放心整理那些东西而不被发现。他从没有真正想清楚这些,只是觉得既然有那么多东西可以打捞,他就应该把自己的萨弗船装满。

他们左拐右拐,穿过集市,进入一排沙丘,这排沙丘一直向西延伸,覆盖着一排房屋的顶部。左边第三间就是帕尔默的住处。每次他把鞋泥踢到门框上,就会感到一阵心痛。这里曾经是维丝的家。她以前出去潜沙或者和男友住在一起的时候,帕尔默就已经在这里住过几百次了,只要有机会,他都会来这里过夜。但现在他仍然觉得自己只是借用了这个地方,好像他某天晚上睡着了,醒来时就会发现维丝在踢床,叫他滚蛋。他以前在这里睡觉的时候,常常害怕姐姐半夜闯进来,把他赶下床。现在,他每天晚上入睡时都希望能有这样的事情发生。

"你可以在水槽里洗漱。"他推开门,对维奥莱说,"不过水都是一滴一滴的。这里的水不便宜。"

"我可以用沙子。"她说。

帕尔默放下背包,踢掉靴子。维奥莱走到砂盆前,在手上抹了一些沙子,再将它们抖掉,拍拍手掌。"你应该买些薄荷和香。"她说。

"这不是蜜糖洞。冰箱里有喝的水。如果你不介意的话,把你的鞋子脱掉。"

"对不起。"维奥莱坐在门边的长凳上,脱下鞋子,"我喜欢你的地方。真不敢相信你竟然有自己的墙。"

帕尔默笑了。这是一种有趣的说法,但他明白了维奥莱的意思。依照维奥莱的描述,这孩子是在集体监狱长大的。现在她住在妓院里,整天身边也都有其他人。帕尔默环顾四周。他一直认为这是一个简陋的沙丘小屋,现在才意识到它并没有那么糟糕。

"看样子,妈妈一定会杀了我,但如果你想在这里过夜,那就这样吧。我今晚可能得去参加斯莱奇的活动,否则那些人不仅会对付我,还会缠着康纳和罗伯。维丝有一些旧书,里面有很多图片,如果你无聊了可以看看,别出去,也别让任何人进来,好吗?我带你在镇上转转,直到天黑,然后你就别再上街了。明天,如果你愿意,我们可以去西边的几个潜沙点看看——"

"再多航行几次。"维奥莱的声音里充满了希望和兴奋。

"肯定会有不少航行。"帕尔默说。

女孩笑了。"你确定我能留下吗?"

"你当然可以。嘿……你今天做得很好。不只是潜沙,还有拯救萨弗船。用那把刀子。我……非常感谢。"

维奥莱笑了。"谢谢你把我带出来,教我驾船。我很喜欢你的房子。"她把鞋子放在长凳下面,走到厨房,往冰箱里看了看,又往卧室里看了看,注意到了厕所。

"一个堆肥厕所,就像蜜糖洞里的那些,你完事后只需要在上面盖一点土。如果你周二在附近,会有农夫过来拿走这只罐子,并留下一枚硬币。"

"明白。"维奥莱说。

"好吧,我要去办点事。你为什么不看看图画书,休息一下?"

"我能认字。"维奥莱说。

"哦?那里面的书你随便看。它们是维丝的。我本来还要把它们卖掉。"

"你在这里面放了什么?"维奥莱指着地面问。

"在哪里?"

"这里。"她跪下来,手指在地板上滑动。帕尔默根本不知道她在说什么。

"那只是地板。"他说。

维奥莱摇了摇头。"不,边缘没有对齐。我想它能提起来。爸爸在储物间做了一个类似的东西,用来藏潜沙装备。看到这个洞了吗?"她摸了摸木地板上的一个小孔,那里有一些螺旋形的纹理。

"木头就是这样。它们的自然形态——"

"我需要一只钩子。"维奥莱环顾整个房间,站起身,开始逐一打开厨房的抽屉。

帕尔默觉得她疯了。"听着,我差不多是在这里长大的——"

维奥莱在抽屉里找到一把刀,又回到地板上的那个位置。

"我可以向你保证。"

她把刀插进小洞里,向下压了差不多九十度,又重新把刀刃立起,向上一提。几块地板被完整地掀了起来——原来它们是一块方形的木板,下面是一个黑洞洞的开口。

"——该死的,这到底是怎么回事?"

维奥莱露出微笑。地板下的空间足够大,可以宽松地容纳好几个人。里面有一只孤零零的行李箱,是维丝非常喜欢的新秀丽金属行李箱。

"我的天。"帕尔默说,"维丝有一个密室。你是怎么找到的?"

"我告诉过你,我见过同样的办法。也许这是她从爸爸那里学到的?"

帕尔默开始条件反射地说这不可能的,但维丝不就是从他们的父亲那里得到了这个地方吗?他突然想到,在父亲穿越无人之地以前,维丝和父亲一同度过了多少时光?父亲还在的时候,只有她已经长大成人。突然间,帕尔默意识到维丝可能和父亲一起在集市上吃香肠卷,酱汁滴到她的胳膊肘上;父亲提醒她要避开城里的哪些地方;希望她不要把头发编成奇怪的样子,不要弄出刺青和伤疤。所有这些他从未想过的事情,很可能曾经发生在那对父女之间,只是他从没有在他们身边见证过,也从来不曾和父亲拥有过这样的时刻。

"我们能打开它吗?"维奥莱问。

帕尔默一下子回到了现在。以防万一,他转身锁上门。不过这并不能阻止外面的人把这道门踢开。他跪在地板上,查看这间密室。如果他今天早上更聪明、更谨慎一些,他们就会在这里放上三四个行李包,再将东西慢慢分类,笑着数着他们的战利品。当他伸手去拿手提箱时,他感到有什么东西沉重地压在胸口上。

维奥莱兴奋地一拍双手,"你觉得里面会有一条裙子吗?"

"那样的东西都会被维丝卖掉。"他说,"我猜是纪念品或者——"他仔细看了看锁闩,"奇怪。"

"奇怪什么?"

帕尔默把手提箱放在厨房的桌子上,坐了下来,弯下腰去细看新秀丽的锁,"看到这片锈迹了吗?它横跨过整个锁闩。我认为这个锁还没有被打开过。"

"为什么没被打开?"维奥莱问。

"不知道。这不像她的风格。我需要找一样东西把它捅开。"

维奥莱走到她刚才翻找过的一个抽屉前,从里面拿出一根黑色的金属棒。维丝过去常常把这样的棍子放在靴子里,不高兴的时候就会抽出来挥舞一番。帕尔默赶走这些回忆,把棍子顶在锁闩上,又向维奥莱伸出另一只手。"靴子。"

维奥莱走到门边的长凳前,拿起一只靴子递给他。

"抓住箱子。"

维奥莱把全身的重量都压在上面。

帕尔默将靴子后跟用力砸向棍子的另一头,插销"啪"的一声开了。他又用同样的办法对付另一个锁闩,那个插销被砸了几下。当行李箱在维奥莱身下被撬开,她笑了起来。

"如果它从来没有打开过,里面可能有漂亮衣服。"她说。帕尔默告诉她,现在可以从箱子上下来了。

"可能是吧。但不要抱太大希望。我有过惨痛的教训。"

他打开手提箱的盖子。现在他心跳得很快,就像每次发现新战利品时一样。他第一眼看到的是一件黑色羊毛外衣,皱巴巴的,但状况好得令人难以置信。他把盖子完全打开,拿起了那件外衣。

"喔。"他闻了闻,没有发霉,保存完好。然后他打开外衣,把一只胳膊伸进袖子里,又伸进另一只胳膊。这不是什么花哨的东西,没有能够反光的衬里,但里面和外面都有口袋。其中一个口袋上有皮制兜盖,上面缀着一颗别致的金色星星,他以前从没有见过这种款式,但他知道这件衣服会很受欢迎。至少八十枚硬币,也许能值九十。"我看起来怎么样?"他张开双臂转了一圈。

"这是什么?"维奥莱问道。

帕尔默转向妹妹,想看看她发现了什么。

她抬头看着他。手里拿着一把枪。

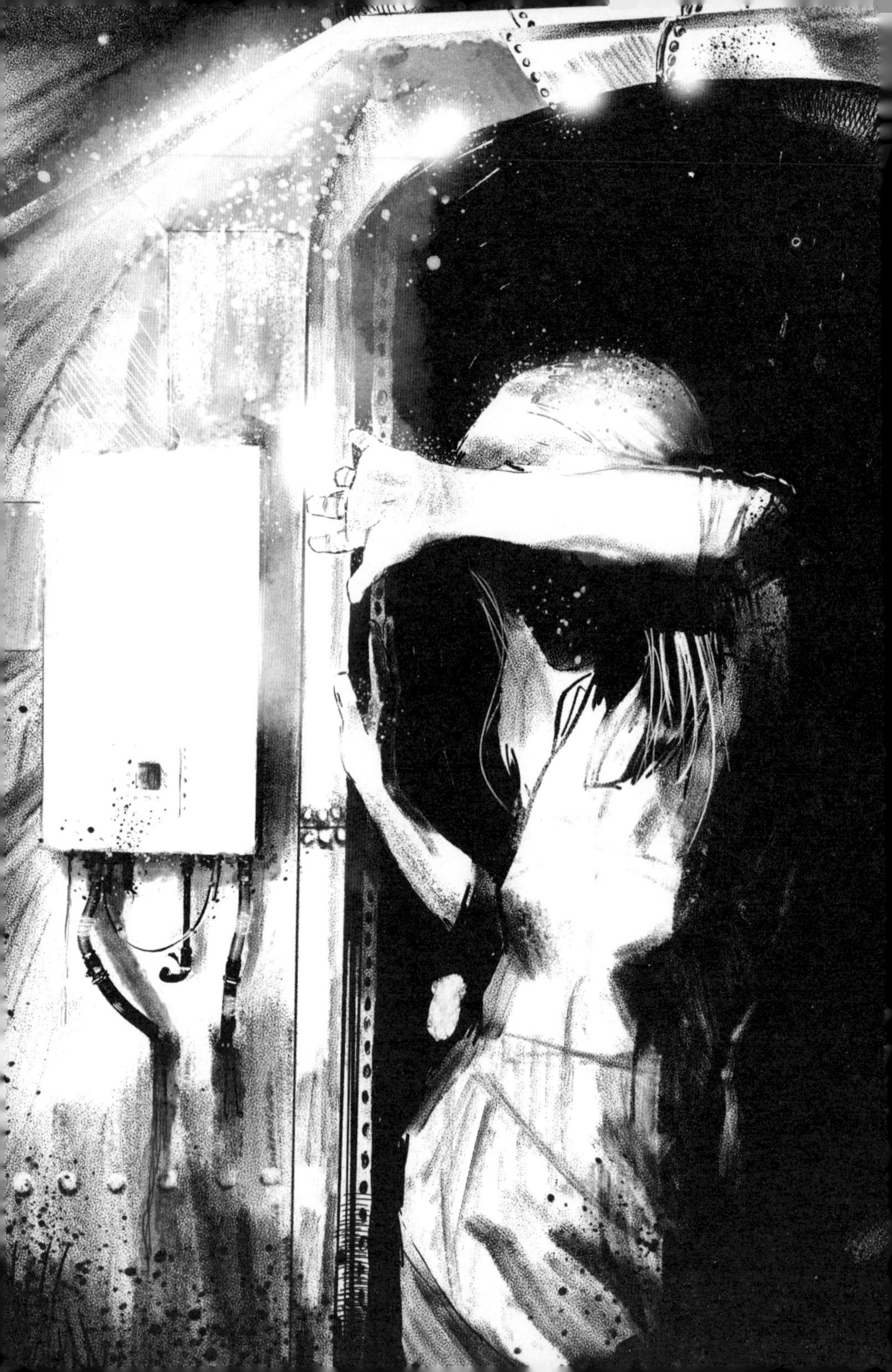

第五部
被埋葬的诸神

我们流浪，不是因为别无选择，
而是因为我们
必须如此

——游牧王

每个灵魂
可以再生出数十灵魂
每次死亡
能够喂养整个部落

——旧日食人者俳句

第二十一章　千颗太阳的怒火

安雅
三个星期以前

　　安雅看着熟睡中的乔纳,希望自己也能睡得着。他们俩在她父亲的衣橱里已经待了好几个小时。车子在凹凸不平的地面上行驶,整个房间都在摇晃。他们不时会从一块石头上轧过,或者撞上一条钢轨——这两样东西很难被分清,坚硬的地板就会把他们抛起来,让他们重重地摔上一下。于是安雅从货架上拿了一些父亲的衣服,试着把它们垫在地上。她以前从没见过这么奇怪的衣服:腰间有系袢的衬衫、没有拉链和纽扣的裤子。乔纳把一堆衣服塞进一个枕头似的东西里,头靠在上面,没过几分钟就睡得很熟。但安雅飞速旋转的思绪不允许她也那样睡过去。她不知道他们像这样躲在壁橱里是在干什么？到底还要藏多久？他们迟早都会需要食物和水。她的肚子已经在咕咕叫了。也许等到他们停下来过夜的时候,就是她现身的最佳时机。她在脑子里一遍又一遍地重复着即将到来的对话,每次开头都是"爸爸,别生气"。

当他们又撞到地面上的一个凸起时,乔纳动了动,伸个懒腰,呻吟一声,又睡着了。她要拿他怎么办呢?现在安雅觉得,这个男孩成为了她的责任。现在她明白了乔纳对自己的尊重,那就像尊重他失去的姐姐。知道了这一点,这个总跟着自己的男孩似乎不再像以前那样让她感到毛骨悚然。她原来一直以为乔纳看她的目光里有些暧昧的意味,但在他身边待过一段时间以后,她连这个也感觉不到了。乔纳对她有好感,大概是因为这个男孩在收集石头的时候,注意到她偷偷地给围栏里的人送糖果。也可能是他看到她和他姐姐说过几次话,以为她们是亲密的朋友。

想到朋友们,尤其是想到生死不明的梅尔,安雅心头又被狠狠撞了一下。这种突然的打击让她的胃沉了下去,胸口仿佛被压上一块石头,一阵恶心的感觉随之泛起。她抑制住想抱住小腿痛哭一场的冲动。这一次又一次的悲痛不是她还很短暂的生命能够承受的。没有任何缓冲,没有时间让她坚强起来,去面对整座城市的死亡,失去全部朋友,失去她熟悉的整个人生。她觉得自己的嘴唇在颤抖,于是将嘴唇咬住,感觉到一点疼痛。她不能抱着这些想法被困在黑暗中,所以她偷偷溜进卧室,看了看走廊远端的车头,发现她的父亲和另外一个男人正坐在那里的两个座位上,背对着她。她没有看见第三个人。也许他留在了峡谷里,也许在别的房间里。他们睡觉的时候,这列车还会继续向前走吗?她想知道的问题真是太多了。

安雅走到床前,抓起一个枕头。枕头散发出一股清洁剂的味道,但她觉得除了肥皂味,她还能闻到父亲的气息。她把枕头拿回衣橱,关上门,想给自己铺张床。如果睡着了,她就不会饿了,她的脑子也不会不停地兜圈子,胸口不会那么空虚。她会强迫自己一直睡到车停下来,然后她将宣布自己的存在,并告诉父亲,她为什么不愿意被送走。

如果她能睡得着就好了。

感觉这完全不可能。

有太多事情要思考。

还有……

......

安雅猛然醒来,才逃离了那个梦。她梦见人们全身是火,皮肤就像灰白的树皮一样开裂、剥落。她不知道自己在哪里,周围一片漆黑。她摸索自己的床,但这只是硬地板。她身边有一个人,一只手臂,是乔纳。房间还在动。他们在一个看起来很像巨石的交通工具里面。前一天的事情慢慢地回到了她的记忆中。她能记起的最后一件事就是感觉自己永远都睡不着了。

她昏睡了多久?她说不清楚,但隐隐感觉现在像是半夜或清晨。他们还在移动,只是这里地面感觉不一样了——很平滑。轮胎发出的声音更柔和、更连贯,嘎吱作响,像是一连串叹息,而不是岩石和砾石发出的低吼。她打开壁橱门,让光照进来,透过走廊里的昏暗光线,她看到父亲躺在床上睡着了。

她尽可能小声地把门关上，同时听见乔纳有了动静——应该是被她的动作惊醒了。

"现在几点了？"乔纳完全没有压低声音。

"嘘。"安雅摸了摸他的位置，弯下腰靠近他，"我爸爸就在外面的房间里。"她低声说。

乔纳打了个哈欠，"我们还在前进。"现在他的声音小了一些。

"是别人在驾驶。我想他们可能不会停下来，会轮流睡觉和开车。"

"那么我们要走多远呢？"乔纳又问。

"小声点。我不知道。我不知道该怎么办。"

"我饿了。我需要吃东西。"

安雅对此深感同意。她有一种冲动，想要冲出衣柜，像往常一样叫醒父亲，拥抱他，请求他原谅自己的出现。但她的另一部分还是想要推迟被抓住的痛苦和随后必然发生的争吵。

无论什么时候，无论发生什么事，她的父亲至少得让她知道，他在做什么，哪怕是当着她的面撒谎。现在父亲可能不得不把她留在自己身边。他不大可能找辆火车让她坐；他只能开车送她回镇上，然后把她送到家里。在很大程度上，安雅已经得到了她想要的结果——她和父亲的分别被不可避免地延迟了。她在努力抱紧曾经熟悉的生活，避免独自一人被驱逐的恐惧。她也得到了一些她不想要的东西，比如一个跟随者和肌肉痉挛、疼痛难忍的脖子。

"好吧。"她低声说,"我们去看看能不能弄到些吃的。如果他们抓到我们……就抓到我们好了。我不想继续待在这里了。"

乔纳说:"我也是。"他的胳膊碰到安雅,让安雅感觉到他正在站起来,抓住架子稳住身体。安雅把门打开一条缝,又往外偷看了一眼,然后转身冲乔纳扬了一下巴,让他跟着自己。乔纳点了点头。

安雅偷偷溜过父亲的床,忽然想起父亲在家时,她偷偷溜出家门的每一次经历,心中又感到一阵酸楚。房间摇晃了一下,她失去平衡,向床上倒过去,不过乔纳抓住了她——也许乔纳只是为了防止自己摔倒。他们一起努力支撑,总算是没有倒在地上。安雅把他的手从胸前拽下来,用匕首一样的眼神瞪着他。乔纳急忙把胳膊缩回去,脸红着,用嘴型说:对不起。

安雅伸手指了指走廊。他们俩偷偷溜了出去,安雅在他们身后尽可能小声地把门关上。

另外两间卧室的门是关着的,但他们可以看到大厅那边的驾驶座上还有一个人。另一个座位是空的。他们溜进厨房,安雅将手指竖在嘴唇前面。

我知道,乔纳用嘴型说。

橱柜看样子是锁起来的,不过那只是一个小插销,防止柜门在车左右摇晃时突然被甩开。安雅搞清楚这一点之后,就打开了冰箱旁边的橱柜。一只塑料桶翻了出来,差点砸到她的头。幸好乔纳帮她抓住了那只桶。他们盯着开车的人,将身子贴在厨房的案台上。如果那个人现在转过身,也很难看到他们。不过那个人始终都没有动。安雅把塑料桶放在案台上。里面装满了饼干,上面贴着一张手写的纸条,上面写着:不要一次吃完——吉尔。

"没你的事了,吉尔。"安雅喃喃地说着,打开盖子,递给乔纳一块饼干,自己也拿了一块,狼吞虎咽地吃了起来。过了一会儿,她才意识到这饼干有多么美味,就好像她的舌头比肚子慢了一拍。她吃到第三块,才开始细细品味饼干的味道。

"谢谢你,吉尔。"乔纳拿着他的第二块饼干说道。他们都笑了,牙齿上都是饼干屑。安雅打开冰箱,同时又生怕有东西掉出来。她想找点冷饮喝。乔纳从晾碗架上拿了一只杯子,在水槽里灌满水,这时有人从后面把他们俩扑倒了。

安雅撞到地上时,气都喘不过来。有人从卧室那边过来,她看不清是谁,但她知道那不是她父亲,因为那个人的胳膊不够长。她好不容易才仰起身子,正好看见一个男人的拳头朝乔纳飞过去,打在他脸上,眼镜飞了出去,落在地板上。乔纳叫了起来。安雅也开始尖叫,把脚从那人身下抽出来,用两只脚后跟朝那人脸上踹过去,狠狠地踹中了目标。当那人试图再次扑向她时,她看到那人脸上有了血迹。她紧紧抱住乔纳,同时看到乔纳的脸上也有血。

另一双手从后面抓住他们,拖着他们向后走。安雅伸手去抓那个人的脸。她的指甲抠到了柔软的东西。那个人叫了一声,放开她。她和乔纳被困在两个比他们高大一倍的愤怒男人之间。塑料箱掉在地上,饼干被砸碎了,这让她最生气。

"布罗克!"其中一个男人吼道——是在喊她的父亲。

"爸爸!"她也喊着同一个人。

那个正要从前面向他们猛扑过来的人停在原地。他的鼻子在流血。他捂住鼻子,看着他们俩,张口问道:"安雅?"

"你认识这个人吗?"乔纳在一边问,"他打我!"

"我以前从没见过他!"安雅说,"爸爸!"她从那个男人身边走过去,在大厅里高声喊道。

"那是他的女儿。"鼻子流血的人对脸颊上有抓痕的人说,"你们在这里干什么?"

安雅意识到这两个人不会再进攻了,至少现在不会了。他们一定以为她和乔纳是入侵者……而她刚才也把他们当成了入侵者。她拽着乔纳的袖子,拉着他绕过流鼻血的男人,向厨房旁边的座位走去。那里有两条长凳和一张小桌子。她让乔纳坐下,检查他的情况。乔纳也在流鼻血,还有一只眼睛已经肿得发紫了。

"你们在干什么?"她质问道,"看看你对他做了什么。他只是个孩子。"

"谢谢。"乔纳嘟囔着,他当然不是真心在道谢。

"看看他?看看你对我做了什么!"流鼻血的先生说。

安雅随后听到的声音,无论在什么地方她都能认出来。"这到底是怎么回事?"她父亲高声吼着,摇摇晃晃、睡眼惺忪地走进厨房。然后他看到了安雅和乔纳,安雅在父亲脸上看到了自己从不曾见过的表情,一种真正的困惑,完全的莫名其妙。这种感觉安雅自己经常有,但她从不认为父亲也会这样。

父亲转向抓痕先生和鼻血先生,"你们两个做了什么?"

"我们?"抓痕说,"是他们——"

"砰"的一声。房间里的每个人都向前飞去,时间慢得像蜗牛爬。安雅抓住乔纳。乔纳被卡在凳子上。他们两个都被突然的震动狠狠撕扯了一下。随后,车厢里没有了动静。橱柜和冰箱都敞开着。食物、液体、罐子,到处都是东西。她的父亲和两名同事在厨房的另一端挤成一团,身上盖满了冰箱和橱柜里的杂物。安雅听到父亲愤怒的咆哮。其中一个男人扶着肋骨,呻吟着坐起来。

"看看你——"她父亲说道。

"他被袭击了!"抓痕反驳道。

男人们都站了起来。鼻血先生跌跌撞撞地走向驾驶室。安雅抬起头,看到父亲正低头看着她,浑身每个毛孔都散发着千百个太阳的怒火。

"爸爸。"她说道,"别生气……"

第二十二章　顺风船

葛罗莱拉
三个星期以后

"真无法相信,你竟然真的把我逼到了这一步。"康纳一边说,一边把潜沙服卷成整齐的圆筒,绑在他常用背包的底部。

"我没有逼迫你做任何事。"罗伯说,"如果你同意,我可以一个人去。"

"这不就是在逼我?"康纳说。

"你们两个都疯了。"葛罗莱拉对他们俩说。她也在收拾行李。一听到两个男孩的交易,听到罗伯说不管他们去不去,他都要去,她就坚持要和他们一起去。

"那你为什么也要跟着我们?"康纳问她,"不是我不想让你陪着,因为我的确——"

"我和你们一起去,是因为需要有人盯着你们俩。因为只要赖德能让风力发电机继续运转,不从收银机里偷太多钱,我就不需要在这里。"

"你也想看看丹瓦。"康纳笑着说。

"我当然不想把头埋在沙子里。"葛罗莱拉想了一会儿,又说道,"不过,我确实有点想看看他们正在建造的营地。我的一个哥哥在那里,我也很想看看他。"

"是马特吗?呃。"

"他不讨厌你了,不像原来那样讨厌你了。"

康纳指着她说:"那么你承认他原来讨厌过我!"

"我可以一个人去。"罗伯提醒他们。他们的争执让他直翻白眼。

"再告诉我一下,我们这么做真的是因为他的旧靴子?"葛罗莱拉问道。在她听到的计划中,唯一合理的部分只有罗伯在那里进行潜沙设备维修,收取双倍的费用。还有机会提醒大家蜜糖洞提供的服务。葛罗莱拉一直想让康纳给她安排些在那里的工作,负责灌满气瓶和提供饮料、学习酿造啤酒,这样他们才能增加收入,把他们的房子扩建一点。但康纳迟迟不肯付诸行动。也许这次旅行会有帮助,能够让罗丝动心,这样她也能找到一份比泵站服务员更好的工作。

"我们会在蜜糖洞把水灌满,所以不要带多余的水。带着空保温瓶就行。"康纳说。

"我不知道该拿哪把螺丝刀。"罗伯一边说,一边掂着两只手上的工具。是康纳打开罗伯塞满东西的包,迫使他做出这种选择。但看样子,做这种选择对罗伯来说是不可能的,尽管葛罗莱拉觉得,一定要在这些极为相似的工具之间做选择简直毫无意义。

"红色的那个。"她想要帮一把罗伯。

"好吧。"罗伯说着,把红色的放进背包里,银色的放在一边,"那我的尖嘴钳呢?"他给葛罗莱拉看了两把钳子。看起来它们也完全一样。

"那只。"葛罗莱拉指了一下。

罗伯把被选中的放进包里,对葛罗莱拉说:"你很擅长做选择。"

"很高兴你选择了我,而不是当时碰巧站在我旁边的任何人。"康纳笑着说。

"是的,诀窍就是随便选选。"她告诉他们俩,"你们还没准备好吗?我三个小时前才知道这次旅行,怎么先收拾好了行李?"

"我准备好了。"罗伯说着,提起背包,扛在背上。刚刚他从背包里淘汰出来的工具已经堆满了整张桌子。康纳嗅了嗅两条围巾,在嗅到第二条的时候哆嗦了一下,把它扔回到没带上的那堆衣服里,把不太刺鼻的那条系在脖子上,对葛罗莱拉竖起大拇指。他们还没出门,葛罗莱拉已经开始后悔了。

他们沿着东边的山口朝蜜糖洞走去,葛罗莱拉注意到,再过几个星期,沙丘就会移开,新的东侧山口会变得路程更短、更快捷。罗伯走在前面,他的脚上仿佛装了弹簧。康纳稍微落后一点,向葛罗莱拉笑了笑。

"我们第一次一起旅行。"他说。

"也许下次你会带我去滥酒馆,毕竟我一直在求你。想想看,一座真正的城市,在地面之上。"

"慢慢来。实际上,我在想,我们下次旅行应该往西走。"

葛罗莱拉想要呻吟一声。康纳指的是远方的山脉。在过去的一个月里,康纳一直为之痴迷,就像他曾经研究无人区后面可能存在的东西一样。葛罗莱拉的母亲曾警告过她,不要接近这种人,他们总是认为幸福在地平线的远方。

"我们一次看一个传奇就好。"葛罗莱拉说,"先是丹瓦。后面的我们再聊。"

蜜糖洞外没有多少萨弗船的桅杆,葛罗莱拉意识到他们可能找不到去丹瓦的顺风船,那么明天他们就还要再进行一天这样的徒步旅行。在门里把鞋泥踢掉,把背包放在空空的潜沙衣架上。他们将度过一个漫长的下午。这些天,酒店的早餐业务比以前多了,欢乐时光的顾客却少了。潜沙员喜欢在沙子被太阳烤焦之前钻到沙子下面。如果她是这次探险的负责人,她会等到明天早上再找人搭顺风船,但没有人问她的意见。

矮桌子周围有三三两两的人在吃喝。葛罗莱拉看见罗丝在吧台后面,胳膊肘没在装满盘子的水槽里。有一个人正在架子旁打理自己的潜沙装备。康纳找那个人聊了几句。葛罗莱拉听到康纳问起丹瓦,那个人说他从那里回来。他们开始为了去丹瓦的船费讨价还价。葛罗莱拉去给罗丝帮忙。她拿起一块干净抹布,开始擦干挂在水槽上的玻璃酒杯。水槽里的水会用来拖地。

"你们带礼物来了?"罗丝朝他们背来的装备点点头。这让

Across The Sand / 205

葛罗莱拉想起高墙刚刚坍塌的时候,很多人把物资带到这里,以确保它们的安全,并帮助重建这个避难所。

"我想,我得告诉你一个消息。"葛罗莱拉收好一只啤酒杯,同时意识到两个男孩还从没有向他们的母亲提起过这次旅行,"格雷厄姆店里的生意很清闲,所以罗伯想去丹瓦修理装备,可以挣两倍的修理费,这样可以攒些钱。康纳同意护送他。"

"而你知道,他们两个需要有人照顾。格雷厄姆回来了吗?"

"据我所知,没有。"

康纳走过来,拿起葛罗莱拉正在擦干的酒杯,从龙头里给自己倒了一杯啤酒。

"丹瓦,嗯?"罗丝问道。

康纳点点头。"今天没什么生意?你知道有人要去那边吗?"

"每天这个时候都没什么生意。你们走了,谁照看水泵?我知道你们是家人,但我还有合同在身。而且大家都少不了啤酒。"

"罗伯解决了渗漏问题。"葛罗莱拉说,"赖德和其他同事会照顾好泵站。而且我估计,在可预见的未来,出水量将更加稳定。"

罗丝用怀疑的眼神看着她,"你们要去多久?"

"几天。"康纳说。"最多一周。"

又一桌男人起身离开,罗丝去把他们的空桌子收拾好。她不在的时候,葛罗莱拉悄悄对康纳说:"我告诉她我们要去丹瓦,只说罗伯可以在那边做一些修理工作。"

康纳点点头。他们打包的时候应该先把供词串好。这次冒险一开始就有问题。

罗伯坐在他们对面的凳子上要水喝。一个男人走进了酒吧。出于习惯,康纳伸手去拿干净杯子。"啤酒吗?"他问那人。

"当然。"那人说,"我听说你们两个孩子想搭顺风船去丹瓦?"

"不。"罗丝开口道。她把一堆盘子倒进水池的脏肥皂水里,然后朝那个男人摆摆手,"纳特,我和你说过,别管我们的事。"

"妈妈,我们能听他说完吗?"康纳问,"我们需要顺风船。"

"孩子们,上楼去把走廊里的盘子拿下来。"

"妈妈——"

"快去。"罗丝说。

葛罗莱拉吓了一跳。她对康纳的妈妈一直都很敬畏,但从没见过她这样。罗丝气得浑身发抖。葛罗莱拉把毛巾盖在晾衣架上,跟着罗伯和康纳上了楼。在楼梯上,她回头看了一眼,发现罗丝正在向那个男人挥舞拳头,而那个男人只是面带微笑、捋着胡须。

"那家伙是谁?"葛罗莱拉问。他们这时正在收拾房间外廊道上放着的那几只盘子和啤酒杯。

"我见过那家伙几次。"康纳说,"我认得那颗缺了的牙齿。几天前他和妈妈吵了一架。也许是以前的老顾客——"

"他说他可以带我们去。"罗伯说。

"如果妈妈不同意,就不能。"

罗伯皱起眉头,好像不接受他们的旅程要由妈妈说了算。他们三人都从栏杆中间偷偷观看酒吧里发生的冲突。那名老者耸耸肩,转身朝门口走去。有一个人站起来,跟上了他。

"掩护我。"罗伯说着,递给康纳三只脏啤酒杯。为了接下这三只杯子,康纳几乎把手里的东西都扔了。葛罗莱拉看到罗伯匆匆地跑过廊道,冲出通往侧楼梯的出口,上了花园。

"也许我们今晚应该睡在这里。"康纳提议,"晚饭后会有不少客人。我们可以问问他们。"

"你可以。"葛罗莱拉说。"我要睡在自己的床上,谢谢。"

他们把盘子送了下去,因为这样看起来比较安全。罗丝还在气得发抖。葛罗莱拉能感觉到热量从她身上散发出来。

"我会把这些收拾好。"葛罗莱拉说,"如果你还有其他事情要做的话。"

罗丝甩掉手上的肥皂水,把脏兮兮的抹布"啪"的一声放在案台上,朝后屋走去。

"她今天心情不好。"康纳一直目送母亲离开,然后小声说道。

"我们刚到这儿的时候,她好像没什么事——"

"是啊,然后你把我们旅行的事告诉了她。我本想委婉地告诉她。"

"这不是我的错。"

前门"哐当"一声被推开。葛罗莱拉抬起头,正想欢迎新顾客,却看到罗伯把头伸进来,四处张望。葛罗莱拉用胳膊肘推了推康纳,又朝门口点点头。

"怎么回事?"康纳问。他抬头看了一眼罗伯刚才消失的廊道尽头,然后挥手让罗伯过来,"你在干什么?你是怎么下来的?"

"邻居的屋顶,然后是沙丘。"罗伯说。他的一只胳膊和一条腿上全是沙子,似乎在沙地上摔了一跤,"收拾好你们的东西。"他说,"我们要走了。"他趴到吧台上,把保温瓶放在水龙头下面。

康纳帮他打开水龙头,"你和酒吧里的人做了交易?"

"没有交易。免费乘船。他已经在朝那个方向走了。来吧。"罗伯拧上保温瓶盖子,跳下吧台,从潜沙架上拿起背包。

葛罗莱拉看着康纳。

康纳说:"要么妈妈杀了我们,要么罗伯独自离开,被坏人杀掉。"

"然后妈妈杀了我们。"葛罗莱拉补了一句,结束了康纳的思考。

他们放下盘子,跑去拿背包。

第二十三章　旷野之中

安雅
三个星期以前

安雅将手掌遮在眼睛上方,眺望外面荒凉的景色。沙子向四面八方蔓延,形成了连绵起伏的高大山丘,其中有一些和她家屋后的矿渣山脊一样高。这时是清晨。就是说,他们整晚都在壁橱里。这辆特殊列车的车辙在山间迂回曲折,这就解释了为什么车厢总是在来回摇晃。

三名成年男人站在车前面,仔细观察车头的情况——凹凸不平的车头撞在了陡峭的沙丘上,被崩塌的沙子埋住。他们试过倒车,但最后面的轮子只是在空转。车头被卡住了。现在他们正在考虑怎样才能把它挖出来。安雅仍然在试图理解他们周围这片陌生的土地。这里一个活物都看不见。

"情况还好吗?"她来到父亲身边问道。

"会好起来的。这种事以前发生过。我很高兴你没事。"

"所以你不生气?"

"我可能会晚一点再生气。"父亲伸手搂住她,"但现在,我很高兴没有人受伤。"

"那是你自己的想法。"亨利说,他的鼻子被安雅踢断了,现在说话还带着鼻音,一只鼻孔里塞着一团纸巾。

"我都不好意思说,是我教你怎么打架的。"她的父亲对亨利说道。

"我的打架技巧也是你教的。"安雅说。

父亲笑了,"说得好,好吧,我觉得自己的面子被挽救了。"

"我很高兴你觉得这很有趣。"达伦说。他脸上的抓痕已经结了痂,形成从眼睛下面到下巴的三条平行线。"我们现在又多了两张嘴要吃饭,而我们在这次危机中失去了很多食物。"

"食物没有失去,就在那儿。"乔纳指着那两个人制服上的污渍说。他对安雅的父亲笑了笑,显然是想配合他的玩笑。

达伦拍一下乔纳的后脑勺,"闭嘴。"

"放轻松,开始挖吧。"布罗克说,"安雅,过来帮帮我。"

安雅和乔纳跟着他走到最后面的一截车厢旁边,乔纳揉着后脑勺,扶着眼镜问:"这个你从哪儿弄来的?"

"我们偷了一部分,买了一部分,这些年来我又做了一些修改。我们必须给它加上轮子和引擎。原来的推进装置……算了,就算我告诉你,你也不会相信。我们叫它沙丘虫。因为从前面看,它的窗户和大灯让它看起来像只昆虫。"布罗克打开位于列车尾部的一道舱门,拿出两个看起来像短梯子的东西,每个梯子上只有六根横档。安雅看到车厢里还有铲子和镐头之类的其他工具,几罐看起来像油的东西,还有一些脏抹布。整个列车后舱都是储物柜、电池组,还有各种水箱和管道之类的部件。"帮我把它们塞到车轮后面。"父亲对安雅说。

安雅跪在后车轮的背面,谢天谢地,这里还有一些阴凉。这个地方的太阳感觉比在家里更热,她浑身上下都被炙烤着——应该都是沙子反射阳光造成的。"这么说,这些年你每次离开几个月,都住在这个东西里面?"她问道。

父亲笑了。"不是一直住在这里面。主要是为了穿越沙漠。等我们到了目的地,我就要变成另外一个人。峡谷两边的人都不能知道这件事。"

"那么,你不会把我送回去?"安雅问。

"也许。等我们到了地方,我会让亨利送你们回去。我们还藏了几辆交通工具,但只适合在松软的沙地上行驶,所以你们得在最后一天走回去。另一个选择是等我们到了绿洲,亨利会和你们两个在一起。那里有至少一个星期的食物和水,我用不了那么长时间就会回来找你们。用力再塞进去一点。好了,来吧,小子,我们要去搞定另一边的轮子。"

安雅看着父亲拿起第二个梯子,把乔纳拖到另一只后轮那里。她现在明白了,这些梯子不是给人用的,而是给陷在沙子里的车轮用的。这里肯定经常发生这种事。她擦了擦额头上的汗,想把梯子顶在大橡胶轮胎上。一阵风把沙子吹到她的脸上,弄得她不停地眨眼,啐沙子,迫不及待地想要回到车里去。

车头被挖了出来,支撑轮子的东西也放好了,父亲再次尝试倒车。这一次,沙丘虫摇摇晃晃地挣脱出沙丘。他把车倒回到原路上。安雅和乔纳帮达伦和亨利取回梯子,敲掉上面的沙子,放进车里。安雅绕到车前,第一次看到了这只沙丘虫的模样。它甚至还有两根柔软的天线从车头顶部伸出来,就像两根触须。这只大虫子几乎能够和周围的沙地完美地融为一体。从远处很难看清楚。父亲这么多年来的很多秘密现在都说得通了。这也让安雅对很多事不再那样耿耿于怀。父亲不只是对她撒谎和隐瞒真相。他是在向所有人隐瞒自己。这是他工作的一部分。

当她来到这个流浪之家里面,她觉得自己离父亲更近了。几天来一直在纠缠她的绝望、麻木和悲伤的深渊都被遗忘了——哪怕这种遗忘只是暂时的。也许是新鲜事物激发的肾上腺素,也许是不再需要躲藏的解脱,也许是列车化险为夷的欣喜,总之,现在占据她内心的是一种全新的情绪。她回忆起学校组织他们去矿山实地考察的时候。那时她也有过类似的心情。尽管那里潮湿、肮脏、危险,但她不用去千篇一律的课堂。新世界的刺激让她摆脱了日复一日的无聊。也许这就是为什么她经常梦想着往东走,越远越好,到达帝国的中心。她不知道,其实朝任何一个方向前进都会让她感觉很好。不一定快乐,但一定比留在原地要好。

车门关闭,风沙被挡在外面。车子又开始晃晃悠悠地向前行驶。巨大的橡胶轮胎抓住地面,发出一声声咆哮,随着她父亲在被称为"沙丘"的山丘间曲折行进,他们又沉浸在规律性的晃动之中。

达伦和亨利忙着收拾厨房和走廊里乱七八糟的东西。乔纳走到安雅的父亲的身边。自然而然地坐到了那个空着的驾驶座位上。安雅站在乔纳身后，扶着他的椅背，以免在车厢晃动的时候撞上墙壁，或者碰到开关和旋钮。车头正前方有两个小窗户，就好像每个座位前面都有一只虫子的眼睛。安雅低下头，从乔纳面前的窗口中望出去，看到沙丘向他们靠近，又从身边滑过，她的父亲轻轻地转动方向盘，引导列车前行。

"基本上是自动驾驶。"他指着一个安雅完全看不明白的刻度盘说，"不过功能说不上完善，不如老派的人类驾驶。你们也看到，刚刚车头就撞上沙丘了。"

"你怎么知道该往哪里走？"安雅问。

父亲敲了敲面前的另一个仪表盘。"主要靠罗盘。还有太阳和星星。当我们接近目的地的时候，一个旧的太阳能无线电信标会引导我们走完最后一段路。这个地方的地表情况一直在变化。我们明天应该开始收到信号，如果没有信号……就是出事故了。"

"信号？是从什么地方发出来的？"

"绿洲。我知道你现在只能看到沙子，但在这片黄沙下面有一个完整的世界，包括到处都有的泉水。有水的地方就有生命。有时这是种不幸。在我们最终的目的地东边有一个地方，我们会把这只沙丘虫留在那里。那里通常是安全的。害虫们从来不会到达那么远的地方，除非他们试图从更南边的城镇入侵我们。这些人很迷信。有些地方他们不敢去，哪怕他们愿意冒更大的风险在这些该死的沙丘下挖洞,甚至连命都不要了。"

"就是这些人毁了我们的城市?"乔纳问。

布罗克转头看向他,又转过身来看着安雅,"你们不应该谈论这些事情。"

"我相信他。"安雅说,"而且,我也没有其他人可以说话了。"

"我们现在要炸了他们的城市吗?"乔纳又问道。

列车突然转向,撞向迎面而来的沙丘,但父亲努力让列车回到了正轨。父亲很紧张。只要站在他身边,安雅就能感觉到。

"我们什么都不会做。你们俩可以打打牌,或者闲待上几天,也许应该想想你们糟糕的人生决定。如果你敢动我女儿一根寒毛——"

"爸爸!不是那样的!"

"——你一定会遇到比现在更大的麻烦。"

"他只是一位朋友,爸爸。"

乔纳转过身,喜气洋洋地问她:"我是朋友?"

"别傻了。你当然是。"她推了一下乔纳的头,让他重新朝前看。男孩的那种傻笑让她很不舒服,"但是,爸爸,我们可以帮助你。你会需要我们运送补给。或者做翻译,你知道我的沙语说得很流利——"

"我们三个人的沙语也很流利——别忘了你知道的一切都是谁教的。仔细听我说,那些人很危险。他们很野蛮,不像我们这么文明。他们住在从沙丘上凿出来的洞里。"父亲指了指窗外,"他们穿着特殊的衣服,在沙子里游泳,做那种事情的人有一半都不得好死。而他们那样做只是为了垃圾,毫无用处的碎片。"他摇了摇头。

"在沙子里游泳?"乔纳问。

"那不可能。"安雅补充道。

"不要被表象欺骗。"父亲说,"外面的世界看起来很牢固,但它一直在移动,就像水一样移动,只是比水慢得多。这些沙丘从来不会长久待在同一个地方。这就是为什么自动驾驶仪无法应付这里的情况,为什么我们不能在这里建轨道或其他有用的东西。如果你仔细观察水,它也是一堆互相滑动的小固体,就像弹珠。空气也是一样。而沙子仅仅是通向坚实状态的一个阶段。他们有办法驱赶沙子,为他们让开路——"

"降低黏度。"乔纳说。

布罗克又转向他,"是的。我忘了你们还在上学。我已经忘记了大部分——"

安雅说:"我见到过他们中的一个这样做。"她回想起那段往事,立刻感到一阵寒意蹿上脊梁,"就在我们放学回家的路上——我们最后一次步行回家的路上,我们经过围栏,我看到里面有一个女人,穿着一件特殊的衣服,看起来就像第二层皮肤。是黑色的,却又像蜘蛛网一样闪闪发光。她只出现了一会儿,然后我发誓,她就滑进了地里。我试着把她指给……指给梅尔……"

她的声音开始变得沙哑,心头仿佛出现了一个空洞——她一直在努力摆脱这种感觉。

"是什么时候?"父亲问。父亲的语气很急迫,或者有一种类似于恐惧的东西。

"那天——他们炸毁阿吉尔的那天。她和他们是一伙的,对吗?她是恐怖分子之一。"

父亲重重地呼了口气,肩膀垂下来。"我们不知道是谁干的。但我们会找到答案。我可以向你保证,这种事再也不会发生了。"

第二十四章　丹瓦沙丘

康纳
三个星期以后

"谢谢你搭我们一程。"康纳说,"你确定我们不用付钱吗?"

纳特笑着抓住康纳的肩膀。"你们的陪伴就是足够的报酬。我本来就要朝这个方向航行,很高兴能和你们这些年轻人同行。再说了,我曾经在蜜糖洞度过很多个夜晚,还在那里躲过了一两次沙尘暴。这是我应该做的。对了,你们这些孩子今晚要在哪里栖身呢?"

康纳望向散落在各处的萨弗船。这些船在中心营地周围形成了一个巨大的圆圈。不少潜沙员在船身之间搭起临时住所,睡在双船体中间、甲板下面的阴凉处。那个位置的甲板离地面一般有一米半的高度。康纳还能看见帐篷,甚至单面斜屋顶的小屋。这里聚集着各种棚子和临时居所,显得畸形而毫无秩序。"我们有一顶旧帐篷。"康纳一边说着,一边从行李架上拿起背包,递给葛罗莱拉。"谢谢你的好意,我们已经欠你太多了——"

"胡说,胡说!"纳特把最后一袋行李递给罗伯,"你的弟弟不可能在一个小露营帐篷里工作。我的人在主潜沙点旁边建了个好地方。这就是白铁皮和胶合板的用处,能轻易地扩建屋子。"他伸出大拇指,朝绳网上的货物指了指,"来和我们一起住吧。或者至少把帐篷搭在我们旁边。我还有很多关于你们父亲的故事可以讲给你们听,还有正经的食物。虽然不如你妈妈做的好吃,但比你嚼的响尾蛇肉干要好。"

"我们会商量一下。"康纳说,"我们先要熟悉一下环境,安顿下来,你懂的。"他伸出手。纳特用力和他握了握手。

"当然,当然。别忘了,我就相当于是你的家人。相信我,我们的关系比这里的水还值钱。好了,我的人来了,我要让他们开工了。再见。晚饭通常会在七点左右。"

康纳再次向他道谢,然后跳到沙滩上,心中庆幸脚下变成了坚实的土地。他们这一路航行,除了上厕所以外,几乎就没有停过船。萨弗船在沙地上移动的声音和风的怒吼仍然在他的耳朵里嗡嗡作响,这两种沉闷的咆哮混合在一起,听久了,会让人有一种寂静无声的错觉。但现在,当康纳离开航行的萨弗船,反而开始真切地感觉到这些声音的余震。康纳扛着他的大背包,把他的小背包绑在胸前,两只手托住背后的背包。他在行李的重压下立刻开始了抱怨。"我们去哪儿?"他问其他人。

罗伯在摆弄他做的长杆,还拿出了他的潜沙头带。

"嘿,先等一下。"康纳说,"我们先要找个地方扎营。"

Across The Sand / 219

罗伯皱起眉头,但还是把头带收了起来,从沙地上拿起背包,指着那一圈萨弗船和所有那些营地对面的开阔地带说:"可能那边的干扰比较少。"

"我们不会在容易被郊狼找上的地方睡觉。"康纳说,"等扎好了帐篷,我会和你一起到那边去,干你想干的任何事情。"

"我认为我们应该接受纳特的提议。"葛罗莱拉说,"我们去他的营地附近扎营吧。一顿热晚餐听起来比我计划的要好,而且我们还可以节省一些物资。我一会儿看看能不能找到马特,看看他的营地长什么样。"

"是啊,不过我不喜欢欠任何人的债。"康纳说,"很多债务最终会变得代价高昂。"

"那你等着看我的账单吧。"她笑着说,"哦,好了!听我说,你可以帮助他们建造房屋;罗伯也会在那里找到更多的工作,能给他们很大的帮助。那样一切就都扯平了。而且人多就会更安全,对吧?"

就在康纳犹豫的时候,葛罗莱拉已经转过身,向纳特问起去他们营地的路。纳特指了指几座沙丘以外、高高飘扬在风中的一面旗帜,是龙之谷家族的紫黑旗。

⋯⋯⋯⋯⋯⋯⋯⋯⋯

他们扛着行李,向这片混乱之地的中心走去。这是一个相当拥挤的临时聚落,让康纳想起了泉石镇的潜沙集市。那个集市已经被摧毁,不复存在了。天呐!可能有很多那里的供应商和工人都到这里来了。

"这里有家的感觉。"罗伯用围巾遮住了口鼻,但康纳能从弟弟眼角的皱纹中看到笑意。对罗伯来说,格雷厄姆的店铺和那周围的潜沙店已经是他的家了,丹瓦当然也会给他这种感觉。这里的空气中散发着一种兴奋的气息,但同时也让人感到惶恐。人们脚边放着气瓶,在沙地上制订着潜沙计划,就像一群帮派头目准备与共同的敌人开战一样。

"食人族会喜欢这个地方的。"康纳说,"我看到的都是死人在做梦。"

葛罗莱拉拍了拍他的胳膊。她讨厌他这种消沉的话,就算他说的是实话。

"我看到的只是一堆保养不善的潜沙装备。"罗伯说,"很多都生了锈。"

"是啊,我听说几天前这里下过雨。"葛罗莱拉说,"这对我卖水的生意不好,但我相信对你修理东西的生意是有好处的。"

"短期内可能是这样。"罗伯说,"但我们没办法真正制造东西,只能把它们换掉。下面的东西能够得到完好保存,是因为水分很少。如果情况有变——"他举起双手,"也许这一切就都要结束了。我们将来要像蜥蜴一样生活了。"

"无论如何,这一切都需要有个终结。"康纳说,他指了指龙之谷营地附近的一片地方,那是沙丘之间唯一还没有被占用的还算平整的沙地。那里的防水布下有成堆的货物,防水布角被装满沙子的口袋压住。"这里空间不大。"他说。

"这边走。"罗伯领着他们爬上一片缓坡。康纳立刻发现弟弟要去的地方太过凹凸不平,不适合搭帐篷。他们晚上睡觉的时候都会滚到对方身上。

"你什么意思,为什么说这一切必须终结?"葛罗莱拉问。

"这一切。"康纳回答,"这种生活方式。这个地方。你已经听维奥莱谈论过外面的城市。那边有另外一个世界。这里太凄惨了。嘿,罗伯,那地方不够搭帐篷的,伙计。"

他还没来得及解释沙丘露营与他们在公牛裂隙附近硬质地面上习惯的露营有多么不同,罗伯已经戴上潜沙头带,手里拿着他的手杖。他让手杖滑进沙子里,不一会儿,较低处的斜坡就像水一样流了下去,变成了一片平坦的地面。

"好吧。"康纳说。

葛罗莱拉瞪大了眼睛。"这太不可思议了。"

"这里就是我们的家。"罗伯脱下头带,一开始,康纳以为罗伯指的是这片露营地。也许这是他弟弟在用一种奇怪的方式说:我们就在这里过夜吧。但听到罗伯后面的话,康纳意识到他一直在偷听自己和葛罗莱拉的交谈。"我们不能仅仅因为其他地方更舒适一点,或者风景不同,或者生活更轻松,就去其他地方生活。这里是家。我出生在这里。我计划在这里度过我的一生,学习关于沙子的知识——我们如何操纵沙子,你们潜沙员如何在沙子里移动。我想被埋葬在这里。我不想再听到你说打算如何离开这里。"

还没等康纳反应过来,罗伯就转过身,离开他刚刚制造出的平坦营地,奋力爬上斜坡,朝一个风力发电机正在旋转的高地走去。康纳只是看着他越走越远,不知道该说些什么。他的弟弟看起来总是比他想象中要成熟。

"让他去吧。"葛罗莱拉一只手放在康纳的胳膊上。她感觉到康纳想要追上去。他一直都在追赶罗伯,不是吗?永远都害怕这个弟弟会溜走。但罗伯不也在害怕同样的事?在过去的几周里,康纳一直在劝说家人离开这里,去寻找更好的生活,他相信,如果他离开,他们就会和他一起走。但如果他们不那么想呢?如果他们想留在这里,只是在听着他念叨自己离开的打算呢?他的弟弟罗伯更是比任何人都清楚——康纳早就有这样的想法。

"你知道,他是对的。"葛罗莱拉继续说,"这里是我们大多数人的家。我们都出生在这里,对我们大多数人来说,生活在这里才是对的。我们不想离开。我们会幻想在这里抚养我们的孩子,因为我们记得自己在这里的童年是快乐的。当你说其他地方更好时,你应该记住这一点。"

康纳跪在沙滩上,从父亲的包里拖出折叠帐篷。"我认为你们都在假装这个地方更好,只是因为你们曾经快乐过。但我们那时会快乐,并非因为这里不是地狱,而是因为我们还很年轻,不知道会有更好的。"他递给葛罗莱拉一根杆子,让她组装,"我绝不会在这里抚养我的孩子。"

葛罗莱拉皱起眉头,努力把帐篷杆接起来。

他们支起帐篷时,康纳一直盯着沙丘顶上的罗伯。完工后,他们把背包放进去。帐篷门朝西,可以防止沙子进入。"我要去看看他。"康纳一边说,一边吻了一下葛罗莱拉。

"我去看看纳特是不是需要帮忙,也许我能帮忙准备晚饭。如果有人需要维修,我也会告诉大家罗伯在这里。"

"好极了。也许可以看看纳特能为罗伯准备一个什么样的工作场地。如果能不让我们的帐篷和睡袋充满塑料烧焦的味道就太好了。"

"他们已经帮了我们很大的忙了。"葛罗莱拉说。

"的确,待会儿见。"

康纳拉起他的围巾,迎着风向旋转的发电机走去。一根半埋在沙子里的电缆从沙丘顶上蜿蜒而下,一直通向营地的主帐篷,可能是在为那里的电池组供电,并且给潜沙服充电。从高处看,人们在丹瓦的活动形成了一个巨大的圆形区域,就像蚂蚁群被吸引到一团埋在地下的蜂蜜周围。而纳特的营地就在这个圆圈的正中心。在不远处,这个圆形的一侧有一个钝圆锥形的大坑,看起来是人造的。那一定是帕尔默下潜的地方。帕尔默——丹瓦的发现者。康纳努力把自己的兴奋藏在心里,没有告诉葛罗莱拉和他的兄弟——他是多么期待透过自己的面罩看到那座传说中的城市。明天,他打算进行一次深潜,看一看哥哥去过的那幢摩天大楼。帕尔默曾在没有食物和水的情况下,在那里生活了几天。

沿着缓坡爬上沙丘顶端,他看见罗伯正迎风盘腿坐在沙子上,蓬乱的头发被吹到脑后——现在罗伯的头发已经长到几乎

224 / 离沙记·第二十四章 丹瓦沙丘

可以扎起来了。罗伯拉起围巾，用面罩遮住双眼，手杖深深地插进沙子里，只剩下一尺左右的长度可以抓握。沙粒形成同心圆环，在他的周围跳动、流淌，然后逐渐消失。康纳意识到，弟弟正在寻找，全神贯注地寻找。

康纳在弟弟身边坐下，搅乱了沙面的涟漪。他也闭上了眼睛。不需要去看，他就能感觉到罗伯的存在，这种感觉让他惊叹不已——大脑能够做到这么多事情，尽管大脑自己也不明白是如何做到的。这让他想起了关于父亲的一段非常久远的记忆。那时他们正在高墙上，扩建他们的第一个家。他的父亲还是领主之王。康纳一直在量一块木板，准备进行切割。他总是很紧张，担心自己会标记错长度，那样等到他们让木板就位的时候，发现它太短了，于是整块木板都会因为他的错误而被浪费了。他用的是父亲的旧卷尺，父亲问他怎样才能确定卷尺是准确的。

"你是什么意思？"康纳问道。

"你怎么能确定卷尺是对的呢？"父亲说，"你不能用它来量它自己。"

康纳记得父亲在笑，仿佛他刚刚开了个玩笑。但那一刻让他难以忘怀，不是因为父亲的话很有趣，而是因为他被吓坏了。这就是他所信任的东西，而他被告知，没有办法检验这一切是不是谎言。即使再有一根卷尺也没用。它们可能都是谎言。

康纳深吸了几口气，听着风声，感受着沙子落在脸上。他琢磨着葛罗莱拉和罗伯说过的话——他们都说这里是他们的家，他们在这里长大,质疑他为什么总想离开。他的各种思绪在原地打转,追逐着真相,追逐着彼此。他努力思考哪些想法是对的,哪些是错的,并且很想知道,一个人该怎样才能了解自己。

第二十五章　一片绿色

安雅

十天以前

"你知道这个世界需要什么吗？"乔纳问道。

"机器仆人服从我们的每一个命令？"安雅根据他前一天晚上洗碗时发表的演讲猜测道。

"不，它需要一个像样的三人纸牌游戏。想想。我们竟然完全没有这样的游戏。纸牌玩法不是一个人、两个人，就是四个人。"

安雅转身用沙语对亨利说："他那么嚷嚷，是因为他从来没有赢过。"

亨利笑了。

乔纳说："请不要用那种语言谈论我。"他非常严肃地望着安雅，眉头紧锁，全神贯注，"你有四吗？"

"继续。"安雅回答。

乔纳丢下他的手牌。"好吧，我要开牌。我发誓你在撒谎。"

这个游戏真愚蠢。"

安雅笑着给他看自己的手牌,里面果然没有四。"不过,你说得对。"安雅说,"我也打累了。"她走出卡座,伸了个懒腰。快到吃晚饭的时间了,一想到还是只有罐装意大利面和带化学味道的水,她的胃口就不好。"第十一天了。"她说。她用的还是沙语,只有亨利能听懂。"爸爸说最多一周。我们现在能去看看他吗?求你了。"

她主要是想用围栏里学到的语言来让大脑活动一下,同时也向亨利证明,她之所以恳求要去找父亲和达伦,是因为自己能够帮到他们。

"我只听懂了两个字。"乔纳插嘴道。他一直在努力学习一些沙语词汇。"你说的是'周'和'求'。对吧?"

"你爸很好。"亨利说,"他唯一的问题就是过分乐观。"

"这是问题吗?"安雅问。

"是的,曾经出过问题。他总以为事情会得到妥善解决,会比实际情况更顺利。所以,如果他对一个目标给出一个时间期限,与他共事一段时间的人都会把这个时间加倍,有时为了安全起见,还会再加倍。"

"因为他是个乐观主义者。"安雅把亨利的话重复了一遍。她用过滤器的水管倒了一杯水,喝了一小口,因为那种有点难闻的味道哆嗦了一下。"我以前很生他的气,因为他总是离开那么久。他说他要去一个月,结果却去了四个月……"

"是的。听起来像你爸的风格。不过我相信他不会有事。"

"哪怕是你没法帮他,只能在这里照顾我们?乔纳和我自己在这儿就可以了——"

"是的,我们玩'碰顺子'吧,别玩'挖鬼牌'了。"乔纳说,"碰顺子好玩多了。"

"你能听懂多少了?"安雅用常用语问。

乔纳伸出两根手指捏了一下。"一点点。我听懂了最后一句话。你们能不能别说那种话?"

"如果你们两个单独留在这里。"亨利说,"你们能等多少天?然后就会'借一艘'萨弗船去找我们?"

安雅考虑了一下这个问题。"五天。"她说,"但那只是因为乔纳会把我逼疯。"她打开橱柜,"馄饨还是通心粉?热的还是冷的?红酱还是橙酱?"

"通心粉,热的,橙酱。"乔纳说。

安雅拿出两个罐头放在案台上。

"我想,该轮到我做饭了。"亨利说着站了起来。

"你知道我们不用做饭。"安雅对他说,"就是加热一下。它们放进罐头之前已经烹饪好了。应该算是烹饪吧。"

"嘿,我可是个不错的厨师。"亨利的语气听起来很受伤,"我们赶路的时候才会这样。我通常不会像这样整天坐在这里。"

"你们通常都会做些什么?"安雅开始从另一个角度重复她早已熟悉的提问。

"说实话,如果我告诉你,你只会觉得无聊。就是一堆地方政治。有一个大秘密,我们没有告诉过总部的任何人。那就是我们其实没有做多少辛苦的工作,我们得到的报酬肯定超过了我们的付出。我们雇佣当地人来帮我们做事。或者强迫他们。"

"雇他们做什么?"安雅继续问道。

"大多是让他们给彼此制造麻烦。这里的情况很不稳定,即使对习惯了本地环境的人来说也是如此。你爸的理论是,只要轻轻一推,这片荒原上所有的人都会崩溃。那样就不会再有麻烦。然后我们就要失业了,这就是我们工作的意义所在。"他打开最后一只罐头,把里面的东西倒进一只锅子里。

"为了推他们,你们造了个炸弹,然后他们偷了来对付我们?"

"不是我们造的,但已经很接近了。我们一直都没谈过这件事。没想到你一个人竟然能摸索到这种程度,你爸一定会以为是我告诉你的。所以,你的猜测还是留给自己吧。让我们来谈谈这顿晚餐会有多美味。"

"是啊,和昨晚完全不一样。"乔纳说。

"那里的食物怎么样?"安雅问。对于她父亲和达伦去过的滥酒馆小镇,亨利没那么谨慎,会多说一些细节。安雅从他们的谈话中已经了解到,他们三个人是在边境巡逻队的一个部门工作。边境巡逻队本身属于矿业公司。所以它有点像军队,但又不是真的军队。他们的部门只有10年历史,职责是防止外人进入帝国,追踪潜入帝国的人,把他们关起来,让他们工作。她父亲多年来看管围栏的工作在很多方面和他现在的工作属于同一个性质。安雅原先以为父亲得到提拔,离开了那个部门,但实际上,他只是被提拔到了一个更重要的职位上。

"这里的食物需要一些时间来适应。"亨利承认,"沙丘上的东西他们都吃,所以蛇、鸟、蜥蜴、老鼠……"

"真恶心。"乔纳说。

亨利把头歪向一边。"实际上,蛇很好吃。他们会用很多香料。他们的蔬菜比我们习惯的要少很多。他们的饮食大多很简单,没什么花样。"

"是吗,好吧,我们也没法说我们的有什么花样。"安雅指了指那些罐头。

"说的有道理。"亨利回应道。

"为什么这些人会恨我们?"乔纳又开始发纸牌,"为什么他们不待在他们的地方,而我们待在我们的地方呢?"

亨利笑了。他打开电炉,把装意大利面的锅放在炉子上。"我记得我年轻的时候,也觉得世界可以这么简单。"

"是啊,但为什么不能呢?"

安雅对这个问题的答案很感兴趣。

"因为我们有些人与地球和谐相处,有些人像老鼠一样繁殖。但空间只有这么多。所以帝国才允许我们每个家庭最多生两个孩子。就是为了保持稳定。而那些沙人,他们不停地生孩子。六个、八个孩子。他们不在乎。他们中的很多人最后都来到了我们的边境城镇。如果我们不把他们抓起来,很快整个帝国就会变成他们的天下,我们就无处容身了。"

"我喜欢大家庭。"乔纳说,"有许多兄弟姐妹。"

"那么我们什么时候把那些金属放回到矿井里去?"安雅问。

亨利疑惑地看了她一眼。他留着浓密的胡须,就像她父亲一样,只是不像她父亲那样已经有了许多白胡子。这使得解读他的表情变得有些困难。

"你说我们要与地球和谐相处。但我在学校学到的只是如何把东西拿出来,却不知道如何把它们放回去。"

"那不一样。地底的矿藏有很多,我们根本不可能完全提取和利用。我们开采的只是表面的一点点。"

"但这么多物资也只够我们使用。"她说,"再多几千人就不行了?"

"不知道有没有八个人玩的纸牌游戏?"乔纳问。

"你们俩为什么不去看看过滤器出什么事了?"亨利一边说,一边灌满冰箱里的水罐,"水流得慢了。"

"来吧。"安雅向乔纳挥挥手。乔纳从凳子上跳下来,跟着她走到门口。安雅听得出成年人什么时候不会再回答问题——通常是他们对自己的答案感到不舒服的时候。

门外,太阳正向西方落下。天空中的云都被粉红色和红色的光照亮了。这里的日落几乎和她在家乡矿渣山脊上看到的一样漂亮,只是多了一重被风吹起的沙子。各种色彩在沙丘上跃动。那些沙丘不断升高,形成尖峭的山峰,重重叠叠,一直延伸到地平线。他们居住了将近两周的沙丘虫停在一片树荫下。刚到这里的时候,安雅和乔纳就帮助大人们搭起了帐篷。这里有三艘风力驱动的船,被称作"萨弗"。她父亲把它们藏在这里的防水布下面。防水布的颜色和灌木丛的颜色一样,所以能够完全融入到灌木丛中,以至于她一开始甚至没有注意到这些船。他们为沙丘虫也盖上了一块防水布,又安装了一整个阵列的太阳能电池板,给列车的电池充电。保持电池板清洁是她和乔纳的日常工作之一。另一个工作是刮掉粘在饮水过滤器上的水藻。

她和乔纳沿着从沙丘虫里面延伸出来的水管,一直来到形成这座绿洲的微咸泉眼旁。亨利告诉他们,这些地下水井散布在沙漠中。凡是有水源露头的地方,周围就会出现各种生命。他们沿着一条古老的木板路走过去,木板路穿过泥泞的地面,一直连接到水池上方。安雅把水管从水里抽出来,露出了过滤器。她拿着过滤器,乔纳拿起一把扁平刮刀——这把刮刀用一段电线连在过滤器上。乔纳开始清除进水口两侧金属滤网上的绿色污物。水管发出抽吸的声音,好像在渴求更多的水。

"你很担心他,对不对?"乔纳边干活边问。

安雅点点头。"我总是在担心他。但听起来,这就是他的正常生活。"

"我还是不明白他们为什么要杀我们。我们对他们做了什么?"

安雅想起了这个男孩铺的那些石块小路,想起了自己小时候在围栏里看到的种种情景,但那些沙人确实入侵了他们的领土。她现在能看到的只有阿吉尔的爆炸,欢笑的梅尔,脸颊却像树皮一样剥落。

Across The Sand / 233

安雅说:"如果我有办法让他们彻底消失,我会的。只是为了停止这种疯狂。让这一切不再发生。"

她内心满是怒火,为了她失去的一切感到悲伤——那些在沙丘里像老鼠一样生活的人,父亲多年来向她讲述过许多关于他们的故事。现在那些故事不断回荡在她的耳边。她开始了解父亲,她的父亲,理解他为什么要这样做。她拿着过滤器,乔纳刮啊刮,努力清除掉不断生长的藻类,这些藻类堵塞了系统。如果他们不每天工作,处理这些害虫,情况就会失控。

"我觉得已经够了。"她说,"最后剩下那一点,你不可能完全刮干净。"

乔纳把刮板放在一边,她把水管放回水中,过滤器在水里欢快地冒着泡泡,发出"汩汩"的声音。

乔纳在木板路上把手蹭了蹭。"美丽的日落。"他说,"你想在晚饭前和我一起上树去看看吗?"

"我要去散步。"安雅回答,"你去爬树吧,不用陪我。"

在木板路尽头,她转身绕开沙丘虫,穿过灌木和矮树丛,沙海中的这一片绿色被零星的野草和沙丘所取代。安雅走的那条小路在过去的一个半星期里已经被她踩出了明显的痕迹。每天的这个时间,沙丘的景色都格外令人惊叹——一半是深红色的阴影,一半是亮粉色的光彩,两种色调被沙丘顶部清晰的脊线切开,形成鲜明的对比。

她每天会至少两次这样走出去锻炼身体,然后大踏步地登上营地西边的沙丘顶部。走在柔软的沙子里让她很容易感到疲怠,走几步小腿就会酸痛,但她一遍又一遍地走着,让自己变得强壮。当她爬上沙坡的时候,她惊讶于沙丘完美的表面如何在她的每一步下滑动、消失,她的双脚如何在沙漠表面留下凹痕。有时,在一阵细碎的摩擦声和最后一次叹息中,整片沙子会颤抖着滑落下去,却又在一个小时后被风重新填满。

在第一道沙脊的顶端,她背对着风,凝视西方——她的父亲和达伦航行的方向。他们的萨弗船留下的痕迹早就不见了。只剩下那块防水布,叠在另外两艘船上。

看到父亲活动的另一个世界,看到他穿着那些好像睡衣的滑稽服装,看到帝国边界外这片被沙子覆盖的土地,想到父亲经常在这里连续生活几个月,融入当地人的生活,吃他们的食物,使用他们的货币,说他们的语言,这种感觉很奇怪。

太阳快要落到地平线上了。有时她会在天黑后仰望星空。那样,她就能看到西南方向有一缕微光,那是亨利所说的滥酒馆镇。那里有许多人,过着她无法想象的悲惨生活。每当她从鞋子里倒出一堆堆沙子;或者试图把头发上最后一点沙子弄掉;或者被风沙吹进眼睛;或者感觉到沙子在磨自己的牙齿,她就会想——那些矿渣堆成山的矿场也没有这里一半糟糕。

地平线上有什么东西打断了她的思绪。有一个黑点在移动。她认为那是一只鸟,她不时会看到有鸟俯冲下来,翼梢几乎擦过沙丘;或者在她的头顶高处盘旋,根本不需要拍打翅膀。但那个黑点在远处,非常远,所以它肯定比鸟更大——一片黑色的三角形在沙脊之间移动,距离她足有二十多个沙丘。那片影子在向北行进，一路上与风搏斗，逐渐靠近这里。安雅将手掌遮在眉毛上面，在夕阳的余晖中眯起眼睛，想看得更清楚。她成功了。

"乔纳！"她回头喊道，"去叫亨利！他们回来了！"

……

安雅没有等父亲从萨弗船上下来。父亲还在收帆的时候，她就已经爬上船，双手搂住了父亲的腰。

"嘿，你。"父亲说，"帮我把这个绑起来。"

一个多星期前，她帮父亲解开了绑住船帆的绳子。现在，她努力回忆它是如何被绑起来的，试着把它绑回去。乔纳也跑过来想要帮忙。亨利帮助达伦把其他缆绳系好。达伦和父亲看上去都不像她这么高兴。

"任务结束了吗？"安雅问道。

"还没有。"父亲回答，"来，我给你示范一下怎么绑，这样帆既不会松掉，也不会被绑死，要用的时候无法张开。"

"我们现在可以回家了吗？"安雅只想知道这个，无论家在哪里。

她发现亨利正在看着他们，显然也对父亲的答案很感兴趣。"情况如何？"他问道。

"不好。"父亲说，"让我们先进去。我们都渴了，需要先离开这片沙子。"

萨弗船固定好以后，他们一个接一个地走进厨房。沙丘虫里突然就感觉小了很多。父亲和达伦一起喝掉了一整壶水。亨利又从水龙头里把水倒满,还拿了几只意大利面罐头来加热。他们都想问问题,但在这两个人换新衣服时,他们也都尽量保持着耐心。安雅把他们的脏衣服放在外面的铁丝上,等一会儿再把上面的沙子拍干净。她现在明白父亲为什么经常穿着这样难看的衣服回家了。

"还记得我们在丹瓦的那次潜沙吗?"换上正常的衣服后,父亲问亨利。

"记得。"亨利回答,"当然记得。"他站在水池边吃饭,把餐台留给了另外四个人。

"嗯,现在那里出现了一个完整的定居点。有五百人,或者更多。这个时候可能有一千人了。"

"混蛋。"亨利说,"都怪那个逃走的潜沙员。"

"是的。泉石也没像我们希望的那样死掉。可能是因为滥酒馆幸存了下来。另外,由于我们的选矿作业停止了,现在他们这里出现了降雨。所以,该死的,各方面的情况都变得更糟了。"

"这是什么意思?"安雅问。

"这意味着我们有很多工作要做。"她的父亲回答道。

"我们能再弄一个……设备?"亨利问。安雅发现他朝自己这边看了一眼。

"你可以把炸弹说出来。"安雅告诉他。

父亲一边咀嚼一边点头。"这是我们遇到的第一个障碍。耶格利已经……不能再用了。"

"你可以说那个人死了。"安雅说。

父亲用叉子指了她一下。安雅立刻夸张地做了一个闭嘴的动作。父亲的归来让她高兴得头晕目眩。甚至连食物都变得更美味了。不过这也可能是因为父亲给了亨利一小袋香料,让他加到锅里。

"我们现在知道了那个地方的位置。"亨利说,"就不能再雇几个潜沙员吗?"

"我们已经有了。但我们至少需要一位潜沙师傅来完成技术工作。我们找到了一个潜沙师傅,不过他可能需要一点劝诱。你还记得那个店里挂满自行车的老头吗?"

"格雷厄姆,是吧?上次他拒绝了我们。"

"我们需要更有说服力的条件,还需要藏在这里的所有硬币——"

"你的硬币都花光了?"亨利显得有些难以置信。

"还有我们留在那边的东西。你会明白的。现在有两个最大的帮派在为我们卖命。我们只需要让他们自相残杀,同时再弄两个……"他将燃烧着怒火的眼睛迅速朝安雅转了一下,"……装置。一个给泉石,一个给滥酒馆。"

"那个新丹瓦呢?"

"那不会是问题。"达伦说,"他们完全依赖与另外两个城镇的贸易。而且那里全是帮派。他们自己就会把自己杀光。最后,这里的总人口只会剩下几百人。"

亨利笑了。"是啊,我以前好像听到过这句话?"

"等等,所以你要把我们再留在这里一周?"安雅问。

"恐怕是这样,姑娘。不过别担心——"

"不要告诉我不要担心!我会担心的。一个多星期了,我就只能在这里担心——"

乔纳说:"十一天。"

"——十一天!我不能待在这里——"

"宝贝……"

"不,老爸。不。"安雅站起来,在狭小的车厢里来回踱步,"我们想帮忙,但你让我们变成了累赘,让亨利在这里照顾我们。但你需要他,我们也不是废物。我懂他们的语言,我知道你做的大部分工作就是说服人们按你说的去做。我会在营地周围帮忙,不管你需要什么。"

"这很复杂。"父亲说,"又非常危险。"

"比违抗你的安排,回到你身边还复杂吗?那时从车厢底盘跳下去,一直跟踪你,没有被你发现。我还靠缆绳矿车穿越了峡谷,偷偷溜进这破地方,把这两个家伙踹得满脸是血!"她向亨利点点头,"抱歉,没有恶意。"

亨利举手投降。

"我也帮了忙。"乔纳边吃意大利面边说。

安雅没有理他,继续说道:"告诉我,无论你想让我在那里做什么,难道会比我登上这辆车更难?问问亨利我们能帮多少忙。我们会学习。我们会接受命令。我们很聪明。我和你一样希望这些人从地图上被抹掉,这样你就能结束这一切,和我一起回家。所以,不要拒绝我。别以为我不会来找你。我在沙丘上看到过滥酒馆夜里的灯光。我知道该走哪条路。我一定能弄明白怎么开这该死的东西,或者外面那种萨弗船。"

安雅怒视父亲,肾上腺素使她浑身颤抖。

亨利首先开了口:"是啊,我这一周就是这么过的。"

第二十六章　千米

帕尔默
十天以后

"我的心脏有问题!"维奥莱捂着胸口喊道。她的脚步很悬浮,似乎还有些头晕。

帕尔默伸手扶住她的脊背,帮她站稳。"是音乐弄的!"

"什么?"

"音乐!"他指了指舞台两侧的高塔,上面全都挂着音箱。在霓虹灯的光彩中,隐约可见的低音炮发出深沉的怒吼,撞击着每一个人的胸膛。帕尔默以前听过舞台上的这支乐队。"千米"——这个名字被印在鼓手的架子鼓上,也印在他们头顶上方的那些吓人的彩旗上。

"我听不见你说话!"维奥莱在他耳边喊道,"我想出去!"

帕尔默点点头,朝后门一指。那扇门通向一个封闭的院子。现在他的眼睛也被这里的烟熏得有些疼。他带着嘲讽的意味对站在门口的两名军团士兵竖起大拇指——那两个人是专门盯着他们的。他们曾经狠狠敲响他的家门,严厉地提醒他们不要忘了上午的邀请,随后他们就一直在跟踪他们,坚持要他们两个都来参加这场派对。

走出会场,帕尔默才意识到自己的耳朵在嗡嗡作响。他已经有两个月没有参加过任何形式的派对了。而他自己感觉更像是过去了整整一年。他拉着维奥莱走向院子尽头的酒吧,那里被光幕包围着,帮派的人喜欢把这些LED灯串挂得到处都是,主要是因为它们有一种类似于致幻剂的效果。帕尔默只尝试过一次毒品,那一次的经历,他完全不想回忆。

"你想喝点什么吗?"他问维奥莱。

"啤酒。"女孩说。

"好的。一杯水,这边。"

他带着维奥莱躲进了酒吧区,这里有三层,人们都在向酒保叫嚷。滥酒馆的一半人似乎都跑到了这里,这其中有很多小帮派的代表。帕尔默不会幻想这次派对与他有什么关系。这肯定是几周前就计划好的。是今天上午的抢劫给了斯莱奇借口,才胁迫他来到这里。

等到酒保终于朝他这里看过来,他又说了一遍:"来点有劲的,还有一杯水。"

他拿出一些硬币,但女酒保摆摆手,直接把饮料递给他。"为了丹瓦。"她说道。

帕尔默勉强笑了笑。当他回去找维奥莱时,忽然想起自己在哈普死前几天和那位朋友的一次谈话,他说如果丹瓦的潜沙顺利,他们一辈子都不会再为喝酒付钱了。不知怎么的,这种感觉和他想的不一样。

在光幕里,他没有看到维奥莱。他的心跳开始加速,直到他意识到维奥莱只是被一名大个子挡住了。但当他看到那是斯莱奇,心立刻又沉了下去。斯莱奇的一只手搭在维奥莱的肩上,像老朋友一样跟她说话。

帕尔默走过去。斯莱奇立刻说道:"你来了!"

"我们有选择吗?"帕尔默把水递给维奥莱,自己喝了一口烈性土酒。酒精刺痛了他,但他没有表现出来。

"你总是有选择的。"斯莱奇说,"而选择就会有后果。我很高兴你今晚选对了。演出结束后一定要留下。有重大消息要宣布。我们有一些令人兴奋的工作。也许只有像你这样的人才能接得下。"他又对维奥莱说:"玩得开心吗?我希望没有超过你的回家时间。"

这里有很多和维奥莱同龄,甚至更小的孩子,所以帕尔默更倾向于把这句话解读为一种离间的手段。就连帕尔默看起来都不像属于这里的人,如果维丝在这里,肯定会更显得格格不入。而维奥莱完全是另一种人,就像来自另一颗星球,这一点每个人都能看出来。帕尔默突然有一种冲动,想把她偷偷带出去,顺着星星的方向驶回泉石镇,无论后果如何。

斯莱奇一定觉察到了他的不安,就把另一只手放在帕尔默的背上,好像要把他拉过去。帕尔默用胳膊肘推开了这个比他年长的人,动作有点过于粗鲁——纯粹是条件反射,一种受惊造成的反应。斯莱奇用匕首般的目光瞪着帕尔默,所有装模作样的友好都消失了,整个院子似乎都变得僵硬起来,所有人的视线都集中在他们身上。

"这样很酷。"帕尔默说,"我喜欢酷一点,不喜欢别人碰我。"

斯莱奇笑了,笑声传遍了人群。帕尔默检查了一下自己的外套,摸了摸腰带上的枪。他担心斯莱奇会察觉到。

"玩得开心。"斯莱奇说,"乐队演出结束后,我会在舞台上为你安排一个荣耀的位置。到时候见。"

斯莱奇向那两个盯着帕尔默和维奥莱的人点点头。帕尔默也向他们挥了挥手。

"他刚才对你说什么?"斯莱奇一走,帕尔默立刻就向维奥莱问道。

"他给了我这个让我戴上,让我把旧的丢了。"她把手里的红色围巾给帕尔默看。"我现在应该戴上吗?"

"不。"帕尔默从她手里拿过头巾,塞进口袋里,"很抱歉把你卷进来,但只要过了今晚,我保证你再也不用应付这些破事儿了。我会做到的。"

"这里其实还是挺不错的。"维奥莱喝了一口杯子里的水,环顾四周,"总比每天洗碗、挖土强。"

帕尔默不喜欢这样的说法。但这不能怪维奥莱。他不也是出于同样的原因,才跑到了滥酒馆?维丝不也一样?这里更有趣。一群年轻人,熬夜,唱着上一个人从沙子里挖出来的旧世界调调。滥酒馆是很棒,加入帮派也很诱人,直到你的朋友被杀。

然后你要么去寻找出路,要么掉进复仇的陷阱,一辈子都逃不出这样的生活。

"哦,他认为我的名字叫'暴力'[①]。"他的妹妹说,"给我的名字里加了一个'n'。我没法不让他那么说。嘿,你觉得我的头发能弄得像那样好看吗?"她指着一个结了一堆脏辫的女孩问帕尔默。帕尔默的心又沉了下去。无论他同父异母的妹妹在这段时间经历了什么可怕的事情,他都只能怪自己。就在今天早上,他几乎没有把维奥莱当作自己的家人,只是想利用她来得到自己想要的东西,他够不到的东西。现在有人也想利用这个女孩,却让他火冒三丈。

[①]维奥莱名字的英文 Violet 意思为紫罗兰,但很接近于英文单词"暴力"(Violent)。

第二十七章 "并非不可能"的证明

康纳

"有什么情况吗?"康纳坐到弟弟身旁,而罗伯一直在寻找那双被偷走的靴子发出的信号。这是他进行寻找的第三个晚上了。白天的时候,罗伯他做了一整天的维修和服务工作。等着让他修理设备的人足足排出去了一公里,他赚的钱比康纳一生中见过所有钱都要多。潜沙的收入远远比不上修理潜沙装备。

"没有。"罗伯说,"暂时还没有。"他毫不掩饰自己的失望,"不知道是因为我在信号范围之外,还是干扰太大了。"

"也许现在没人用那双靴子。"康纳说,"你每天都应该换个时间试一试。"

"但硬化的沙子上应该会留下波纹痕迹。"罗伯说,"我什么都没得到。我认为是距离还不够近。"

"如果你不知道该走哪条路,就很难接近目标。他们可能在滥酒馆。或者已经在那些山脉中了。"

罗伯哼了一声,似乎不认同康纳的看法。随后他又继续找了起来。

康纳一边摆弄罗伯的平板电脑,一边等着弟弟放弃,这样他们就可以去吃晚饭了。平板电脑里都是罗伯存储的资料,其中绝大部分是罗伯集中精神时录下的思维信息,这些信号通过他的潜沙头带被传入潜沙服中。他的弟弟可以用硬碴制作各种东西,还能保存相应的思维过程,之后可以重复使用这些思维信号。不过那些用硬碴做出的东西仍然需要潜沙服或罗伯的手杖来维持稳定——这样做会对电池造成很大的消耗。所以康纳并不觉得这有什么好处,可能算是一个"懒人装置",不需要消耗自己的力气就能取得更好的效果。但现在,整套装备都连接在风力发电机上,电力就不是问题了,所以康纳如果想要打发时间,可以随意用平板电脑里的"柏拉图-1"程序做出玻璃球,再把它们从高处扔下去,看着它们在沙坡上留下痕迹。

"嘿,我们去吃饭吧。"康纳说,他有点无聊了,"我们可以明天再试试,比如明天早上。"

罗伯叹了口气,不过还是关掉了手杖,摘下头带和面罩。他看上去疲惫不堪。康纳不确定这是因为他进行的搜索还是做了太多修理工作。纳特帮他们建立的车间让他们三个人忙得不可开交。康纳几乎没有时间进行真正的潜沙,只是从150米的高度快速地瞥了一眼丹瓦,其余所有时间都用在帮助罗伯了。葛罗莱拉基本上是这个车间的管理者,要负责所有的讨价还价、收款、跑腿,寻找罗伯需要的所有备件和零件,以及招揽更多的生意。

他们已经在丹瓦生活了两天，康纳不知道自己到底还需要担心些什么。罗伯的搜索可能不会有任何结果，这个临时的潜沙集市与混乱的滥酒馆和泉石镇残存的部分几乎没有什么两样。或者说，这里就像是那两个城镇最好的地方——他也说不清楚为什么会有这种感觉。但如果说丹瓦有什么奇怪的地方，那就是他们到达的那晚，他所看到的丹瓦地图。

那张地图很难被忽略。它就在营地主要通道的一侧。纳特的龙之谷家族每天会聚集在那里，用三刻钟的时间做潜沙简报，在几张胶合板上画出一张周围地区的地图。奇怪的是，他们把那张地图放在了他们总部的外面。不仅龙之谷的人能看到，丹瓦的所有其他潜沙员也都能看到。而大家都会把自己的发现添加到这张地图上。这种信息共享实际上违反了潜沙员守则。丹瓦地下的最高建筑的草图、重要地标的名字、甚至周围潜沙点的方向和距离都被公开在上面。其中一些潜沙点足够浅，潜沙员都能到达，很多丹瓦的建筑物资都来自于那些潜沙点。

康纳觉得，如果下面那座城市很容易到达，这里的潜沙团队和帮派早就会为了争夺资源打起来了。但它是那样遥不可及，于是成了一个需要人们集合力量来解决的难题。即使是像龙之谷这样的大帮派似乎也明白，单打独斗是不可能成功的，所以这里的人多少对彼此都有需要。

但康纳也知道，这种情况不会持续很久。一旦现在的问题得到解决，随后就会是一场混战。他们在丹瓦醒来的第一个早晨就听到消息，两名潜沙搭档已经接近了"帕尔默塔"的顶端——这个名字康纳至今都说不出口。虽然仍旧是一次失败的尝试,但已经让人感觉这团友好的泡沫即将破灭了。不过,在人们真正赢得成功之前,潜沙员们依旧会分享信息,结成大部队前往较浅的潜沙点,并获得了不错的成绩。他们带回了许多状况良好的旧世界技术物资和原料,在这座临时城镇中建造了更好的建筑,还有用于维修萨弗船的金属,更多风力发电机。甚至有几艘新的萨弗船体正在码头上被焊接起来。在这个不可能的潜沙地洋溢着一种气氛,仿佛一切皆有可能。这几乎完全是因为康纳的哥哥进入了丹瓦地下最高的塔楼,并活了下来。

在去吃晚饭的路上,他们三个在丹瓦地图前停了一下,想看看今天下午地图上有没有多出什么值得注意的东西。罗伯站在一边,研究地图边缘的潜沙点。其中几个潜沙点深度足有三百米深,如果有合适的人手,那可能是一个有趣的挑战。但罗伯似乎对附近发现的一些绿洲更感兴趣,运水工不断在那些绿洲和丹瓦之间往返,在他们特制的萨弗船中灌满清水,直到风帆快要带不动他们的船为止,然后返回营地把水卖掉。每加仑水可以卖到十枚硬币的高价。

"你在想什么?"康纳问弟弟。罗伯正用手指在地图上不停地比划着。

罗伯点中其中一个绿洲。"从这里往北走五十公里。我想花一天时间,去那里看看。"

"我们可以商量一下。来吧,先吃饭。你一定饿坏了。你今天搞定了四十票生意。照这样下去,你很快就会有足够的钱建立自己的店铺了。"

"我不想要自己的店。我喜欢在格雷厄姆的店里。"罗伯说。

"他有什么消息吗?"康纳问,"他有没有要回来,会不会来这里看看?"

罗伯耸了耸肩,似乎不想谈这件事。营地里的人都说格雷厄姆很好,正在北方和一群干劲十足的人一起做大事。这个消息让罗伯陷入了一种奇怪的情绪。刚开始知道格雷厄姆没事,他似乎松了一口气,但一想到那位潜沙师傅就这样离开了,他真的很难过。康纳对此并不感到惊讶,他一直在说,人就是这样,但他其实也很生气。如果再见到格雷厄姆,他一定要跟那个老拾荒者谈谈,要那个老家伙再也不把他的弟弟丢在沙子下面。

他们三个离开地图,走进食堂,那里感觉就像生意繁忙的蜜糖洞。里面几乎全是龙之谷的成员,穿着紫黑相间的衣服,人数似乎一天比一天多。他们一直在努力招募新人。现在就连康纳也开始一直用围巾把脸遮住,就是为了避免被打扰。他们排进打饭的队伍里,从海格手里接过干净的碗。海格已经上了年纪,一直在龙之谷的厨房干活。自从葛罗莱拉在第一个晚上来厨房帮忙之后,他就对这个姑娘有了好感。

"今晚有三道汤。"海格宣布了今晚的菜单,"我推荐蘑菇什锦。不过你们吃完一份之后可以再过来,多尝试几样。"他向他们眨眼。

康纳选择了蔬菜加土豆。罗伯太过心烦意乱,葛罗莱拉就帮他选了。他们走向一张空桌子,但纳特挥手示意他们过去,并让他的副手腾出地方,好方便他们坐下。

"罗伯,我的孩子!来,坐。天啊!这孩子是巫师吗?"他们周围那些上了年纪的男男女女纷纷举起啤酒,一饮而尽,以此表示赞同。不过他们三个肯定不会这么做。"需要的东西都找到了吗?我安排了一组人明天回泉石,看我们能不能给你带点什么。"

罗伯点了点头。"我来列个清单。"

"好,好!谢谢你先给我的小子们修理装备,还给了他们折扣。你们的经理可真精明。"纳特捏了一下葛罗莱拉的肩膀。

康纳喝着他的汤,尽量不因为自己完全没有得到夸奖而生气。

葛罗莱拉对纳特说:"你在这里做了相当多的工作,令人钦佩。"

"呐,这就是我们需要领主的原因。否则就全都乱套了。总需要有人发号施令,就像你对这两个男孩一样。"

他笑了,桌子上的其他人也跟着笑了起来。"康纳,你有没有想过有一天当上领主?"

这个问题不知从何说起。康纳一时间只能揉搓着自己的勺子。"不,还没有。"他伸手去拿啤酒,脑子里却突然蹦出一个念头——这啤酒是不是妈妈用他女朋友泵出来的水酿的?但这时,一些副官已经停住了笑声。

"你应该好好想一想。你有这样的血统。"纳特环视桌子周围的所有人,"在你们大多数人第一次潜沙之前,他的父亲就是领主之王,是泉石镇最令人畏惧的人。他的祖父找到了滥酒馆。现在他的兄长又发现了丹瓦,嗯……这让我很好奇,你会有什么样的作为。"

康纳把酒杯放下,咽了一口唾沫。桌子周围安静下来,大家向前倾过身子,好像他有一个人们都想知道的秘密。

"看着吧。"他努力让自己显得很自信。有人在嘟囔,有人在笑,"也许是距离这里很远的某个地方。"他继续说道,"那边还有一整个世界,就在东边,你们知道——"

"呸!"有人喊道。

康纳耸耸肩。

"嘿,有点礼貌。"纳特说,"听这小伙子说话。我不是和你们说了吗,他爷爷找到了滥酒馆。那时有很多人从没想过出去看看,只会坐在家里,喝着陈啤酒,对着世界说一声'呸'。"

有人向刚才那个人发出嘲笑。

"继续。"纳特对康纳说,"我们聊到哪里了?"

葛罗莱拉扬起眉毛,等着康纳的回答。也许是因为啤酒;也许是那个盯着他的男人给他的压力;也许是因为他几乎没有对外面的地图做出过任何贡献;也许是他对这些人有了感情,觉得他们就像家人一样。总之,有某种东西让他开了口。

"我爸爸去了另一个世界。"他说,"一座叫阿吉尔的城市,和丹瓦一样大,不过是在地面以上。穿过无人之地。他在那里住了很多年。"

他等着有人叫喊,说他是在放屁,但也许是因为害怕纳特,桌子周围的成年男女都睁大眼睛,全神贯注地听着。

"他在那里还有了一个孩子,就是我妹妹。现在我妹妹回来了,并且带来了关于那个世界的消息。所以我们知道,东方有一个疆域超越了一千条地平线的帝国。父亲警告我们要远离那里。他说唯一安全的地方就是西方山脉对面,我们要越过派克峰——"

"他是想让我们去送死。"有人低声嘟囔。

"食人族就来自西部。"另一个人说,"在西边花园对面只有一片无法无天的土地,去那里必死无疑。"

"在这里也只有死路一条。"康纳说,"哪里都逃不过死亡。"他耸了耸肩,希望自己什么也没说。

"你的小妹妹,就是那个在花园里帮你妈妈干活的瘦女孩?"

"她叫维奥莱。"罗伯说。

纳特拍了一下手。"维奥莱。没错,你说她是从无人之地那边来的?"

"你相信吗?"有人问,"那只是个传说,伙计。"

"一开始,这些都是传说。"纳特说,"不要忘了你们正坐在什么地方。曾经也没有人相信丹瓦的存在。"

"没有阿吉尔。"罗伯说。

"看到了吗?"那人提高了声音,"就连他的弟弟也同意——"

"现在没有了。"罗伯又说道,人们都把目光转向他。一直低头喝汤的罗伯这时抬起了头,冲着盯住他的人们耸了耸肩。"我姐姐维丝把那座城市炸了。这就是为什么现在这里会下雨,为什么风里的沙子会变少,为什么鼓声不再响起。"

"啊,我听过这个传说。高墙倒塌时,是你姐姐把我表弟救了出来。她是个好人。"

人们举起啤酒,用拳头捶打桌面。

康纳克制住自己,没有指出他那天帮助维丝救了很多人。现在,他的祖父、父亲、哥哥姐姐们投在他身上的阴影实在太多了,他完全没心思把其中任何一个阴影推开。甚至他的弟弟罗伯也比他重要。罗伯,不久前他还差点淹死在他们的地下室里。

康纳喝完他的汤,向众人告辞,带上他的啤酒,把碗放进碗柜。他走到外面,想看看最后的夕阳,但夕阳已经消失了,夜幕中挂满了星星。在离食堂不远的地方,纪念堂灯火通明,那是潜沙员们在过去几周里添加的灯光。那里一开始是为了纪念哈普和另外两名为了到达地下丹瓦而牺牲的潜沙员,现在人们在那里纪念所有受到诱惑、死于丹瓦的可怜傻瓜们。那里有一块板子,上面刻着九个名字。他们很快就会需要第二块板子了。板子上的一名潜沙员还在下面。但他离地下的那些大楼太近,还没有人能取出他的尸体。康纳下潜时见过那个人——潜沙气瓶会在面罩中显示亮黄色,是一种对后来者的警告。

"科罗拉多。"葛罗莱拉和他坐到一起,用一只胳膊搂住他的腰,指着西方被参差不齐的地平线遮住了一半的星座。

"你知不知道,科罗拉多是以前的人给这片土地取的名字?"康纳问她。

"你已经跟我说过一千遍你哥哥的地图了。"她说。

"那张地图就是从这儿来的,就在我们的脚下。"

"那些人不像我这样了解你。"她伸出另一只胳膊,也搂住他的腰,把脸靠在他的背上,"你注定要做更伟大的事情,绝不是找到一个被时间遗忘的地方那么简单。我从灵魂深处知道这一点。"

"你相信命运吗?"康纳问。

"当然。你认为这一切都是随机的?"

康纳不确定——虽然他早就思考过这件事。"罗伯在里面没事吧?"

"他能照顾好自己。那孩子很有职业素养。等他长大了一定会成为一个厉害的治沙人。在这里完全是浪费他的才能。"

"是的,如果他开始做一件事,总是不知道该如何放弃。有时这让我很担心。"

"嘿。"葛罗莱拉把他转过来,"你还好吗?你的心思好像跑到其他什么地方去了。"

"我刚刚意识到,我必须做一件事。"他吻了她一下,"帐篷里见。帮我看着罗伯。他不像你想的那样善于照看自己。"

⋯⋯⋯⋯⋯⋯⋯⋯⋯⋯

康纳在贴着帐篷壁的地方找到弟弟的手杖。他抓起罗伯的潜沙头带和平板电脑,还有他自己的潜沙装备,脱下衣服,把潜沙服套在身上,希望能赶在葛罗莱拉回来之前离开。他拖着自己的气瓶和其他装备从食堂的另一边绕过去,穿过厕所,身子一

Across The Sand / 255

直躲藏在阴影里。纪念堂的另一边是人们唯一一次成功潜沙到达地下丹瓦留下的平缓沙坑。沙坑底部有几盏探照灯,是为夜间潜沙的团队准备的。所有人都离开了,坑里很安静,人们都在各自的营地吃晚饭。

康纳走到坑底,整理好装备,拔掉一盏潜沙灯的插头,给罗伯的手杖接上电源。借着头灯的光亮,他连接好了潜沙头带和平板电脑——他已经许多次看过罗伯这样做过。打开电脑,他迅速略过创建基本形状的程序,又略过罗伯保存的各种设备信号"签名"的搜索程序,终于找到了要找的东西。首先是一道简单的楔形硬碴阶梯,一个向下旋转的命令,循环复制,同时从沙坑中间抽走沙子。这个程序被称为"水泵"。康纳开启了手杖,感觉到它顺利地滑进沙子,没有任何摩擦。平板电脑上闪烁着电池的电量报警,不过迅速消耗的应该是平板自己的电池,而不是这个主营地的电量——对此他也不是很确定。

他启动了整套程序。脚下的沙子随之开始移动。他的一只气瓶在震动中倒在地上,康纳却不得不先伸手去拿他的潜沙包,以免它被沙子埋起来。沙子颤抖着从斜坡上滑落。康纳握紧手杖,感觉到不同的力量在推拉这根手杖。平板电脑一遍又一遍地重复着指令,不停地闪动着。康纳环顾四周,用他的头灯照亮沙地,发现所有沙子都在向一个地洞倾泻而下。他不确定这些程序会持续多久,也不知道该如何进行计算。手杖在他的掌心变得温热,他的手指有些麻木——手杖显然正在放射出异常剧烈的振波。实际上,他隔着靴子都能感觉到大地的震动。在大坑外面,来自营地的光线变暗了,康纳意识到电量消耗比他想象中要严重得多,要么就是营地的存储系统比他想象的要弱,要么是他在平板电脑上的操作出了什么问题。当他感觉手杖好像要烧穿他的潜沙手套时,他停止了程序。手杖被固定在沙子里,大坑底部变得更加平坦,出现了一个黑色的窟窿,还有一道螺旋形向下延伸的阶梯,就像罗伯在泉石镇水泵下面做的那样。

他还没来得及关掉平板电脑,它就自动关机了——电池没电了。手杖一定是出了什么问题,因为他无论怎样把手杖关上再打开,都无法让它再向头带传输任何信号。他希望自己没有把手杖弄坏,否则弟弟一定会生气。无论怎样,罗伯现在大概都要生气了。但话说回来,他们跑到这个地方来首先就是罗伯的错。

康纳摘下罗伯的头带,戴上自己的,打开潜沙服电源,检查了一下所有数据,都在满值状态。他把罗伯的头带和平板电脑放进潜沙包里,用沙子盖住,以免被别人发现。然后他背起两只气瓶,戴上面罩,检查了一下螺旋阶梯,看它们能往下走多远。沙子从黑洞边缘倾泻而下,开始缓慢地填充这口用程序制造的井。他的头灯完全照不到井底,黑影太深了。他一步步穿过最上面的一层阴影,被黑暗覆盖、包裹。而他只是继续走了下去。

······ˈˈˈ‖ˈˈ···‖ˈˈˈ···‖ˈˈˈ······

直到下了几十级台阶,他才想到应该记一下台阶的数量。虽然有些晚了,他还是开始数了起来。他想知道这些程序向下

Across The Sand / 257

挖了多深。帕尔默说他在这里下潜的时候先进入了一个多深的竖井？一百米？康纳不记得了。但他确实记得哥哥说过，在他上来之前，井已经塌陷了。康纳已经打开了潜沙服的电源，嘴里叼着气嘴，以防止现在这口井毫无征兆地突然崩塌。不过他没有从气嘴里吸气——气瓶里的气要留到下潜时用。他唯一的目标就是把那个死去的潜沙员捞上来，他相信，弟弟的手杖可以帮他实现这个目标。他和帕尔默一样擅长潜沙——这一点他心里有数。如果帕尔默能做到，康纳也能。而且他也不需要一路潜到摩天大楼那里。只要能够摸到那名潜沙员，能到达和他一样的深度就可以。

他的头灯终于照到了竖井底部。现在到那里还有十几级台阶。康纳抬起头，只看到一小片圆形的夜空。井壁漆黑一片，只有井口在营地的光线中显得更亮一些，看上去就像一颗苍白的月亮挂在没有星星的黑暗虚空中。康纳的脑海中涌进了一千个念头。他想知道，罗伯能用手杖制造出多深的井？电池又能将它固定多久？他们如果把这口井固定下来，作为潜沙员的出发位置，能不能向别人收钱？紧接着，他想到这种事难免会出问题，会发生无法预知的技术故障，那样的话，这也许不是他们的错，但又会有多少人死在这里？不，最好在一小时内把这件事彻底搞定，让这口井塌掉。如果其他人发现了这个通向宝藏的捷径，丹瓦营地的宁静肯定会瞬间不复存在。

来到井底，他重新碰到了柔软的沙子。沙尘一直在向下落，堆积起来。康纳不知道自己还有多少时间。他咬住气嘴，熄灭头灯,戴好面罩,让脚下的沙子流淌,接受他的身体。重力开始起作用,当他的脚和小腿进入沙子时,他想象自己身下有一个真空,沙子沿着他的腿向上爬行,裹住他的腰和胳膊,把他拉到地面以下。

他感到放松和平静,昨天的探索性潜沙是一次很好的热身,让他的身心此时很容易就进入了兴奋状态。随着面罩上呈现出五彩缤纷的图案,他环顾四周,寻找其他潜沙员,什么也没看到。他往下看,除了深深的沙子,也是什么都没有。必须向前推进,才能看清更深处的东西。他从右大腿上的一个袋子里拿出一只信标,挤压它,将它启动,把它留在这里,这样他就能找到回来的路。他的呼吸缓慢、深沉、平稳,就像维丝教他的那样——方波呼吸。他尽可能快地径直向下,在下潜同时确保耳朵的气压平衡。

他的面罩分辨功率被调到最大。深度数据飞快地变动,显示出从井底到这里的距离。竖井让他有了多少优势?75米?应该够了。自信,自信。他试着去感觉哥哥就在他身边。帕尔默做到了。所以他也能。

在一百米深的地方,他发现了深处的那名潜沙员。以他哥哥的名字命名的大楼已经呈现出轮廓。他的胸部非常紧,这是深潜症的第一个迹象,或者可能是因为他看到了一个死人——死因正是他此刻努力在做的事情。康纳感觉到了一股麻醉的快感,这种快感来自于潜得太快太深,或者是他晚餐时喝的啤酒。他怀疑自己的头脑是否清醒,如果葛罗莱拉知道他想干什么,或者罗伯发现自己的装备没了,又会怎么对付他……

抛开这些想法。集中精神。

深度到了两百米,他的胸口和每一个关节都承受着沉重的压力。康纳知道,自己只有再吸几口气的机会了——他的胸部很快就会痛到无法扩张,所以他在接近极限的时候仍然努力做了几次深呼吸,充分的腹部呼吸,打破缓慢的方波呼吸循环,猛吸几口气,给他的细胞充氧,呼出二氧化碳,所有这些小技巧都是维丝教的。

更多的空气让他感到全身刺痛。现在是停止呼吸的时候了,他知道他可以用肺里的东西再撑上整整几分钟。忽略呼吸的冲动,忽略"这是在地面上"的幻想,现在要做的是加快速度、加快速度、再加快速度。他把前面的沙子推到一边,头朝下继续深潜,靠近下面的尸体,那个仿佛已经凝固的潜沙员抬头看着康纳——一定是他在死前转向了地面,知道自己撑不过去了,或者也许……

……是的,现在康纳可以看到潜沙员身后有一块坚硬的黄色钢铁,是潜沙员想要带上去的一块打捞物,一件纪念品。他看不清那是什么,也许是建筑物本身的一部分,几乎和人的身体一样大,但也许更长。从正上方往下看,很难判断。潜沙员想要证据,一样独一无二的东西,丹瓦的一部分。

康纳也感受到了那件纪念品的诱惑。那座以他哥哥的名字命名的塔楼离他只有五十多米,近到足以让他想冲下去、碰一下。但他已经处在死亡的边缘,被挤压的肋骨传来一阵阵痛楚。

他的面罩也没有开启记录功能,所以就算是他碰到了,也只能讲一个无凭无据的故事。现在他和目标的距离已经足够近了。那名潜沙员的脸清晰可见——面罩歪斜,嘴巴大张,里面满是沙子,一双眼睛搜寻着上方的空气。康纳没有再理会到达塔楼顶端的诱惑,而是被那件打捞物所吸引。他把潜沙员和他的纪念品都向上拽去,试着按照维丝的教导去做,把打捞物看作自己的一部分,当作自己的身体。他们是一个整体,一起被沙子推动。他的腿和脊椎立刻开始承受力量,尸体和那块钢铁都在把他往下拉,朝相反的方向撕扯他。伸展和挤压,在潜沙过程中,打捞者会感到恐惧或兴奋,或两种情绪兼有。他的肺像着了火,但这里还是太深了,他无法呼吸和移动。他知道移动比呼吸更为关键。向上、向上。现在电池消耗很快,因为他在要求潜沙服发挥最大的力量。当他摇曳不定地控制着沙子,坚硬的沙子突然抓住他的脚,将他的腿朝错误的方向扭动,让他的一只膝盖感到一阵刺痛。电击一样的剧痛瞬间占据了他的整条腿。哈普死在了这里。还有另外八个人。他们也都有和他一样的想法?担心气瓶破裂?停止下来想要呼吸?想知道自己是否会被列入死者名单——丹瓦的另一名牺牲者,黑色环绕在视野的边缘……

康纳停止移动,只专注于深深吸气,把自己的整个躯干想象成一块肌肉,来挤压和扩张肺叶形成的风箱,让身体充满能量。他不能屈服于停留在原地的诱惑,必须向上移动。他看着气瓶里的氧气含量随着他的呼吸而减少,每一次呼吸,都让氧气含量的百分比直线下降。

还有两百米了。他开始发力,不顾身体的疼痛,沙子感觉就像泵站下面的稠粥,不听他的命令,抵抗,抵抗,再抵抗。拖着他的战利品,他还能吃力地喘息,能看到遥远的信标和硬碴阶梯发出明亮的光芒。他可以把尸体和纪念品留在足够浅的地方,等他给电池充电,给气瓶加满气之后,他还能回来。但他知道,打捞上来的东西不会被留下太久。别人会把功劳抢走。当他意识到这一点的时候,氧气耗尽了,他的嘴里充满了空气瓶的金属味道。当他用气嘴吸气时,肺部感受到了阻力,他在努力呼吸不存在的东西。他惊慌失措,忘记了自己的选择,忘记了他的计划,因为他从来没有做过什么计划。他落到死去的潜沙员身边,抓住那个人的气嘴,在一片模糊中觉得这是他的潜沙伙伴,这是维丝,他们在紧急情况下要共用气嘴,但他的潜沙伙伴死了,维丝死了,这个人的气瓶也死了。

他父亲的声音响起,提醒他大脑会先于身体放弃。他的父亲说:"当你认为你已经完了,你其实还有5%。"你其实还有5%。你的大脑不知道你能做什么,因为你从来没有做到过这种程度。因为你的大脑总是怀疑,总是犹豫,总是告诉你,不,不要那样做,那很危险。

这警告没有错,但现在警告已经没用了。现在是相信的时候,相信那5%。

康纳努力冲刺,同时依然拖着他的战利品。他和小维丝在沙滩上赛跑,和他哥哥赛跑,和他们的影子赛跑。距离他的信标一百米,七十五米。康纳进入了一种看不清、想不清的状态,一种睡着了但仍然在潜沙的梦境,这是一种警告,告诉他现在他的大脑真的没有氧气了。一片漆黑,死亡的手指擦过脊椎的感觉,他意识中发出最后一声尖叫,就要到了,就要到了。

他感到那个人和那件纪念品渐渐远去,他知道自己丢下了他们,在单独向上。恍惚中的他只是向上推,向上推,看见星星,又看见阶梯,在一条由白色硬碴形成的隧道里,他的面罩上有一个紫色的圆盘。

一次又一次猛烈的呼吸。挣扎着吸气,甚至把气嘴也吐了出来,一片沙尘的细雨从上方落下。康纳把自己从沙子中完全拉出来,紧紧抓住他踩过的最后一层台阶。这些台阶随时都可能坍塌,但他不在乎。他感觉好得喘不过气来。到处都是痛苦,一种他从未经历过的痛苦,而且是他独自承受,没有目击者,没有人旁观,所以这是真的吗?他能描述它吗?能把它告诉别人吗?他不能告诉爱自己的人,即使是半真半假的讲述,也会让爱他的人心灵受伤。不能告诉任何人。只有他独自在一小片天空下,吸着风。

他摘下气瓶,解开背带,让自己能够更好地呼吸。他双手和膝盖着地,脸几乎埋在柔软的沙子里,空气一次又一次地填满他,再离开他。直到他能清醒地思考。直到他能检查面罩里的电量,6%,大概够了。足够让他回去完成这项工作,没有任何遗漏。他只需要用肺就可以完成剩下的事,所以他不想把这次潜沙的成果留给其他人,要由他一个人完成。

第二天早上天刚亮,准备下潜的潜沙员在这个平缓的大坑底部发现了两个人。潜沙员分别踢了踢这两个人,只有康纳动了一下。他呻吟一声,翻过身,看到天空开始变亮,星星渐渐消失,现在只能看得见几颗行星了。

"这个人还活着。"有人说。

来的是一对潜沙搭档,想要在黎明时分赢得一个最好的机会。

"你还好吗?"另一个人问道。是一个女人的声音。那人已经跪在了他身边。

"他的搭档死了。"他听到前一个人说。

"不是我的搭档。"康纳说。他还记得第二次潜沙后,沿着竖井爬上来,筋疲力尽,全身疼痛难忍,再也没办法走回帐篷,只能蜷缩在地上,结果就这样晕了过去。"是另一个潜沙员……"他咳嗽着,想要吐出嘴里的沙子。一名潜沙员把水壶端到他嘴边。他感激地喝了几口,把沙子吐出来。"他是最后那个留在下面的。是他的尸体。"

"我的天,贝克丝,看看这个。"

康纳坐起来,又喝了一口水。帮助他的潜沙员向旁边望去。一根灰色的钢轴从沙子中伸出来。康纳一开始没有认出它,对它的出现感到困惑。然后,膝盖上的一阵刺痛、腰背的酸痛,还有一种仿佛被大地压在身上的感觉提醒了他。是死去潜沙员的战利品。现在是他的战利品了。

上面又传来说话的声音。是另一组来潜沙的人。康纳抬头寻找那口井,想要看到沙地上那张黑色的大嘴,但什么也没有。罗伯的手杖伸出地面大约有一尺长,就在他埋住潜沙包的地方。一定是电池电量太低了,或者是维持程序中断了,要不然就是滑落的沙子填满了竖井。他甚至不记得自己是怎么爬出那口井的,只觉得一路都有沙子落在身上。

"看看能不能把它弄出来。"贝克丝说。

康纳看着两名潜沙员换上潜沙衣,沉入沙地。不久,金属圆柱从下面被推起来。就像一座微型摩天大楼——下面那些建筑的复制品。它比康纳想象中要长得多。到现在为止,康纳也只看到过它的顶部,还从来没有从其他角度看过它。难怪把它拽上来那么难。他没有给这东西一个足够大的气泡,所以在他浮出地面的整个过程中,这东西就像他身后的一只锚。

两名潜沙员浮出地面,将这座微型塔楼竖直向上推了出来,这根圆杆每隔一尺左右有一圈凸起,顶端是宝石一样的玻璃,上面有一排排电灯,还有一个从侧面突出来的小圆顶。

"这是帕尔默大厦顶层的一样东西。"贝克丝说,"前几天我靠近的时候看到了它们。我离它很近,本以为能摸到它。"

"好了。"她的潜沙搭档说,"现在你可以摸到它了。"

康纳试图站起来,却痛得面孔扭曲,一只手按住了左膝。另外两名潜沙员也快步来到坑底,放下气瓶。其中一个走向死去的潜沙员。"是霍尔特!"他认出了那个人。两名潜沙员跪在尸体旁，其中一人在死者的肚袋里寻找遗嘱。然后他们转向另一对潜沙员。贝克丝指了指康纳。

"我们认为是他捞起了他。还有这个。"

"谢谢。"一名潜沙员说。另一个则跑上沙坑边缘，似乎是要去叫醒他们营地的人。

贝克丝和她的同伴看到康纳再一次想要站起来，便跑过来，让康纳躺下，不要动，他们会去向康纳营地的人报平安。

"我想摸摸它。"康纳说。

他们互相看了看，明白了康纳的意思，扶他起来，让他把两条胳膊分别搭在他们的肩膀上，只用那条好腿走路。现在，十几步远的地方矗立着一座比三个人还高的塔楼部件，它还没有被完全取出来，下面还埋着很长一段，所以才能这样稳稳立住。就像大沙坑里的一根针，指向星星。它是过去丹瓦的一部分，帕尔默大楼的一部分。康纳伸出手去触摸它。他的手掌放在很久没有见过天空的冷硬钢铁上。第一个碎片。证明这是可以做到的。但也是危险的证据，因为它需要一口井才能拿到，而且把它拿上来需要一条人命。但现在，它的确证明了没什么不可能的。

第二十八章 沙疤

维奥莱

最后一首歌似乎每个人都知道,最受欢迎的歌都会留到最后。汗水从领唱歌手的头发上飞散出来。她把头往后一仰,要让自己的歌声飞扬在人们的歌唱之上——所有人都在整齐地唱着,伴随着无数跳动的身体和扬起的拳头。

维奥莱觉得自己也被卷入其中,尽管她不知道歌词是什么。帕尔默知道,所以他在和其他人一起唱。维奥莱只是跳上跳下,甩着头,让声音充满她的胸腔。现在她不再害怕这震耳欲聋的音乐了。一小时以前,她觉得累了,想上床睡觉,随便哪张床都行,彻底睡死过去。而现在,她无比清晰地感觉到自己活着。自从几个星期以前,倒在哥哥们的帐篷中之后,她还从没有过这样的感觉。

就在她开始学习这首歌,并能和大家一起喊上几句的时候,鼓手发疯一样地敲打着面前所有金属板,歌声结束了。观众们欣喜若狂,感谢他们的最后一首歌,感谢他们的整个演出。歌手向人群挥手,鼓手把他的木棒举在空中。斯莱奇出现在舞台上,接过麦克风,向他们道谢。

"'千米'!"他说道。又一阵欢呼声随之响起。他向台下招手,一个穿一身红色衣服的军团成员走上舞台,两只手各提一只行李箱。维奥莱认得那两只行李箱。

她用胳膊肘推了推帕尔默。"看。"

"混蛋。"帕尔默嘟囔了一声。

"现在,我们来点小赠品。"斯莱奇说,"这两个宝贝都没有打开过,生锈的拉链就能证明。这里面可能有任何东西。让你们的想象力驰骋吧!"

人群突然安静下来。维奥莱试着想象一件有花朵图案的裙子。但她只看到了那把枪。帕尔默从她手中夺过枪并努力向她解释。但她明白的只是枪很不好。那些箱子里可能装满了好东西,也可能是坏东西。

斯莱奇举起两条红色的围巾,就像给她的那条一样。

"我要挑选两个人,谁先摘下旧围巾,戴上我们的——"

不管他接下来想说什么,都没有机会了。人群中有人爬过前排的人,成功地站到了台上。当第二个人登上舞台时,台下响起了一片欢呼声、笑声和怒吼声。其他冲向舞台的人纷纷退了回去。维奥莱注意到那些戴红色围巾的人都没有动。而现在,他们都在鼓掌。

接下来是一个简短的仪式,两个人系上他们的新围巾,把围巾提起来,遮在嘴巴和鼻子上,摆出各种姿势,向人群展示他们的肌肉,拥抱对方和斯莱奇,然后开始争论哪只箱子该归谁——

其中一只箱子明显大了一些。

"沙疤!"人群中有人喊道。

斯莱奇笑了。他挥手让两个手下上前,其中一个拿着刀,另一个拿着一碗沙子。那沙子有些特别,看上去应该很热,因为捧着它的人戴着手套,掌心还垫着一条毛巾。不断有热气从那碗沙子上冒出来。两名志愿者互相看了一眼,又看了看欢呼鼓劲的人群,便同时掀起了自己的衣服。其中一个人身上已经有很多伤疤,隆起的伤痕就像绑在肉体上的绳子。

刀子在他身上划了两下。本就伤痕累累的胸膛上出现了一个硕大的"L"形伤口,皮开肉绽。那人咆哮着,牙齿从胡子里露出来。拿碗的人用戴着手套的手舀起沙子,揉进伤口,沙子变成了红色的泥。斯莱奇吻了一下新兵的脸颊,放声大笑。

随后是另一个人。当他忍受同样的折磨时,斯莱奇把麦克风举到他嘴边。

"孩子们,你们叫什么名字?"

两人还没来得及回答,人群中就有人喊道:"哈洛!"满身沙疤的人指向那个叫喊的人,又咆哮了一声。维奥莱只是目不转睛地看着这一切。

"那么你就是哈洛。"斯莱奇说,"还有……?"他把麦克风递给另一个人,那个人正在被灼热的沙子揉搓伤口,看起来好像要晕倒了。

"内特·道格。"他声音嘶哑地说。

"内特·道格。"斯莱奇重复了一遍,所有人都在为他们两个欢呼,"欢迎,孩子们。今天我们还有另外两个新人,对我们来说,这是一份莫大的光荣,上来吧!"

斯莱奇现在盯住了他们——维奥莱和帕尔默。维奥莱伸手去拉帕尔默的手。这时人们纷纷转过身来,看向他们,给他们让出一条通往舞台的小路,周围又响起欢呼声。两个男人出现在他们身边,是让他们来参加派对的那两个人。今天晚上,维奥莱一直看见他们在自己身边转悠。他们领着维奥莱和帕尔默走向舞台。维奥莱很紧张,但她猜想,如果他们上了台,也许同样能拿回一些他们打捞上来的东西。而且他们应当不会在她的身上弄出伤疤。她已经有了红色的围巾,就在帕尔默的口袋里,所以他们已经是帮派成员了,对吧?在无人之地的挣扎、郊狼的利齿、沙漠的炙烤、围栏里的虐待,她的身上已经留下了太多伤疤,她不想再要了。

"女士们和军团成员们。"斯莱奇说,"我向你们介绍帕尔默·阿克塞尔罗德,丹瓦的发现者!"人群爆发出一片欢呼,无数拳头和酒杯被举起。"这是他的小妹妹,'暴力'!"又是更多的欢呼声,维奥莱意识到他们是在为她欢呼。

拿刀的人走近,帕尔默后退一步,对斯莱奇说了些什么,但麦克风放在斯莱奇的臀部,观众们一直在咆哮。维奥莱看到帕尔默向腰间伸出手,但他的手腕被抓住,他的胳膊被拽了起来,他的衬衫被拉开,露出了躯干。维奥莱咬着嘴唇想跑,但有人把手放在她肩上。刀子划开两道伤口。帕尔默痛苦地弯下腰。拿碗的人把沙子按在他的胸口,又把他扶起来。人群再次疯狂地欢呼,许多人在喝酒。

"军团在壮大。"斯莱奇举起麦克风,"欢迎,帕尔默。"

维奥莱知道下一个就是她。在那些人抓住她之前,她撩起衬衫,露出腹部。看到她身上的伤疤,人群安静了下来。连拿刀的人都犹豫了。但这种情况没有持续太久。刀子咬得很深,维奥莱疼得有些头晕。沙子是熟悉的敌人。她知道会发生什么。

"暴力!"斯莱奇从台上的一个人手里接过一杯酒,把它举向人群,"我们失去了一些优秀的成员,但我们收获了更多。敬我们失去的人。"他举起酒杯,所有手里有酒的人也都把杯子举了起来。整个广场就像沙海深处一样安静。维奥莱放下衬衫,感觉到衬衫粘在伤口上。她知道罗丝又要对衣服上的血迹生气了。她咬着嘴唇,尽量不让自己晕过去。帕尔默看着她,面孔扭曲着——不是因为疼痛,而是某种更糟糕的东西。"对不起。"他无声地说道。维奥莱摇摇头,想让他知道自己没事。

在悼念遇难者的长久沉默之后,每个人都用自己的罐子和有凹痕的杯子在喝酒。

"现在我们要谈真正的生意了。"斯莱奇说道,"你们中的一些人早就知道,我们的发展壮大是因为许多捐助者的支持。我们接了一些大活儿,赚钱的活儿。现在我又给你们找了一个。但只有你们中那些速度够快的人,愿意潜得更深的人才能去干,还有那些想要获得财富的人,超出你们最狂野想象的财富。"

整座广场又爆发了。帕尔默捂着胸口。维奥莱走到他身边。

"谁愿意和我一起去北方?"斯莱奇问。

人群齐声欢呼,帕尔默的神情愈发痛苦。

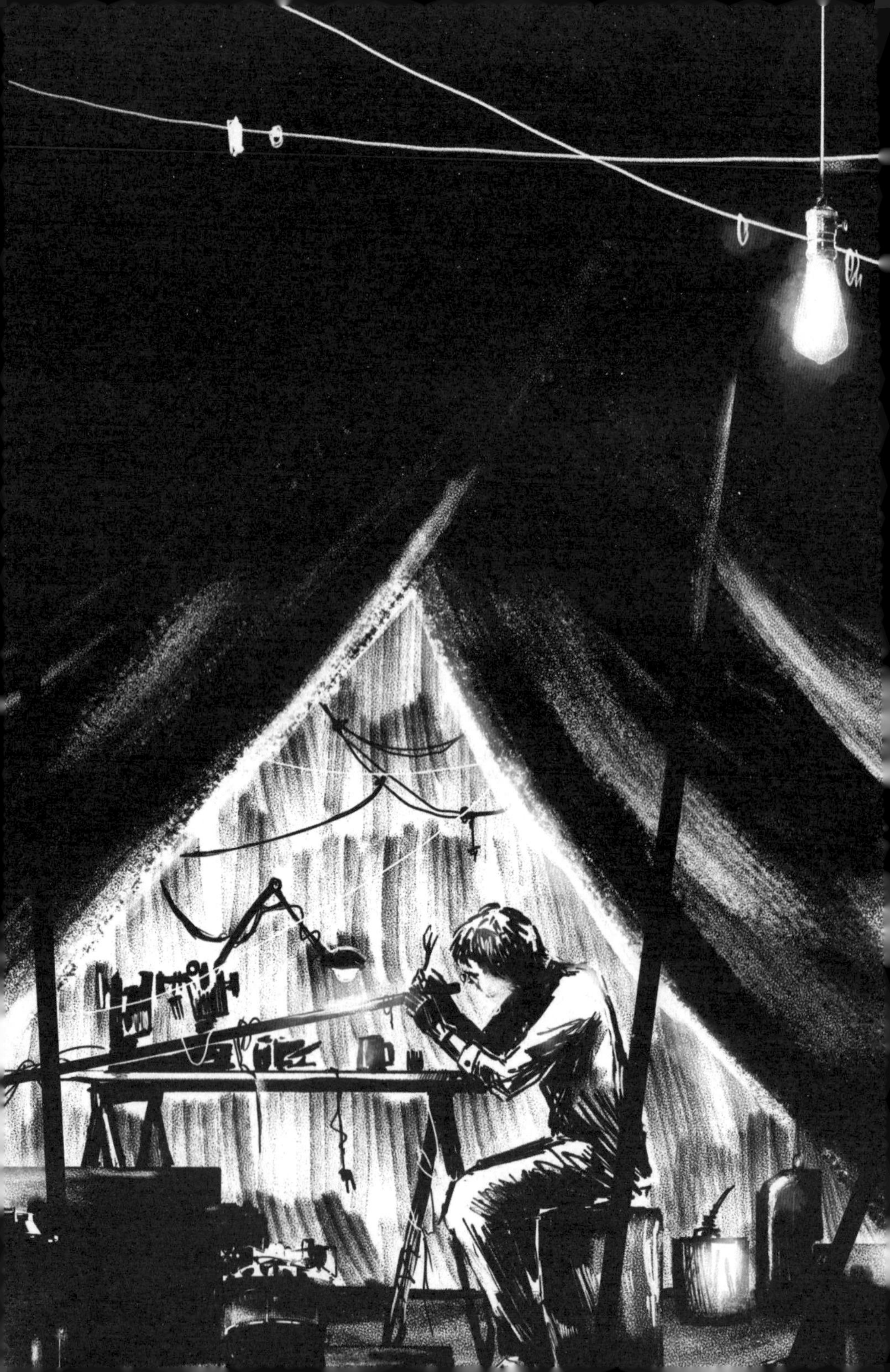

第六部
过去世界的遗物

你可以都拿走。

——游牧王

哪怕我们都不复存在
世界依然会旋转、旋转、旋转
仿佛什么都没有发生

——旧日食人者俳句

第二十九章　丹瓦的一部分

康纳

"你还好吗？"葛罗莱拉问道。她用胳膊搂住康纳。带着瘀伤的肋部一直在发出痛苦的尖叫，但康纳努力不让她看出自己有多疼。他已经决定了，绝不能告诉葛罗莱拉，这次潜沙是多么草率。

"我很好。"他撒谎说，"没什么大不了的。"

"你昨晚没有回帐篷。我在外面转了三圈，到处找你，喊你的名字。今天早上我听说有人发现了一具潜沙员的尸体。康纳，你不能——"

"我很抱歉。我……我不能把他留在那里。我知道捞起他没什么大不了的。潜过沙以后，外面的天气很好，所以我想在星空下睡一觉。"

"为什么不告诉我？"她放开康纳，掸了掸他的肩膀，"你怎么这么无情？你知道我有多担心吗？你要去哪里，都不和我说一下——"

"我当时以为很快就能回来。然后……"

他看见罗伯从斜坡上下来了。一群人聚集在潜沙点,许多人都带着气瓶和装备。还有不少人在围观高高竖立在沙地上的那件纪念品。死去的潜沙员被他的族人抬出了沙坑。今天晚上可能会举行一个火葬仪式。

"在哪里?"罗伯劈头问道。即使围巾遮住了他的半张脸,康纳依然看得出他有多么不高兴。

"什么在哪里?"葛罗莱拉也问道。

"他知道我的意思。"罗伯说。

"就在我的装备旁边。"康纳告诉他。他领着他的弟弟走过去,"抱歉,伙计。我只是借它来——"

"偷的。"罗伯说,"你应该说是'偷'的。"他拿起手杖,仔仔细细看了一遍,又闻了闻。然后恶狠狠地瞪着康纳。"你把它弄得过热了。"

"我想要关掉它。你的平板电脑和潜沙头带都在我包里。"

罗伯把康纳的背包翻了一遍,找到了它们。"你做了什么,打了一口井?这样你就可以潜得更深?"

康纳环顾四周,确保没人能听到他们说话。"小声点。"他提醒弟弟。

"别碰我的东西。它没有塌下来砸死你算你走运。"

康纳还没来得及再次道歉,他的弟弟就怒气冲冲地爬上斜坡,朝他们的营地走去。

"这是怎么回事?"葛罗莱拉问道。

Across The Sand / 275

"我用了我弟弟的东西。"

"你的腿怎么瘸了?你确定没事?"

"是的,我,呃,昨晚从斜坡上下来时扭伤了膝盖。天太黑了。我很好。你知道我总是笨手笨脚的。"

"嘿,你是康纳吗?"有人问。

他转过身,看见几个穿潜沙服的潜沙员朝他走来。

"是。"

"马特!"葛罗莱拉尖叫一声,扑到了一名潜沙员的怀里。康纳从没有见过这个人,不过他显然就是葛罗莱拉的哥哥。他的头发胡子和妹妹的红头发完全是一个颜色。康纳知道他的一点事情:他是滥酒馆的潜沙员,加入了一个帮派——康纳不记得是哪个了。他也微笑着抱住妹妹,但他的眼睛一直盯着康纳。

"这位是你的男朋友?"他问道。

"是的。马特,这位是康纳。康纳,这位是马特。我把你的事都告诉他了。"她对马特说。

他们握了握手。"终于见到你了,我很高兴。"康纳说。

"是的,我也一样。我听说有个潜沙考试不及格的呆子一直想追我妹妹。我就总想找个时间过来对着这个脚夫的鼻子揍上一拳。既然你能够让过世的人得到最终安慰,还捞出了纪念品,现在我觉得我应该对你好一点了。"

"哦,别说了。"葛罗莱拉拍着他的胳膊说,然后又转向康纳,"别听他的,他其实是个心肠很软的人。"

"待会我想请你喝一杯,听听你的潜沙故事。"

"当然。"康纳说。他瞥了葛罗莱拉一眼,想知道自己能说些什么样的故事。关于这次潜沙,他还是得隐瞒很多细节。人们都在看着他,祝贺他的成功——这让他感到不舒服。如果他们知道了真相,一定会生出不少麻烦。

马特的一个朋友说:"不知道你要怎样处理这东西,也许先要看看它是不是值得分解,把里面的金属取出来。"

"是啊,我还没想过呢。"康纳说,"我刚睡醒不久。这东西对我来说还很新鲜。"

"对收藏家来说,这可能值一大笔钱。"马特说。

康纳想起了格雷厄姆,想到他会多么喜欢这样的东西。不过首先要把这东西送到泉石镇。他真无法相信这东西竟然有这么大。他以前捞过的东西,最大也不过是它的一半。如果当时康纳知道自己拖的是什么,也许就没办法把它捞上来了。

"想不想去吃点早餐,我们聊聊?"葛罗莱拉问马特,"还是你要潜沙?"

"好啊,当然。我们本来要去潜沙的,但多亏了你的这位脚夫,今天这里大概要乱上一阵子了。一定会有很多游客跑来观光。"

"我要去看看罗伯,还要给我的潜沙服充上电,再把气瓶加满。"康纳说着就要把装备扛在肩上,但其他潜沙员已经拿起了他的背包和气瓶。

"用不着,伙计。这些事我们来干。不就是充气和充电嘛。"

"你们不需要——"康纳说道。

"我知道。"马特说,"但你本来也不用把去世的潜沙员拉上来。"

"他是你的族人吗?"康纳问。

听到康纳这样问,马特身子一僵,表情都变了。"听着,脚夫,你也许会潜沙,但如果你真的成为潜沙员,你就会知道,一旦你死了,就没有什么家族需要计较了。等我们到了那个地方——总有一天,我们都会找到通往那里的路——那时我们都是兄弟。"他拍了拍康纳的肩膀,这也是葛罗莱拉喜欢的动作。"你今天做得很好,孩子,即使你似乎还什么都不懂。"

"谢谢。"康纳说,"我也这么觉得"。

马特和他的朋友们带着康纳的潜沙装备,快步爬上斜坡。葛罗莱拉吻了一下康纳的脸颊。"等会儿见。"她说,"他也许喜欢你,但我还在为昨晚的事生气。"她转身跟着哥哥走了。

"太好了。"康纳独自站在沙坑底部,自言自语地嘟囔。他的女朋友因为他撒谎而生他的气,其他人却都在赞扬他,尽管他其实还撒了另一个谎。"干得不错,康。"他喃喃地说着,一瘸一拐地爬上斜坡,朝营地走去,留下了他那块丹瓦碎片做成的纪念碑和一群端详它的人。

······

"它坏了吗?"康纳问道。他刚从食堂拿了一杯热茶,走进纳特帮他们在储物帐篷后半部分搭建的临时车间。罗伯果然在这里。康纳端着茶,看自己的弟弟摆弄被他借走的东西——或者是偷走的，不同的人自然会有不同的说法。他希望罗伯能把它修好，这样他就不会那样内疚了，同时他在乎的人也不会那么生他的气了。

"如果你不碰我的东西，它们就不会那么容易坏了。"罗伯说，"或者，如果是在自己的工作室里，至少我还有合用的零件。"他在用钳子和螺丝刀鼓捣手杖的一端，一只眼睛前面挂一片放大镜。当他在放大镜后面眨眼的时候，样子显得格外滑稽。"我想，是你不知道搞了什么操作，让它进入死循环。我只能先耗尽这些电容器，好进行重置。"

"它变得非常热。"康纳说，他不像弟弟那样，有那么多词汇可以用来解释这些装备的问题，"我本想要让它停住的。"

"我不能一边工作一边说话。"罗伯说。这是个彻头彻尾的谎言，但康纳明白弟弟的意思。于是他尽量小声地喝着茶。过了一会儿，罗伯抬起没有放大镜的那只眼睛看着他，"你与其站在那里像块没用的石头，至少可以过来帮我拿着这个探针。"

康纳放下茶杯，拖着一条腿走到工作台旁边。"很高兴能帮忙。"他说，"什么是探针？"

"把这个尖东西压在这根电线上。你的膝盖怎么了？"

"扭了一下。"康纳拿起那根金属针，放到罗伯指的地方，"好了吗？"

"好了。"罗伯说，"不要动。"他看了看自己的小万用表，把手里的探针移到另一个地方，"潜沙时扭到了？你潜了多深？"

"我记得最后一次看到的读数是四百五十。在那之后，我就只是专注于呼吸和移动。"

"井有多深?"

"不知道。七十五?"

"嗯。"罗伯说。

"你问这个干什么?"

"想知道你离送命有多近。好的,这样就行了。我知道出什么问题了。"

罗伯收起探针,把康纳赶到一边。康纳拿起茶杯,打量着他的弟弟。"别告诉葛罗莱拉,好吗?"

"无论如何,伙计。"罗伯缠好电线和探针,把万用表拿开,"别在用我的东西时死掉。你知道我会有什么感觉吗?"

康纳点点头。"是的,这么做很愚蠢。我很抱歉。"

"下次有事和我说,我会在你身后保护你。只有傻瓜才会独自潜沙。"

"那时我有些自责。"康纳说,"就在吃晚饭的时候——"

"是啊,每个人都在不停地说帕尔默和爸爸,还有其他人。你觉得我感觉如何?"

"至少你有这个!"康纳朝工作台挥了挥手。

"这个?这对我来说很容易。潜沙对你来说很容易。没有人会重视自己擅长的事情,所有人都只会盯着希望能做得更好的事情。你愿意像哈普一样被人们记住吗?就像那块板子上的名字?毕竟你昨天就是这么干的。"

"是吗?你呢?我们就是因为你才会跑到这里——"

"你早晚都会'跑到这里'。"

"——你在追一帮小偷,他们差点害死你——"

"不是你说的那样。"

"随你怎么说。你叫我别碰你的东西,但被偷走的是我的靴子,是爸爸给我的,我还没有决定把它给你。"

罗伯沉默片刻,把放大镜从眼睛上拿下来,揉了揉脸。"我还有很多工作要做。希望一会儿能有人给我带点吃的来。我会一直在这里。"

"好的。"康纳说,"如果你需要我,我就在这附近。"

在那天剩下的时间里,康纳觉得葛罗莱拉和罗伯一直在躲着他。而营地里的其他人却都在找他。人们想知道他吸掉了多少氧气,他是否使用了混合空气,他使用了什么样的面罩和头带,他的潜沙服上有什么设置,他是否进入了建筑物。帕尔默告诉了他什么秘密,才让他能够潜到那么深。

午饭时,他完全被潜沙员包围了。纳特找到他,把其他人都赶走了。"别碰这孩子。"他说,"让他把该死的饭吃完。你们还有工作。"

"谢谢。"康纳说,很感激纳特为自己争取到的空间,"再次感谢——"

"别再谢我了。在我看来,你们现在已经是龙之谷的人了。下次你被抓伤的时候可能会流出紫色的血。"

康纳笑着咬了一口三明治卷。

"嘿，你想怎么处理你捞上来的那东西？你知道，这可是历史性的。第一件真正属于丹瓦的东西。它可能已经成为这座城市的一部分很久了。有兴趣把它卖掉吗？"

"你在出价吗？"康纳问。

纳特歪着头。"嗯……我想我们可以想想办法。我手头很紧，毕竟有一大片营地要建设。而且我在高墙倒塌的时候几乎失去了一切。现在这项事业不便宜，要保证所有这些男孩和女孩的食物和水，雇佣新成员，确保其他帮派不会变得太大，让我们有一天无法抵御。不，我想先付定金，直到我们谈好价钱。我只是不想看到任何人把它变成废铁，或者用糟糕的价钱从你手中偷走它。"

"定金是怎么回事？"康纳问。

"哦，这是一种常见的潜沙员交易方式。我现在给你五十个硬币，只是确定你不会再把它卖给其他人。如果还有人出价，我有权以同样的价格把它买下来。"看到康纳震惊的表情，他举起双手，"嘿，我不会只用这点钱就买下它。我只是想把我的名字排在购买者名单的最前面。仅此而已。而且这五十硬币不算在报价之内！"

"我们从你那里得到的食物和饮料早就超过五十硬币了。我是说，我们已经欠了你的——"

"不是一回事，这没什么。你说呢？拜托，它可是被一头龙之谷的龙从丹瓦带出来的！是一头龙干的！"他拍了拍康纳的后背，对着桌子周围的其他人露出微笑，亮出了他缺了一颗的牙齿。这让康纳突然想起了自己昨天晚上走下去的那个黑色的井口。

"好吧，我接受定金。"康纳握了握纳特的手，周围的人都在拍桌子。

"好，很好。我之前看到你的女孩和一些军团的男孩在一起。有什么我应该担心的事吗？我们和他们有些过节。现在算是休战了，但还有旧账要算。你得留意——"

"哦，那是她哥哥。"康纳说，"别担心。"

纳特长吁一口气。"啊，原来如此。好的。享受你的饭菜吧。别让这些小子打扰你。"

"对了，纳特，"康纳说，"我看到昨天捞上来的东西里有一些书。你介意我借一本吗？"

"当然不介意！想要就拿吧。"他在腰间的口袋里摸了摸，数出一些硬币放在桌上，"趁我还没忘记，给你，定金。"

康纳拿了钱和他的三明治，不等其他人问他有关装备的问题就离开了。他发现了一本书，看起来很有趣。他觉得可以躺在帐篷里，看看书，休息一下膝盖，避开所有人，安静地待上一天，至少先等外面变得平静一些。

在食堂外面，他看到罗伯正朝潜沙点走去。

"嘿！我还以为你一整天都会待在车间里呢。"

"差不多。"罗伯说，"我只是想测试一下。确保你的烂摊子被收拾干净了。"

"我跟你一起去。嘿,等等,我走不了那么快。"康纳跛着脚跟在弟弟后面,只能把体重都放在右腿上。"你什么意思,有什么烂摊子要收拾干净?"

"痕迹。"罗伯放慢脚步,好让康纳赶上来。"你制造出的那些硬碴。断电以后,它们会失去凝聚力,但还是会保持一部分原先的形状,除非受到干扰。"

康纳想起了自己在水泵周围看到的碎片。"是的。"他说,"我见过。"

"所以,如果你不动一下那些沙子,任何有脑子的人都能看出你做了什么。"

"哦。是在上一口竖井同样的位置干的,希望我的痕迹——"

"是的,我也这么希望。"

康纳跟着罗伯来到坑底。他在旁边伸展了一下手脚,而他的弟弟启动了手杖,将它连在头带和面罩上。几乎没有人注意他们——所有人都聚集在那块现在被称为"针"的大型打捞物周围。一些人带着相机,在它周围互相拍照,或者合影。

罗伯把手杖滑进沙子里,静静地坐着,显然是从面罩里看到了什么。

"看起来不错。"他说,"你很幸运。"

"这东西又能工作了。"

"你没有把它彻底毁掉。"罗伯承认。

康纳如释重负。

罗伯把手杖拔出来。"我想,你现在欠我一个人情,有义务陪我去一次那片绿洲,看看我们能有什么收获。"

"好吧,好吧。"一次短途航行应该没什么问题。现在他也不可能带着一只变形的膝盖潜沙。他朝"针"点了点头。"既然到了这里,你至少应该看看我的战利品吧?"

罗伯耸耸肩。"好的。"确认设备可以正常运行之后,他似乎没那么生气了。"你先用这个吧。看你那一瘸一拐的样子,真让人心烦。"他把手杖递给康纳。

"你确定我可以碰它?"康纳问。

"是的。我对它做了改进,所以你不知道如何重新打开它。"罗伯笑了。康纳也笑了。

"这东西绝对一流。"他领着弟弟穿过围着"针"的人群,"当我把它提上来的时候,根本不知道它有多大。你觉得它有多重?"

"不知道。"罗伯说,"看起来很重。半吨?"

"针"周围的一些潜沙员在喝酒。一支潜沙队正在附近拆下身上的气瓶。他们的头发被汗水弄得乱蓬蓬的,脸上带着疲惫和沮丧——这种表情在这段时间里很常见。看样子又是一支拼命想要进入那些地下大楼却无功而返的队伍。

"你这个混蛋!"有人高喊一声。一个年轻的潜沙员从人群中挤出来,走向康纳,面孔因为愤怒而扭曲。"这不是你的!"他仿佛要向康纳挥出拳头,但有人从后面抓住他,叫他不要闹事。"霍尔特是为了打捞它而死的。它不是你的!你根本就不是潜沙员!"

"喔。"康纳向后退去,他不想打架。

愤怒的潜沙员被人拉开,有人在劝他。一阵尴尬的停顿之后,大家又继续聊天。有一个潜沙员拍了拍康纳的背。"忘了他吧,打捞就是打捞。"但很明显,并不是每个人都认可这一点,即使打捞的规矩已经明确了所有权。

康纳环顾四周,寻找罗伯,希望他没有被刚才的对峙吓到。但罗伯似乎完全不在意他遭遇了什么,只是跪在那根"针"旁边,手按在它的金属表面上。康纳走到他身边,看到罗伯正盯着这根圆柱体上的一块嵌板。

"你介意吗?"罗伯问道。他举起一把多功能工具刀。上面的螺丝刀已经被拉了出来。

"介意什么?打开它?"

"是的。看看它里面是什么样子。"

康纳耸耸肩。"没问题。"

有人走过来,递给康纳一只有凹痕的杯子,里面散发出一股麦芽土酒的味道。他试图礼貌地拒绝,但他们坚持要向他敬酒,于是他和他们碰了杯,喝了一口,然后就把杯子递了回去。当他转向罗伯时,他的弟弟已经把那块嵌板拿掉了,正往嵌板后面的洞里端详。他的手里拿着一盏小小的头灯,照亮了这东西黑黢黢的内腔。

"里面是什么样子的?"康纳问道。他跪在弟弟旁边,想要亲眼看看。

罗伯眼睛睁得老大,下巴耷拉着。过了一会儿,他忽然笑得连嘴都合不拢了。

"我认为这是一根天线。"

第三十章 开枪

安雅
五天以前

"只要瞄准,然后射击,就行了。"布罗克说,"没什么难的。"

父亲一只手放在她的背上,另一只按住她的肩膀。安雅扣下扳机时努力想要把枪稳住。枪声很可怕,枪身在她手中猛地向上跳起,让她差一点把枪甩出去。三十步开外,一股沙子腾空而起。几寸以外的玻璃罐完好无损。

"好多了!这次接近目标了。再试一次。"

"耳朵疼。"安雅说着把枪还给父亲,"我更喜欢帆船。"

父亲从她手里拿过枪,插回到后腰的枪套里。"拥有一把枪比实际使用它更重要。"他说道,"在城市中,枪是一种图腾。它让人们知道你有权力。扣动一下扳机,就能杀人。所以你应该明白,为什么帝国要废除这些东西。"

"乔纳怎么花了那么长时间?"安雅问。他们在泉石镇北部停住萨弗船,好让乔纳上厕所。最近这几天,他们一直待在丹瓦,忙着召集潜沙队,贿赂帮派头目。

"你还好吗,小子?"布罗克喊道。

"还有点问题。"乔纳从萨弗船的另一边钻出来,提着裤子。"我还是不知道该怎么系这个。"

安雅笑着去帮他。"你得先把它们绕到后面去。如果你只是把它们系在前面,它们就什么用都没有。"在三个大人准备开船的时候,她帮乔纳系好了裤子。

"我想念沙丘虫。"乔纳在安雅给他的裤子打结时说道。

"你已经说过一百万次了。你也知道,你可以留在绿洲的。"

"当时没有人这么说。"

"好了。再过几天,我们就能离开这里了。"安雅说。

乔纳皱起了眉头。"你说话就像你父亲。"

安雅笑了。她和乔纳爬上萨弗船,问父亲是否可以由她来操纵主帆。

"去吧。"父亲说。

安雅把绳子绕在绞盘上,转动手柄,直到帆桁滑开,船帆绷紧,不再随风飘摆。达伦接通了电源,萨弗船又开始移动了。

在丹瓦,安雅努力在营地各处发挥作用,这样她爸爸就不会后悔让她跟着。她第二重要的事情是确保乔纳不会成为她的累赘。他们俩从一个丹瓦商人那里买到了新衣服。安雅现在更加理解这些衣服为什么没有拉链,也很少有纽扣。拉链会被沙子塞住,戴着潜沙手套很难扣上扣子。

而最困难的事情——她意识到父亲也在努力应对这个问

题——就是管理自己的仇恨。其他事都很简单。驾驶萨弗船并不难,从一个地方航行到另一个地方的体验也不太糟糕。野营更是很愉快,食物比她预想的要好。真正的挑战是和这些人在一起,试着融入他们,和他们交谈,同时还要记住他们是敌人。最后这一点很容易就会被忘记,因为他们都要努力装作自己就属于这个地方。安雅努力把仇恨留在心里。她要记住阿吉尔,记住梅尔的脸,但又不能多到让别人看到她的冷笑,或者怀疑她的眼睛为什么在浪费宝贵的水。她只需要足够的恨意,让自己记得他们为什么要来这里。

安雅到现在都还没有掌握好这种技巧。她的情绪似乎总是在两个极端之间摇摆不定——既同情这些常年过着艰苦生活的人,又想要报复这里的每一个人。

他们把萨弗船停在另外六艘船旁边。父亲拿出一枚硬币,让一群孩子帮他们看船。安雅怀疑唯一可能会破坏萨弗船的就是这群孩子。她发现其中一个男孩在对她微笑,还噘起嘴唇,好像要吻她。安雅向他竖起中指,就像亨利在丹瓦教她的那样。其他孩子开始嘲笑这个男孩。在很多方面,这里和她的家乡没有太大不同。区别也就是语言和食物。

"为什么我们的潜沙师傅还要待在这个破地方?"亨利问,"现在只要是想干点事的人,都跑到丹瓦去了。"

达伦说:"他根本就没想过要去丹瓦。"

"我们真的要用他?"亨利又问。

"他是最棒的。就连耶格利也这样认为。"

Across The Sand / 289

两个人争论的时候，安雅的父亲拍了拍她的胳膊，指着东边说："那镇子曾经有现在的三倍大。那边有一堵巨大的墙，是他们用来挡住沙子的。墙后是他们的高楼，就在远处那艘萨弗船停泊的地方。那堵墙比阿吉尔的任何建筑都要高。"

"真的？"乔纳问。

"嗯，是的。墙还在那里，只不过倒下了，被埋在沙子里，变成了碎块。剩下的这一片是贫民窟。现在也还是，只不过看不出来了，因为没有原先的镇子可以与之比较。"

"我喜欢那堵旧墙。"亨利满怀思念地说，"我们以前在那里过得很愉快，让那些领主自相残杀。"

"你们把整座墙都拆了？"安雅问。她注意到乔纳非常努力地想要跟上他们的谈话。父亲立下的最重要的一个规矩：在城里或附近的任何地方都不能使用他们的常用语。不过乔纳学得很快。很多词汇他们都很熟悉，仿佛这两种语言同出一脉，只是在过去的某个时候它们分道扬镳了。

"我们没有拆它，但我们鼓励了一些人这么干，为他们提供需要的物资，提供关于时间和地点的建议。"

这就是秘诀，安雅早已一次又一次地了解到：不需要一支军队把这些人赶出去；他们已经想要彼此的性命了。他们需要的只是鼓励、恰当的话语和时机正确的刺激。但有没有可能，他们想要致彼此于死地，正是因为她的父亲在这么多年里，一直在鼓动和怂恿他们？

他们来到一系列由木头和金属板组成的永久性建筑前面。

这些棚屋一幢接一幢,有些一直深入到沙丘里面。其中一幢建筑有两层楼高,屋顶上看起来很热闹。布罗克说:"这里是新的市中心。我们在这里吃点东西,然后去找我们要的人。这里有最好的潜沙员,我们仍然需要一些擅长深潜的人。"

安雅点点头。乔纳看上去有些懵懂。他们跟着达伦走了进去,门框上方的铃铛发出"叮当"的响声。他们在门边踢掉靴子上的沙子。父亲朝远处角落里的一张桌子指了一下。这里还有其他几伙人。他们踩着脚进来时,所有人朝他们转了一下头。安雅有一种在丹瓦经历过的感觉——她以为这些人会跳起来,冲向他们,将他们杀死,因为发现了他们是敌人。但这些人的注意力很快又都回到他们自己的事情上。

他们要在众目睽睽之下隐藏自己,这种情形非常奇怪。比安雅小时候玩捉迷藏的感觉还要糟。她被所有人看到,却希望没人能看出真相。但说不定他们能够像潜沙的时候一样,读懂她的心思?

对面墙边上有一些东西引起了安雅的注意。是一些红色球体——新鲜的西红柿。她在房间的另一头都能闻到它们的香气。还有几箱黄瓜、一些绿叶蔬菜。这是她三个多星期以来第一次见到新鲜蔬菜。她从没想过自己再次看到健康食品的时候会这么高兴。

"我们需要买一些那个。"他们坐下时,她小声对爸爸说。

"那当然。"亨利表示同意。

他们刚坐好,一个女人就朝他们走来,盯着他们,面带微笑,就像一个老朋友。她可能只比安雅大几岁,长相很漂亮。"要点什么?"她问道。

一名服务员——安雅意识到。这家餐馆让人觉得像是过去世界的遗迹。

"三杯啤酒,两杯水,菜单上有什么?"

"嗯,你错过了午餐。"女服务员说,"而且厨房今晚不营业。老板有私事。不过我可以做些三明治,炸点新鲜猎物,说不定还有一两份野兔剩下呢。"

"有什么新猎物?"达伦问。

"今天我们有蜥蜴和土拨鼠。"

达伦和亨利都皱起了鼻子。

"我可以只吃一盘蔬菜吗?"安雅问。

女人点了点头。"您要几分熟?"

安雅不明白这个问题,"不,不是煮熟的,就是切成片放在一起。一些西红柿和黄瓜,还有那个紫色的,我忘了名字了。"

父亲在桌子底下踹了她一脚。

"都要生的吗?"女人问。

安雅礼貌地点了点头,意识到说错话的自己一定像肿胀的手指那么惹眼。但女人只是耸了耸肩。"西红柿五枚硬币一个。"

"我们只要五个三明治。"她的父亲说,"另外我们再买些蔬菜带走。"

女服务员似乎松了一口气,她点点头,回到了酒吧。

"这里不做沙拉吗?"安雅低声问。

"不是你想的那样。你为什么不像乔纳那样好好观察一下周围呢?"

"对不起!这些日子里,我还是第一次看到新鲜食物——"

"现在不行。"父亲说。这时另一个女人走过来,是一名年长的女子,看起来不太高兴。她穿着围裙,一边走一边用围裙擦手。布罗克从腹部的袋子里掏出硬币,又对女儿说了一句:"下不为例。"然后他把看上去数量不少的硬币递给了那位女士。"抱歉这样来打扰。我们在一次潜沙中得到了一个热门消息,不想漏货。"

父亲用的是潜沙员的行话。她曾经听到过。

女人收下硬币。"你为什么不把我今天的食物和饮料钱付了?也许还能知道另一些热门消息。"

父亲笑了,又给了她一些钱,似乎让这位女士很满意。"这里没有政治。"她在离开前补了一句。

"怎么回事?"亨利问。

"早些时候我们想在这里招募几个男孩。不过看样子可能性不大。"

达伦用臂肘轻轻推了一下亨利,朝二楼一指。"这里整个地方都变了。只有喝的还不错,但好像已经不做那种生意了。"

安雅的父亲清了清嗓子,看了达伦一眼,又把目光转向安雅。

"那是什么游戏?"安雅问。一些人正在向一个圆形标靶投掷小匕首。

"飞镖。"达伦回答了她,"你想学?"

乔纳用力点头。安雅知道,坐着不说话对乔纳来说是一种折磨。于是他们起身跟着达伦来到一个没人用的靶子前面。

"尽量不要打到人。"达伦说,"这可是有惨痛教训的。"

他们一直玩到三明治送来,这时安雅已经掌握了一些诀窍。他们坐下来,吃了一顿热饭,面包上有生菜和番茄,还有一块油炸的肉,她希望那不是老鼠肉。安雅享受着这一刻。离开风沙和阳光,坐在父亲身边,偷喝一口他的啤酒,在异国的土地上,学习一种新的游戏……她想假装他们根本没有什么消灭敌人的工作。来到这里只是为了做这些。让风带他们去一个新的地方,学习语言,尝试不同的食物,向人们介绍沙拉,然后再去其他地方。

但随着盘子里的面包屑越来越多,啤酒杯见了底,短暂的休憩时光很快就结束了,一切正常生活的假象也随之消失。亨利开始和一个年轻女人在蔬菜摊旁边讨价还价。买卖做成以后,安雅把蔬菜塞进她的包里。走出大楼,他们转而向南。依照父亲得到的消息,他们要找的那个人还在他的旧作坊里,那个作坊在镇上一个荒凉的地方。那里的人差不多走光了,大部分建筑都已经被废弃。父亲说这是个好消息。如果真的谈不拢,用武力对付他会容易些。

"""""""""""""""""""

"你确定就是这个地方?"亨利问,"我记得它更靠近镇中心。"

"这里就是曾经的镇中心。"达伦说,"你在丹瓦看到的大多数供应商过去都在这里开店。当我们拆掉高墙的时候,这个镇子就分成了两半,其中一半去了丹瓦。现在这两个地方都在扩张。"

"高墙的倒塌和他们的扩张没关系。"布罗克说,"那是因为那个潜沙员从我们手心里逃走了,泄露了那个地方的位置。不过这也不重要。丹瓦太深了,对他们毫无用处。他们这么做只会害死自己,而且那边方圆八十公里以内都没有好水。丹瓦是害虫们的致命陷阱。我们正好可以趁机摆脱他们。"

他们来到一扇门前。这道门开在一座高耸的沙丘上。一台孤零零的风力发电机在粗钢索固定的高大三脚架上嗡嗡作响。能看到门里有灯光。布罗克打开门,他们走进一间杂乱的店铺,这里的天花板上挂着好几辆自行车,墙上能看到一排钟表,到处都是铁锈和灰尘。店里看不见一个人。乔纳不由自主地用常用语嘟囔了一声,捡起一辆四轮玩具车,车上一半的油漆都掉了。随后他又放下玩具车,拿起一只高大的灰色红眼睛机器人,递到安雅眼前。

"注意融入当地。"安雅低声对他说。

"我很注意!"乔纳说,"但谁不想看看这个?好了!没事的。"

安雅让那个男孩继续去看他的玩具,自己跟着爸爸和其他人穿过迷宫般的货架,朝后面的一扇门走去。在店铺后面,沙丘深处还有第二个房间。一束光从头顶的窗户中倾泻下来。一根胶合板拼成的柱子穿透了这里的沙丘顶部。有个人在翻弄一箱零件。他抬起头,眼睛立刻睁得像碟子一样大。

"你们在这里做什么?"他问道。安雅看得出来,这人很害怕自己的父亲。她在他们招募的一些潜沙员身上看到过这种反应,这些人以前就和她的父亲打过交道。

"我们需要你接受一份工作。"布罗克说,"这一次,我们不会接受你的拒绝。"

"出去。"老人轻蔑地说了一声,又回去翻他的东西。安雅看到他的手在颤抖。她有些担心这个人会从盒子里拿出一件武器,不过他最终只是抽出了一卷软管。

"你出个价,还能保住性命。"父亲说。父亲、达伦和亨利继续朝老人走去。他们分开站立,堵住了这名打捞者的每一条逃生通道。"只要你和我们合作一次,我们就再也不邀请你了。否则,我们会找到每一个你在乎的人,看看我们能把他们伤害到什么程度。现在,你可以和这个地方以及这里的一切说再见了。"

看到父亲和老人说话的样子,安雅觉得有点不舒服。她提醒自己,他们是在跟害虫说话,而她父亲的工作就是对别人说一些半真半假的话。她看到老人的面孔扭曲起来,好像在做权衡。

"在你想出聪明的办法之前,先把潜沙头带给我们。"达伦向老人伸出手。

老人向后退去,明显是要拒绝。达伦和亨利冲向前,抓住老人,把他的头带扯下来,还扯掉了潜沙服上的电线。安雅看到老人瞥了一眼他们脚下的沙子,猜到他要用沙子和潜沙服来攻击父亲。

"你知道我是谁,对吗?"父亲问。

"我知道你是谁。"那人说。

"你知道耶格利让我失望之后发生了什么。"

老人点点头。

"很好。"父亲说,"一份工作。你来报价。不要让我们失望。"

第三十一章　沙环的舞蹈

康纳
五天以后

"你确定知道自己在做什么?"康纳问。

"是的。只是不确定能不能成功。你能把灯拿稳点吗?"

康纳稳住潜沙灯,罗伯继续研究"针"的内部结构。他们一直等到晚饭时间,罗伯才能开始自己的试验——这时沙坑里终于没有那么多人了。葛罗莱拉和她的哥哥马特从营地的电池库中拖来了两个电源。康纳本想接下这个工作,但因为他膝盖的伤,每个人都在照顾他。所以他负责帮助罗伯,而另一对兄妹负责繁重的体力工作。

"问你个问题。"康纳说,"如果这和你的手杖一样,为什么它会在那些大楼的顶部,而不是底部?"

"因为他们利用空气的方式就像我们使用沙子一样。"罗伯回答,"我知道这一切对你来说很复杂,但其实并不难理解,只需要你给它输入能量并调节振幅。这只是一根大天线。安静点,我正在思考。"

"好吧。"康纳继续看着弟弟工作。葛罗莱拉和马特把电线的一端接在"针"上。罗伯已经安装了一个接线盒，里面有很粗的保险丝——这一部分康纳也能看得懂。"你要我把电源接上吗？"他想要显得更有用一些。

"当然。"罗伯说，"别忘了先把开关关上，谢谢。"

康纳把举手电筒的任务交给了马特，马特似乎是四个人中最困惑的一个，也是对此最不感兴趣的一个。他心里大概在想：我只是在帮我的妹妹和她那些奇怪的朋友。

康纳先确认过接线盒上硕大的旋钮处于关闭位置，然后连接好粗电线回路，用罗伯的一支大螺丝起子把固定电线两端的夹子拧紧。罗伯正在调整"针"的内部结构，似乎做得很顺手，直到他回头看了看电线。"我们需要有更多活动余量。"他解开一捆电线，将这些电线的一端连在"针"上，理顺以后在沙地上放好，确保它们不会缠到一起，康纳意识到了他要做什么。

"你要把这东西埋起来，对吧？"

"不，是你要把它埋起来。把它弄到地下就行。"

这就是为什么罗伯让康纳带上潜沙服的原因。康纳向葛罗莱拉和马特解释了为什么他们需要更长的电线，于是他们俩又拿来了三米长的电线，将它们和"针"上的电线连在一起，同样理顺放在沙地上。罗伯把电线的另一端连在自己的潜沙头带上，站在几米远的地方，康纳从背包里拿出他的头带和面罩。

"你不会潜得太深吧？"葛罗莱拉问。

"不会,就在地面下,不会有事的。"

所有人都向后退去。康纳这才穿上潜沙服,沉入了沙地。他看到还有整整一米半的"针"埋在地里。他松解开"针"周围的沙子,让"针"自身的重量把它坠下去。当扁平的针尖落到地面以下大约一米的时候,他停止操纵沙子,让自己升上去,回到大家身边。

"我让它下去了这么多。"康纳掀开面罩,用双手向罗伯比画着"针"上方沙子的深度。

"好吧,我们来测试一下。"罗伯说。

"这样安全吗?"葛罗莱拉问道。

罗伯犹豫了,歪着头又开始思考。"只要振动……"他只说了半句话,随后又说道,"你们为什么不再往后退一点?"

"那你就坐在这里?"康纳摇摇头,"不,谢谢。我记得你说过,你知道自己在做什么。"

"我说过,我不确定这是否可行。也有很小的可能,这个东西打乱了沙子的结构,我们都会沉下去。不过我认为这种可能性只有百分之一,只有我的话,这点危险应该可以忽略。但你们这帮家伙——"

"马特,打开电源。"康纳说。他也打开了自己的潜沙服。马特点点头,拿出头带,开始接线。"我不会丢下你一个人,伙计。如果我们掉下去,马特和我会把你救上来。不过,葛罗莱拉,如果你不介意向后退两步——"

"想都不要想。"她说。康纳举手投降。

"好,大家都准备好了吗?"罗伯问。

"准备好了。"马特说。

康纳对他的弟弟竖起大拇指。

罗伯伸出手,转动电源接点上的旋转开关。什么也没有发生。"开始了。"罗伯说。康纳第二次紧张起来,他的弟弟打开平板电脑,戴上面罩,调整好潜沙头带。依旧什么都没有发生。然后,沙子开始像心跳一样上下起伏,形成一个个同心圆,跳动的中心就是被埋在地下的针。康纳能感觉到脚下的沙子在微微移动,但几乎没有声音,只有沙粒相互摩擦发出的轻柔叹息。他们三个人在这种几乎完全宁静的环境里,借着头灯的光亮,看着罗伯和沙环的舞蹈。大坑外面,散乱的帐篷里爆发出一阵阵笑声。一颗暗淡的流星划过黑沉沉的天空。康纳觉得自己的呼吸声似乎有些太吵。他想知道这种尝试一共要进行多少次。罗伯正在摸索,让这根"针"不断升高或降低。他已经把这根"针"预定给了纳特,是不是理论上他们不应该……

"成了!"罗伯喊道,"抓住你了!"

康纳看了看弟弟,罗伯摘下面罩,正在向平板电脑上输入些什么。然后他把所有连接都断开,关掉电源,拿上装备,用平板电脑的屏幕照明,快步爬上沙坡。

"你要去哪儿?"康纳喊道,"你就把这些东西丢在这儿了?这些环形的沙子该怎么办?我们做了什么?"

"我们做完了。"罗伯扭头喊道,脚步丝毫没有停下来。

"马特,麻烦你一下可以吗?"康纳问。

"收拾你弟弟的烂摊子?"他看起来并不高兴,"好吧,就这样。我不会留下任何痕迹。"

"谢谢。"康纳说。短时间内他还不打算潜沙。不过他的潜沙服已经充满了电,所以他没有拖着扭伤的膝盖爬出大坑,而是打破了所有潜沙礼仪和营地惯例,沉到沙子里,用他的潜沙服游了上去。当他出现在大坑边缘时,罗伯刚好爬上来。

"你这是作弊。"罗伯抱怨道,"而且是违法的。"

"法律。"康纳啐了一口,然后问弟弟,"要去什么地方?"

"我想看看地图。"

"哦。"康纳关闭电源,跛着脚跟在他后面,"那你看到了什么?"

"许多噪声,噪声的残响。尤其是在这里,他们一直在潜沙。我能看到泉石和滥酒馆——"

"就是说,什么都没看见。"

"确实没看到目标。我的意思是,我看到的的确只是成堆的痕迹,方向矢量和距离数值,但它们是绝对不会出错的。然后我用搜索程序找出了一个像水晶一样清晰的信号,在这里的北边偏东。而且不是残留痕迹。是活跃信号。"

"好吧。"康纳说。他简直不敢相信这根天线真的有用。

他们在巨大的丹瓦地图前停下。这里已经有了三名潜沙员。他们正站在地图的中间部分,其中一个人在标记新的内容,不时会停下来查看一下面罩的记录。罗伯没有理他们,而是直接来到地图最右侧。他在平板电脑上看了一阵。"39度。"他说,

"179公里。所以就在这里的某个地方。"他指着地图最边上的一个潜沙点。"到这个潜沙点有多远？"

康纳从地图中心看起，那里有潜沙员画的一条弯弯曲曲的线，这条线正指向罗伯所说的地点。在这条线的上方用潦草的字体写下了两地之间的距离。"118公里。"他说，"但这种数据不知道可不可靠——"

"那这个呢？"

康纳看了看罗伯指的地方，又扫了一眼通往那里的线路，回答道："152公里。"

"不算远。"罗伯说。

康纳细看弟弟注视的地方。如果按照正确的比例尺，这两个位置甚至都不可能出现在这张地图上。地图上最边缘的地点都只是用箭头、距离和一些潜沙速记符号来表示其地形、深度、潜沙类型、打捞物储量等等。

"这是在无人之地内部。"康纳说，"只有一个泉眼。没有可打捞物。"

"我们的目的地在那里的东边。"

"那就要深入无人之地了。"康纳说。

"我知道你要说什么。省省吧。"他弟弟回了一句。

"是啊，我也知道你会说些什么。那我为什么还要多费唇舌呢？你确定吗？"

"非常确定。现在我们只需要找到一艘船。"

"没错。"康纳说，"希望没人会蠢到真的把船借给你。"

·······llllllı···lllllı·······

他早就该知道。这次探险的任何部分都不会符合他的心意。不仅他的弟弟只工作两天就赚了一大笔钱，而且多亏了康纳前一晚头脑发昏的潜沙，把死去的潜沙员和那根"针"带了上来，现在龙之谷内部就有三支独立的团队，都请求送他们过去。那些人可能认为无论他们要去哪里，肯定都能有巨大的收获。当纳特听到风声——罗伯想搭船去无人之地，他坚持要自己驾船送他们。

康纳表示拒绝：难道纳特不需要留在营地吗？但老领主不接受他的拒绝。然后葛罗莱拉也坚持要跟着。康纳觉得，如果不是自己诸事不顺，那就是弟弟运道太好。

第二天黎明前，他们出发了。如果他们的航速能达到12节[1]，那么大约需要15个小时不间断的航行。他们打算在8点之前到达，那时天还不算全黑。纳特带上了佩尔顿，就是跟他们一起从泉石过来的那个水手。船上最多只能装五个人，否则他们就需要更多的装备和水，速度会受到影响。

昨天晚上，康纳将他们此行的原因告诉了纳特，包括罗伯被绑架和他们父亲的靴子被偷的事。纳特知道那次绑架——事发时他正在泉石，当晚也加入了搜救队。对于康纳的警告，他唯一反应就是背上绑着一把步枪，屁股上多了一把手枪。康纳讨厌

---

[1]每小时航行1海里的速度为1节。在沙地上的航行延续了这种计量方法。

枪支,这又让他感到了命运在忽视他的心情。

他们收好装备,开着航行灯,升起船帆,穿过丹瓦外围分散的萨弗船。康纳和葛罗莱拉站在船头,高举潜沙灯左右挥舞,探照路上是否有障碍。萨弗船冒着危险,在黑暗中缓慢航行,他们看不到其他没有亮灯的船,也看不到在沙丘背风处露营的人,甚至看不到不断移动的沙丘和尽头是死路的沙谷——流动的沙子让沙漠成为了一片不断变化的迷宫。黎明前的天气也很冷。康纳和葛罗莱拉最近才以物易物地买了雨衣,自从维丝扭转了这里的气候之后,雨衣就成了热门商品。为了抵御寒风,他们都把雨衣穿上了,而且现在夜空中没有星星,表明一场雨可能正在朝他们逼近。

在太阳真正升起之前,地平线已经开始发光了,东方的沙丘显出轮廓,康纳和葛罗莱拉也终于能熄灭潜沙灯,拉起满帆,和其他人一起进入驾驶舱。他们借助罗盘快速向东北方向行驶。康纳的心情也振奋起来。离开泉石镇的时候,他们就是乘坐这艘萨弗船。那时他们还对这艘船上的人感到陌生。但那次航行和他们过去几天与纳特的交流,让康纳觉得这更像是一次休闲出游,而不是一场莽撞的冒险。他的船很舒适,他的臂弯里抱着葛罗莱拉,两个人背靠在护栏索上。船帆里鼓满了风,船身摩擦沙粒,发出一阵阵叹息。他几乎忘记了所有恼人的忧虑和压力。行驶中的萨弗船让人感到安心。这就是他一直梦想着逃到别处的原因吗?只为了感受风吹在脸上?看地平线在身边滑过?把现在的一切抛在脑后?

康纳离开驾驶舱,来到桅杆旁,确认了所有潜沙装备都在由风力发电机进行充电。纳特的萨弗船有两个支架式涡轮发电机,都有五只叶片,安装在驾驶舱后方的壁角里,有足够的高度,不会对船上的任何人造成危险。没有了压在绳网上的建筑材料,萨弗船昂首前行,比其他大多数船都要快30%,甚至快得更多。这艘船在沙丘间的动作不那么敏捷,但它带着一根高高的桅杆,让它能一直捕捉到高处的风。康纳不由得开始想象这艘船带着许多战争巨龙的彩绘去战斗的情景。

康纳回到驾驶舱。佩尔顿打开了一只热水瓶,里面装着热茶。他把茶水倒进金属杯里,分给大家。他们五个人聚在一起喝茶取暖。

"我有没有告诉过你,你父亲差点害死过我?"纳特喝了一口茶,问康纳。

"袭击滥酒馆?"康纳想起纳特从泉石起航时讲过的一个故事。

"不,是另一次。"

"就是你们都想爬上长矛峰顶(或者派克峰顶,和潜沙记统一)的那次?"他想起了两天前晚餐时纳特讲的一个故事。

"不,另外一次。"

"哪一次?"康纳问。他听纳特讲过一大堆故事,其中有一些以前他就听过,大部分可能都不是真的。所以他现在不太容易跟上纳特的思路。

"我们第一次见到你妈妈那次。"纳特说。

"哦,这个我知道。"罗伯说,"爸爸在潜沙时救了妈妈的命——"

纳特吼了一声,一拍自己的大腿,因为笑得太厉害而咳嗽起来,不得不用围巾捂住嘴,清了清嗓子。

"救了她的命?什么胡说八道——?"

"不,罗伯说的没错。"康纳说,"爸爸说——"

"你们想不想听听事情是怎么发生的?"纳特问。

康纳耸耸肩。他只想享受这种宁静的气氛。

"我想听。"葛罗莱拉说。

"谢谢。"纳特说,转身面对葛罗莱拉,"在他们的父亲和我成为……我想你可以说,我们是对手,但我们也是最好的朋友。我们其实是一起上潜沙学校的,不过你爸爸比我小两岁,所以比我低一届。他是当时学校里最小的孩子。"

"真的?"罗伯问。

"哦,是的,个子和你差不多。但他是天生的潜沙者。也许这就是他退学的原因。他认为学校里已经没有什么可以学的了。不过他错了。你们很快就会明白他错在哪里。你想要掌舵吗?现在天已经很亮了。"

"当然。"罗伯抓住舵柄。康纳看到纳特仍然盯着那些沙丘,准备在发生状况的时候立刻拿回舵柄。

"你们的父亲有一天突然心血来潮,要潜入学校地下,在女孩们的洗澡间里钻出来,就在女孩们完成训练之后——"

"不。"葛罗莱拉看向康纳,仿佛是在寻求证实。

"我从没听说过这事。"康纳说。

"嗯,我们告诉他,他疯了。不过我们这样说的原因可能和你所想的不一样,年轻的女士。不,我们会这样认为,是因为那时候浴室的水是自然排干的,不像现在这样会进行回收。所以淋浴下的沙子完全是稠粥。泥浆比沙子还多,真的。但你爸爸说他一直在练习稠粥潜沙,所以绝对没问题。我们几个人就跟着他去看热闹。我们真的认为他疯了。"

纳特指了指主帆索绞盘,问康纳:"把它转一下?"康纳开始转动手柄。

"当然,错的是我们。你爸爸一直在一个泉水附近练习,一个人,简直是自杀,他一直在努力深入到稠粥里面,直到他能钻过去。他也因此变得越来越强壮,明白吗?"

"你说他那时还很小。"罗伯说。

纳特敲了敲自己的额头。"小伙子,潜沙员用的是这里的肌肉。当你锻炼的时候,它不会变大,只会变强,而且没有人能看到。这是一种隐藏的力量。"

罗伯笑了。

"是啊,果然,就像他说的那样,他冲破了那里的稠粥,突然出现在女生淋浴间——"

"妈妈在里面吗?"罗伯问。

"在。他就出现在她面前,然后你妈妈一拳打在他的两眼之间。"纳特摆出右勾拳的姿势,"'砰!'鼻子流血了,就这样。想象一下你父亲的样子,他站在那里,满眼金星,女孩们发出杀人一样的尖叫。老师和其他学生都朝那个方向跑过去,想知道发生了什么。所以你可怜的爸爸慌了,想从沙子里逃回去。但唯一的问题是——"

"他的潜沙头带短路了。"罗伯说,"因为水蒸气。"

"正确。那时候男生的淋浴间没有暖气,但女生的淋浴间有。他的身子钻进地里一半的时候,整个潜沙服都短路了。他甚至连给我们发个思维信息都做不到。所以我们一开始以为他是躲在地下,寻找机会,但他一直都没有动静。我们等了又等。像我们这些带着气瓶的还能等下去,但那些只是屏住呼吸的男孩就只能走了。你爸爸也没带气瓶。他屏息的时间比任何人都长。但时间过得太久了。我们用意识呼叫他,没有任何回应,他也完全不动一下。我终于意识到他被卡住了。他原来一直夸口说不会有任何问题。现在他可是遇到了大问题了。当时下面还有我们几个人。唯一的问题是,他被卡在了稠粥里,我们谁也过不去。他真的是被困住了。我对天上所有的神发誓,我以为他会死在我们面前。当时,我们一个星期以前刚刚学习了最后的仪式,还有发现尸体后该怎么做,所以我就开始回想那些课程,但事实上他可能根本就不会有最后的仪式,可能他的肚袋里根本没有硬币给他做一个合适的火葬。当时我坐在那里,试图移动沙子,让他能吸上一口气,同时脑子里就在想这些事。"

"后来发生了什么?"康纳完全被吸引住了。穿着一身短路的潜沙服,在朋友们的注视下,女孩们都在尖叫……

"嗯,你妈妈很生气。她不知道你爸爸被困在下面了——她

Across The Sand / 309

以为他受了惊吓,鼻子被打了一下就跑了。所以,就在他快要窒息,我们都不知所措,所有老师都跑来跑去,想弄清楚谁死了的时候,你妈妈跑回她的储物柜,把她那件满是汗水的潜沙服重新穿上——"

"等等。"罗伯问,"妈妈潜过沙?"他看向康纳,康纳耸了耸肩。

"是的,天才小子,这个故事发生在潜沙学校——"

"我又没去过潜沙学校。"罗伯说。

"好吧,没关系,因为这将是她最后一次潜沙了。总之,她穿上潜沙服,戴上头带,她的汗水完全有可能让那身装备短路,但她不在乎。她有事要做。现在,她知道她不能像你爸爸那样从浴室地面下去,所以她跑到院子里,以为能拦住你爸爸,以为他是逃回到男生那边去了,然后她就从我们的头上下来了。她对我们每个人大喊大叫,用沙墙挡住我们的路,粗暴地攻击我们,我们就都指着你爸爸——"

"然后她做了什么?"罗伯问。

"应该由我们做的事。她没有试图移动稠粥,或者软化沙子,从而开出一条路来,而是把所有干沙子,所有我们和你可怜的爸爸之间的东西,都直接推到我们头顶上方的走廊里。沙子喷涌到上面的走廊里。她刚从那里过来,知道那儿没人,否则这么做可是会杀人的。很多沙子都掉回了她挖的坑里,但一些稠粥也流进了那个大坑里。她又这么干了一次,然后是第三次、第四次。她就这样靠近了你爸爸。干沙子和稠粥混合在一起。根本无法控制,就像……人本能的情感。我能感觉到她在想什么,完全能感同身受。我们都对这种本能的情感心怀敬畏。你爸爸被困在一个湿漉漉的泥球里,最后那个球的一侧陷进了你妈妈挖出来的坑里。你爸爸掉了出来,松散的稠粥在他周围滑落,他的潜沙服还是坏的。他被埋在干沙子里,但仍然不能呼吸,也没办法让沙子流动。不过现在我和其他男孩已经抓住了他,所以我们把他抬到走廊上。他吃力地喘息着,脸色发青,鼻子还在流血,而你妈妈在上面对他大喊大叫,用各种难听的话骂他。说实话,她救他只是为了好好揍他一顿。"

"他们就是这样相爱的吗?"罗伯问道。

"哈。你父亲就是这样坠入爱河的。你妈妈可能用了一两年的时间才接受他,但他一直没有放弃。"

"我不知道妈妈会潜沙。"康纳说。

"真的吗?"纳特显得有些惊讶,"她很厉害,她救你爸爸的时候才十四岁。"

"那她为什么要放弃呢?"葛罗莱拉问。

"不是她放弃的。他们开除了她。"

"什么?为什么?"

"因为她打了你爸爸,用沙子攻击我们。有个男孩的肋骨被她推过来的墙撞脱臼了。你父亲第二年一直在向她道歉,感谢她的救命之恩。他会跑到各种地方,只为了找到一朵小花,带给你妈妈。也许她多年前就是这样爱上园艺的。他们最终成了朋友。等等——他们是怎么给你们讲这段故事的?"

"和你说的不一样。"康纳说,"妈妈说她认识爸爸的时候已经十六岁了,爸爸毕业了。妈妈提起潜沙的时候,就好像她连试都不会试一下。"

"哦,最想要逃避潜沙的人往往是真正潜过沙的人。不管怎样,那一天改变了你的父亲。他曾经认为伟大的潜沙员就是能比别人潜得更远,做别人做不到的事。在那之后,他就不那么想了。他开始花许多时间教我们潜沙技巧,希望我们能比他潜得更好,因为他不希望自己出事的时候没人能救他。反之亦然。我想他再也没单飞过。他变了一个人,更尊重生命,也不再害怕死亡,不过他似乎知道死神住在哪里,只想离死神的门廊更远一些。好了,说够你老爸了。茶要凉了。让我们为纪念他干杯。"

纳特举起杯子喝了一大口。康纳也举杯痛饮。他在想前一天自己与死神擦肩而过的情形,但他一点都不觉得自己变了。他是否应该为此而担心呢?

第三十二章　熟悉的面孔

乔纳

"你能读懂吗?"乔纳问。

安雅的指尖划过这块金属板,肯定是有人在上一次探险中发现了这块板子,然后又任由它被风沙埋起来。他们在把帐篷的木桩打入地面时,在一寸深的沙子下发现了它。"摩根堡。"她出声念道,"1865年。我想这应该是个年份。"

"那这东西就是来自未来了。"乔纳激动地说。

"别傻了。他们可能是用了不同的纪年方式。据说这里是用来保护西部移民的堡垒,以克里斯托弗·A.摩根的名字命名。仅此而已。和炸弹或者地下发射井无关。"

"那就挺无聊的。"乔纳说。

"好吧,我可不认为他们会打广告说,可以让你夷平整个城市,还给你买一送一。"

亨利走过来,把安雅的水壶递给她。安雅喝了一口,又递给乔纳。乔纳总是很渴,却总是忘记喝水,除非有人提醒他。"谢谢。"乔纳说。

"你爸爸说潜沙队的人随时会到齐。重要的是,我们要让部署小组待在萨弗船旁边的帐篷里。只有打捞队和他们的地面支持人员可以使用行动帐篷。我们必须把他们分开。清楚了吗?"

"清楚。"乔纳一边说一边敬了个礼。

"好。"亨利查看了一下他们为新来的人搭的帐篷,"一切顺利的话,我们今天或明天早些时候就能完成了。"

"然后就彻底结束了?"乔纳问。他显然不像安雅那样喜欢这次冒险。对他来说,在绿洲的时光才是天堂——看太阳从树上落下、打牌、与安雅和亨利一起出去玩——哪怕只能做一些简单的家务,每天吃同样的东西,也不是那么糟糕。他可以在那里快乐地生活很多年,即使不是永远。

"快好了。"亨利说,"我明天和你们俩一起回去,把沙丘虫准备好,让布罗克和达伦去当保姆吧。"

"回绿洲去?"乔纳几乎不相信。

"你什么意思,当保姆?"安雅对这个很好奇。

亨利先回答了乔纳,"是的,乔纳,回绿洲去。"然后他看向安雅,"上次,我们把部署的事情交给了这里的人。这一次,我们不能置之不理。达伦和你爸会分头行动。两支队伍,一支去泉石镇,一支去滥酒馆。别担心。"他看出安雅要争辩,就加重了语气,"炸弹爆炸的时候,他们绝对不会在波及范围内,而且他们会在逆风方向。不会有事的。这只是为了确保我们不需要再有下一次。"

"丹瓦呢?"安雅问。

"在丹瓦,我们会用足够多的'老式炸弹'来对付他们。反正那只是个临时的前哨站。我们武装了主要帮派,让他们互相攻击。老战术。在这种事上我们从来没有遇到过问题。别担心,这个计划很合理。"

乔纳说:"上次你们也觉得计划很合理。"

亨利咬着嘴唇没有回答。

安雅向乔纳摆摆手。"我们去帮新来的人吧。"她转身刚要走,又对亨利加了一句,"如果你们俩愿意,可以明天出发。我要去帮助爸爸和他的团队。"

乔纳举起一只手,看着亨利。"我想和你一起去绿洲。离开的时候请不要丢下我。"然后他就匆匆地跑去找安雅,一边喊着让安雅等一等。

他们走向计划中潜沙点附近的行动帐篷。安雅的父亲在那边放了一张地图桌,桌上摆放着相关图表。这显然是一项非常棘手的工作。对于一般的潜沙员来说,这里太深了。下面有一些独立的带盖深井——布罗克称之为"发射井"——每口井里面都有一枚巨大的导弹。不过,他们不需要导弹,只需要导弹尖头里面的一个圆形部件。上一次进入发射井的潜沙队已经不在了,乔纳相信这意味着那些人已经死了。现在他们需要两支队伍,或者一支队伍行动两次。根据布罗克的说法,即使这些竖井没有被埋在三百多米深的沙子里,撬开它们也非常困难。

这些是乔纳从其他人的交谈中一点点拼凑出来的。许多专业术语他都听不懂,只是勉强能听懂潜沙术语。

"嘿,如果我们明天返航——"他说道。

"是你要回去。"安雅纠正他。

"好吧,如果我乘船回去,你们又该怎么回去?"

"我想我们得再偷一艘萨弗船。你觉得现在我们的船是从哪儿弄来的?"

"哦。"

"注意融入当地。"安雅对他说。这时他们正走进营地。

"我一直在融入。"乔纳说。

他讨厌这个命令。他们四个人现在都在对他使用这个咒语,听起来就像在训练一只狗,要么坐着,要么跟在后面。只要他的口音太重,或者他流露出困惑的表情,或者他的裤子系错了,他们就会说:注意融入当地。好像他完全不知道该如何从容应对这些状况,但实际上,这个噩梦一样的地方让他总感觉很不舒服。

他们从泉石镇抓来的潜沙师傅——那位名叫格雷厄姆的老人正在行动帐篷里查看放在一边的潜沙装备。布罗克、达伦和另外两个人站在对面帐篷壁旁的一排图表前面。当乔纳和安雅进来时,所有人都转过了身。乔纳挥挥手,努力按照他认为是当地人的方式行礼。但他这副郑重其事的样子可能只会产生反效果。

"我认为我们都准备好了。"安雅说,这时她的父亲向他们走了过来,"乔纳和我又搭了两顶帐篷,每顶帐篷里可以放四到六个铺位,在西侧,靠近萨弗船的地方。"

"谢谢你们打理好这一切。"她的父亲说。

"这很容易。"安雅说,"我们还派了两组人去东边的水坑取水。等他们一回来,我就能把所有容器都灌满。"

布罗克笑了。"你很擅长这样的事。"

安雅看了她父亲一眼,那眼神乔纳非常熟悉,仿佛在说:"早告诉过你了。你为什么怀疑我?"

罗科把头探进帐篷。他是布罗克和达伦第一次袭击这里时就雇佣过的队员。乔纳觉得他应该是一名守卫,负责确保不同团队的人不会进行交谈,从而无法对他们的计划有更多了解。尽管担负着这样的任务,他却仿佛是这里知道得最少的人。"滥酒馆的萨弗船来了。"他说道。

对乔纳来说,这是个令人兴奋的消息,是完成整个行动,离开这个"克里斯托弗·A.摩根"的最后一块拼图。

他跟着大家走出帐篷。两艘萨弗船正在停泊。船头都蒙了一层沙子,看上去应该是航行了很久。船员们看起来也都很憔悴,但第一个跳到沙地上的人满面笑容地朝他们走来,是斯莱奇。乔纳在滥酒馆见过他。在他们去过的所有地方里,滥酒馆是乔纳最不喜欢的。他们拿出了很多钱和补给,只为了帮助这个家伙招募更多的人和潜沙员,来扩张他在丹瓦的营地。他们其余的钱都流到了另一个帮派那里,而且很明显,这两个帮派之间有着深仇大恨。乔纳觉得这比两个人玩"挖鬼牌"还要蠢。

"布罗克!"斯莱奇和安雅的父亲握手。布罗克拍了拍他的肩膀,一团沙子从斯莱奇的肩头飞起来。

"航行顺利吗?有没有找到我要的人手?"布罗克问。

"最好的人生,绝不是大话。我给你带来了潜沙员的皇室血脉。"

听到这句话,布罗克眯起眼睛。"我倒是听说过。"

"这可是值得庆贺的事!我们在路上买了些啤酒。我先去帮我的人把货卸了,然后向你介绍新队员。"

安雅走上前,也和斯莱奇握了手。"我在那边给你搭了两顶空帐篷。"她告诉斯莱奇,"不参与潜沙的人必须待在营地的这一边,没有例外。只有潜沙员和他们的支持人员可以进入行动帐篷。"

他笑了。"是的,当然。"

"你们休息一下,马上就给你们准备午饭。"安雅继续说道,"还有大量的水。"

斯莱奇揉了揉安雅的头,乔纳知道她不喜欢这样。"谢谢你,甜心。"

安雅向乔纳一招手。"我们帮他们拿装备吧。"

乔纳提起围巾,遮住鼻子和嘴巴,跟了上去。萨弗船上的人正聚在护栏索旁边,整理潜沙装备和补给,准备下船。乔纳从一个看起来和他一样不开心的人那里接过一只气瓶。他身边有一个十几岁的小女孩,正在摆弄另一只气瓶。安雅伸手想帮她。乔纳发现,当那个女孩看到安雅时,眼睛一下子瞪大了。

他们把气瓶搬进行动帐篷,乔纳对安雅说:"你看到那个女孩看你的眼神了吗？我觉得你融入得不如我好。"

"你在说什么？"安雅问。

他们把气瓶和其他设备放在一起。乔纳让两只气瓶撞在一起，发出巨大的响声。帐篷里的人都看向他们这边，脸上带着恼怒的表情。

"小心点。"格雷厄姆说。

"对不起。"乔纳像个当地人一样挥挥手。

他跟着安雅回到外面，继续搬东西。

"那个姑娘。"他指着萨弗船上身材最纤细的那个人，"她的眼睛就像两只碟子，好像看到了一个外星人。我必须提醒你，你得学得像一些才行。"

"你就是个白痴。"安雅说，"拿好装备。我更喜欢你装哑巴的样子。"

"你肯定不是真这样认为的。"乔纳的感情受到了伤害。

他们来到萨弗船旁，他抓起一袋被递下来的潜沙装备。安雅也接住一袋。这次，是她的眼睛瞪大了。当他们朝帐篷走回去时，她甚至跟跄了一下。她没有进入帐篷，而是把装备放在太阳下，转过身盯着萨弗船。

"出什么事了？"乔纳问。

安雅摇摇头。"没什么。我——我想是我太热了。我觉得我好像在什么地方见过那张脸，好像我在学校认识的某个人，但是……我们可能只是在丹瓦见过面。我……我需要一些水。"

她向一旁走去，只留下乔纳独自搬了两趟，把两套装备都放进帐篷里。

乔纳再回到萨弗船旁的时候,最后一批货物已经都卸到了沙地上,营地中的几名队员正在和新来的人打招呼。他们中有些人似乎互相认识。乔纳拿起一只袋子,但那个把气瓶递给他的人对他大喊了一声,让他别碰那东西。乔纳举起双手向后退去。每当安雅离开,乔纳独自一个人面对其他人的时候,总是觉得很紧张,甚至马上又变成了完全不会说话的样子。

"他们有没有说我们该睡在哪里?"另一个人问他。

乔纳指着他和安雅早上搭的帐篷。

"你是个哑巴?"这人对他有些好奇。

乔纳点点头。营地里的一些人笑了,罗科说:"他是乔纳,伙计。他有点迟钝。我们已经在那边把一切都为你们准备好了。"

"这些就是我们新的超级明星?"乔纳听见布罗克用他那洪亮的声音说道。

斯莱奇指着一个新人回答:"是的。这位是马特,潜沙高手。他一直在丹瓦帮我们做事。这位就是我们的神奇男孩,帕尔默——"

融入当地,乔纳想。不知为什么,当他看到布罗克的反应时,脑子里立刻蹦出了这个词——此刻安雅的父亲不再是布罗克,北方荒原的领主,而是变成了那个住在皮克特一家旁边,睡觉时会打呼噜的布罗克。他的全部伪装都消失了,双眼圆睁,嘴巴张得老大。然后,乔纳突然又看到了另一种神情,那种神情越过了所有等级的气恼和愤怒,让布罗克的面色直接变成一片铁青，吓得乔纳想尿裤子。随后布罗克的面色转成火红，血管迸起，太阳穴上的脉搏清晰可见。他伸出双手，仿佛两只巨大的肌肉爪子，意图杀死对面的任何人——所有这一切都发生在一瞬之间，通常这点时间只够一个人和对方握握手。

乔纳朝那个帕尔默转过头，想看看到底发生了什么事。那个刚刚被介绍的潜沙员帕尔默，就是那个因为他碰了设备袋子而斥责他的人。现在，帕尔默把手伸进那只袋子里。当他抽出手的时候，那只手中抓着一样东西。

一把枪。

乔纳距离他只有一步之遥。他看着那个人的手指扣下扳机，听到"咔哒"一声，再次按下，又是"咔哒"一声。布罗克放声怒吼，像被激怒的猛兽一样向帕尔默扑去。

乔纳没有思考，直接做出了反应。他跳起来，抓住那个人的胳膊，"砰"的一声，就像天被撕成了两半，一道闪光几乎使他失明，还有矿石裂开散发出的气味，紧接着又一声巨响，又一道闪光，他的肋部和手臂一阵剧痛，好像整个世界都砸在了他身上。他拖着那个人摔倒在沙子上，就在这时，他想起了姐姐。然后世界就变黑了。

第三十三章　一车队贼

罗伯

罗伯站在沙滩上，左顾右盼，扫视着脚下的世界。透过面罩，他能够像潜沙员一样观察这个世界，看到自己的手杖所看到的一切。能量脉冲从发射器发射出去，再以回声波的形式折返回来。

他们此时正在丹瓦东北一百多公里处，在无人之地的范围内。这是一片很少有人敢于涉足的荒野。他能看见他们的萨弗船留下的痕迹，还有几条向西的潜沙痕迹。在他的正前方，有一块看上去像是硬碴的东西，非常大。他被盗的靴子留下的痕迹已经很模糊了，不过那个痕迹和前方那块大硬碴似乎位于同一个方向。

"运气如何？"康纳问。

"还不错。要再走几公里，那边。"他指了指，然后掀开面罩，用眼睛扫视了一下地平线，看看那里是否有营火冒起的烟，或者是萨弗船的桅杆。但他的视野中只有一座又一座沙丘。

"你确定吗?"

"确定。"

他从沙子里抽出手杖,关掉电源,以节省电容的电量。然后他和康纳走下沙坡,回到其他人中间。太阳开始晒暖沙地。他们的速度没有达到前一天预期中的12节,所以他们在半路上停船过夜,在萨弗船的船桥下宿营,准备第二天早上继续搜索前进。佩尔顿正在煮香肠做早餐。兄弟俩钻进双体船下面避风,这里还有茶点在等着他们。

"不到3公里,就在正北方向。"罗伯说。

纳特点点头。"我们把船开近一点,然后我和佩尔顿潜过去看一看。你们三个可以坐在船里等我们。"

"我也可以潜沙。"康纳说,"我的腿感觉很好——"

"让他们先去看看。"葛罗莱拉用不容置疑的口气说,"他们知道自己在做什么。"她从便携灶台上拿起水壶,给康纳的杯子里倒满水。这时夜幕落下,笼子出现了。

罗伯觉得自己在事情发生之前已经有了预感,但事情发生得太快了,让他很难判断自己的想法对不对。沙地上猛地一震,他身下的沙子变得坚硬,几堵墙破土而出,封住萨弗船周围的空间,挡住了光线。

"怎么回事?"有人低声说道。他们的声音在这个封闭的空间里形成一阵阵回声。但罗伯清楚地知道这是怎么回事,以及是谁做了这件事。他以前也曾像这样被关在笼子里。有人在设备里翻找,可能是在找潜沙灯,还有人在砸硬碴墙。罗伯重新戴好潜沙头带,放下面罩,打开手杖,把手杖尖端放在硬碴地面上,尝试让沙子流动起来,但什么都没发生。每个人都在他周围大喊大叫,让他难以思考。有人在敲打萨弗船的船壳,大声呼救,好像外面会有人救他们似的。罗伯再次集中注意力,这次他把自己全身的重量都集中在手杖上,同时向尽可能小的目标范围发射出一道强大的脉冲,希望能刺穿这块硬碴。

硬碴被穿透了。他碰到了下面柔软的沙子,便立刻探进狭长的裂口中,命令下面松散的沙子变成上百万根小尖刺,向上撞击,打断硬碴内部沙粒之间的联系。笼子被打破了,不仅是地面,还有包围他们的墙壁。光线和空气流淌进来。

罗伯听到哥哥的喊声,但他已经把脚下的沙子弄软,在敌人再次发动袭击之前就潜入了地下。他感觉到自己的面罩差点被沙子从额头上扯下去,于是他伸手拉住面罩,同时命令沙子从脸上流开,但他的控制力却在这时发生了动摇。用手杖移动周围的沙子的感觉非常古怪,而且很不稳定,就像他在用手杖的尖端保持平衡,而重力总想要把他打翻。

他戴好面罩,抬起头。果然,硬碴又开始凝聚。制造硬碴的人恢复了攻势。罗伯扫视周围的沙子。他需要空气。他没有看到潜沙员。如果他的平板电脑在这里就好了,这样他就能追踪袭击者的行踪。他试着侧身移开,远离萨弗船,移动到他能呼吸的地方。

他控制不住沙子。这让罗伯感到一阵恐慌,就和被困在测试坑里的恐惧一样,他周围的沙子在变硬。他清空大脑,把注意力集中在反馈回路上,试图朝一个方向移动,同时确认手杖的反应。重心太低了。他双手交替把这根杆子往上拉,一直将杆子底端拉到肚子附近,这才恢复了平衡。向上,他命令沙子,从下往上推,不断软化上方的沙子,直到他的头露出地面,空气灼烧着他剧烈扩张的肺部。

他听到模糊的说话声,不是来自硬碴笼子,而是来自远方吹来的风。他让身体完全升起来,向萨弗船的阴影跑过去。他的哥哥和其他人仍然被困在两个船体之间。他听到的说话声不是来自他们。是另外一边,那里有人在交谈。

无数想法涌入,他没有头绪。要做什么?攻击他们?解救其他人?

他弯下腰,快步跑到萨弗船头,躲在那里,探头朝另外一侧望去,果然看见了那位老者:就是他曾经在月光下看见的那个老人。老者拿着那根手杖。手杖末端插入地面。罗伯已经学会了他的办法,自然知道他在做什么。老者身边有一名潜沙员,手里拿着扣上箭的弓——罗伯只在格雷厄姆商店的墙上见过这种武器。罗伯立刻明白了:他们要降低硬碴屏障,射杀他的朋友。不管自己要做什么,必须马上行动。

他把手杖滑进沙子里,将自己的意图在脑海中具象化,但在最后一刻,他有了更好的主意。他想起了那些抓住自己的脚、解开靴子、偷走他的宝贝的手。

他让那两个人脚下的沙子变得松散,让他们都落入齐腰深的沙土中,然后他伸出手,抓住老者手杖的底端,用沙子变成的手把它拔出来。手杖连接面罩的电线被扯断了。罗伯不停地把手杖拽向自己,让手杖从地下窜过来,直到他感觉手杖就在自己脚下。他向柔软的沙子伸出手,抓住手杖。

老人和年轻的潜沙员还在奋力挣扎,罗伯已经两手各拿一根手杖,从萨弗船后面走了过来。他正要告诉他们,自己不希望他们受到伤害,这时有人从他身后的沙子里冲了出来。罗伯还没来得及转身,已经有一样东西击中了他的后脑。他的腿一麻,身子倒向一边,眼前一片纷乱,黑暗抓住他,沙子将他吞没,把他带走了。

••••••••••••••••

"罗伯!"康纳喊道。他的弟弟一直就在他身边,现在却不见了。刚才,世界在眨眼间变得一片黑暗。康纳一直在敲打一堵由粗糙硬碴形成的墙。那堵墙忽然崩塌,又忽然恢复如初,片刻之后再次崩塌,这一次没有再恢复。只是现在他的弟弟不见了。康纳在萨弗船周围走来走去,喊着罗伯的名字。

佩尔顿从附近的沙子下面钻出来。"我什么也没看见。"他掀开面罩说。

"他不可能就这么消失了。"葛罗莱拉说。

"永远不要怀疑那个小混蛋的能耐。"康纳说。

"哦,别这样,你不会认为这是他干的吧?"

"我当然会这么想。否则这里还有谁?他手里拿着那根该死的棍子,你也看到他能用它做什么。如果不是他干的,他又该怎么逃出去？我发誓，这些全都是他的游戏。他认为那些人是无害的，所以他只想让我们把他带到足够靠近那伙人的地方，这样他就可以偷偷溜出去，自己把那双愚蠢的靴子拿回来。"

"他说他们在这里以北3公里。"纳特说。他正在把他们的露营装备搬到绳网上，"所以我们知道他要去哪里。"

"他也有可能在撒谎。"康纳说，"我不会相信他说的任何话。"

"这是我们知道的全部线索。佩尔顿，把帆拉起来。孩子们，帮我收拾好剩下的装备。我们出发。"

康纳不喜欢这个计划，但他也没有自己的计划。他从一开始就知道这次探险是个糟糕的主意。

"""""""""""""""""""""

罗伯在自己的床上醒来，毯子很舒适，但他的头下面是一块石头，不是枕头。他晕晕乎乎地伸手到后面，想把那块石头推开，结果他的脑壳传来一阵刺痛，让他差点昏过去。原来不是石头，真的是枕头。他的疼痛来自脑壳里面，而不是外面。

他想坐起来，但房间在他周围旋转。这是一个小房间，只有一张床，四周都是墙，就像格雷厄姆家工作台下的那张床一样。但这不是格雷厄姆的家。他开始努力回忆自己身在何处。在丹瓦？不，是在北边。他的潜沙头带还在额头上，他伸手去调整，才发现那只是绷带。

终于，他慢慢坐了起来。嵌在墙上的门板缝隙中透进来一些光线。罗伯摸索着找到门闩,把门打开。

明亮的光线让他的头骨更疼了。罗伯不由得挡住了眼睛。外面有些动静。隔壁房间里有一个他认识的女人,头发梳成许多小辫子,是拿走他靴子的潜沙员之一。那是多久以前的事了?一个星期。

"莎娜。"他喃喃地说道。这是她的名字。

"瞧,我告诉过你他会活下来。我几乎没用什么力气。"

另一个年轻人坐在她身边的桌子旁。是鲁克。他的前臂上绑着一把大匕首。

"我在哪儿?"罗伯问。

"标准的仨民话。"莎娜说,"总是想要确认自己在一个固定的地方。我们要在你的朋友找到我们之前转移你。你在我的流动房子里。他们让我带着你,因为是我抓住了你。我救了他们的命,结果就得到这种感谢。"

罗伯从床上跳下来,靠在墙上才稳住身子。透过一扇窗户,他看到沙丘正飞快地向后移动,仿佛是在不断流走——一个发了疯的世界。过了一会儿,他的脑子才清醒过来,意识到沙丘根本没有移动,而是这个房间在移动。

"我们要去哪儿?"

"别再说话了,喝点水。还记得我的搭档吗?"

"是的,我记得。鲁克。你们俩偷了我的靴子。"

"我们只是拿回了属于我们自己的东西。"鲁克说。

"喝了它。"莎娜说道。罗伯看着她把粉末倒进一杯水中,用手指搅了搅。

"不,谢谢。"罗伯对她说。

莎娜吸干手指上的水。"这不是毒药,会让你的头感觉好一点。很抱歉把你打得那么重。我不知道你只是个孩子。我看到你把我的朋友们拖进沙子里,还以为你要埋死他们呢。"

罗伯接过杯子闻了闻,喝了一口。

"全喝了。我保证你会感谢我的。"

罗伯喝光了水,把杯子放下。

"现在呢?"他问道。

"好吧,如果我能说了算,我们就会把你留在那里,也就不会有这次谈话了。但那些管事的担心我杀了你,我们又不能在那里照顾你。既然你起来了,我们就把你放在前面的一片绿地上,帮你生一堆火。希望你的朋友们够聪明,能找到烟雾。如果没有,那你可就真倒霉了。"

"如果由我做决定。"鲁克说,"既然你没死,我会立刻把你丢出去。"

"哇,很高兴你们都不是管事的。"罗伯说。

莎娜笑了。"我们是好人。"

"我的朋友呢?你们丢下他们不管了?"

"是的,但我们会密切关注他们。他们向北航行到了我们的最后一个营地,显然你们一直在监视我们。早饭后要来袭击我们吗?你知道,那不会有好结果的。"

"你们很幸运。"罗伯说,又摸了摸自己的后脑勺。

"幸运?"莎娜问道。

"我已经抓住他们了。要不是你在我后面——"

"是啊,我们永远也没法知道会发生什么,对吧?不管怎样,管事的人想和你谈谈。所以你先吃点东西,等你感觉可以了——"

"那个拿走我靴子的家伙?"罗伯说,"我已经准备好了。"

莎娜笑了。"你的执着会害死你的,孩子。"

"我哥哥也总是这么说。"

房间摇晃了一下,但似乎只有罗伯受到了影响。一座高大沙丘遮住了一侧的窗户。这个房间又和康纳家里的厨房非常像,一时间让罗伯有些分不清自己身在何处。

"你管这叫'流动房子'?"罗伯试着念出这个词。

"是啊,如果你不想说那么多字,就叫它房车吧。"

"你住在这里吗?"

"你不是还住在沙子下面吗?"她问道,好像住在沙子下面更糟糕一样。

她站起来,走到房间另一端,打开一扇门。一股暖风伴随着阳光吹进房间。他们前面有一堵看起来像沙子的墙,相对于他们所在的房间,这堵沙墙在微微晃动。

莎娜打开墙上的一扇门,挥手示意罗伯跟上来。"注意缝隙。"她提醒罗伯。这句话让罗伯有些莫名其妙,直到他看见两扇门下面各自的小平台之间有一小段距离。沙漠地表在这道缝隙中疾驰而过。没有什么东西把这两辆车连在一起,但它们依然仿佛是一个整体。只有沙丘在它们两侧不断飞过。

"别磨蹭,沙子都吹进来了。"莎娜说,"走吧。"

前面的房间和他离开的那个房间差不多,不过家具位置有些不同。一面墙上画着一幅画,画的是群山和一个微笑的大太阳。一位老人坐在椅子上,正用一根针缝补潜沙服。两个比罗伯小的孩子坐在房间里唯一的桌子旁,每个人面前都摊开一本书。他们从书本上抬起头,目瞪口呆地看着罗伯。罗伯知道自己一定也在目瞪口呆地看着他们。

"还要过两个房间。"莎娜说着,捅了捅他的后背,一边对那位老先生说,"对不起,谢佛龙。只是路过。"

"我的家就是你的家。"那位老人口中说着,眼睛却始终没有离开罗伯。

鲁克跟着罗伯走进来,关上门。莎娜打开了房间对面的门,露出前面的又一堵沙墙。罗伯觉得这一切都那么不真实。再次走过房间之间的空隙时,他朝旁边探出头,看见了这辆飞驰的房车在沙漠上留下的一长串影子——它看起来像一个珠串,至少有十几颗。罗伯没看到这串珠子的末端。

莎娜催他继续向前。他走进另一个房间,里面有一家人正在吃饭。罗伯经过时不好意思地挥了挥手,就跟着莎娜穿过了对面的门。下一个房间有些不一样。这个房间对面没门,只有一大片窗户,显示着迎面而来的沙丘。窗户前摆着两把椅子,都朝着前方,也都有人坐在上面。其中一位有一头浓密的白发。罗伯一眼就认出来了——是那位老者。听到他们进来,他转身站起,走向他们。

"你的头怎么样了?"他问罗伯。

"很疼。"罗伯说。他低头一看,发现那人穿着他爸爸的靴子。

老者捕捉到他的目光。"知道吗,它们非常合脚。我取出了你所有那些有趣的……添加物。你饿了吗?"

"不饿。"罗伯说。

"很好。"他朝莎娜和鲁克点点头,"你们可以离开了。"

"你确定吗?"莎娜问道。

"当然。比格内特和我在一起。"他向坐在另一把椅子上的人点点头,那个人还在看着前方,"不会有事的。你不会伤害我们吧,罗伯?"

"不能保证。"罗伯说。老者笑了。

"来,坐下。我饿了。如果你没有,你可以陪我一起吃午饭。"他挥手让两名潜沙员离开。两个年轻人从来时的那扇门离开了。罗伯能看出来,他们很不愿意。

"我们现在是怎么移动的?"罗伯问。乘载他们的这个东西完全没有帆的影子。

"就像你在沙地里移动那样。"老者说,"你很会提问。"

"我不是潜沙员。"罗伯说。老者指了指一张有扶手的舒适椅子。但罗伯没有理他,径直走到大窗前。坐在玻璃窗前椅子里的男人——比格内特——仿佛完全无视他的存在。

"你愚弄了我。"老者说,"我活了这么久,已经没有多少事情能愚弄我了。但你上周就给了我三次惊喜。过来坐下,陪陪我,请。"

罗伯能感觉到自己的肾上腺素在逐渐减少,他的头又开始抽痛。同时他还觉得有些昏昏欲睡。也许是因为刚才喝的药。他在大椅子上坐下来。老者把几只罐子里的东西放进搅拌机里,又从一个小冰箱里拿出一些蔬菜,也放进搅拌机,然后开动了这台噪声奇大的搅拌机,将搅好的混合物倒入三只罐子,在上面撒了一些种籽,将一只罐子递给比格内特,另一只放在罗伯旁边。"也许你过一会儿会饿。"他坐到罗伯对面,喝着罐子里的汤水,打量了罗伯一会儿。

"你第一次让我吃惊,是你提到格拉希姆——"

"你是说格雷厄姆。"罗伯问,"他怎么了?"

"据我所知,他已经死去二十七年了。他曾经是我的家人,后来他背叛了我们。你说这双鞋来自你父亲,而不是他。他们是朋友吗?"

"是的,但靴子是我爸爸的,不是格雷厄姆的。他跟这双靴子一点关系也没有。"

"所以他仍然不是个愿意说实话的人。人都不喜欢改变。在你明白这一点之前,往往已经很老了。"

"你是谁?"罗伯问。

"哦!请原谅。真是失礼。我不习惯认识新朋友。我是丹尼。那位是比格内特。他正驾驶着我们幸福的家。我们是游牧民,是最后的游牧部落,而我是部落里最老的,所以这些愚蠢的家伙称我为他们的国王。"

"游牧民。"罗伯说,"我听说过你们。流浪的部落。有一段时间我还以为你是从我姐姐炸毁的城市来的呢。"

正在喝汤的老人似乎被噎了一下。他用手背擦擦嘴。"你姐姐?"他眯起布满皱纹的眼睛,"你是谁?"

"罗伯·阿克塞尔罗德。我父亲是法伦·阿克塞尔罗德。我姐姐是维多利娅——"

"阿克塞尔罗德。"丹尼说,"我很久没听过这个名字了。你是怎么认识格雷厄姆的?"

"他是我的朋友。我和他住在一起,和他一同工作。"

"他从来没有提起过我们?没说过他曾经在我们这里的生活?"

"从没有。"罗伯回答。

"这是他教你做的?"那人伸手拿起罗伯的手杖,把它放在面前的桌子上,"它很粗糙,但非常有效。"

"不是。我看到了你的。"

"天啊!天啊!你真是充满了惊喜。靴子的改动呢?也是你做的?你从哪儿学来的这些东西?"

"通过拆卸其他东西。我要拿回我的东西,我要你们送我回到我朋友那里。他们认为你们都想杀我,他们有枪,还有许多强大的潜沙员——"

"哦,饶了我吧。"丹尼摆摆手,"这样吧,我们来交换一下秘密,你和我。公平交换。然后我们会让你下车,让你的朋友知道在哪里可以找到你。"

"你要把我的靴子给我。"罗伯说。

老人笑了。"我相信你没有这么有价值的秘密。但这样吧,我先说。这个秘密是免费的,只给你。这双靴子是一百多年前制作的第一套潜沙服的一部分。我把剩下的衣服都挂在后面房间的墙上了,如果你想看的话,可以去看看,虽然它穿起来并不是太合适。那是我奶奶做的——包括靴子。所以这双靴子应该属于我。你是不能拿回去的。绝对不能。这就是秘密和警告。现在轮到你了。"

"我没有任何秘密。"罗伯说。

"哦,阿克塞尔罗德的儿子,我相信你有。你的哥哥进行过很厉害的潜沙,因此带动了更多你们的人继续在很久以前就属于我们的土地上潜沙。同样的,你祖母几年前在滥酒馆的发现——"

"你是说我祖父吧。"

老人睁大了眼睛。"故事变成这样了?果然。告诉我,你姐姐维多利娅在东方做了什么?她的名字我们都很熟悉。她是个潜沙能手。"

"她死了。"罗伯说,"一些人挖出了一枚炸弹,打算用它摧毁滥酒馆——正是那些人推倒了高墙。我的哥哥和姐姐阻止了他们,维丝把炸弹还给了他们。"

"嗯,这是一个非常好的秘密。谢谢你!轮到我了。炸弹是从这边来的,从西边不远的一个旧世界保险库里挖出来的。你猜怎么着？就在我们说话的时候，他们正在把更多炸弹挖出来。"

"什么？"罗伯问，"你怎么知道的？"

老人朝罗伯的手杖点点头。"就像我说的，它令人印象深刻，但很原始。就像有眼睛却不知道如何睁开一样。"

"我们必须阻止他们。"罗伯说。

"你可以试试。"老人说，"但即使你们阻止了他们，你们自己也会完成他们的任务，或者沙子会把你们全部埋葬。"

"你是什么意思？"

丹尼喝了一口他调制的汤，又朝罗伯的罐子点点头。罗伯放下执拗，尝了尝浓稠的汤汁。味道很好，但他没有表现出任何喜欢的样子。

"我的意思是，没有什么是永恒的，所有的事情都会结束。如果你想一直保持这个世界现在的样子，最终只会发疯。"

"这就是你们这样生活的原因？"罗伯问，"一直四处奔波？"

丹尼笑了。"你可能不知道自己有多聪明。是的，这就是我们这样生活的原因，但即使这样，终结的时刻也会到来。可能是随着我的死亡到来。让下一代人对传统的生活方式产生兴趣是很难的。"丹尼拍了拍桌子上的手杖。

"所以你就放任那些人炸掉一座城市？他们想彻底夷平滥酒馆——"

"滥酒馆过去并不存在。总有一天它将彻底消失。我们不会干涉这种事。"

"你们就这样一直逃避?"罗伯继续问道,"一直躲藏?"

"不,我们像你周围流动的沙子;而你们则停伫在原地,为你们投下的影子而自豪。"

罗伯觉得自己被一阵惯性压到椅子里,然后房间停止了摇晃。"我们停车了?"他问。

"是的。这是你下车的地方。我给你一个警告,还有最后一个秘密,只有我知道。"

罗伯等待着。

"警告是这样的:如果你停止在这个世界上移动,你就已经死了。担心炸弹、帮派、食人族和其他被制造出来的事情是愚蠢的。沙丘将会覆盖你。人应该像沙子一样移动。"

"你说话的样子就像我的哥哥康纳。他总是说这种话。我想我们只能不同意了。"

老人耸耸肩。

"那么,只有你知道的秘密是什么?"罗伯问道。

"先生,我们遇到了一个问题。"

说话的是比格内特。他离开座位,走过罗伯和丹尼。这时房间侧面一道门外响起了敲门声。比格内特打开门,对门外的人说:"我知道,我知道。"

站在门外的是莎娜。她不住地探头想要看见房间里面的情况。在她身后有一片草地和几棵矮树,是一个小绿洲。罗伯现在可以看到整支列车队绕成半圆形停在绿洲上,有超过二十个,甚至三十个车厢,就像一轮新月。人们正走出各自车厢的侧门,来到半圆形的中心。许多人都在看同一个地方。

"有萨弗船。"莎娜对丹尼说,"是红色的帆。我想他们看到了我们。"

"哦,天啊!"丹尼说,"迟早会有这么一天的。"他慢慢站起来,用手撑在桌子上,稳住身子以后才走出去,来到其他人中间。他的手中拿着罗伯的手杖。罗伯也跳下了车,结果头痛又猛然袭来。幸好莎娜扶住了他。

"我们把这孩子留在这里,继续前进。"鲁克说,"那些仵民都来找我们的时候,自己就会打起来。我们该走了。"

"我们会走的。"丹尼说,"但首先,让我们看看这男孩能做些什么。他的头带呢?"丹尼拍了拍他的长袍,显然是在找东西。

"我们没有时间顾及这种事了。"莎娜说。

"胡说。"丹尼说,"我们现在最多的就是时间。"

莎娜嘟囔了一声,拿出罗伯的头带。丹尼接过来,递给罗伯,也把他的手杖递了过去。"电压是多少?"他问罗伯。

罗伯过了一会儿才意识到老者问的是他的手杖。"四十八。"他回答说。

丹尼微笑着点点头,好像这是一个有趣的选择。他向莎娜做了个手势,莎娜走进领头的车厢,回来时手里拿着一卷亮橙色的电线。她似乎不像刚才那样兴致高昂了。

"那些萨弗船上的人一直在西边潜沙。他们想炸毁你们的城市。现在他们正在返航,寻求援军,然后他们就会来杀了你和你的朋友——"

"你怎么知道的?"罗伯问。

丹尼轻轻敲了敲自己的额角。"就像我知道你早饭后要来袭击我们一样。现在,如果你想拯救你的朋友和你的城市,那么你应该要阻止他们。"

丹尼似乎用长袍下面的潜沙服进行了某种操作——他膝盖上的沙子像一团虫子一样被抖掉了。

罗伯靠在自己的手杖上,仍然感到昏昏沉沉。他转过身,看向那两艘挂红帆的萨弗船。它们已经驶出了几个沙丘的距离,正在向西,朝着远处群山的方向疾驰而去。

"我该怎么阻止他们?"罗伯问。

丹尼向天空举起双手。"请求。"他说,"不过不必太客气。"

第三十四章　志愿者

安雅

安雅意识到了将要发生什么。她去拿饮用水，回来的时候看到一个男人用枪指着她父亲，看到父亲的身体在移动，看到其他潜沙员的反应，知道接下来会发生什么。就像她在梦里见过的一样。失去父亲的全部恐惧都被压缩到了这一瞬间。

当她的父亲跃到半空中时，一声巨响，是枪声。乔纳在攻击那个人。又一声巨响，乔纳跌倒在沙子上。靠近萨弗船的一半人扑向枪手，将他按倒在地，拳打脚踢。安雅到的时候，枪手已经蜷缩成一团，试图保护自己。一名年轻女孩扑到枪手身上保护他，那些男人才停下来。

所有这些，仿佛都发生在距离安雅很远的地方。一定有人在喊叫，她周围所有的面孔都因愤怒而扭曲。当她扑倒在乔纳身边时，她听到的只有自己脉搏的跳动。

乔纳的血渗出了衬衫。有人将那件衬衫撕开。深红色的溪流从他肋骨下的一个窟窿里冒出来。安雅阻止了一个往伤口上撒沙子的人。她撕下一块乔纳的衬衫,揉成一团,压在喷血的伤口上血。乔纳的胳膊上还有一个伤口。他身下的沙子已经变成了棕色。

周围一片骚乱,但安雅只能模糊地感觉到其他人的存在。人们移动得如此缓慢。她听见自己大声呼救。乔纳嘴唇上沾着血,想说点什么。他还活着,但在不断咳血,这是安雅最害怕的。

亨利来了。他拉开那个想要在乔纳伤口上撒沙子的人,把自己的衬衫撕成绷带。"让我看看。"他一只手放在安雅的手腕上,让安雅把布团拿走。那团布完全湿透了,还带着乔纳生命的暖意。安雅抽泣着让到一旁,露出伤口,伤口还在流血。亨利给伤口压上新的布块,又把安雅满是滑腻血液的双手拽回来,让她用力按住伤口。随后,他开始处理乔纳手臂上的伤口。

安雅抬头看见了父亲。她也在担心父亲有没有受伤。父亲只是低头看着乔纳,一只手放在男孩的额头上,低声说了些什么。

"你还好吗?"她问父亲,"他会没事吧?"

父亲看向亨利,安雅发现亨利耸了耸肩。想到要失去乔纳,她在这个世界上唯一的朋友,她的心几乎要碎了。她握住乔纳的手,告诉乔纳一切都会好起来,但乔纳的眼睛却眨着眨着,闭上了。"我很抱歉,我很抱歉。"全都是因为她,乔纳才会跑到这里。

"我们得把他带到阴凉处。"亨利说。

一块从帐篷里拿出来的防水布在乔纳身边被铺开。他的身子轻得仿佛没有重量。达伦和亨利用防水布把他轻轻兜起来，朝安雅和乔纳几个小时前搭好的帐篷走去。几个小时前，他们还在相互取笑，谈论着回绿洲的事情。安雅旁边现在只剩下了一摊血，乔纳曾躺在那里。

安雅转向那名枪手。但尽全力保护枪手的女孩吸引了她的注意力。安雅和那个女孩第二次目光相接。这一次，她确认了，就是维奥莱——安雅在围栏里看着长大的女孩。她们说过话，曾经有一年多的时间，安雅几乎在上学的每一天都会给她带糖果。她一定是在阿吉尔被毁灭的时候从围栏里逃脱了。这次重逢让安雅大吃了一惊。而现在，女孩和枪手被罗科和其他人拖走，她只能在旁边干看着。

安雅在乔纳的帐篷外来回踱步。亨利正在帐篷里努力抢救乔纳。安雅刚才还在帐篷里看着。但看到他们从乔纳的胳膊里挖出一颗子弹，乔纳被痛醒，又马上昏厥过去，她不得不离开了帐篷。她的哭声和焦虑不会有任何帮助。

她看到父亲和斯莱奇在她那天搭好的另一顶帐篷外面说话。现在那里变成了临时监狱。帕尔默——那名枪手——还有维奥莱被囚禁在那里。安雅相信，帕尔默会因为他所做的事情而被杀死。她不知道这片无法无天的土地上存在着怎样的正义，但凭借这几个星期在这里的生活经验，她能够断定，这些人的报复一定是迅速而无情的。她走过去，来到两个人身边，听到他们正在争论。

"我不在乎。"父亲说,"如果他是最好的,我们就用他。上一次,就是他和他的潜沙搭档找到了我们需要的东西……"

"是啊。"斯莱奇冷冷地说,"他似乎还真的很想再跟你合作。"

"爸爸,我需要和你谈谈。"安雅说。

父亲向她竖起一根食指——现在不行。

"而且,你怎么会以为他还愿意为我们潜沙?"斯莱奇问道,"上次你不想杀了他吗?"

"你说他身边的是他妹妹?"父亲反问他。

安雅抓住父亲的胳膊。"爸爸——"

"他们自己承认的。"斯莱奇回答。

"那我们就利用她。让她做人质。他拿到我们需要的,他们两个都可以走。"

"我相信他肯定——"

"这件事你来干。"父亲说。

"爸爸,我能和你谈谈吗?"

父亲和斯莱奇对视了一眼。"如果你认为其他潜沙员能完成,我们就使用其他潜沙员。但不要只是因为他对我开枪,就浪费了他的能力——"

"乔纳快要死了!"安雅喊道,"你怎么好像什么事都没有一样?"

"给我一点时间。"父亲对斯莱奇说。斯莱奇瞥了安雅一眼,点点头,朝行动帐篷走去。父亲这才转向安雅。

"亲爱的,乔纳的事我很难过。我也关心那个孩子。我不知道这是为什么,但我的确关心他。我们已经竭尽所能了。亨利的医术是最好的。相信我,对此我有信心。"

"你是什么意思?难道非要等到你也挨了子弹?那样我的感觉就会好一些?"

"冷静点。"父亲说,"对不起。很抱歉让你们一起来,很抱歉让你看到这一切。我表面上很平静,这个我也要说一声抱歉,但这已经不是我第一次——"

"我不想再听你说还遇到过这样的事。不要向我道歉。我有件事要告诉你。"

父亲深吸一口气,点了点头。

"那个女孩不是——那个男的叫什么?"

"帕尔默。"

"她不是帕尔默的妹妹。"安雅说。

"你为什么这样想?"

"因为她的名字是维奥莱。我认识她。她出生在围栏里,在那里长大。我曾经给过她吃的。那时你还叮嘱我不要——"

"不,你一定看错了。"虽然这样说着,父亲还是瞥了一眼囚禁那两个人的帐篷。

"我没看错。她也认出了我。去问问她吧。"

"好。"父亲说,"跟我来。"

在帐篷里,两名囚犯坐在地铺上,手臂被绑到身后。罗科和一个新来的人在看守他们。帕尔默的脸上全是伤痕,一只眼睛肿起来,血渍覆盖了他的下巴,下唇中间裂开。他的衬衫上到处都是干涸的血迹,手臂上被踢过的地方全都是黑紫色的痕迹。他冲着安雅的父亲瞪大了一只眼睛,努力想要跳起来,但罗科伸手按住他的肩膀,迫使他坐回到地上。

"看得出来,你很恨我。"父亲又转过头,看向两个站立的守卫,"你们先出去。"

"但是——"罗科开口道。

"你觉得这个瘦子能伤到我吗?别侮辱我。我说了,出去。"

罗科拍了一下另一个人。他们都退了出去。

守卫离开以后,安雅问维奥莱:"还记得我吗?"

维奥莱点点头。"我记得你。如果你再伤害他,我就会杀了你。"

布罗克笑了。"看到了吗?他们肯定有关系。"他转向两名犯人,向帕尔默点点头,"哥哥和妹妹,嗯?妈妈和爸爸丢下你跑了?这一个是在边境另一边出生的?"

"你去死吧!"帕尔默向安雅的父亲啐了一口。她的父亲后退一步让开了。

"我知道你很生气。那样对待你们两个不是我的主意。是耶格利要那样。因为你们认识那些潜沙员,知道了他们的秘密。我吗?我不在乎谁知道。告诉全世界也无所谓!"他向天空举起双手,"我其实是想给你最好的。我甚至不在乎你想杀我——"

"我在乎。"安雅说,"你射中的是我的朋友!"

父亲看了她一眼,意思是让她闭嘴,否则她就要像那两个守卫一样离开帐篷。安雅只能努力控制住自己的怒火。

"你没有理由相信我。"她父亲继续说道,"但如果你相信我,我就会付你一大笔钱,雇你再干一件事。既然你明显不信任我,我就和你妹妹待在这里,直到你把我想要的给我。只要我得到了我想要的,你们两个就可以离开。"

"我以前听过这种话。"帕尔默说,"你杀了我的朋友,你还想杀我!"

"我告诉过你,要那么干的是我的合作伙伴。你们很不幸,这些人都很残忍,当你在为我下潜时,你妹妹会在一艘萨弗船里,就在几公里以外,如果你轻举妄动,她就死定了。明白了吗?"

帕尔默露出被血染红的牙齿。"我再把话说明白些吧。就算我想,你的那群混蛋也已经把我的肋骨和鼻子都打断了。我在这里连喘口气都困难,你觉得我还能潜入那么深的地方,把你那些狗腿子都搞不到的东西拖出来?去问问你们的潜沙师傅,如果像我这种情况要下潜超过一百米,他会怎么想。"

安雅看到父亲在掂量这个人的话。父亲的头从一边歪到另一边。"这样的话,你们两个对我都没有用处了,是吗?所以我现在应该让这些人该做什么就做什么。"

他转向帐篷门,打了个响指。罗科和另一个人回来了。安雅意识到这是父亲第二次因为某人拒绝他的命令而威胁要杀了他。这与复仇或惩罚无关。父亲对这件事显得那么平静,让安雅心中发冷。

"杀了他们。"父亲对罗科说,"看看有没有其他人想要潜沙。"

"等一下。"维奥莱说。

安雅和父亲转过身,看到维奥莱站了起来。

"我可以。"女孩说道。

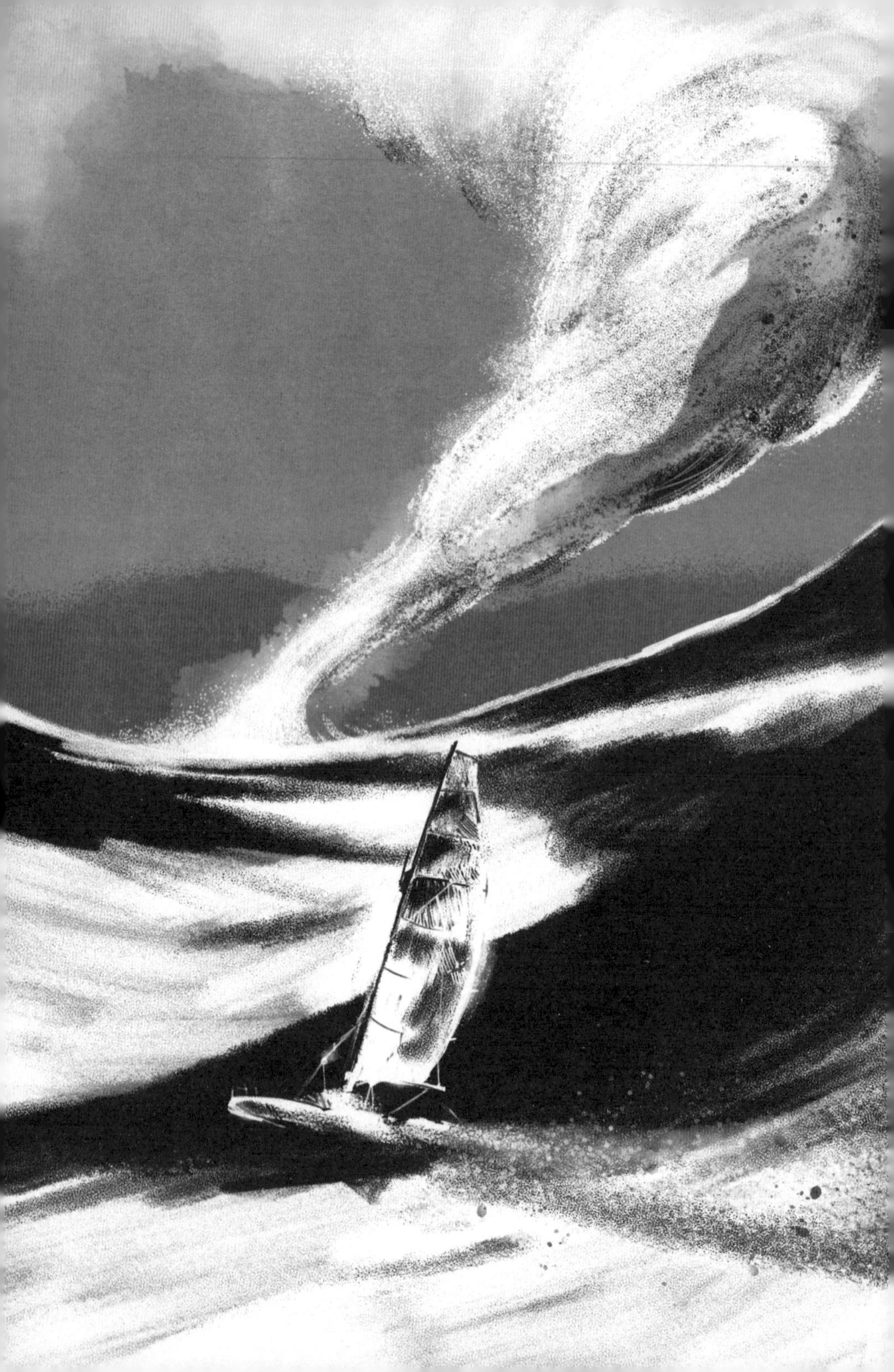

第七部
升起

先是一无所有，然后就有了。
但不要以为一直都会如此。

——游牧王

数手指，
不是诗。
手指只应用来吃。

——旧日食人者俳句

第三十五章　第一课

罗伯

罗伯看着那两艘萨弗船顺风驶过一座座沙丘。船上的人可能并无恶意，他们只是在逃离这支奇怪的车队——从远处看去，这支车队一定像是一条沙漠活了过来。但这些游牧民的首领丹尼告诉他，他们想要伤害他，他们想挖出炸弹，炸毁泉石镇。更疯狂的是，这位老者还认为罗伯可以阻止他们。

"他们离得太远，速度太快。"罗伯说，"我抓不到他们。"

"抓他们？你不必这么做。只需要阻止他们。"

"这是不可能的。"罗伯说。

"如果你放走他们，那些人就会带回一支掠袭队，把你和你的朋友们消灭干净。你就打算看着它们溜走吗？"

"如果阻止他们真的那么简单，那你来做好了。"罗伯说。他想要把手杖还给老人。现在有十几个游牧民聚集在他们周围，听他们谈话，默默地看着这一切。看上去，他们并非都对罗伯的出现感到高兴。

"他们要杀的不是我的朋友。"丹尼说,"他们要摧毁的不是我的城市,而是你的。"

红色的船帆越来越小。再过不久,两艘船就会彻底消失在沙丘后面。"我不知道该怎么做。"罗伯说。

"你是怎样抢走了我的手杖?"丹尼问。

罗伯调整了一下头带。"我只是想要它。"

"你有多想拯救你的城市?你的朋友?"

"非常非常想。"罗伯说。

"让我看看你有多想。"

罗伯闭上眼睛,让手杖滑入沙子。他心中有个念头,知道自己可以在一瞬间把周围的游牧民困住,或者他自己可以消失在沙子里,也可以从下面用沙粒长矛刺死这些人,或者做出许多无法无天、残暴至极的行径。但他对自己能做什么不感兴趣。丹尼在平静地建议他尝试不可能的事情,他已经被深深迷住了。

我只是想要。

沙粒的波动可以传播数公里。它们帮他找到了这个地方。他是怎么移动沙子的?只是想让它们动吗?

"我看不见他们。"他说,"我需要我的面罩。"

"他们要逃走了。"丹尼说,"如果再远一点,我想就连我也阻止不了他们了。"

罗伯睁开眼睛。"我做不到。"

"如果你不试一试,成千上万的人会死。如果你不试一试,你宝贵的城市就会化为焦土,你的朋友会被杀害。"

"我不相信你。"

"问问你姐姐。"

罗伯感觉到怒火在胸口燃烧。这个老家伙竟然拿维丝的死开玩笑。但当他转身瞪视丹尼,他看得出丹尼根本不是在开玩笑。

"问问她。"老者再次说道。

罗伯转过身,闭上眼睛。萨弗船大概在五公里外。他曾经在五十多公里外的沙子里找到过潜沙的痕迹,而且周围都是噪声。他曾经追踪着康纳在泉石镇所有的角落里潜沙。在这里,世界很安静。他不会受到干扰。这里没有任何干扰。

罗伯释放出脉冲信号,耐心地等待。他感觉到一些东西,就像在漆黑的房间里感觉到一张餐桌,知道它就在那里——正是这种感觉让你的屁股不会撞上桌角。他略微转过头,他的面前仿佛有一堵墙,从他的呼吸和脉搏回声中就能清楚地感觉到,就像在夜深人静的时候,感觉到一个存在。他脖子后面的头发在发痒,好像有一些眼睛在看着他。

罗伯在黑暗中伸手去抓那个东西,手指却只抓到了空气,那东西飞走了。他想起姐姐维丝,想起当年自己在公牛裂隙旁张开双臂搂住她——他怎么也没想到那会是最后一次。他想让姐姐回来。他想毁掉抓走她的人。那种感觉从他体内升起,进入他的喉咙,化为一声原始的尖啸从他的口中发出,那是他一直在抑制的愤怒和悲伤,是他一直试图在破碎的生活中修复的犹豫和怀疑,但被打碎的是他自己,喷涌而出的是他对所有施暴者的怒火。他嘴里发出的不是他自己的哭声,而是郊狼的嚎叫,是对逝去的人们的哀悼。

罗伯睁开眼睛,看见远处有一座沙丘在喷发。一股黄沙直冲霄汉,足有一百多米高,沙脊像伤口一样裂开,平缓的沙漠表面出现了一座大坑,而沙柱还在不断上升,上升,并开始向西倾斜。

罗伯跪倒在地,精疲力竭,仿佛有什么东西从他身上被扯了下来,他体内某个未知的器官被切除了——那是他想要找回来的一部分。

游牧民们欢呼鼓掌。有人拍了拍他的脊背。他们揉着他的头发,喊着他的名字,有些人还在想该怎么称呼他。

"你有这个天赋。"罗伯听见丹尼说。

有人切断了手杖的连接。游牧民开始撤退。西边,两张红色的帆在远处渐渐消失。它们还在行驶,逃去了未知的地方。罗伯用手掌捂住脸,抽泣起来。车队启动,消失在沙丘中,而他还在哭泣。

第三十六章　盲目的信念

维奥莱

老潜沙师傅用一条长长的红丝带测量维奥莱手臂的长度,从肩膀一直拽到手腕。维奥莱一动不动地站着,双臂张开,身体就像一个T字形。"你是格雷厄姆,对吧?"她问潜沙师傅,"我哥哥罗伯总是提起你。"

"放下胳膊。"格雷厄姆说。维奥莱照做了。他又将红丝带从维奥莱的腰部一直拽到脚跟。丝带碰到她的脚后跟时,维奥莱感到有点痒。他写下一个数字,然后把丝带在她的腰间绕了一圈。

"你为什么要帮助这些人?"维奥莱问。

"你又是为什么?"格雷厄姆反问道。

"因为如果我不这么做,他们会杀了我们。"

格雷厄姆在笔记本上又记下了一个数字。"好了,可以了。"他回到工作台前,把他的工具摆在那里。他身旁帐篷的支撑柱上挂着几件潜沙服。他抓起其中一件,开始用白色粉笔在上面做记号。"你知道怎么潜沙?"他问道。他的语气不像帕尔默这样问她的时候,更不像他们向这里航行时其他那些潜沙员。这位老者仿佛只是在问外面有没有下雨。

"是的。"维奥莱说。

"好了,我要做事了,去找其他人吧。"他抬头看了一眼,维奥莱看出了他脸上的悲伤。所有和她一起在围栏里长大的朋友都会有这样的表情——他们每天都在辛苦地做着他们讨厌的事情,做着他们不想做的事情,但他们知道,如果他们不做,就会有人给他们带来痛苦,或者更可怕的事情。

"不会有事的。"维奥莱对他说。她走出帐篷前,她又拍了拍这位老人家的胳膊。

"这边走。"斯莱奇指着营地里最大的一个帐篷对她说,"你哥哥为你担保,说你才是他那天赚了大钱的原因。对吗?"

"我会潜沙。"维奥莱说,她知道这是斯莱奇想听的。

"你最好会。我和这些人在一起,就是在赌命。看看你们俩给我带来的麻烦。所以,别把我当傻瓜,好吗?"

"不会。"她朝他们抬走受枪伤男孩的地方点点头,"在出发之前,我能看看他吗?求你。"

斯莱奇似乎不太愿意,但最终还是点了头。"好吧。我们快点。"他带着维奥莱走进帐篷。维奥莱看到安雅正坐在男孩的小床旁。他们进门时,安雅抬起头。维奥莱看得出她刚才在哭。"你想干什么?"安雅问。

"我想看看他有没有事。看看你们有没有事。"

Across The Sand / 355

"不用。"安雅说,"我们都没事。别来烦我们。"

维奥莱在门口犹豫了一下。"我……我本想和你告别的。"

安雅笑着说:"祝你好运。"

"不,我的意思是……上次我在栅栏旁见到你的时候,是在你放学回家的路上。我想跟你说再见,谢谢你这么多年来对我的照顾,帮我学习拼写,帮我做的一切。但爸爸说我不能告诉任何人我要走了,甚至不能告诉我的阿姨们。不能说一声再见,那真的很难。"

安雅盯着她。

"好吧。"维奥莱说,"就这样。"然后转身要走。

"你哥哥想杀我爸爸。"安雅说,"我们不是朋友。你是我的敌人,你还不明白吗?"

"我明白。"维奥莱说,"我不理解,但我明白。"

她离开了帐篷,不再打扰安雅。斯莱奇对她扬了扬眉毛。"准备好了吗,殿下?"

维奥莱不知道这是什么意思,但她点点头。斯莱奇就带着她去了大帐篷。

帐篷里有七八个人,围坐在中间的大桌子旁。当维奥莱进来时,他们纷纷抬起头。布罗克——那个帕尔默和她提起过上百次的大个子,正在对众人说话,他的手指在桌面上比画着什么。维奥莱踮起脚尖,看到那里有张地图。

布罗克示意其他人给她让出一个位置。

"这太荒谬了。"内特·道格说。他是和维奥莱同一天接受沙疤的人之一。现在他穿了一套非常合身的潜沙服。维奥莱不太喜欢他。

"我们能不能集中一下注意力?"布罗克问。

内特·道格哼了一下,耸耸肩。"只要不用和孩子一起潜沙,我就没问题。"

"你不会和她一起潜沙。如果一切顺利,她和格雷厄姆只会为你们两个提供支持。你看,第一个目标是8号发射井,我们会垂直落到它的顶部,你肯定不会错过。"

维奥莱挤在两个人中间,看了看桌上的地图。这是一张俯瞰图,可以看到沙下的小镇。维奥莱很容易想象那个地方实际的样子——就像她在沙海中盘旋,看到下面的那些钢铁巨鸟和大型广场。

布罗克把一块红色的石头放在地图的一个圆圈上。"内特,你和马特下去把门破开。"他向一个留着红胡子、穿着潜沙服的年轻人点点头,"你们会发现里面有空气,但可能不太新鲜。如果里面全是沙子,就回来,我们会选择另一个地方。记住这条路线,它会带你找到一个大型机库的顶部机架。你们会在那里看到目标,然后用电弧切割器把它的顶部切下来——"他转过身,指着墙上的一张示意图。那张图中的东西看起来就像一根直立的蜡笔。"——切割深度不要超过五十厘米。要切出一个足够大的洞,让你们能够取出核心。主设备不可能自动关闭,不过不用担心,用电弧切割器和钳子断开这里和这里所有的电子设备连线,然后把核心揪出来。你们不能损坏它,一定要注意这些护板。不要让电弧切割器击中它们,否则会造成小爆炸。明白了吗?"

两名潜沙员点点头。

"如果你们需要空气,维奥莱或格雷厄姆会给你们送来。他们会帮忙清理缺口和碎片。第二个目标就在隔壁,7号发射井。如果一切顺利,我们现在就把两个核心都取出来。如果不行,我们今晚或明早再试一次。"

格雷厄姆走进来,手里拿着一套潜沙服和其他一些装备。他把潜沙服给了维奥莱,把面罩给了马特。

格雷厄姆对他们说:"要潜到这样的深度,在进行第二次作业之前,你们需要在地面上停留一段时间。两个地方的深度都是三百五十米,所以你们会感到压力。马特,我帮你解决了面罩短路的问题。"

"只有三百五十米?"维奥莱问,她以为自己听错了。帕尔默曾说过,在机场的潜沙深度接近六百,而现在这些人却都因为这个潜沙深度而显得忧心忡忡。

"对你来说太浅了?"马特问,帐篷里的其他人都发出嘲讽的笑声。

"每个人都知道自己要做什么吗?"布罗克问,"我要的是一件非常特殊的打捞物。我会给你们最好的工具和专业知识,让你们能安全返回。如果你们做到了,就能得到承诺的报酬。"他对维奥莱露出微笑,"而你们也能活着离开这里。"

"如果你给她套上潜沙服,她不会逃跑或攻击我们吗?"内特·道格用拇指戳向维奥莱。

"有可能。"布罗克说,"这就是为什么斯莱奇要载着她的哥哥到地平线那边去,在那里盯着他。如果她敢动什么手脚,或者潜沙搞砸了,他们就会割断她哥哥的喉咙。"说出最后这句话的时候,他死死盯着维奥莱,确保女孩听得明白。

"听起来不错。"内特·道格说。他喝了一大口水,又晃晃水壶,"能再弄点水来吗?"

"好问题。"布罗克转向斯莱奇。维奥莱听见他说:"也许你应该朝那个方向航行,看看那两艘运水的船怎么样了。"

第三十七章　又敬又怕

康纳

"那是烟吗?"康纳指着西方问道。在距离他们大约八公里远的地方,有一股尘雾正升向天空,"也许他们的营地在那边。我告诉过你们,他对我们撒了谎。"

纳特看了看他指的地方,又用双筒望远镜观察了一番。"是的。那里一定出了什么事。但那不是烟,是沙子。看起来像一颗炸弹爆炸了。"

佩尔顿抓起挂在萨弗船罗盘盒上的备用望远镜,看了很久。"是的,看起来像个炸弹。或者是一艘萨弗船以最高速度迎面撞上沙丘。"

"我们应该去看看。"康纳说。葛罗莱拉把绞盘手柄从支架上拉出来,他们两个一起拉紧了主帆索。他们现在都已经熟悉了萨弗船的操控,了解船上的每一项工作,知道自己需要做什么。纳特把双筒望远镜挂在脖子上,在沙丘和沙脊允许的范围内,尽可能向西航行。这时远处的沙柱在渐渐消失,冲向天际的黄沙被风吹散。佩尔顿走到船头，继续用他的双筒望远镜扫视远方，寻找一切可疑的迹象。

"左舷有情况。"他们绕过几个沙丘后，佩尔顿喊道。他朝自己所说的方向一指，纳特调整了路线。葛罗莱拉把三角帆放松了一点。

"望远镜给我一下？"康纳说道。

纳特把自己的望远镜递给他。康纳开始观察地平线。"我看到那道沙脊对面有一些树梢。"他指着前方说，"也许那里有水坑。"

"有萨弗船！"佩尔顿指着正前方喊道，"应该是军团。现在还不好确认。"

"他们可能已经抓住罗伯了。"纳特说，"让我们看看，能不能追上他们。"

"你怎么会认为罗伯在那些萨弗船上？"葛罗莱拉问。

"因为脑子正常的人都不应该跑到这么远的东边来。而且我不喜欢用巧合解释问题。"

"我还是不认为罗伯会不和我们说一声就自己溜走。"葛罗莱拉说。

对于这种看法，康纳只能一笑置之。他透过望远镜观察他们和那些船的距离是在缩短还是拉远，还想要看清那些船帆的颜色。他们马上就要驶过右手边的绿洲了。纳特调整了路线，避开航线上零星出现的草丛。如果撞上它们，萨弗船很可能会被困住。就在这时，又有一小股黄沙在他们侧面腾起。康纳转向那里,看到罗伯正站在一片高地上,一只手举过头顶,一股沙子刚好在他身后落下。

"那边!"康纳喊道。就在纳特扳动舵柄的同时,他也开始扯动主帆索。风帆在顺风方向满满鼓起,带动萨弗船开始倾斜。葛罗莱拉收起三角帆,让他们慢下来,纳特慢慢降低萨弗船的功率,让沙子的阻力抓住他们,直到他们在罗伯附近缓缓停住。

康纳很生气,但看到罗伯没事,他终于松了一口气,随后就跳过护栏索,跑过沙地向弟弟冲去,然后他看到了弟弟肿胀的眼睛和脸颊上的水痕。

"这到底是怎么回事?"康纳问道,"你去哪儿了?刚才那堆困住我们的硬碴是怎么回事?"

"我们一定要抓住他们。"罗伯指着远去的萨弗船说。

"该死,罗伯,你不是在追你的靴——"

"我才不在乎我的靴子呢!"他的弟弟喊道,"他们想要更多炸弹,那种被维丝拿走的炸弹。"

康纳花了一点时间才明白了罗伯的意思。而他的弟弟已经往他们的萨弗船跑去了。康纳急忙转身追了上去,一边向纳特挥舞手臂,高声喊道:"准备出发!"当他们回到船上时,萨弗船已经开始在沙地上滑行。葛罗莱拉和佩尔顿越过护栏索,把罗伯和康纳拽了上来。"看样子,我们要追上他们。"康纳对纳特说。纳特点点头,调头转向西方。

罗伯走到船头,想看得更清楚些。康纳来到他身边,注意到罗伯衬衫背部有血迹,还有他被血痂粘住的头发。"发生了什么事?"

葛罗莱拉递给罗伯一壶水。在他们旁边,三角帆展开,萨弗船加快了速度。

"困住我们的人把我打晕了。"罗伯说。

葛罗莱拉拍了一下康纳的胳膊。"看到了吗? 我告诉过你,他不会不辞而别的。"然后她也注意到了罗伯的血迹,开始检查罗伯头部。当她拨开罗伯的头发,仔细查看伤口,罗伯痛得缩了一下身子。"先喝点水。你已经在荒野里待了好几个小时了。"

"他们给过我吃的。"罗伯说。

"谁?"康纳疑惑地问。

罗伯转过头看向他们,张开嘴想说些什么,然后又摇摇头。"你们不会相信的。"

佩尔顿也来到船头。"我们到底为什么要追那些家伙?"他问道,"如果我们追上他们,我们的人数肯定比不上他们。"

"那些人有炸弹。"罗伯说。

"好吧,所以我们应该朝另一个方向航行,不是吗?"

"每一颗那样的炸弹都能夷平整座城市。"康纳解释说,"我姐姐在无人之地的另一边就引爆了一颗那样的炸弹。"

佩尔顿吹了声口哨。"好吧。我会告诉老板的,但我认为我们追不上他们。他们已经领先很多了。"

"我还以为这是千座沙丘之内最快的萨弗船。"葛罗莱拉说着纳特经常用来自夸的话。

"如果直线航行,那肯定是,但像这样向西走,我们必须绕过这些南北向的沙脊。那些家伙转弯比我们快多了。"

"如果我们直接冲过去呢？"罗伯问。

"如果我们越过沙脊，会把萨弗船撞坏的。你撞到头了吗？"

"是的。"罗伯说，"但如果我们能越过去，就能追上他们吗？"

"当然，就好像如果蛇会飞，龙就是真的。"

罗伯把水壶交还给葛罗莱拉，自己转向康纳。"帮我给它充电。"他说，"为了引起你们的注意，我把它的电用光了。对了，我还要借你的面罩用一下。游牧民把我的偷走了。"

"游牧民？"康纳问，"我们找你的时候，你在干什么？"

罗伯没理他，而是径直走到桅杆旁的潜沙衣架那里，潜沙服为萨弗船体提供动力。他拉出一根多余的电源线，连接到他的手杖上。

康纳现在已经学会不再问那些会让自己显得很傻的问题。他在潜沙背包里翻了翻，把面罩递给罗伯。

"你还需要什么？"康纳问。

"说实话，我不知道是不是行得通。"罗伯拉长那根电线，让自己可以坐在绳网上。然后他把手杖放在膝头，将潜沙头带连在康纳的面罩上。康纳坐到他旁边，看到他的弟弟连续打开手杖、头带和面罩的三个开关。

"你不需要把它插进沙子里？"他问道。

"萨弗船就在沙子里。"罗伯拍了拍甲板，"我只需要工作人员帮我翻译。"

康纳和葛罗莱拉都露出了担忧和困惑的表情。

罗伯把头带放到头上,当他碰到后脑处的伤口时,吸了一口冷气。不过他立刻又把面罩拉下来,遮住眼睛。"如果成功了。"他说,"准备向正西方向前进。"

"我们差不多已经在向西——"康纳说。

"正西。"罗伯说。

康纳闭住了嘴。罗伯静静地坐着。神情逐渐松弛下来。

过了一会儿,就在萨弗船旁边,他们正要绕过的沙脊喷出了一股沙泉,就如同刚才发生在地平线上的景象。

葛罗莱拉骂了一声,双手捂头,以免沙子落在自己的头发上。康纳感到心脏跳到了嗓子眼。透过沙雾,他看到沙脊被炸开了一个豁口。他先是目瞪口呆地看了片刻,然后转过身,挥手示意纳特调头。"去那里!"他喊道。

萨弗船猛然转向,佩尔顿跳到绞盘旁,让船帆张开,将帆索调整到顺风方向。随后一道挡住他们的沙脊也是如此,仿佛有一颗炸弹在沙脊中间爆开了。沙漠的一部分如同喷泉被抛向空中,被风吹散。纳特径直冲向下一根腾空而起的沙柱。康纳转过身,低头看着自己的弟弟,心中感到又敬又怕。

第三十八章　暴力的颜色

维奥莱

维奥莱低头看向下方的潜沙员，想弄明白发生了什么事。整个世界都是彩色的斑点，让她很难集中注意力。她不喜欢通过气嘴呼吸，但帕尔默告诉她，永远不要向其他潜沙员暴露她的秘密，所以她背上了气瓶，把气嘴含在嘴里。等到她在地面吸入的空气耗尽之后，才吸了第一口气。气嘴发出"嘶嘶"的声音，几乎像是强行把气体塞进她的肺里，又好像有人在吐气给她。

我想他有麻烦了，她在心里说。

他们很好，格雷厄姆告诉她。这位潜沙师傅也在沙子里，就在她旁边。他们两个带着额外的气瓶，一直潜到了一号潜沙队那里。一号队的两个人正试图通过沙子底部的门。这里沙子下方的地面几乎毫无特点，只有几栋低矮的建筑，其中一栋的顶部已经坍塌。附近还有几辆汽车，和她在铁鸟广场看到的很像。帕尔默告诉她，优秀的潜沙地点往往会有不少这样的车。这些汽车的外壳都会被拆下来，被作为顶棚，或者被焊接成萨弗船的船壳。这套潜沙服怎么样?格雷厄姆问她。到目前为止,这位潜沙师傅一直跟在她身边。维奥莱不确定他这样做是为了确保她不会逃跑,还是因为不相信她的能力。

非常好,她在心里礼貌地回答。这件潜沙服的确比帕尔默为她准备的要好,但她更想念爸爸给她做的那一套——她就是用那套装备学会了潜沙。那套衣服比她自己的皮肤还舒服。不过,我不喜欢气瓶,她想,也不喜欢面罩。

她说这话的时候,身子还在不断晃动。这些气瓶体积庞大。背着它们就好像背着打捞物,这时要在沙子里游动,就必须保持周身沙子的流动范围比预期中更宽,这些东西真是累赘!面罩让她有种莫名其妙的失明感,而且只能告诉她前方的情况,这意味着她必须转动脖子才能看到周围,而转头会改变沙流的方向。她不知道别人是怎样带着这些东西潜沙的。随着他们越潜越深,她感觉到胸口有一种她不习惯的挤压感,让她很不舒服。

你做得很好,格雷厄姆告诉她。把那些气瓶换给另一队。我去看看能不能帮他们把门打开。

维奥莱克服了身体的不适,来到了沙底的地面位置,把额外的气瓶放在其他潜沙员附近,又伴随着响亮的"嘶嘶"声,从自己的气瓶里吸了一口空气。气瓶送来了,她对他们说。他们暂时停止切割,吐出正在使用的气嘴,咬住新气嘴——咬住前先清理了气嘴周围的沙子。谢谢,一名潜沙员在心里说着,竖起大拇指。她觉得应该是马特,但很难分辨,因为他穿着潜沙服,戴着面罩。当那名潜沙员使用新气瓶呼气时,她努力解开那个人用

Across The Sand / 367

过的气瓶,把新气瓶系到那人身上。她之前感受到的敌意消失了。

你们试过电弧切割器了吗?她听见格雷厄姆这样想。

试过了,一个人的回答,不行。我们需要炸开它。

为了破坏这道牢固的钢制舱门,他们准备了各种工具,其中有几包炸药包。维奥莱能感觉到格雷厄姆的沉默中流露出的不安。但潜沙师傅还是妥协了。我来做盒子,他想。维奥莱不确定他是什么意思。

你确定?另一个潜沙员问。

是的。把其他工具拿开。维奥莱,把空气瓶拿走。

做这个维奥莱很乐意。她拿起用过的气瓶,向上游去。这时她感受到了另外两名潜沙员身上散发出的挫败感。他们已经在第一个舱口待了快一个小时。有人告诉过她,在这么深的地方长时间用气瓶呼吸是很危险的。她带着用过的气瓶向上方闪烁的信标游去。这是她今天第一次独自潜沙。她努力不让自己流露出逃跑的念头,但试图不去想某事只是在换一种方式去想它。她知道自己无论如何都不能逃走。那些人抓住了帕尔默。他们说,如果她有任何不听话的举动,他们就杀了他,她相信他们干得出来。这让她只希望他们能尽快得到需要的东西,这样她和哥哥就可以离开了。

她冲出地面,只有腰部以下还留在沙子里,吐出气嘴,呼吸真正的空气,然后用沙子把耗尽的气瓶推出来。地面支援小组的一名成员正带着充满的气瓶等在那里,这时便拿起一只耗尽的气瓶。"他们进去了吗?"布罗克问。

她摇摇头。"他们会尝试炸掉舱门。"

布罗克点点头。维奥莱不想待在他身边,就开始准备呼吸——连续快速地呼几次气,尽量把爸爸所说的"脏空气"都呼出去,再让好空气填满她的肺。当她的肺被充满时,她会更用力地吸气,继续填满那额外的百分之五。她把气嘴放进嘴里,只是为了防止它在身边晃来晃去,被沙子灌满——只有在绝对必要的时候,她才会用气嘴呼吸——然后她回到地下,去看看其他人怎样了。

从地面向下一百米,周围又模糊起来。但有一个明亮的新物体出现在下面——一块盒子形状的硬碴。她的父亲教过她一些基本的知识,但她从来没有见过这么大的长方体,却又拥有如此完美的边缘和形状。它非常……美丽。比那道铁门还亮。格雷厄姆就在那只盒子旁边。另外两名潜沙员朝她游过来。那个盒子显然是格雷厄姆做的,并且格雷厄姆还在保持它的形状。她看见那位潜沙师傅慢慢地往后退,感觉到他的心思在集中。

留在这里,一名潜沙员对维奥莱说。别再靠近了。

维奥莱不太确定该怎么做,但看起来,那名潜沙员抑制不住地流露出了恐惧。维奥莱便向他问道,你还好吗?

是的。只是潜得太深。呼吸有些累。

格雷厄姆怎么样?她又问。

他马上也会退上来,但他必须保持住盒子。把精神集中在爆炸上。否则,这里的沙子会让炸药熄灭……

维奥莱的面罩里闪过一道亮光，然后盒子中便散发出蓝色和紫色的涟漪。

到底是怎么回事？一名潜沙员在脑子里大声喊道。

维奥莱感觉到浪涛的拍打，沙子在流动，却又无比坚硬，把她撞到一旁。她恢复了平衡，又去帮助另外两名潜沙员，他们似乎也失去了平衡，维奥莱急忙让他们周围的沙子恢复流动。

一名潜沙员想：那颗炸弹应该没有爆炸。

维奥莱看到盒子从明亮的白色变成了橙色的碎片，被爆炸摧毁或削弱了。她大声呼唤格雷厄姆。潜沙师傅就在离破碎的箱子不远的地方。一动不动。维奥莱听不到他的回答。

爆炸把她身体里的一些空气震了出去，但她忍住了从气瓶里呼吸的冲动，一边朝格雷厄姆飞窜过去，一边咒骂着背上该死的累赘。她觉得自己仿佛在蜂蜜中穿行。似乎要花很长时间才能接近格雷厄姆。格雷厄姆的面罩被撞到了一边。维奥莱可以看到他的眼睛是闭着的。格雷厄姆！她尽可能大声呼喊。没有时间了。她知道必须尽快让格雷厄姆浮出地面。

维奥莱没有把他像打捞物一样拖在身后，而是和格雷厄姆胸口相对，用双臂环抱住他，试图把他们想象成一个整体。她推着下面的沙子，努力让上面的沙子不仅变得柔软，还成为了一个能把她吸走的空间，推力和拉力保持着完美的平衡。她同时在寻找格雷厄姆的思想，但她什么都感觉不到。

她瞄准远处的信标，和两名潜沙员擦身而过，他们和她背道而驰，正游向下方的舱门。维奥莱并不关心他们。她开始有了呼吸的冲动,空气的流失让她精疲力竭。她因为用力过度而燃烧了太多氧气。她回想起在围栏里最糟糕的日子、无人之地中最可怕的时刻——那时野兽在撕扯她的皮肉。现在,她胸前的新伤口还没有完全愈合,还在隐隐作痛,但这没有那么糟糕,没有那么糟糕。

她带着格雷厄姆浮出地面,大口喘着气。支援队的人跑过来,惊讶地看着他们。格雷厄姆的鼻子和耳朵都在流血。"亨利!"有人喊道,过了一会儿,给那个男孩做手术的人从帐篷里跑出来。亨利很快就开始为格雷厄姆检查脉搏。其他人纷纷为他让出位置。"用清水冲洗他的嘴。"他一边说,一边开始用力按压格雷厄姆的胸口。当他停下来的时候,有人把格雷厄姆的头转向一边,往他的嘴唇上倒水,又用一根手指伸进他的嘴里,挖他的舌头——一块沙子掉了出来。

他们开始往他嘴里呼气,格雷厄姆饱经风霜、满是瘢痕的脸颊鼓了起来。维奥莱为他感到害怕。她想起了罗伯。罗伯说起这个人就像父亲一样。她不想让格雷厄姆死。

格雷厄姆开始咳嗽,喘息。有人宽慰地拍了拍手。给格雷厄姆做人工呼吸的人扶他坐起身,拍打他的后背。维奥莱感觉到有人在摸她的头。

"发生了什么事?"布罗克问。

"我认为是爆炸出错了。"维奥莱说,"他会没事吧?"

"我很好。"格雷厄姆沙哑地说道。他试着坐直身子,但面容一阵扭曲,又躺了下去,用手捂住自己的肋侧。

"他们把门破开了吗?"布罗克问。

"我不知道。"维奥莱回答。她发现布罗克只关心他的打捞。但不管怎样,她和帕尔默要熬过这一关,唯一的办法就是让布罗克拿到他要的东西。她放下面罩,但这次她把面罩关掉,然后开始预备呼吸。吸满最后一口气,假装咬住气嘴,返身回到地下。

· · · ·

安雅握着乔纳的手,想起他们第一次真正的对话。她记得那时教堂的钟声响起,他坐在树上,告诉她镇上有多少教堂。她想着镇上的人在干什么,而他却在数数,和她谈论数字。

安雅现在也开始数数,用两根手指按着他的脉搏。他看起来仿佛只是在睡觉。就像有些下午,她在绿洲里逮到他,看着他躺在水坑旁的草丛里,身上盖着斑驳的树影。她会跳出来吓唬他,或者直接抓住他。她记得有一次,他说他差点吓尿了裤子。她笑得眼泪都流出来了。她想再吓吓他。只要能让他醒过来就行。

外面发生了骚动,有人叫亨利出去了,到现在还没有回来。安雅不再关心其他人出了什么事。她只想让乔纳活下去。没有什么值得让乔纳失去生命。

帐篷"啪"的一声被甩开。安雅转过头,看见亨利回来了。格雷厄姆和他在一起。那位潜沙师傅几乎是被两个人抬进来的。他们把他放在帐篷里的另一个地铺上,安雅打开那副铺盖是为了能睡在这里,不是为收容更多的伤员。

"他还好吗?"乔纳问道。

安雅吓了一跳,急忙低头去看乔纳——他的眼睛在颤动,头歪向一边,正看着格雷厄姆。

"他还好吗?"安雅反问乔纳,眼中噙满了泪水,"现在应该担心的是你吧!"她刚刚错了个眼神,他就醒了。

"我不这么认为。"乔纳舔了舔皲裂的嘴唇。他的下巴上还有先前咳嗽时吐出的斑斑血迹。安雅抓起一个保温瓶,放在他的唇边,又用一只手扶住他的肩膀,防止乔纳想要坐起来。

"不太好。"亨利看着他们说道。

格雷厄姆喘着粗气,每一次呼吸都很急促。"发生什么事了?"安雅问。

"脑震荡。"亨利说,"可能还有耳膜破裂,肋骨可能也断了。不过我觉得应该没有内出血。"

他似乎是想要说格雷厄姆会活下来,却又停住话头,走到乔纳身边,检查他的脉搏。"你感觉怎么样,孩子?"

"挺糟的。"乔纳的声音细小得如同耳语。

"你总是感觉挺糟的。"安雅对他说。

乔纳笑了。"这倒是真的。"他又咳嗽起来,安雅拿了一块布放到他嘴边,看到乔纳嘴唇上的血,她觉得心都碎了。这次咳嗽持续了很久,直到乔纳痛得昏了过去——安雅几乎松了一口气。乔纳的头歪向一边,看起来又像是睡着了。

亨利弯下腰,把耳朵贴在乔纳胸前,又和安雅对视了一眼。安雅能看到那双眼睛中的忧虑。他抬起头,对着安雅双眉紧锁。

"不要。"安雅的眼泪从面颊上滚落。她抓住了乔纳的手。

"他失血过多。"亨利说,"这里又没有我需要的工具——"

"治好他!"安雅说。

亨利摇摇头。"很抱歉。我已经尽力了——"

"他不能死!"安雅向亨利喊道,"他是我唯一的朋友!他不能死!"

·''''''\|\|''·''''''\|\|\|\|\|\|''·

在返回发射井的路上,维奥莱真的感觉到了孤独。没有格雷厄姆在身边,没有人告诉她该做什么。另外两名潜沙员也不见了。她厌倦了背后拖着气瓶,那只会让她感觉到肩膀酸痛。她伸手解开背带,把气瓶甩下去,一下子感觉又自由了。虽然她非常想在沙子里绕上一圈,但还是抑制住了这种浪费精力的诱惑。

下潜到两百米的时候,她意识到那扇大金属门已经变形了,原来与混凝土墙相连的地方,现在有了一个足够大的空隙,让她可以挤过去。沙子也在不断落入其中,但那里面还是能感觉到有空气。

透过这道门缝,她可以感觉到一名潜沙员正要出来。她以为是出了什么问题。

我们在这里都很好,潜沙员对维奥莱说——也许是因为他察觉到了维奥莱的担心。帮我搞定另一个。

那打捞呢?维奥莱问。

进来是最难的。他会把东西送上去。我们得炸掉另一道门。

潜沙员说一切都好,但他的想法却不一样。他的大脑仿佛正在说自己呼吸困难。维奥莱觉得自己在地面上吸到的空气还能维持,便尽量保持放松和冷静,这样她的身体就不会耗尽氧气。另一名潜沙员从背包中取出了第二块炸药砖,又回头看看她,似乎终于注意到她没带气瓶。

我没事,她感觉到对方的忧虑。但我们不应该先试着进行切割吗?

没时间了,潜沙员想。维奥莱不知道为什么会没有时间。不过她也不知道这些东西是怎么运作的。她只和帕尔默一起进行过一次打捞。她所知道的大部分东西都是从"蜜糖洞"人们的闲谈中听来的。所以她只是跟着这名潜沙员。潜沙员应该知道自己要去哪里。

另一道门在一个木结构建筑的下面,也许是一个小棚子或小房子。他们必须先把那些木头移开。也许前一道门也是如此,只是等她下来的时候,他们已经把障碍清理干净了。现在那名潜沙员正在剥开这个棚子的顶部,一块又一块木头,还有一片又一片金属。他的情绪中流露出焦虑和疲惫。维奥莱过来帮忙,让沙子从木结构内部流出,把墙壁推开,把屋顶掀掉。

谢谢,潜沙员心中想道。

他又对炸药进行了一些操作,把炸药放在舱门上。

盒子,维奥莱想。

如果你可以的话，你来做吧，他对维奥莱说，我需要空气。要上去。

现在这名潜沙员的脑子里一片恐慌。他用最快的速度向上蹿去。维奥莱看着炸药和舱门。一个盒子，她想。她已经好几个月没做过硬碴了。她做的更多的是玻璃，把一堆堆沙子压缩成弹珠，好在围栏里玩游戏。父亲在她耳边说：把周围的沙子都拉过来，专注于形状。她还听到上面的潜沙员在喊她回去，让她赶快游开。

维奥莱试着做出一个平面，但平面断成了两截，只掀起一波乱流。她有一种想要从气瓶中呼吸的冲动。她想起来，自己把气瓶扔了。她回忆起自己的功课，又回到她所掌握的知识中。她没有做一个盒子，而是在炸弹上方做了一个圆顶，就像她要压缩成弹珠的球体一样。从中心抽出沙子；同时从外侧向内堆积，尽可能去做，将越来越多的沙子填进圆顶，直到她感觉一堵阻力墙壁的出现，就连她的意念也被这堵墙反弹回来。她能感觉到这颗半球体的坚硬表面，便专注于将它保持住，自己则向地面退去。

——她听到自己的胸口猛然"砰"地响了一声，就像和帕尔默一起在那次派对中听到响亮的音乐时一样。不过这次声音只响了一下。她的耳朵里也随之响起一阵"嗡嗡"声。她感到头晕目眩，无法集中注意力，还意外地呼出一口气——或者是条件反射造成的。这让她有吸气的冲动。她的圆顶在意识中不再明亮和坚硬，仿佛只剩下一个影子。她用沙子把圆顶的残余全部冲走,感觉到舱门被向里炸开了。

向上,她想。她需要呼吸。其他潜沙员应该可以完成剩下的工作。面罩上的高度计数在迅速发生变化。移动的感觉让人平静。她在面罩后面闭起眼睛,靠触觉移动,感受着不同的深度和密度,就像地球皮肤上的皱纹。

回到地面上,维奥莱开始了半小时之内的第三次呼吸。她的身体又累又弱,被风一吹就感到浑身酸痛。她扯下面罩和头带,甚至懒得把沙子从衣服上和头发上掸掉。氧气带给她能量,舱门被打开,又没有人再受伤,这些都让她感到喜悦。

一个支援人员给她送来了水。"你的气瓶呢?"他问道。

"我把它放在下面了。"她说,"万一有人需要呢?"

另一名潜沙员正在她旁边"呼哧呼哧"地喘着气。是内特,也就是说,还在下面的是马特。内特用奇怪的眼神看着她。维奥莱转身把水递给他。"格雷厄姆怎么样了?"

"他很好。正在恢复。他想回来帮你,但我们不让。部署团队中的一名潜沙员正在穿潜沙服,准备下去帮你。我们只能轮换着——"

"另一扇门开了。"维奥莱朝内特点点头,"是内特炸开了它。干得漂亮。"

她脚下的沙子变软,马特浮出地面。维奥莱很高兴看到他没事。马特喘着粗气,立在齐胸深的沙子里。一个金属物体在他身边浮起来,通体灰色,被蜂窝状的金属片所包裹,看上去很美。马特的脸上洋溢着微笑。

"回收!"那个支援队的人喊道。布罗克已经跑了过来,用一只口袋罩住金属球,让它滚进袋子里。两个男人抓住袋口的绳子,一起把它提起来。这颗球似乎非常沉重。

"干得好。"布罗克说,"另一个怎么样了?"

"他们把门打开了。"马特说,"我只需要在这里喘口气,然后再回去拿另一个。下面的沙子被压得很硬,不好对付。"他看向内特,"你准备好再来一次了吗?"

内特仍然气喘吁吁,呼吸很不正常。他摇摇头。"我想我出了点问题。"他说,"没办法下去了。"

"我可以帮忙。"维奥莱说,"然后我们就结束了,对吧?你会放我们走?"

她抬起头,用乞求的眼神看着布罗克。

"是的。"布罗克说,"再弄上来一个,你们就可以走了。"

第三十九章　下潜

罗伯

罗伯能感觉到沙漠。他就是沙漠,向四面八方延伸出上百公里。萨弗船刺穿沙丘,像水在地面上流动,像触须一样朝地平线发出振波。罗伯可以感受到这些波动的共振和反弹,让他察觉这里一丝一缕的变化,世界的边缘仿佛变成了他的皮肤,每一道沙脊和隆起都是自己凸起和凹陷的皱纹。他们前面有一堆血肉,两艘正在逃遁的小萨弗船。一片沙丘形成的高地挡住了他们的去路。罗伯的精神力顺甲板向前压去,片刻之后,他感觉到沙丘爆炸,沙子落在脸上,高地中间出现了可以让萨弗船通过的缺口。

"嘿。"佩尔顿在驾驶舱中喊道,"无论你在做什么,你消耗电池的速度可比我们充电的速度快多了。"

罗伯隐约听到了这个声音。佩尔顿似乎距离他非常遥远——这片土地上所有的角落,无论远近都在争夺他的注意力。当务之急是要追上前面的人。沙漠在远方与山脉相遇——那种情景格外迷人,坚硬的岩石像楔子一样插入黄沙,形成了他感知的边界——

"嘿,兄弟,放松一点。"康纳在他旁边喊道,"我们的电量储备已经下降到23%了,每次你有什么动作,它就会减少个百分之七八。"

他感到自己与世界有一种更深层的联结,哥哥的声音把他拉了出来,让他回到眼下这一刻。透过面罩,罗伯可以看到沙漠地下世界的颜色和形状,以及前面两艘萨弗船留下的痕迹,就像游蛇在沙子上画出的印痕。丹尼的声音回荡在他的脑海中,告诉他,他做的手杖令人赞叹,只是他自己还不明白。那时他就应该阻止那两艘萨弗船,但他却错过了。他瞄准的是它们所在的地方,而不是它们要去的地方。而且沙子的回声是延迟的。看到远处的一样东西和听到它传来的回声之间会有一段时间的间隔……

"来了!"他听到纳特大喊,警告罗伯下一道沙脊的逼近,也警告大家即将发生的爆炸。但这次罗伯耽搁得太久,来不及夷平这道沙脊。于是萨弗船转而向北,试图在陡峭的沙丘中找到一条通路,整个世界也随之转向。

"""""""""""""""""

"他们要逃走了。"康纳对罗伯说,但弟弟似乎没理他。康纳转过身,看着在驾驶舱操作缆绳和舵柄的佩尔顿和纳特。"我们追不上他们了,对吗?"

纳特说:"如果考虑电力消耗,那我们的确追不上了。"

"就算真的追上了他们,我们又该怎么办?"佩尔顿问,"我们应该离开这些家伙,向南航行。"

纳特似乎很喜欢这个主意。他点点头,向佩尔顿做了个手势,佩尔顿开始放松绞盘上的绳子。

"不。"罗伯说。他的声音很轻,康纳几乎听不见,尽管罗伯就在他身边。

与此同时,跑在他们前面的一艘萨弗船飞了起来。康纳靠在桅杆上,看到那艘船猛然向侧面倾翻,一股沙子炸起了双体船的一侧船身。另一侧的船首陷进沙地。萨弗船在高速下失去了平衡,转了一圈又一圈,桅杆全被撞断了,大股水流从船上喷溅出去。而那艘船的残骸还在翻滚,不断激起一团团沙子,似乎会永远这样滚下去。

"哦,该死。"康纳说道。葛罗莱拉已经扑到护栏索旁,看着这一切,然后又转回身,目瞪口呆地看着康纳。另一艘红帆萨弗船转向一座沙丘的侧面,以避免撞上同伴的残骸。终于,它在最后一刻脱离了危险。康纳想知道失事的船上是否有人能活下来,他的弟弟是故意这样做,还是一个意外。罗伯是不是刚刚杀了人。

"我们的休战结束了!"纳特喊道,显然他和康纳在想着同一件事。

第二艘萨弗船转动帆桁。这次它没有绕过沙脊继续向西,而是转向顺风,开始径直向他们袭来。康纳听到沙子里有一块

Across The Sand / 381

松动的岩石弹起,发出"噌"的一声,又擦过了他脚边的萨弗船壳。随后他才听到一声枪响,意识到那根本不是一块石头。

"下来!"他冲葛罗莱拉喊道。然后他跃过移动的甲板,伸双臂抱住葛罗莱拉,把她带回驾驶舱。"别抬头。"他说了一句,就又去找罗伯。佩尔顿正在用步枪瞄准。一声巨响——他开枪了。康纳认为这毫无意义。两艘移动的萨弗船,又隔着这么远的距离,佩尔顿不可能击中任何东西。但不知怎么的,他又觉得对面的枪手会要他们的命。

康纳还没来得及抓住罗伯,却听见纳特向他大喊:"我们为什么不像刚刚那样再来一次?"

"我不知道!"康纳喊道。

他听到附近传来一记沉闷的撞击声,急忙低下头。又回头一看,发现主帆上出现了一点阳光。他蹲下身,沿着甲板向弟弟走去。现在另一艘萨弗船变得越来越大,那道似乎不可逾越的鸿沟正在迅速缩小。很快他们就会被敌人的枪手看得清清楚楚。到时候生死就全凭运气了。康纳一只手抓住弟弟的胳膊,要把他拖回驾驶舱。罗伯因为他的碰触被吓了一大跳,好像触电一样,把自己的肩膀从康纳的手里扭了出去。

"不要。"罗伯说。

"我们在被枪击!"康纳喊道。佩尔顿和他们的敌人都在开枪。不过似乎还没有子弹落在他们附近。

"我知道。"

康纳用自己的身体护住弟弟,盯着前面的萨弗船。纳特打算直接撞过去。两艘船进入了一道沙脊之间的峡谷。隔开它们的距离在飞速消失。康纳和罗伯完全暴露在前甲板上。佩尔顿不停地向另一艘船开枪,康纳发誓,他听到了子弹从耳边呼啸而过。现在他能辨认出那艘军团船上的各种细节,能看见船头上有人拿着一把手枪,还有一个人拿着步枪,靠在桅杆上。步枪的枪口亮起一道闪光,船壳被击中,发出碎裂的声音。罗伯像被击中一样猛然向后一跳,步枪的轰鸣随后传来。

"你还好吗?"康纳问。他的弟弟似乎没有受伤。康纳仍然蹲在他前面,等着自己被射杀。他回头看了看驾驶舱,佩尔顿正在那里再次开枪。葛罗莱拉从驾驶舱顶上看着他。纳特面色凝重,正在调整一根缆绳。

"我需要安静。"罗伯说。康纳却只想大笑和尖叫。他想把他的弟弟摇晃得失去理智,扯下他的面罩,让他看看散落在沙漠中的残骸,他们周围的枪战,还有那艘不断逼近,拼命想要报复的红帆船。

葛罗莱拉在驾驶舱向他挥手,她的紫色围巾遮住了她的脸。康纳意识到自己正处于敌对帮派的枪战中。事实上,他可能刚刚引发了一场帮派战争。这与他想象中的生活实在相差太远了。

他看到三双望向对面的眼睛都瞪大了。于是他转过身,想看看发生了什么事。又是一股沙泉喷涌而出,就在那艘咄咄逼人的萨弗船前面——现在那艘船和他们的距离只剩下了几百米。红帆船急忙转向躲避爆炸的黄沙,但还是有一侧船体被掀起来,让那艘船倾覆在黄沙中。康纳看到船头的一个人翻出了护栏索。另一个则一头扎进沙地——他穿着潜沙服,转眼就在一团黄沙中消失了。

佩尔顿欢呼起来,把步枪举过头顶。但是纳特看起来很生气。他一边避开船只残骸,一边大声叫人收起三角帆。葛罗莱拉正在摆弄绞盘。康纳再次扫视了一下倾覆的萨弗船,以确保没有枪手瞄准他们。他能看到装满水的金属桶掉落在沙地上。桶周围的沙子因为吸收了水分而颜色变深。他意识到这些人可能只是在绿洲里取水,并没有任何恶意。但他的弟弟却过分紧张,可能杀了人,还让他们毫无意义地用生命冒险。康纳开始反思自己到底在干什么。是他盲目地听任罗伯带他来做这些蠢事……

"还有军团的船!"佩尔顿突然喊道。他正指着远处——另一艘挂红帆的萨弗船全速向他们驶来。

他们驾船驶过倾覆的萨弗船。一名幸存者正在向阴影爬去,显然是受了伤。康纳离开弟弟,走向驾驶舱。在半路上查看了一下桅杆充电站的电池读数:8%。罗伯快要把储备用光了。这意味着他们所有潜沙服的电池也都用光了。

"这些人跑到这里做什么?"康纳问纳特,同时用一只胳膊搂住葛罗莱拉,她看上去和他一样胆战心惊。

"我倒是有一个猜想。"纳特说着,朝罗伯点点头。康纳花了一秒钟才回过神来。葛罗莱拉也顺着纳特的视线看向了罗伯。

"什么,罗伯?"她问道。

康纳摇了摇头。"不可能,那两艘船都载满了水。但为什么要走这么远？另外那艘船又是从哪里来的？"

佩尔顿正在用双筒望远镜观察第三艘船。"船上至少有三个人。"他报告说，"他们也在看我们——我看到了他们望远镜的闪光。有什么计划，老板？"

纳特转向康纳和葛罗莱拉。"他们要找的就是他的那根棍子。诸神在上，你们没有看到它的能耐？如果能那样操纵沙子，谁还需要炸弹？他们当然想要它。"

"没人知道他能做这种事。我都不知道！而且那些人是在我们之前到这里的。"

"你知道。"佩尔顿审视着康纳说道，"好了，伙计，我找到他为你潜沙挖的井了。"

"什么？"康纳说。

"什么？"葛罗莱拉也问道。

"那口井。"佩尔顿说，"就是你拽出那件纪念品的时候。我看到了它，清除了它的痕迹，但也许还有其他人知道。"他放下望远镜，拿起步枪，靠着驾驶舱顶棚，透过瞄准镜往远处端详。

"别乱开枪，除非我们遭到攻击。"纳特警告他。

葛罗莱拉盯住康纳。"你让他挖一口井，好让你潜沙？你在想什么？"

康纳搜肠刮肚地想着能说些什么。

葛罗莱拉拿起望远镜，咬住下嘴唇，扫视他们留下的残骸。也许她像康纳一样，思考着他们制造了多少灾难。

她又转过身，用手肘撑在驾驶舱顶上，眺望远处的小船。"我看到了四个男人。"她说,"其中一个人拿着枪。"她骂了一声,稳住身子——萨弗船撞上一块坚硬的沙地,晃了一下。

"能借我一下吗?"康纳伸出一只手,朝纳特脖子上的望远镜点点头。纳特摘下望远镜递给他。康纳站到了葛罗莱拉的旁边。

"桅杆旁还有一个人,双手在背后拿着什么。"葛罗莱拉说,"还有,如果我们能活着离开这里,我可能会杀了你。"

"记下了。"康纳说。

"等等。"葛罗莱拉说,"我觉得那个人的手……也许被绑住了?"

康纳调整了镜头的焦点。船头有个人靠在前桅索上,正在用双筒望远镜盯着他们。桅杆旁的一个人拿着枪,但没有对准他们。他的一只手搭在另一个人的肩膀上,那个人的手看起来确实像是被绑在身后。

"我的天。"他说,"那是帕尔默。"

在他旁边,佩尔顿开了一枪。

·············

"他们正朝我们冲过来。"斯莱奇说。他站在船头,用一副双筒望远镜观察对面的船,"现在他们驶过了那些不会驾船的家伙。"

"我告诉你,我看到了一颗炸弹爆炸。"

"驾驶舱里的那个人拿着枪吗?我不能确定。"

帕尔默听着他们讨论，试图理解他所看到的一切。看起来，像是一艘取水的萨弗船一头撞上沙子，发生了倾翻。那是一场可怕的事故，是他见过的最糟糕的事故。

"他们可能超载了。"一个人还在猜测，"装的水太多了。"

"是啊，可为什么那条龙之谷的萨弗船直接从他们旁边跑过去了？他们应该去救助遇难的船只。你觉得是不是休战结束了？如果真的结束了，我可不想在死后才知道。"

"冷静点。"斯莱奇说，"停战协定就是被这种情绪毁掉的，有人开始变得紧张——"

一颗子弹击中钢铁船身，发出一声巨响。一颗火星飞到了帕尔默脚边。紧接着就是步枪声。帕尔默和那个按住他的人都低下了头。帕尔默希望自己的手能被绑在身前，这样他就能捂住自己的头了。

"混蛋！"斯莱奇喊道，"他们向我们开枪！"

又是一声枪响，一颗子弹击中了他们附近的船身。随后是船首的枪响，囚禁帕尔默的人在开枪还击。帕尔默双膝颤抖着回到驾驶舱。这是第一次没有人担心他会逃跑。他翻进驾驶舱，坐到了舵手身边的凳子上，用力低下头。

"那边到底发生了什么事？"舵手问，"有人来救你吗？"

"我不认识那些人！"帕尔默说，"有人在向你们开枪，也许因为你们都是混蛋。"

舵手对他冷笑了一声，探出身子去看方向——不过他也不敢把头探出驾驶舱顶了，显然他也害怕会被子弹击中。帕尔默看着萨弗船尾的沙浪,还有双体船身留下的两道轨迹。他想跳下去。但他们会回来找他,或者向他们开火的土匪也有可能只为了消遣就杀了他。也许那里的确发生过爆炸。也许这些人伪装成龙之谷,其实是一伙强盗,在少有人迹的地方杀人抢劫。而且,如果他逃了,布罗克会不会杀了维奥莱?有可能。但他敢百分之百地保证,只要布罗克实现了目的,一定会杀了他们两个。他以前就见识过那个人的手段。他唯一的希望就是先活下来,然后努力回到维奥莱身边。

该死,该死,该死!他不知道该怎么办。直到他看见舵手座位下的刀鞘——应急刀。帕尔默一点点向绞盘挪过去,假装伸长脖子窥探前方的情况。船头的人还在不断开枪,不过他没有听到子弹打在萨弗船上的声音。也许他们干掉了对方的枪手。他坐到驾驶舱的地板上,身体前倾,直到双手碰到刀鞘,再摸索着寻找刀柄。这种刀都是被绳子捆住的。他把绳子拽脱了。

舵手转过身盯住他。"你要那把刀?你是白痴吗?"

帕尔默抓住刀子,把它从鞘里抽出来,站起身,背对着驾驶舱顶。舵手冷笑着说:"你打算怎么办?这样跟我打架?算了吧。"

帕尔默试着把刀身转过来,割断绑住手腕的绳子。舵手调整了一下航向,回头看了看前方的战斗,又看看帕尔默。帕尔默这时才发现,要想在不松开刀柄的情况下把刀刃插进手腕之间是多么困难,更不要说还必须用足够的力量才能把绳结割断,或者扭动双手把绳子锯开。这真是个糟糕的主意。

"你会割伤自己的。"舵手说。

这不是威胁，更像是陈述。根本不相信他能成功。但舵手是对的。帕尔默的胳膊肘撞到绞盘，差点把刀掉在地上。他低头看了看，绞盘上的帆索像吉他弦一样紧绷着，固定住了帆桁。他又看了一眼舵手。

"该死的，你敢！"舵手喊道。

·'''''lı··''''lı··''''lıı··

康纳终于说服了佩尔顿停止射击，以免误伤帕尔默，但他想不出办法让对面的人停止向他们开枪。至少他把昏昏沉沉的罗伯推进了驾驶舱。他的弟弟看起来很疲惫，甚至有些像喝醉了酒。纳特对他大吼，让他把手杖的电源拔了。电量下降到了7%。如果萨弗船就这样死在沙地上，什么都救不了他们。

"有什么计划？"康纳问纳特。

纳特低头骂了一声。又有一颗子弹打中了他的萨弗船。葛罗莱拉蹲在驾驶舱的遮蔽处，不时会试着转动绞盘，希望能加快船速。

"我们从他们旁边驶过去，继续向前。"纳特说，"尽量别中枪。"

"我哥哥在那条船上！"康纳告诉他。他越过驾驶舱顶向外瞥了一眼，现在两艘船只隔了一百米，很快就会擦身而过。

"我愿意为我的兄弟而死，但不是你哥哥。"纳特啐了一口。他显然因为被拖进这场混乱而怒气冲冲。康纳也是。他怒视着罗伯，罗伯正试着给他的手杖接上电源。

Across The Sand / 389

"不要用剩下的电了!"康纳对他喊道。

"他们来了!"佩尔顿也高喊一声。

康纳从船头上看过去,发现另一艘萨弗船似乎在最后一秒钟转向了。它的帆桁被猛地甩出去,仿佛要脱离船身。不过最终它只是挂在桅杆上,来回摆动。但主帆也因此失去了全部动力,只能在强风中抖动。军团萨弗船突然减速,让船头上的人顺着护栏索滚到了下面的沙地上。另一个带枪的人则倒在甲板上。康纳没有看到帕尔默,仔细搜寻一番,才在船尾部的驾驶舱附近发现了他。他的哥哥要跳船。原本拉紧红帆的缆索现在飘来荡去,变得毫无用处。帕尔默跌落在沙子里,一头栽倒。

"潜沙员下来了!"康纳喊道,纳特掌舵离开另一艘船,那艘船现在几乎无法再动弹,只有小三角帆还能鼓起一点风。

康纳看着帕尔默在沙地上停止滚动。拿枪的人又跪了起来。"开枪!"康纳对佩尔顿高喊。

"该死的说个准话。"佩尔顿埋怨着,不过还是把步枪瞄准镜举回到眼前。

葛罗莱拉转身对纳特喊道:"尽可能靠近他们!"

"什么?!"纳特说。

她跑到船尾,解开一根备用缆绳。康纳相信自己猜到了她在想什么,便抬手指向帕尔默。此时帕尔默正仰面躺在地上,两脚朝天,努力想把双手挣脱出来。"越近越好。"康纳高喊。

佩尔顿又开了一枪,然后挥舞起拳头。"打中了!"

敌人倒在甲板上。现在两艘船几乎要蹭上了。康纳看到那个从船头摔下去的人爬起来,掸去身上的灰尘。葛罗莱拉把缆绳系在一根桩子上,手里拿着剩下的绳圈。"我们太快了。"她说。

她是对的。他们正在从敌人身旁疾驰而过。倒在敌船甲板上的人没有动,但驾驶舱里的人举起了手枪。他开了一枪,子弹击中帆桁。他们全都伏低了身子。

康纳低头之前看到帕尔默正在奔跑。他站起来,喊着哥哥的名字,用力挥舞手臂。"帕尔默!"在第三次尝试时,他的哥哥转过身,显然是大吃一惊。看样子,他在落地翻滚的时候,将被绑住的双手越过脚底移到了身前。但他们离得还是太远了。就在他向他们的船跑过来的时候,又是一声枪响。康纳感到后背一阵刺痛,就像被石头撞了一下,迫使他向前栽倒。这时纳特转过舵柄,让船转向帕尔默。葛罗莱拉把绳子扔了出去。

康纳痛苦地弓起脊背,试着去触摸疼痛的地方。他的手上全是血。葛罗莱拉扔出的绳子绷紧了,她高兴得大叫起来,马上和佩尔顿一把一把地将帕尔默拽过来。

"我中枪了。"康纳说。

帕尔默被拉上了船,全身沾满沙子,衣衫褴褛,一只眼睛肿得睁不开,嘴唇破裂,看起来像是遭到了凶狠的殴打。他的胸口在流血,双手仍被绑在一起。一上船,他就倒在甲板上,仿佛已经没了一半的命。

康纳努力压住自己的伤口,他知道,这样失血的话,他很快就会死。葛罗莱拉看到他在甲板上扭动,就跑了过来,结果她的喜悦一下子变成了震惊。

Across The Sand / 391

第四十章　背叛

安雅

安雅不想离开乔纳,即使他的脉搏已经停止了。他的手还是热的,看起来只是在睡觉。她不敢相信乔纳已经走了。她想起了乔纳的父亲曾说过,希望死于塌方的是乔纳,而不是他的姐姐。想到这孩子的亲生父亲竟然如此不了解自己的儿子,安雅很生气。更让她生气的是,她和她的朋友过去也常常忽视乔纳,或者取笑他。他拿走了石头,这样其他人就没办法用石头去砸围栏里的人。他在这个世界上想要的就是大家和睦相处,还有一场好玩的三人纸牌游戏,还有机器人跟班。

安雅笑着拭去脸颊上的泪水。亨利已经离开,去照顾另一个呼吸困难的潜沙员。格雷厄姆这时坐了起来,正在用保温瓶喝水。他似乎也在为失去朋友的安雅感到痛心,想要安慰她一下。

"你也应该喝点水。"格雷厄姆说着,把自己的保温杯递给她。

"我不渴。"安雅说。

格雷厄姆点点头,又问道:"你是哪里人?"

"我出生在滥酒馆,但小时候就离开了那里,去过很多地方。主要是北方。"

这是她父亲教的。如果有人问她在哪里长大,或者问他们的口音,她就会这样回答。

"马斯顿?"格雷厄姆问,"阿吉尔?"

安雅抬头看着他。

"阿吉尔。"他说,"应该是。"

"我不知道……我从来没听说过那个地方。"

他摆摆手。"别担心。我不会说出去。"停了一会儿,他又说道,"在这里出生的人,没有人会哭成那样,不管有多疼。而且他们从不拒绝喝水。你活得还不够长,有些小技巧还没有掌握,不过现在你就知道了。"

老人深深吸了一口气,看着乔纳。

"我很难过。"他说,"因为你的朋友。"

"你不会告诉别人吧?"

"我?我自己也有太多的秘密要保守。"他犹豫了一下,"我曾经去过比这里更荒凉的地方。我曾经爱上过一位国王。"最后这句话让他自己哈哈大笑,然后又用拳头捂住嘴,咳嗽起来,"你们恋爱了吗?"

"没有。他是我的朋友。"

"爱一个朋友是可以的。"

安雅拿起乔纳折好的眼镜。这副眼镜一直放在乔纳身边的铺盖上。其中一个镜片碎了。

格雷厄姆说："有时候,这种伤害太大了,你会觉得自己无法再活下去。但你还是会活下去,然后事情就会变得轻松起来。相信我。"

安雅点了点头。她想要相信这位老人。

亨利回来了。"我们得走了。"他对安雅说,又看向格雷厄姆,"你感觉怎么样?"

"死不了。"格雷厄姆说。

"去哪里?"安雅问,"我们不能把他留在这里。"她说的是乔纳。

亨利来到格雷厄姆身边。"你能站起来吗？布罗克需要你帮忙做最后的准备。"

格雷厄姆让亨利扶他站起来,又朝安雅笑了笑,然后自己一个人吃力地走出帐篷。

"我们要去哪儿?"安雅又问了一遍。

"你和我要去绿洲。"等到潜沙师傅离开,帐篷里只剩下他们两个,亨利说,"部署团队现在就要离开。我们已经得到了我们想要的东西。"

安雅感觉到眼泪又回来了。"他必须被好好埋葬。我们不能就这样丢下他不管。"

"他会被火化。我们必须烧毁这里的一切。"

"不。我们要把他放到萨弗船上。我们可以把他埋在绿洲。

他喜欢那里。"

"抱歉。"亨利说,"我们没时间了。得走了。"

安雅站起来,冲出帐篷去找她的父亲。

"安雅!"亨利喊道。

一艘萨弗船已经启程,正在向南航行。安雅看到达伦在甲板上。她用力向那艘船挥手,但达伦正在和其他船员一起收拾装备,没有看到她。一些人在向另一艘萨弗船上装货——安雅知道那些人是不能和潜沙队接触的。她没看到父亲,潜沙员也都不见了踪影。她听见行动帐篷里有声音,是父亲。她不想从乔纳身边被拽走,也不想和父亲分开。所以在亨利来抓她之前,她先躲到了帐篷后面。站在帐篷的阴影中,她努力让自己恢复镇静。她手里还拿着乔纳的眼镜。她把它放进腹部的口袋里,又用衣襟把脸颊上的泪水擦干。这时,她仿佛又听到乔纳对她说:融入当地。这几乎让她又哭了出来。

帐篷里有了动静。安雅走到一处帐篷布接缝的地方,往里面窥看。她要确定父亲还在。她看到了父亲,还有维奥莱和另外两名潜沙员。潜沙员们正在把各自的头带交给父亲。安雅深吸了几口气,试图让自己平静下来。她又看到格雷厄姆从帐篷口走进来,还戴上了头带。亨利在另一边的空地上叫着安雅的名字,显然是在找她。一想到他们要把乔纳留在这个可怕的地方,安雅突然又开始怒火中烧。就在她心乱如麻的时候,格雷厄姆身子一沉,腰部以下都陷进了沙子里。随后其他潜沙队员和两名支援队员也都落入地下。只有父亲还站在帐篷里。没过多久,格雷厄姆慢慢浮出地面。安雅急忙支起耳朵,想听听他们会说些什么。

"今天干得不错。"父亲说。

格雷厄姆点点头。"我在这里把设备处理好,然后就会退出。"他指着那些气瓶说。

"不用麻烦了。"她父亲说着,掏出腰后的手枪,朝格雷厄姆的前额开了一枪。

"不!"安雅喊道。

父亲转过身,朝帐篷壁举起枪。安雅跪下来,掀起帐篷底襟,钻进帐篷。父亲看到是她,就把枪收了起来。安雅跑到格雷厄姆身边。老人的一半头骨不见了。安雅感到一阵恶心,全身都僵住了。她环顾四周,寻找潜沙员和支援人员——他们都被活埋了。

"你做了什么?!"她质问父亲。

布罗克走向她,抓住她的胳膊,想把她拉起来。

"你杀了他!"

"不能让别人知道这个地方。"父亲说,"好了,我们要出发了。"

安雅努力挣脱他。她走到维奥莱消失的地方,想用双手去挖,但那里的地面变得像钢一样硬。亨利跑进帐篷,忙不迭地向父亲道歉,可能是因为没有管住她。

"烧了这里。"父亲伸出一只手抱起安雅,把她带出帐篷。将她放进了那艘比较小的萨弗船,想要吻一下她的额头。安雅却向后缩去,脸上流露出反感的神情。父亲扶住她的下巴,让她看着自己。

"不要忘了阿吉尔。记住为什么我们会来这里。他们是我们的敌人,不是我们的朋友。"

"但乔纳是。"安雅说,"而且格雷厄姆……"

"帮亨利把沙丘虫准备好。我们明天见。"

安雅没有回话,只是盯着乔纳的帐篷。那里已经被点燃了。亨利离开行动帐篷,他的背后同样扬起一片烈火。

第四十一章 援救

罗伯

康纳脸朝下趴在驾驶舱里,衬衫被剪开,纳特和葛罗莱拉正在为他处理伤口。纳特让佩尔顿去拿急救工具。佩尔顿带回来了一只工具箱,里面有尖嘴钳、断线钳、刀片和一罐烈酒。

"我有一把一模一样的钳子。"罗伯说着,拿起尖嘴钳仔细看了看。

"我中枪了。"康纳第一百次提醒大家,"我需要的是医生,不是机械师!"

"击中你的只是一枚跳弹。"纳特说,"一点擦伤而已。别动,否则会很疼。"

"跳什么的……也是子弹!"康纳继续喊道。

酒罐打开,一股酒味飘进罗伯的鼻孔。看到酒精洒在伤口上,他同情地打了个哆嗦。康纳痛苦地扭动身体,一只手敲打着甲板,另一只手抓住了葛罗莱拉的手。

"我的天啊!"纳特一边将钳子伸进酒罐里,一边转向葛罗莱拉,"他第一次的时候总是这样吗?"

"你打算怎么处理伤口?"罗伯问。

"你哥哥的背上有一块金属。如果我们不把它取出来,他可能会死于感染——"

"我能听见你们说话。"康纳咬着牙说。

"他会没事吧?"葛罗莱拉问。

"不会有事的。"给钳子消毒之后,纳特把那罐酒精递给罗伯,指着撕成布条的康纳的衬衫说,"去照看一下帕尔默。他胸部的伤看起来有些糟糕。"

罗伯拿着酒精和布条来到驾驶舱后。帕尔默正在那里掌舵。他的样子的确很糟糕——脸又红又肿,双臂都有瘀伤,胸部有一道巨大的伤口。他在沙滩上被拖着走了一段,衣服全都烂了,抓着绳子的手掌起了水泡。罗伯不知道该说些什么,只能问:"你怎么了?"

帕尔默张开嘴想要说话,但纳特替他做了回答:"沙疤。你哥哥加入了滥酒馆军团。现在我们已经和那帮人开战了。"

"小心点。"帕尔默说。罗伯团起布条去清洗伤口。伤口看起来像是结过痂,但血痂被扯下来,伤口渗出了表明有感染的白色液体。

罗伯用酒精轻轻拍打伤口,尽量让动作温和一些,但萨弗船却在这时突然转向。帕尔默的脸因为疼痛扭成了一团。

"好了,我来吧。"帕尔默说着从罗伯手里接过酒精和布团,"你来掌舵。"

罗伯高兴地放下酒精，坐到舵柄后面的凳子上，让萨弗船在沙丘之间穿行。

他的一个哥哥正在用酒精擦拭身上的各种擦伤，而纳特在从另一个哥哥身上拔出一块金属。一种复杂的情感涌上了他的心头：因为看到哥哥们痛苦而痛苦，又为他们再次团聚感到欣慰。

帕尔默告诉罗伯："我们需要从这道沙脊的尽头绕回去。"然后他又提高声音，"葛罗莱拉，你能操纵绞盘吗？"

"你要征用我的船吗？"纳特问，"下次我可就要从你的身上挖子弹出来了。"

"他们的营地在那边。他们要挖出炸弹——军团会用那些炸弹夷平泉石镇和滥酒馆。我妹妹在那里。他们逼她潜沙。我们得让她知道，我已经安全了，这样她就不会再帮他们。所以，能不能听听我的建议？这样成千上万的人就不会死了。"

纳特似乎用了一点时间才理解了帕尔默的话。他点点头。葛罗莱拉弯下腰，吻了一下康纳的额角，然后走向主桅。罗伯把舵柄拉过来，驾船绕过沙脊。

"等一下。"罗伯忽然问道，"你说维奥莱在潜沙？她比我还年轻，你却让她潜沙——"

"现在没时间解释。"帕尔默说，"说真的，罗伯，现在不行。"

罗伯咬住嘴唇，但他不明白这些规矩，也不知道是谁制定了这些规矩。

"看不见萨弗船。"佩尔顿从桅杆上喊道。他已经爬上桅杆的一半高度,正举着双筒望远镜观察地平线。"但是前面有烟。"

"烟?"帕尔默问,"听起来不太对。"他又往胸前抹了些酒精"嘶"地吸着凉气。然后把瓶子和破布放到一边,朝船头走去,想看得更清楚些。罗伯一直保持着稳定的航向。葛罗莱拉用剩下的布条清理了康纳的伤口。纳特已经准备好了绷带。

"你还好吗,康?"罗伯问道。康纳转过头看着罗伯。

"纳特不在我身上挖洞,疼得就没那么厉害了。真不敢相信,我竟然中枪了。"

"是的。"葛罗莱拉说,"大家都知道你中枪了。现在你还加入了帮派,你很厉害。"她用力擦了一下康纳的伤口,让康纳疼得尖叫了一声。

罗伯现在可以看到烟了,和他们就隔着两道沙脊。他瞥了一眼驾驶舱里硕大的读数,显示电池电量只有6%。风力涡轮机正在将能量重新注入萨弗船,但还是比不上他们消耗能量的速度。现在这艘船需要沙子保持足够松散,才能快速航行。连在萨弗船上的潜沙衣肯定也快要耗尽了电量。他的手杖也不剩多少电了。

佩尔顿爬下桅杆,来到驾驶舱。这时帕尔默也回来了。"你在上面看到了什么?"他问佩尔顿。

"什么都没有。"佩尔顿说,"没有营地,没有船,没有人。只有一堆火。"他指向西边沙脊上的一道缺口,对罗伯说,"从那儿过去。"

康纳坐起了身,方便葛罗莱拉给他缠上绷带。纳特开始收拾医疗用品。

"这没道理。"帕尔默说,"就是这里。我们一两个小时前刚刚离开。"

"也许他们已经得到了想要的一切。"康纳说,"他们要下潜多深?"

"大约三百五十米。"他站在救生索旁,看着飘荡在沙丘上方的烟雾,"如果他们拿到了想要的东西,就会带着炸弹南下。维奥莱可能还在他们手里。我们必须去追——"

"我们需要先给电池充电。"纳特用一把螺丝刀指了一下电量读数,"再过半小时,我们就动不了了。"

"该死!"帕尔默开始在船侧甲板上来回踱步,"刚才那艘船上的人,他们得到的命令是任务完成以后带我回去,然后放我们走。但后来他们又想去看看其他萨弗船的情况。我早就应该回到这里了。我根本就不应该答应让她——"

"现在已经是这样了。"纳特说。他们已经非常靠近那片营地,甚至可以看到被烧成灰烬的旧帐篷。再过一天,风沙就会把这一点燃烧的废墟吹得干干净净。

他们停下萨弗船。罗伯抓起他的手杖,从充电器上拔下插头,然后从装备架上拿起他的头带和康纳的面罩。

"你知道你在干什么吗?"康纳问他。

罗伯看了一眼手杖顶部的 LED 充电灯。他没有足够的电量来操纵沙子,但他觉得,也许他可以找到那些南下的萨弗船。"我要看看它们离我们有多远。"他跳到沙地上。佩尔顿和纳特在系船帆。帕尔默和葛罗莱拉也跳下船,来到罗伯身边。

罗伯开始进行准备。帕尔默走到一顶帐篷前,查看那里的灰烬。"嘿!"他喊道,"这儿有一具尸体!"

其他人也都跑了过去。罗伯早就目睹了足够多的暴力。现在他只想阻止更多的暴力。他给装备连好线,戴上面罩,将手杖插进沙子,把面罩的分辨率调到最大,开始朝各个方向寻找痕迹。就在他们刚来的那个方向,有进出营地的萨弗船痕迹,也有向南的痕迹,大多相互平行,有新也有旧。他看到大约十公里外有一艘萨弗船,更向前大约两公里还有另一艘。他向西扫视,什么也没看见,再次转动方向……一堵巨大的硬碴墙壁几乎遮蔽了他的全部感知。

"火下面有东西。"他掀开面罩,指着硬碴墙所在的地方。其他人聚集在帐篷的废墟周围,都在端详一具尸体。"嘿!"罗伯高喊,"这儿有潜沙员。他在维持着一道硬碴墙,看样子是要躲着我们,就在那里。"

佩尔顿听到喊声,抓起步枪,站在船头的操作台上,瞄准了火堆,同时向众人吆喝:"离那具尸体远点!"

帕尔默和葛罗莱拉从火堆旁后退了几步。"你能打破它吗?"帕尔默问罗伯。

罗伯看了看手杖的LED灯。"我的电池快没电了,但我可以试试。小心。"他戴好面罩,把一撮沙子塞进那道硬碴墙,但没有发生任何事。"太硬了。"他说,"有人在用很大的力量维持它。"但他立刻就发现自己错了。维持这道墙的不是人,而是一样东西。

硬碴的光亮让他没有看到沙子里一组电线散发出的微弱信号。罗伯摘下面罩，跑向那些电线。"这里。"他说，"挖"。随后他就跪倒在地，开始用手刨沙子。葛罗莱拉也跪在他旁边。很快帕尔默开始帮他们一起挖。

"挖什么？"帕尔默一边挖一边问。

"有一件潜沙服埋在这里。它还连着电线——就在这儿！"他找到了那两根电线，把它们从沙子里拽出来。"割断它！"

"刀！"帕尔默对纳特喊道。纳特去驾驶舱拿了刀子过来。帕尔默又转向站在船头的佩尔顿，"掩护我们。"

佩尔顿点点头，向远处望去。纳特把刀子扔给帕尔默。结果刀子落在离帕尔默半米远的沙子里。帕尔默眯起眼睛，看看那位领主。抓起刀，把电线割断了。罗伯看着燃烧着的地面：硬碴开始坍塌，火焰坠入沙漠地下。他提防着潜沙员跳出来发动攻击，但什么都没有发生。帕尔默手里拿着刀。朝帐篷的废墟跑去。他跑到塌陷的坑边，一下子呆住了。然后他惊恐地回头看向众人，又一下子跳进了那个坑里。

罗伯和葛罗莱拉跟在帕尔默后面。他们到达坑边时，帕尔默正在把维奥莱的尸体从烟雾和灰烬中抱出来。下面还有四五具尸体，全都堆在一个残破的硬碴盒子里。落下的红色灰烬烧灼着衣服和肉体。帕尔默长声号泣，为维奥莱，也为这个世界。他将维奥莱从浓烟中抱出来，把她放下，跪在她身边，还在不断地抽噎。葛罗莱拉用手捂住嘴，也哭了。罗伯顺着她的视线看过去，发现葛罗莱拉的哥哥马特也在坑里。一动不动——死了。

她和康纳沿着大坑的斜坡滑下去,来到马特的尸体旁。

罗伯没办法再去看。他去找帕尔默,他的心已经碎成了一千片。这时,他听到维奥莱的咳嗽和呻吟,看到女孩想要坐起来。

第四十二章　沙中的线

安雅&维奥莱

萨弗船在沙子上航行，安雅一个人坐在船头。达伦的船在前面将近两公里的地方。她已经看不见亨利的船了，那艘船独自朝绿洲驶去，船帆早已消失在东南方的地平线上。安雅拒绝和亨利一起回去。面对她的反抗，父亲没有坚持。当亨利试图让她乘上自己的萨弗船时，她抓了亨利的脸。他和父亲丢下乔纳的尸体，让安雅非常生气。现在，看着沙丘从身下滑过，她感觉脱离了这个世界，也脱离了自己。

不知为什么，现在这种自我意识的丧失让她感觉未来比阿吉尔毁灭时更不确定。在家园被摧毁的那些日子里，她觉得自己可以继续生活下去，她会和父亲住在别的地方，完成学业，找到工作，找个人结婚，沉重的悲哀和伤痛不会阻止她走下去。她仍然是完整的；还有生活的动力，能看到命运的轨迹。现在这一切都在她周围崩塌了。她不知道自己在哪里，她是谁。也不知道她的父亲是谁。

她亲眼看到父亲杀了格雷厄姆。一枪爆头，就像摘下一朵花一样容易。这种行径是如此令人作呕，令人震惊——这是不应该的。当他们把那位老人从他的工作室中拖出来时，她听到父亲威胁要杀了他。从出生那天起，她就在听父亲谈论这些人——以他从来不会改变的口吻。她在围栏里待过一段时间，看到过那些囚犯被迫接受的生活。那样的生活仿佛只有一个目的，就是要缩短他们的生命。在某种程度上，她知道父亲来这里是为了彻底消灭这些人。她知道，但她没明白。她甚至一直在帮助父亲。

还有维奥莱，还有其他潜沙员和地面支援团队。他们都死了。他们只是在做一份工作，得到承诺会有报酬。安雅记得曾经有一天，当她把糖果丢给维奥莱的时候，维奥莱给了她一颗玻璃弹珠作为交换。那颗弹珠可能还在她卧室抽屉的后面。而那一天仿佛已经是上辈子的事情了。

她从口袋里掏出乔纳的眼镜。一块镜片上的裂缝闪闪发光，就像阳光下的水珠。她戴上眼镜，世界变得模糊。乔纳不戴眼镜的时候，看到的世界就是这样的。世界会呈现出多么不同的模样，想想就觉得不可思议。她收起眼镜。萨弗船还在滑过沙子，风在沙漠表面吹出了细小的皱纹。

她听到驾驶舱里传来一阵笑声，几个男人在分享香烟，说着笑话。他们不知道，她的父亲也为他们做好了安排。只有她、达伦和父亲会在这次向南航行中活下来。安雅觉得肚子很不舒服。她和维奥莱多么容易就会互换位置？安雅可能在围栏里长大,穿越沙漠回到族人身边,最终却被活埋。维奥莱可能被培养成一名矿工,有一天结婚生子,过着正常的生活。

安雅想起自己对维奥莱说的最后一句话——她们是敌人,不是朋友。但这是为什么?因为是维奥莱的同胞炸毁了阿吉尔,这就是原因。安雅试图让自己牢牢记住城市被烧毁的景象,记住她当时的愤怒,父亲教给她的愤怒,记住尸体上烧焦的皮肤一片片剥落,还有朋友们死去的画面和梅尔欢快的笑声——这些都已经从世界上消失了。但她现在知道,炸弹是从哪里来的。是她父亲把炸弹挖出来的。父亲原本计划在这里使用它,就像他们即将在泉石镇和滥酒馆使用那些新挖出的炸弹。要是父亲把炸弹留在地下就好了。要是每个人都能放过彼此就好了。

"你需要喝水。"她听到父亲说。

安雅转身看见父亲站在护栏索旁边,手里拿着水壶。他把水壶递给安雅。怒火中烧的安雅却只想拒绝,但她想起了格雷厄姆说的话,才接过水壶,用颤抖的手摸索着水壶盖子。

"我们会一直航行到天黑,然后宿营过夜。"父亲说,"如果觉得冷了,就到这里来暖和一下。"

"我没事。"安雅说着喝了一口水,又转头向前方望去。

"很抱歉让你看到——"父亲话说到一半,深吸一口气,一只手按在她的肩膀上。安雅想象着肩膀上的这只手拿枪,扣动扳机,向维奥莱开枪,向梅尔开枪,向她开枪。"对不起。"父亲说。

在父亲的手掌下,她的身子无法动弹,只是在微微发抖。父亲离开以后,安雅忽然意识到自己很高兴见证了父亲开枪杀人,也很高兴看到维奥莱消失在沙子里。毕竟,这些事无论如何都会发生。的确,什么都不知道可能会更舒服,留在家里,照常去上学;父亲则离开几个月,再几个月,然后回家,洗掉身上的污垢。她什么都不会看到,但这也不会阻止那些事情发生。最终她只是对这个世界和世界上的人一无所知,对她爱的人一无所知。

维奥莱记忆中最后一幕就是自己在数手指,数着数着就睡着了。

在马特捞起第二颗铁球之后(那种球的蜂窝状外壳看上去就像是蜥蜴的皮肤),潜沙员们再次被带进大帐篷,两名地面人员帮助他们卸下气瓶和背带。格雷厄姆也过来帮助他们。看上去这位老人的感觉好多了。他和布罗克要收走他们的头带和面罩。当格雷厄姆跪下,接过维奥莱的潜沙工具时,维奥莱看到了他脸上的表情——一种她在父亲脸上看到过无数次的表情,夹杂着悲伤和遗憾。"没事的。"老人低声对她说。然后退到布罗克身边。紧接着,大地吞没了她。

她发现自己陷入黑暗之中,笨重地摔在一片坚硬的地面上。另一个人落在她身上。又过了一会儿,一根荧光棒被掰开。她周围出现了几张绿色的脸和几双瞪大的眼睛。他们四周全是坚实的墙壁。他们被活埋了。

有人开始抽泣,有人在坚实的硬碴墙壁上捶打、抓挠,其余的人在商量该怎么办。维奥莱坐在角落里,感到困惑又害怕。但她看到了格雷厄姆的脸,听到他说不会有事。格雷厄姆是她的潜沙搭档,就和帕尔默一样。她闭上眼睛,等待格雷厄姆来救他们。随后,她开始练习屏住呼吸,一只手数秒,另一只手数分钟……

是帕尔默叫醒了她。帕尔默没有了衬衫,脸上全是沙子和烟灰,一只眼睛肿得睁不开,泪痕划过他的脸颊。她想要看得更清楚一些。帕尔默裂开的嘴唇一下子现出笑意。维奥莱想说些什么,但她的喉咙疼得厉害,她嘴里全都是烟灰的味道。她咳嗽着,想坐起来。然后罗伯扑过来,哭着搂住了她。

"你们是从哪里来的?"她想问罗伯,但她的声音很细,沙哑得厉害。

帕尔默和罗伯抱着她又哭又笑。维奥莱很奇怪他们是怎么了。环顾四周,她发现所有帐篷都不见了。她能看到的只有一艘萨弗船。几处低矮的火堆还在冒烟。她又看到一座火堆附近,有两个人正跪在一具尸体旁边——是康纳和葛罗莱拉。兄弟们的吵闹让康纳回过头,又一下子站起了身。他也没穿衬衫,肋骨上缠着绷带。他跑过来,跪到地上,同样张开双臂抱住了她。

维奥莱只想说些话,告诉大家一切都好,但她做不到,只能希望哥哥们能像她一样,强烈地感受到此刻的美好。

安雅在吊床上醒来。有人半夜时给她盖了一条毯子。她记得自己躺在吊床上,仰望星空,寻找流星,因为寒冷和困惑而颤抖。驾驶舱里的人则有说有笑。她还看到烟草的余烬在旁边的萨弗船甲板上飞舞。东方渐渐变白。安雅揉了揉眼睛,坐起身。有人在升起船帆——绞车在"吱吱"声中转动。她一定是被那声音吵醒的。她觉得肚子很空,却又没有食欲。她走到护栏索旁,爬过去,跳到沙地上。

"我们要走了。"一名船员对她说。

"我要上厕所。"她说。船员点点头,有些尴尬地转过身。因为安雅在脱裤子。

上过厕所以后,安雅走到距离萨弗船几步远的地方,凝视着西方的群山。那些山峰隐没在地平线上,几乎无法看见,只有犬牙交错的峰顶直插云霄。

西方——她从来没有想过那个方向会有什么。从记事起,她就一直想往东走,漂洋过海,去帝国的中心。在那里,所有矿石都会变成美丽的东西。安雅从来都不喜欢生活在边缘地带。而现在,她已经超越了边缘。但边缘之外还有边缘。

她忽然明白了父亲工作的意义,那些围栏和笼子全都是有意义的——这里的人和她一样,都一心想要到东方去。他们和她都想要同样的东西。一些新东西,与这里不同,更加美好。但是在这片沙漠上有一条无形的线,出生在这条线的一边,意味着你只能过着悲惨的生活,最后被沙丘活活埋住。出生在另一边则意味着你可以把沙子踢进风里,让它们去埋葬对面的人。

如果她生活在这里,她想要什么?她会想坐船去阿吉尔,仅此而已。如果没别的办法,她会往东边走,哪怕是穿过地狱。然后呢?她到了东边会做什么?首先要喝一杯冰啤酒,睡在没有沙子的地方,洗个澡,找一个朋友,建立一个家庭,找一份不那么糟心的工作。

这里的人想要的就是这些?

"我们要出发了。"父亲喊道。

另一艘萨弗船也升起了船帆。现在的光线刚好让他们穿过沙丘。

"来吧,安雅。"父亲又喊道。

安雅转向父亲的萨弗船。然后她看见地平线上的灯光。北边有一艘萨弗船,正穿过黎明,向他们驶来。

·············

在等待萨弗船充电的时间里,他们没有什么事情可做,所以有充足的时间悼念死者。他们把尸体安放在格雷厄姆建的硬碴坟墓中,开始了一场正式的火葬。在另一顶烧焦的帐篷中,他们又发现了一具小尸体。维奥莱知道,那是中枪的男孩,安雅的朋友。一见到他,帕尔默又开始哭泣。维奥莱站在帕尔默身边。她知道帕尔默一定很难过,因为是他们找到的枪造成了这一切。

随着尸体被烧成灰烬,葛罗莱拉首先开始追忆马特——她的哥哥,马特对她的意义,马特曾经是怎样的一个人。康纳希望自己有机会能更好地了解他。他们每个人都向火堆里扔了一把沙子。维奥莱走到火葬堆旁,也往马特身上撒了一把沙子。"他是一名优秀的潜沙员。"她说。

罗伯郑重地向格雷厄姆道别。那位潜沙师傅是因为潜沙服上的电线才被认出来的。罗伯感谢他教了自己那么多东西,但格雷厄姆还是把他知道的所有其他知识都带走了,这让罗伯感到难过。维奥莱站在火葬堆边上,告诉格雷厄姆,她知道他是想救他们,并感谢他给她做的潜沙服,还说她会好好照顾那件潜沙服,会比照顾父亲做的那套更用心。康纳站在后面,看着火葬堆的烟雾高高飘起,一直向西,越过群山,消失在远方。

随后,他们坐在萨弗船的阴凉处等待电池充电,吃着肉干,喝光了几乎所有剩余的水。纳特不时会跳起来查看一下读数,还在涡轮机上喷了油,祈求风更强一些。

"从这里到丹瓦需要多少电?"佩尔顿问。

"丹瓦?"帕尔默纠正他,"我们需要追上那些向南航行的人。这才是最重要的。"

纳特摇了摇头。"我们肯定没办法追上他们,他们已经领先太多了。你弟弟把我们的电池全耗光了——"

康纳说:"如果不是罗伯这么做,帕尔默早就死了。"

纳特耸耸肩,"如果你们说的是真的,现在就会有成千上万的人死掉。一条命算什么?"

"我们有麻烦了。"葛罗莱拉指着西边说道。一艘萨弗船正从那里驶过来,扬着红色的船帆。

"是斯莱奇。"帕尔默说,"他一定是把船修好了。佩尔,你的

Across The Sand / 413

步枪呢？"

"我们可能要承认一些事情。"纳特在佩尔顿去拿枪的时候说,"我的手枪只是一件生锈的道具。其实我们只有这杆步枪。"

"我们的人比他们多。"帕尔默说。

"是的,但我们没有电。"康纳说,"他们有。他们会埋了我们。"

纳特用双筒望远镜仔细研究迎面而来的萨弗船,"我不认为我们的人数超过他们。我看到至少六个人,肯定是从那些残骸里救起来的幸存者。"

康纳转向罗伯。"你有什么主意？你的手杖里还有魔法吗？"

"那不是魔法。"罗伯反驳道,"现在的电量可以发送和接收信号,但没有更多的电能,我没办法移动大量沙子。我可以发信号求助……"

帕尔默笑了。"你还可以告诉援军,他们有十分钟的时间赶过来。"

"我有个主意。"葛罗莱拉走出阴影,朝逼近的萨弗船走了几步,然后回头看向其他人,"你们都在船的另一边等着。我会跟他们谈谈。"

"这是世界上最糟糕的主意。"康纳说,"不能这样。"

"如果他们直接开枪打死一个手无寸铁的女孩,甚至不愿意听她说一句话,那我们就都死定了。我们跑不过他们,也无法战胜他们。"

"她说的有道理。"纳特说。

康纳猛地转向纳特。"你别乱说话。"

纳特将双臂抱在胸前。"我倒是想躲清静,但你们已经把我卷进来了。"

"是啊,因为你想利用罗伯去挖更多东西——"

"住口。"葛罗莱拉说,"我们没时间了。我要去跟他们谈谈,所以希望你们都躲起来,这样他们就不会朝你们开枪,再误伤我。"她看了康纳一眼,让他知道争论是没有意义的。康纳来到她面前,在阳光下给了她一个拥抱。

"我和你一起。"维奥莱说。看到康纳又要争辩,她对康纳说,"如果她是对的,那我要么没事,要么死掉。"

"好了,我们走吧。"纳特拍拍手。维奥莱看着这五个人带着一杆步枪,跑到了萨弗船的另一边。

"你不必这样做。"葛罗莱拉一边告诉维奥莱,一边摘下自己紫色的围巾,擦去脖子上的汗水,再把它收好。

"你也不必如此。"维奥莱伸出手,握住葛罗莱拉的手。萨弗船这时正在转一个大弯,让自己进入迎风方向——帕尔默教过维奥莱这种停船的方法。人们用望远镜和枪瞄准了她们。维奥莱看见斯莱奇站在船头上。这让她想起了第一次见到这个人的那一天。那天她学会了驾驶萨弗船。而这个人偷走了她打捞上来的所有东西。

萨弗船在距离她们五十米的地方停下。驾驶舱里有两个人把枪架在舱顶。其他的人扫视着四周的沙地,也许是在提防遭到突袭。

"我们没有潜沙员在下面。"葛罗莱拉说,"我们的电池用完了。其他人就在船的另一边。"

斯莱奇把遮住脸的围巾拉下来。"没错,我们看到他们跑过去了。只要他们一出现,我就砍掉他们的头。"

"我只想和你们谈一谈。"葛罗莱拉说。

斯莱奇笑了。"他们派你们来说服我们?"

"这是我们自己的主意。"葛罗莱拉说,"我们没有武器,我们……"

"我的人死了!"斯莱奇咆哮道。

"我哥哥也死了。"葛罗莱拉一指火葬堆,"他是军团的人。他们杀了他。还有更多你的人也死在他们手里。你还不明白吗?他们想让我们自相残杀。再多的杀戮也无法让死去的人活过来了。"

"也许是不行,但会让我感觉好一些。"斯莱奇说,"而且他给的报酬很高。你的花言巧语不会让我的家人有地方安身。现在,船后面的人都出来,举起你们的双手,纳特,不要让我们开枪。"

"罗伯!"有人喊了一声。敌人的枪口立刻转到龙之谷萨弗船的船头。罗伯从船身后面走出来,双手高举过头顶。

"放松。"斯莱奇对手下说,"他只是个孩子。"

"如果你想要的只是硬币和打捞。"罗伯迎着风喊道,"我能给你的比你想象的还要多。"

斯莱奇的人都笑了。维奥莱看到康纳探出身子,想要抓住罗伯,但有人把他拽回到了船后面。

"这就是你的计策吗,纳特?"斯莱奇喊道,"派女人和孩子来为你讨价还价?你不会活着离开这里的,老朋友。你破坏了停战协议,现在你要付出代价。"

"你可能应该听听那个男孩说些什么。"纳特也举起双手走了出来,维奥莱看到军团的一支步枪对准了他,"我见识过他的能耐,你的一些手下也见识过。问问他们,那些沙丘是怎么消失的,就好像从没有存在过一样。"

"是的,我听过他们的胡说八道了。那么,你们有了一种新型炸弹。所以我更有理由杀你——"

纳特说:"只有他的两个哥哥成功地到达丹瓦,还能活着回来。那都是因为他。如果他想和你讨价还价,那么你就应该听一听。"

"我们可以让他成为人质,然后他就会给我们表演他的把戏。"

"不。"葛罗莱拉走上前。另一支枪转向了她,"我知道你想报仇。我也是,但我们应该报复的人都跑了。他们挖出了足以摧毁整个泉石镇和滥酒馆的炸弹。他们给你的硬币毫无价值,因为如果他们赢了,你就没有地方可以花那些钱了。所以我们必须合作。"

斯莱奇听了,只是哈哈大笑。他说:"今天的停战将变得非常昂贵。我估计你没有那么多硬币。"

纳特说:"听起来,你是想谈笔交易。"

斯莱奇的手下嘀咕起来。他叫他们小声点。

"那些人只是在利用我们。"纳特说,"这个你知道吗?我接受了利用,开始组建军队。当然,我原先就打算打破休战协定,而且要抢在你前面。但那些混蛋说服了我。因为他们正要去南边,要毁掉我们的家园。我真是个白痴,竟然拿了他们的硬币。"纳特朝燃烧的帐篷挥挥手。"你也和我一样蠢。"

"你承认一直都打算背叛我了?"斯莱奇问。

"是的。你不也是这么想的。我现在是要你和我一起看看,看看我们有多么愚蠢——"

斯莱奇笑了。"那是因为我有全部的筹码,你这个蠢货。"

"不。"纳特说,"付钱给我们的人才拥有全部的筹码。我们都是蠢货。而你尤其愚蠢,竟然不听听这个男孩要说什么。他正在给你提供一条通往丹瓦的路,还有我们两个都用不完的财富。"

斯莱奇的萨弗船上传来更多抱怨的声音,但斯莱奇挥手让他们安静下来。"即便你说的是真的,即便你付得起钱,你现在也无法阻止他们了。他们比我们早走了半天。再过几个小时,天就黑了。明天天一亮,他们就会出发。你绝不可能追上他们——"

"我们可以在晚上航行。"罗伯说。

军团的人们发出嘲讽的笑声。"以什么速度?在这个连月亮都没有的时候?"斯莱奇笑了,"我不需要杀你们——你们去自杀吧。你们会撞上遇到的第一座沙丘,或者只能在潜沙灯的光线里慢慢爬,速度还不如步行。"

"我可以给你们带路。"罗伯走上前,来到葛罗莱拉和维奥莱身边,"即使在黑夜里,我也能看到沙子,知道该往哪里走。我来带路。然后我还会给你一条去丹瓦的路。"

⁕⁕⁕

"是斯莱奇和他的人。"萨弗船靠近时,站在布罗克旁边的一个人说道,"该死的,真是时候。"

安雅的父亲在驾驶舱里向她招招手。"上船。我们走。"

这是安雅最不想做的事,但也是她唯一能做的事。她上了萨弗船。达伦的船先一步向南驶去。当安雅伸手拉住父亲时,他们的萨弗船已经在缓慢地向前移动。她的脚离开地面,沙子开始流动起来。

"你们怎么耽误了那么久!"船上的一个人对新来的船喊道。那艘萨弗船放慢了速度,没有超过他们,只是跟在他们旁边。

"停船!"有人喊道。是斯莱奇,他正站在船头。安雅以为他是想要更多的钱。那家伙整天和父亲提起的都是钱。

"我们需要一整天时间才能到达泉石镇。"父亲回应道,"有事我们在那里谈。你把收尾的事都做好了吗?"

那艘船行驶到他们的迎风一侧,和他们并排前行。舵手咒骂他们把风都偷走了。两艘船的速度完全一致,相距只有三米多。从安雅的位置看过去,天空开始变成橙色和红色,对面那些人全都变成明亮天色下的一片片剪影。

"是的,我们杀了那个男孩。但是我们的一艘船坏了。我这边还有个人受了伤,你那边的罗科最会接骨。所以停一下船。"

"你在耍什么花招?"父亲问。安雅看到父亲的手在向手枪靠近。对面的人也不太正常。她能清晰地感觉到两船之间的紧张气氛。

"没什么花招。我只想和我的人谈谈。孩子们,把船停下。"

"继续航行。"她的父亲命令道,"远离这些家伙。让船帆鼓满风。"

舵手点点头,转向远离了另一艘船。他们的帆重新被风吹满。船速明显加快了。安雅仔细打量对面的萨弗船,看到船身的一扇舷窗里有些动静——甲板下面有人。而这艘船的驾驶舱和船头之间大约有八个人。这艘萨弗船此时再次转向他们,把他们挤向西边的沙丘。

"离他们远点。"布罗克说。

有一个船员正在用绞盘收绳子。"我们正在这么做,先生。"

"我说停船。"斯莱奇直接对对手喊道,"停下,伙计。这是命令。"

"是我付钱给你。"布罗克也对那名舵手说,"你的钱不是他给的。甩掉他,你的报酬加倍。一枪打死那个人,给三倍报酬。"

"先生?"绞盘旁边的人诧异地问道。

"我相信你们的老板没胆子继续干下去了。他还想阻止我们。跟我一起干,我就付你们三倍的钱。如果听他的,你们什么都得不到。"

安雅看到船上那些人面面相觑。过去几个星期里,她在父亲身边不下十几次见到过这种情形。让这些人在金钱和理智之间做选择。他们总是会选择硬币。现在他们相互点点头,转动绞盘手柄,调整舵柄,小船慢慢地向远处挪开。另一艘萨弗船也随之稍稍转向他们,调整船帆,加快速度。这艘船肯定有问题:无论是它行进的方式,还是船上那些人分散开站在护栏后面的样子——现在他们本应该懒洋洋地坐在船里,抽烟,说笑。这艘萨弗船是来阻止他们的。安雅看出了父亲早就看出的问题。而这对父女的不同之处在于,女儿希望对方能成功。

另一艘萨弗船的驾驶舱里又有了动静——有人从下面钻出来,又从船尾跳下船。沙子眨眼间吞没了他们。安雅不知道有没有人注意到这件事。这时,另一艘船上的一个人从腰间拔出了枪。她父亲的手也落在枪套上,想去拿自己的枪,但枪套是空的。他第二次、第三次拍打空枪套,又困惑地环顾四周。

安雅用颤抖的双手拿着枪,退到另一侧的护栏索旁。

"嘿,她有枪。"绞盘旁边的人说。

安雅的父亲转向她。另一艘萨弗船逼近了。

·······llll···"lll···"lll···

"他们看出我们有问题了。"斯莱奇悄声对下面的纳特说,"正在和我们拉开距离。"

维奥莱和她的哥哥们挤在船里。她和罗伯在吊床上整晚都没睡。他们轮流使用罗伯的潜沙头带和面罩,学习如何看沙子,引导航向，同时两个人也能轮流休息。现在，冷风还在不停地向她的骨头里吹进一阵阵寒意。她不时会透过小舷窗往外观望，想看看有什么事情发生。但康纳和帕尔默会轮流把她拽回来，警告她好好躲起来。

"你的舵手把他们吓到了。"纳特透过打开的舱门对斯莱奇说，"叫他把船开远一点。"

"如果我们再靠近一点，我就能瞄准那个大个子混蛋了。"斯莱奇说，"我不希望我的孩子们受伤。"

"你如果开枪，他们就会开枪。"纳特说。

维奥莱用胳膊肘推了一下罗伯，指了指他膝上的头带。她的潜沙服里还有一些电，但她的头带被拿走了。虽然流露出疑问的神情，罗伯还是把头带递了过去。直到维奥莱拿着头带站起身，帕尔默才注意到她的动作，立刻抓住了她的手腕。

"坐着别动。"罗伯也低声对维奥莱说。

维奥莱挣脱了帕尔默的手。"我不。"她说，"相信我。"

她把头带和潜沙服连在一起，套在额头上。葛罗莱拉也上前阻止她，但维奥莱已经走上驾驶舱的台阶，完全没有理会所有让她停下来的命令，直接跳下萨弗船尾，只是在沙子上溅起一朵浪花。

自由的感觉随之而来，浸透骨髓的寒意在温暖的沙子里得到慰藉。昨天一个晚上，维奥莱已经从罗伯那里学到了很多。他们两个都把自己对沙子的感觉告诉了对方。罗伯还向她讲述了许多可能性，那甚至远远超出了罗伯曾经的想象——限制思想的就是思想本身。维奥莱对此深感认同。对她来说,沙子就是自由,是她出生的牢笼以外的生活。对于她的哥哥们和其他所有潜沙者,沙子是一种应该恐惧的东西,他们潜沙时,会一直带着这种恐惧。而维奥莱得到的是解放,是喜悦。

罗伯曾经在星空下悄悄告诉她,他们的哥哥和维丝都认为他们注定会成为伟大的潜沙员,就像他们的父亲一样。但实际上,他们所需要的可能只是这种毫无根据的信念,用它来支持他们潜得更深。他们需要一个借口来维持自信。对他们来说,血缘关系就是一个好借口。罗伯说他怀疑这件事已经有一段时间了,但一直都不敢对哥哥姐姐们提起这件事,因为害怕自己会打破这个魔咒,害怕真相可能会害死他爱的人。

维奥莱不想再有人死去。她穿过流沙,游弋在两艘萨弗船之间。她知道自己轻易就能让这两艘船停住,但如果这样做,船上的人肯定会开枪。她不喜欢暴力,更讨厌斯莱奇那伙人给她取的外号,讨厌他们不问她一声就切开她的身体。这道疤痕不是她选择的。她不想让任何人死,但她知道,这一切的罪魁祸首必须死。她开始想象一幅不可能的图景。画面在她的脑海中逐渐清晰。同时,她仿佛听到罗伯在告诉她,除了她自己,没有人能阻止她。

·······|||··········|||··········|||·······

"你在干什么?"布罗克问,"安雅,把枪递给我。马上。"
对面的人用手枪对准了安雅。

"你敢！想死吗？"布罗克对着那个人吼道。

"我只想回家。"安雅说。她感觉到眼泪涌出来，心中咒骂这些泪水让她看不清楚。

"我们快到了，宝贝，把枪给我。"布罗克穿过驾驶舱，向安雅走去，向女儿伸出手，希望她会顺从。父亲的面孔开始扭曲。安雅知道他在控制自己的怒火。她在这段时间里经常看到父亲的这种样子。而现在，她感觉到这股怒火要落在自己身上了。

"如果你再靠近，我就开枪。"安雅意识到自己是认真的。她害怕父亲，此刻她也害怕自己，害怕自己能做出的事情。一整船的人都在看着她，所有人都想立刻杀了她，而她想要救这些人。他们太傻了，不知道应该怕什么。

安雅高声说道："他来这里是为了毁灭你们所有人。"另一艘萨弗船靠近了。她看见了驾驶舱中的异动，又有人从下面出来，有人在拔枪。"他要把你们杀光，你们还不明白吗？为什么还要听他的？"

"安雅，你会害死我们的。"父亲又向前走出一步，安雅想朝他头顶上方开一枪，警告父亲，让他知道自己是认真的。但她也知道，两艘船上的人都拿着枪，一声枪响就会引来无数枪响。而且如果她朝父亲开枪，第一个被枪杀的就会是她自己。那时他们还会实施这个计划吗？达伦会回来完成他们的任务吗？亨利呢？她不知道该怎么办，只知道不能再这样下去。

"我要向他开枪了。"安雅告诉船上的所有人，"大家保持冷静，听我说。他和你们以为的不一样。"

"安雅——"父亲离她已经很近了,几乎伸手就能夺过她的枪。而她背靠在护栏索上,已经没有了退路。要么向父亲开枪,要么看着他从自己手里把枪夺走。她的手指紧扣住扳机,开始用力,她有一种要闭紧双眼的冲动,这样她就不用看到父亲。她突然觉得,对面这个人不是她的父亲,只是一个男人,一个可怕的男人,曾经给她的同胞带来死亡,把她的城镇夷为平地,杀害了她的所有朋友,只因为这个人的身上带着仇恨,带着一种任何爱都无法治愈的黑暗。父亲的黑影笼罩住她,挡住冉冉升起的太阳,把她扔进黑暗里,在她扣动扳机的时候抓住了枪。

她开火了。但她的父亲已经死了。

维奥莱看到两艘船马上要撞在一起。它们之间的距离越来越小。她不能再等下去。她攥紧了那一把沙子,感觉到巨大的热量和空气的吸力,感觉到小小的玻璃弹珠。她猛然穿出地面,带起一片黄沙,同时睁开没戴面罩的双眼,看向身边的萨弗船甲板,找到身材最高大的那个人。那个人曾经在围栏里折磨她和她的亲人,曾经想要杀死她的哥哥。一股黄沙从她的双臂间射向那个厌恶沙子的人,带着维奥莱的全部力量,还有那颗玻璃弹珠。她的潜沙服发出一阵高频哀嚎,随之产生的振动几乎要将她的身体撕裂。潜沙服的电池彻底耗尽了。

维奥莱听到一声枪响,感觉到身下的沙子在坍塌,恢复了柔软、宁静的状态。而她却在空中翻滚,失去了平衡,双臂像风车一样转动。她只能努力不让自己的头部着地。他们的萨弗船现在就在她下面,正在转向,与另一艘船撞到一起。她摔在甲板上,忍着身上的疼痛等待战斗爆发。但全部男人们都只是目瞪口呆地看着她。布罗克除外。那名大汉踉踉跄跄地走到船尾,头部和胸部各有一个伤口。然后他无力地翻过护栏索,摔在沙子上。

后记 基础

罗伯

"我不明白为什么要拆掉营地。"纳特说,"你把楼梯做好以后,这里将是毗邻潜沙点的绝佳位置。你真的确定?"

"我确定。"罗伯说。他们和维奥莱、安雅站在一座沙丘上,正俯瞰着丹瓦。他的哥哥们在下面潜沙,把康纳带上来的"针"安置在罗伯的正下方。他们两边各有一条柔和的弧线——是两排萨弗船,按照纳特和斯莱奇的命令停泊在两侧。红色和紫色、黑色和绿色……帆桁上的船帆在风中无力地飘摆,如同降下来的旗帜。罗伯知道这次休战只是暂时的。他要给这些人一条他们一直渴望的路,通向下方的废墟,通向沙海深处的禁地。

"花环的最后一段已经好了。"葛罗莱拉一边喊,一边和斯莱奇快步登上沙丘,加入他们的行列。

罗伯扫视萨弗船连成的这个大环,确保中间没有太大的空隙。船环中的大部分营地已经被拆除,帐篷被折叠起来,堆放在甲板上。这些排列整齐的萨弗船让罗伯想起一周前看到的房车队——那支队伍在绿洲上排列成一个半环形。他想知道那些游牧民现在去了哪里。如果他们知道他和他的家人、朋友拯救了两座城市,又会怎么想。游牧民认为生存的方法就是随着沙子移动。但有另一些人认为最好的办法是屹立在原地,抵抗爬行的沙丘。罗伯觉得,似乎生存的秘密就是没有秘密。生活本来就不容易,没有哪一条路一定是正确无误的。只要能走下去,就是成功。

康纳从沙子里冒出来,让潜沙服上的沙子流淌下去。他的手里拿着一捆粗电缆。斯莱奇和纳特的手下正在把连接萨弗船的电缆搬到"针"两侧。有那么多风力发电机在同时运转,发出的声音就像一群暴怒的蜜蜂。他们甚至把驶往泉石镇的萨弗船也都拦下来,摆在这里,就是为了让能量再多一点。罗伯做过计算,发现没有任何保险丝或断路器可以保障这次行动的安全,所以他们只能不要保险丝或断路器,把"针"和所有发电机进行硬接,再连接到他的手杖上,再将手杖连接到他的头带和面罩上。电缆可能会因为过载而熔化。在滥酒馆到丹瓦之间航行的每一艘船上的风力发电机都可能熔化,罗伯也有可能直接被电死。他认为发生这些事故的概率只有百分之一。但这次,他没有把计算结果告诉任何人。

"如果成功了,总有一天他们会让你成为领主。"纳特说道。这时,第一组电缆被接入了接线盒。

"他的井能让我们多靠近丹瓦?"斯莱奇问,"我的人先下去。别忘了约定。"

"我记得。"纳特说,"把你的气嘴放进嘴里吧,还在等什么?"

罗伯看着这两个人在一个叫达伦的死人旁边完成了他们的交易。他们一直在追捕达伦。他知道他们交易的基础就是他的这次行动能够成功。但至少现在没有人相互开枪,他的哥哥和妹妹都是安全的。

帕尔默来到他们身边。最后一个电源已经连好,所有开关还都没有打开。罗伯自己掌握着两个大负荷铡刀开关。他让操作开关的人戴上了橡胶手套。现在那个人正抬头看着他,神情异常紧张。

帕尔默说:"和我上次见识过的情形相比,这次似乎做了很多准备。"

"没错。"康纳也说道,"那时我只用了营地的电力和你的平板电脑。说到这个,谁有平板电脑?"

"不需要。"罗伯说。他最后看了维奥莱和安雅一眼,戴好面罩。安雅向他点点头。罗伯微微一笑。安雅戴着她的眼镜,上面没有镜片。是她和维奥莱给了罗伯这个主意。安雅告诉罗伯,离这里不远,有一大片被掩埋的地方,那里有一座堡垒,专门用于保护迁居到这里的人们。这让罗伯开始思考,如果真的没有什么不可能的事情,丹瓦又会变成什么样子?

他把手杖插进沙子,向四周扫描了一遍,确定下面没有人潜沙。在这个巨大的船环中,他能感觉到每一艘萨弗船的力量,包括十几公里以外船环另一边的萨弗船。罗伯探到了超过一公里深的沙子底部,感受着那里坚硬的岩石,高高矮矮的建筑,直指沙漠地表的摩天大楼，还有沿着岩石道路排列，如同一串串珠子的汽车。

所有连接的感觉都很好，"针"的位置也合适。他在意识中描摹出自己的目标。现在他需要的只是实现目标的力量。

"开始吧。"他对接线员说。

"连接。"那人说道。开关被合上，发出一阵"嘶嘶"声和"噼啪"声，罗伯立刻感到他的头带开始发热。他将能量引导到船环中心，一直向下。他知道，如果让这么大的振动泄漏到边界以外，会直接震碎人们的骨头。萨弗船壳也会内爆。他没有关注任何单一的波长和发射体，而是将所有船身都看作自己思想的一部分，将振动重叠、放大、增强，一直指向下方的坚硬的地面，打破岩石，不是挖掘沙子，而是挖开地壳本身，继续向下挖，让边界在下方弯曲，形成回路——半个球体，或者是一大勺。裂隙不断延伸。其中的震颤穿过黄沙升上来，在地表也能感觉到。

有人在低声惊呼，但罗伯隔绝了周围的声音。即使站在船环外面，在高高的沙丘上，他也能感觉到沙子变软了一些，他竭尽全力控制住这一切。要有信心，要相信，相信能够成功，这一次没有怀疑的余地。罗伯让大船环里的沙子流动起来，数公里范围内的地面充满了能量。随着沙丘和沙脊失去刚性，屈服于重力，他感觉到大地变得平如镜面。

他的周围都是喊声，已经很难被隔绝在他的意识之外。两边萨弗船上的人们全都在大声呼喊。罗伯的注意力在动摇。他听到了能量泄漏出边界的回声，萨弗船有被摧毁的危险，链条可能被打断,他在意的人可能会被杀死……

放松。他听见维奥莱在想,我在这里。

罗伯感觉到妹妹的意识。她一定是戴上了头带。她到了表面之下,就在罗伯的下方。罗伯感觉脚下的土地变得稳定,像混凝土一样坚硬。她在制造硬碴,保持地面牢固。

萨弗船不会沉没,我抓住你了,维奥莱想,你能做到。你知道你可以。

谢谢你,罗伯想。他可以不再担心他周围的人和他爱的人,维奥莱会保护他们,他将精神重新专注在沙子上。这其中有一种魔力。沙粒之间没有连接。每一颗都是独立的,有自己的小世界,还有与之相邻的其他小世界,毫无牵扯地并列在一起。缺乏连接使得沙子变得混乱,开始随风飘移,不断扩散,沙粒飘散之处,沙丘纷纷破碎。波动扩散开来,赋予沙粒力量,完成他的意愿。

罗伯把沙子塞进他制造的裂隙中,开始在地下城市的下方增加压力,同时把城市上方的一切柔化,让埋住城市的沙子比水还轻,比空气还轻,真空取代实体,提问多过答案。他在乞求,在渴望,从上方拉,从下方推,在二者之间实现平衡,在需求和期待之间,在得到和占有之间取得平衡,直到他的身体变成大地,丹瓦从他的腰部升到腹部,摩天大楼刺穿他的心脏,一直向上,直达地表。罗伯意识到,自己没有了呼吸,他一直都没有呼吸。维奥莱同样没有呼吸。现在城市升到他的喉咙,进入他的大脑。他想要的全幅图景都在震动。他什么都听不到,听不到自己的

Across The Sand / 431

脉搏,听不到人们的尖叫。但他知道,他周围全是激动的叫喊。因为最高的建筑已经出现在地表。紧接着是其余建筑,一直升向天空。罗伯向沙子传达了最后的信息,让它们稳定住,牢牢乘载起他的心愿。他也向这里所有的人传达了一个信息:他们不会逃离脚下的土地。就让那些习惯看到他们颤抖的诸神去死吧,让那些以为打捞一点垃圾就够了的蠢货看看,让所有人看看,一个财富多到所有人都拿不完的世界是什么样子。

生命滋养生命,

死亡滋养死亡。

若不曾有过,便无从崛起。

——旧日食人者俳句

致谢

我的小说从来不曾靠这么多人才告完成。亲爱的读者，它从你们开始。因为你喜欢《潜沙记》，并渴望看到更多后续的故事。因为你们的支持，我了不起的经纪人克里斯汀·尼尔森才会纠缠了我那么久，要我把续集写出来。不过我知道，只要时机成熟，我就会写出这个故事。于是就有了这本书。

一名作者能够得到的最好的礼物，莫过于一个神奇的空间，缪斯女神能够久住于其中。去年，我非常幸运地找到了最适合阅读和写作的地方。感谢我的母亲盖伊。谢谢你让我在埋头码字的时候做个百无一用的孩子。感谢米格尔在葡萄牙的接纳——那时整个世界都关闭了。我完全想不出为什么要离开那里。感谢马特在疫情好转、世界感觉终于开始恢复正常的那一周，为我做的一切。尤其感谢所有那些拥抱。

特别感谢大卫·盖特伍德。他是业界最好的图书编辑，没有他，我就不会有勇气写作。话说回来，当初也是你让我开始怀疑自己的。看来我们扯平了。大卫为这本书贡献了一些惊人的食人族俳句(105页,383页)①这里还有一个没放进书里的：

食人。

这就是你的叫法？

我们更愿意称之为"回收"。

非常非常感谢我的出版商水手书系(Mariner Books)。这是我第一部在写的时候就知道不会由我自己出版的小说。我以前从来没有意识到，我的前老板是个多么混蛋的人。

我还想感谢约翰·约瑟夫·亚当斯对《潜沙记》的信任，以及杰米·莱文对这部续集的编辑。没有你们两位，这些书就不会是现在的样子。

最后要感谢我的妹妹莫莉·豪伊，她是我的超级粉丝、超级支持者，是我的灵感源泉。如果没有你在我的生活中，我不可能写出这些兄弟姐妹和如此强大的女性。

就这样吧。不需要再翻开下一页了。你能走到这里，我真是很吃惊。

---

① 此处页数是指原英文版中所在页数，对应本书的第 119 页和第 433 页。

V

维丝睁开眼睛。

厚实的硬碴墙壁已经在她周围分崩离析,碎片如同瓦砾一样掉落在她身上。

她记忆中最后一件事就是做出这个盒子,将自己关在里面,以防那枚炸弹真的会起作用。

她记得,她穿越地狱般的荒野、一路带来的那颗金属球被她放到一根沙柱上,让它处在高出城市街道数米的半空中。

她用沙子包裹住那颗球,用力将它变成弹珠,变成针尖。

它必须起作用。

她推开身上几块沉重的沙子,前后活动一下下巴。她的耳朵还有些不对劲。

这里的空气也很糟糕。盒子里的空气相当污浊,充满了呼出废气的味道。她肯定已经昏迷一段时间了。

维丝检查了一下潜沙服。电池只剩2%。

在她上方只有十米厚的沙子,但她也许不能向上。如果连她制作的硬碴都会裂开,很难说上面的世界已经变成了什么样的炼狱。

唯一的出路就是向前。电池能走多远,她就走多远。应该够了。百分之二的电池。足够了。

它必须足够。

译后记

康德说:"人是目的,不是工具。"

中国也有一句很相似的老话——命非草。

哪怕面对茫茫宇宙、浩瀚沙漠,或是文明毁灭后的末世荒原,人也能够改造环境,利用一切材料为自己建造家园,营建起异星营地、沙漠小镇、与世隔绝的地下堡垒,甚而开发出潜入沙海、生存于太空、在封闭地堡中实现生态自循环的技术。

无论在什么样的环境里,人都会辛勤工作,努力地生存下去,通过建设让自己拥有不同于草木的生活。

直到他们被另一些人——被那些自诩为管理者和高等人类的人作为工具消耗干净,或者干脆毁掉。

但无论怎样,命非草,人不是工具。

休·豪伊讲述的,就是这样一些故事——建设超越毁灭,智慧、勇气和牺牲最终战胜看似无比强大的力量。世界可能变得灰暗,但总会有人性在发光,就如同黑色的宇宙中,一定有勇敢闪烁的点点繁星。

压垮我们的不是逆境,而是我们自己的忧虑和畏惧。这一点我们都知道,但知道不代表不会在畏惧和疑虑中泥足深陷。所以这些逆境中人们奋力前行的故事,或许会为我们增添一份心灵的力量。

——李镭